El Golfo de Cádiz y la Estrecha de Gibraltar

El Golfo de Cádiz y la Estrecha de Gibraltar

Lara Smirnov

Esencia/Planeta

© Lara Smirnov, 2016
© Editorial Planeta, S. A., 2016
Avda. Diagonal, 662-664, 08034 Barcelona (España)
www.esenciaeditorial.com
www.planetadelibros.com

© Imagen de la cubierta: Jan-Niklas Keltsch, Haveseen y Picsfive – Shutterstock
© Fotografía de la autora: archivo de la autora

Primera edición: enero de 2016
ISBN: 978-84-08-14793-0
Depósito legal: B. 26.447-2015
Composición: Víctor Igual, S. L.
Impresión y encuadernación: Romanyà Valls, S. A.
Printed in Spain - Impreso en España

Ésta es una obra de ficción. Los nombres, personajes, lugares y sucesos que aparecen son producto de la imaginación del autor o bien se usan en el marco de la ficción. Cualquier parecido con personas reales (vivas o muertas), empresas, acontecimientos o lugares es pura coincidencia.
El editor no tiene ningún control sobre los sitios web del autor o de terceros ni de sus contenidos ni asume ninguna responsabilidad que se pueda derivar de ellos.

El papel utilizado para la impresión de este libro es cien por cien libre de cloro y está calificado como **papel ecológico**.

No se permite la reproducción total o parcial de este libro, ni su incorporación a un sistema informático, ni su transmisión en cualquier forma o por cualquier medio, sea éste electrónico, mecánico, por fotocopia, por grabación u otros métodos, sin el permiso previo y por escrito del editor. La infracción de los derechos mencionados puede ser constitutiva de delito contra la propiedad intelectual (Art. 270 y siguientes del Código Penal).
Diríjase a CEDRO (Centro Español de Derechos Reprográficos) si necesita fotocopiar o escanear algún fragmento de esta obra. Puede contactar con CEDRO a través de la web www.conlicencia.com o por teléfono en el 91 702 19 70 / 93 272 04 47.

Capítulo 1

¿Quién me mandaría a mí?

Isla de Santa Lucía
Mayo de 2015

«¿Quién me mandaría a mí? —se dijo Manu, tratando de que no se notara que estaba *acojonaíto* vivo. El cámara no le quitaba el objetivo de encima. No era cuestión de quedar como un nenaza antes de que empezara el concurso—. Me cago en el Tuerkas y en sus malditas apuestas. Si salgo de ésta entero, no vuelvo a apostar en la vida.»

—¡Manu! —le llegó la voz de Juanra Bonet, el presentador del nuevo *reality* estrella de Antena 3, «Pecado original»—. ¿Me oyes?

—Te escucho, Juanra. ¡Dime, dime! —gritó él para hacerse oír por encima del ruido de las aspas del helicóptero.

—¿Cómo estás?

—Estupendamente, Juanra. ¿Cómo voy a estar?

—Se te ve un poco verdoso.

—¿Qué dices, *pisha*? Yo estoy *acostumbrao* a salir a faenar con mi *cuñao*. No sabes las olas que levanta el poniente.

—Pues no me hagas caso, será que tengo que graduarme las gafas. En fin, Manuel, les recuerdo tu perfil a los espectadores: gaditano de veintiocho años, carpintero, entrenador del equipo de fútbol alevín los Cañaíllas y juerguista oficial de la edición. ¿Estás preparado para la aventura?

—¿Qué te apuestas? —«Mierda, se me ha *escapao*. Pero no apuesto más. Por éstas»—. Yo nací *preparao*, Juanra.

—Pues no me enrollo más. Cuando quieras, puedes saltar.

Manu se levantó y se asomó a la portezuela del helicóptero. No es que le dieran miedo las alturas, pero le daban... fatiga.

«Virgencita del Rosario, apiádate de este pecador. Si me sacas de ésta, no golfeo más, palabrita del Niño Jesús.»

—Manuel, ¿no notas el calor de tu gente? —dijo Luján Argüelles desde la orilla. La presentadora, vestida con un modelito muy sexi que podría haber llevado Pocahontas en la entrega de los Oscar, era la encargada de las transmisiones en directo desde la isla—. Seguro que todo Cádiz está pegado al televisor animándote ahora mismo.

Pues todo Cádiz no sabía, pero seguro que sus colegas de chirigota se estaban partiendo la caja a su costa. Y los Cañaíllas estarían en sus casas, presumiendo de entrenador. Si se rajaba, el lunes les darían de collejas en el colegio por su culpa. No podía fallarles.

—Lo noto, Luján, lo noto. Voy a saltar. Le dedico el salto al cabrón del Tuerkas, con perdón, y a los Cañaíllas. Como les digo siempre a los chiquillos: «Lo importante no es ganar, sino la juerga de después».

—Buen lema —dijo Juanra desde el plató—. Así habría jugado al fútbol hasta yo.

—¡Cañaíllas, va por ustedeeeeeeees! —gritó Manu al saltar.

Tras el impacto contra el agua, que lo dejó desconcertado durante unos instantes, salió a la superficie y miró a su alrededor.

¡Lo había hecho! ¡Había saltado! Lo más difícil ya estaba hecho. Ahora, ¡a disfrutar! Manu levantó la vista hacia el helicóptero y saludó alegremente al cámara que lo estaba grabando antes de ponerse a nadar hacia la orilla, donde lo esperaba Luján.

—Aquí tenemos a nuestro *pescaíto*. Qué arte tienes nadando, corazón —le dijo la presentadora mirando a cámara, mordiéndose el labio inferior y moviendo la mano arriba y abajo en un gesto de «qué bueno que está este tío».

Manu apoyó las manos en las rodillas unos instantes para recuperar el resuello antes de enderezar la espalda y sacar pecho.

—Gracias, Luján. Lo tuyo sí que es arte. Si llego a saber lo guapa que estabas con ese vestido, salto antes de tiempo.

—¡Ay, qué salero! Anda, vente conmigo. Vamos a colocarnos aquí, sobre esta roca, mi Manuel. Desde aquí los veremos saltar como si estuviéramos en un palco.

—A esta distancia, y a tu lado, más que en el palco estaremos en el paraíso.

En plató, el Tuerkas se echó a reír. Al mirar a su alrededor vio que Emma sonreía. Aparte de él, era la única que había entendido que el comentario de Manu no era sólo un piropo, ya que *paraíso* es como llaman en Cádiz al gallinero del Gran Teatro Falla, donde se celebra el famoso concurso de chirigotas, comparsas y coros.

—Con ese piquito de oro que tienes, me parece que más de una va a dejarse tentar —replicó la presentadora—. Anda, zalamero, siéntate y reserva tus fuerzas para las concursantes.

Manu y Luján se sentaron en la roca y escucharon cómo Juanra presentaba a los demás concursantes antes de animarlos a dar el salto a las aguas de la bahía.

La siguiente en saltar fue Sofía. A través del pinganillo de Luján, Manu se enteró de que la guapa y rubia vegana había ganado el certamen Miss Espárragos de Navarra 2013. La organización le había hecho llegar una copia de la banda de miss para que saltara con ella.

—¡No veo nada! ¡El golpe me ha dejado ciega! —exclamó Sofía al salir del agua.

Cuando, desde el helicóptero, le indicaron con un megáfono que se quitara la banda de los ojos, la chica se tranquilizó y empezó a nadar hacia la playa.

El siguiente concursante, Dani, estaba ya hablando con Juanra; parecían viejos amigos. Dani daba la impresión de conocer a todo el mundo de la tele y el famoseo.

—¿A qué te dedicas, Dani? ¿Estás estudiando?

El valenciano flexionó un bíceps y lo mostró a cámara.

—¿Tú crees que nací con estos brazos, tirillas?

—¿Me has llamado *tirillas*? —Juanra abrió mucho los ojos.

—Claro, nano. Eres muy *enrollao*, pero tienes menos músculos que un fartón.

El presentador abrió y cerró la boca varias veces sin decir nada.

—Tener estos músculos son muchas horas de gimnasio, tete. Cuando mi madre me dijo que tenía que elegir entre el gimnasio y los estudios, lo tuve claro. Lo primero es lo primero.

—Claro, hay que pensar en el futuro.

—Qué futuro ni qué leches, tío. Hay que vivir al día. Mi hermano mayor se sacó una carrera, se casó y se compró un piso pensando en el futuro. Ahora está en el paro, divorciado, y el banco se ha quedado su piso. Está viviendo otra vez en casa de mis padres, el muy *pringao*. Yo paso mucho de rollos. La tele es mi carrera.

—Pues enhorabuena, Dani —dijo Juanra encogiéndose de hombros—. Un último salto y tu sueño se habrá hecho realidad.

—Sólo una cosa. Me estuve entrenando mucho para entrar

en «Splash» y quiero aprovechar las clases de trampolín —repuso el valenciano quitándose el chaleco salvavidas que todos los concursantes llevaban puestos al saltar.

—¡No, Dani! ¡No te quites el chaleco!

—¡Albufera Poweeeeer! —gritó él, haciendo un clavado hacia adelante.

Juanra se tapó los ojos con una mano y miró a través de los dedos entreabiertos mientras se mordía el labio inferior.

Cuando lo vio nadar con gran estilo hacia la costa, se volvió hacia el público del plató y suspiró.

—Ése es Dani, señores, el *Mazao* de la Albufera.

—¡Albufera Power! —exclamó el acompañante de Dani en plató, que parecía su clon.

La siguiente era Nerea, una chica madrileña que se había saltado las normas de la organización colándose en la habitación de Dani la noche anterior. Lo conocía de su paso por «Tetes y tetas y viceversa», un programa de un canal de tele local que estaba arrasando en la comunidad valenciana. Nerea se había apoyado en el marco de la puerta y lo había mirado de arriba abajo con descaro.

—Estoy segura de que vamos a ganar el concurso. Parece hecho a medida para nosotros.

—¿A medida? ¿Tú quieres tomarme las medidas, teta? Pasa, pasa.

Nerea era una chica deportista, ambiciosa y muy decidida. Un salto de diez metros no iba a interponerse entre ella y el éxito. Abrazándose los pechos con la misma gracia que María Teresa Campos —para no tener un inoportuno accidente con las prótesis—, saltó sin gritar y entró en el agua limpiamente.

Cuando empezó a nadar hacia la costa, le llegó el turno a Karibú. Manu lo había conocido en el hotel y le había parecido un tío de puta madre. Aunque la organización había tratado de mantenerlos apartados para que no se crearan alianzas antes del concurso, las miradas que se habían cruzado mientras desayunaban o se desplazaban hacia la isla habían sido de buen rollo. No podía decir lo mismo de todos los participantes. Karibú le contó a Juanra que había nacido en Tanga, una localidad costera de Tanzania, casi en la frontera con Kenia.

—¿Tanga? Vaya, ya me imagino los suvenires que debéis de vender en tu ciudad —bromeó el presentador—. En vez de esas camisetas de «Mi amigo estuvo en tal sitio y sólo me trajo esta mierda de camiseta», seguro que las tiendas están llenas de tanguitas que dicen «Fulanito estuvo aquí».

—No es mala idea, Juanra. —Karibú trató de sonreír, pero no pudo—. Se lo propongo a mi primo cuando vuelva.

—¿Estás bien?

—Un poco mareado —admitió el tanzano.

—Cuando entres en el agua, se te pasa —lo animó el presentador.

Pero cuando, después de saltar, Karibú sacó la cabeza del agua, aún parecía estar mareado. Se lo veía pálido y tenía los ojos cerrados.

Antes de que la organización diera instrucciones, Manu ya se había puesto de pie en la roca y se había tirado al mar de cabeza. Nadó hasta Karibú y lo ayudó a llegar hasta la playa.

—Gracias, tío —estaba diciendo Karibú cuando Luján llegó hasta ellos.

—Si Dios hubiera querido que voláramos, nos habría *dao* alas, como al Espíritu Santo —murmuró Manuel.

La cámara ya estaba enfocando a la siguiente concursante, Sandra, que le estaba contando a Juanra que había nacido en Menorca, pero que se sentía ciudadana del mundo.

—¿Te da miedo saltar? —le preguntó él.

—No, el miedo no existe. Es una trampa de la mente. Me liberé de él cuando estuve haciendo meditación tibetana.

—Ah, ¿has estado en el Tíbet?

—No, en Monterrey, México.

—¿Hiciste meditación tibetana en México?

—Sí —respondió ella con una amplia sonrisa y la mirada perdida en el horizonte—. Guardo grandes recuerdos de aquellos días en el desierto. ¿Sabes si hay setas en la isla, Juanra?

—Eeehhh, no lo sé, Sandra, pero estoy seguro de que, si las hay, tú las encontrarás. Vamos, lagartija de Menorca, un saltito y estás dentro.

—Jerónimoooo —gritó Sandra al saltar.

Karibú y Manu se quedaron cerca de la orilla por si la pelirroja de aspecto hippy necesitaba ayuda en el agua. Dani, Sofía y Nerea permanecieron sentados en la roca.

Mario se deslizó entonces en el asiento del helicóptero, dispuesto a saltar.

—¡Mario! Llegó el turno de nuestro galán de telenovela. Háblanos un poco de ti —dijo Juanra, pero enseguida rectificó—: ¡No! Mejor no, no se vaya a quedar el helicóptero sin combustible. Ya te presento yo, y luego en la isla, por las noches, nos entretienes con tu historia.

—Menuda fama, Juanra, boludo, y aún no abrí la boca.

—Es que yo debo de tener antepasados argentinos también —admitió el presentador—. No callo ni debajo del agua. Mario, argentino, de ascendencia italiana y familia en Asturias. ¡Menudo cóctel!

—Peligroso, sí —replicó el galán con una voz profunda y aterciopelada que hizo que la última concursante que quedaba en el helicóptero se estremeciera—, como un sex on the beach.

De esos cócteles que entran bien suave y, cuando te das cuenta, perdiste la bombacha y no sabés cómo.

—Caray, creo que los padres y hermanos de nuestras concursantes acaban de notar un sudor frío en la espalda.

—¿Por qué? Soy reconsiderado con las damas.

—Sí, no me cabe duda —rio Juanra—. Venga, Rodolfo Langostino, es hora de saltar. ¿Quieres dedicarle el salto a alguien?

—Sí, a Dios.

—Ah, eres religioso.

—Por supuesto, che. Por Maradooooooooona —gritó Mario al saltar.

—Dios..., Maradona..., claro, por supuesto —dijo Juanra sacudiendo la cabeza.

Mientras Mario nadaba hacia la orilla, donde lo esperaba Luján dando palmaditas de alegría, el presentador saludó a la última participante.

—Y aquí tenemos a la última de nuestras preciosas habitantes del jardín del edén, Victoria. ¿Puedo llamarte Vicky?

Victoria, que tenía la espalda más recta que la reina inglesa con la que compartía nombre, se tensó todavía un poco más.

—Prefiero Victoria, si no te importa. ¿O a ti te gustaría que yo te llamara Juan Ramón?

—Vaya, menudo carácter..., Victoria —respondió él recalcando las sílabas—. Eso está bien. Necesitamos mujeres con carácter que no se dejen avasallar por los sementales que os esperan ahí abajo. ¿Estás segura de que quieres saltar, Victoria? Si no lo ves claro, ahora es el momento de decirlo.

Victoria lo tenía clarísimo. Había cometido el mayor error de su vida. Cuando volviera a La Línea, mataría a Emma, la partiría en cachitos pequeños y los echaría a los peces para no dejar rastro. Lo que le preocupaba no era el salto. Eso era lo de menos. Pero llevaba dos días en compañía de los que iban a ser sus compañeros y rivales y no tenía nada que ver con ninguno de ellos. ¿Qué demonios iba a hacer en la isla con esas descerebradas y esos sacos de hormonas durante cuatro semanas?

«*Fuck, fuck, fuck... Dammit!* —se dijo—. ¿Quién me mandaría a mí?»

Capítulo 2

Si te he visto, I don't remember

La culpa de que Victoria se encontrara en esa situación era de Emma, su mejor amiga y casi hermana. Las madres de las dos chicas, Carmen y Rocío, eran amigas de toda la vida. Vivían en La Línea de la Concepción y llevaban veinticinco años empleadas como camareras en el bar Monkey Island de Gibraltar. Carmen y Rocío habían empezado a trabajar muy jóvenes. Tenían la cabeza llena de sueños, pero muy poquito conocimiento. Querían casarse con un inglés e irse a vivir a Inglaterra. Les gustaba todo lo británico: los nombres, las cervezas y, sobre todo, la música. Les encantaban Queen, The Police y Cyndi Lauper (que era americana, pero ellas no se enteraron hasta años después). La de veces que habían cantado a grito pelado el *Girls Just Wanna Have Fun,** su himno sobre el derecho de las mujeres a divertirse. Juntas eligieron a los clientes que esperaban que se convirtieran en sus visados a una vida mejor, y juntas quedaron con ellos a la salida. Una vez fuera, se separaron. El chico que Carmen había elegido se llamaba Charles. El de Rocío, John.

Aunque tenían dieciocho años, se sentían muy mujeres y muy *echás p'alante*. La abuela de una de sus amigas del colegio les había dado un truco infalible para no quedarse embaraza-

* *Girls Just Wanna Have Fun*, 2011 Cyndi Lauper, interpretada por Cyndi Lauper. *(N. de la E.)*

das. Si se colocaban una ramita de hierba de San Juan en las bragas y una estampita de santa Catalina de Alejandría —patrona de las solteras— en el sujetador, era imposible que se quedaran encintas. Lástima que, para cuando se enteraron de que la madre de su amiga —y sus seis hermanos— había llegado al mundo a pesar de ese truco, ya era tarde. Tanto Carmen como Rocío —que, como buenas amigas, tenían la regla a la vez— estaban embarazadas.

Tras la noche de pasión que pasaron en un hotel de Gibraltar, los chicos les habían dado un papel con sus nombres y sus números de teléfono por si querían quedar otro día. Cuando Rocío llamó a su *gentleman*, descubrió que el teléfono que le había dado era falso.

—Qué despistado, mi John, me ha dado mal el teléfono.

—John, ¿qué más? —le preguntó una de las camareras que llevaba más tiempo en el negocio.

—John Doe.

La cara de la mujer al oír el nombre usado por todos los que no quieren ser identificados le dijo a Rocío lo que ella se resistía a aceptar: su vuelo a Londres acababa de ser cancelado.

Por eso Carmen llamó a Charles Lampard con pocas esperanzas de encontrarlo, pero el joven respondió y accedió a quedar con ella en el bar del hotel. Aunque de entrada no pudo disimular el fastidio por haberse quedado sin echar un polvo esa noche, luego se comportó. Más o menos. Cuando le pidió una prueba de paternidad, Carmen lo mandó a la mierda, pero luego se puso en su lugar. Él no tenía por qué saber que era la primera vez que se acostaba con un cliente del bar. Resultó que el tal Charles era diplomático; que tenía por delante una prometedora carrera en el Foreign Office y que estaba prometido con una joven de mucho pedigrí, que lo esperaba en su mansión de la campiña inglesa. Carmen pensaba que esas cosas sólo pasaban en las novelas, pero la vida se encargó de darle un atracón de realidad antes de cumplir los veinte años. Charles no podía ni quería casarse con Carmen, pero si la prueba de paternidad demostraba que el bebé era suyo, se comprometía a hacerse cargo de los gastos.

Carmen, que en aquel momento no sabía lo mucho que cuesta criar a un niño, le dijo que se metiera su dinero por donde amargan los *cucumbers*. Esa noche, Rocío y Carmen la pasaron llorando abrazadas. Sin embargo, al día siguiente decidieron coger al toro por los cuernos, tirar adelante sus embarazos y ayudarse en todo lo que pudieran. Sus familias no estuvieron contentas, pero tampoco montaron ningún drama. Las chicas eran mayores de edad y trabajaban. Aunque no era la vida que ninguna de sus madres había deseado para ellas, sabían que lo más importante era estar allí para echarles un cable cuando lo necesitaran.

Charles se casó, tuvo una carrera diplomática que lo llevó por todo el mundo y no volvió a tener ningún encuentro con su *Spanish paramour*.

Aunque se quedaron en casa de sus padres hasta después del nacimiento de las niñas, Carmen y Rocío pronto echaron de menos más independencia. Cuando las chiquillas cumplieron los tres años, las amigas alquilaron una casita cerca del hospital de La Línea de la Concepción y se compraron un coche de segunda mano con el que iban y venían del Monkey Island cada noche que trabajaban.

Ambas se habían alegrado mucho cuando las ecografías confirmaron que los bebés que esperaban iban a ser niñas. Rocío le puso de nombre Emma. Carmen llamó Victoria a su pequeña. A pesar del fiasco, seguían enamoradas de todo lo inglés. Y, aunque no volvieran a verles el pelo, los padres de las niñas eran ingleses. Así que escogieron nombres que pudieran pronunciar tanto las abuelas españolas como las abuelas inglesas de las pequeñas, por si algún día cambiaban las circunstancias y llegaban a conocer a sus familias paternas.

Cuando Victoria tenía seis años, la esposa de Charles encontró la carta que contenía la foto de la niña que Carmen le enviaba cada año por Navidad. Ese año Victoria le había hecho el dibujo de un belén y le había escrito «*Mary Crismas!*». La esposa de Charles le había mostrado la carta esa noche y le había preguntado quién era Victoria. Cuando él le contó la historia, Louisa Lampard se escandalizó. No porque tuviera una hija secreta —eso pasaba en las mejores familias—, sino porque una hija de Charles Lampard escribiera con faltas de ortografía. Louisa —que en aquel momento era madre de una niña de cuatro años, Serena, la hermanastra de Victoria— lo convenció de que debía ocuparse de que la niña recibiera una educación adecuada a sus orígenes. Cuando Charles se puso en contacto con Carmen para hablarle del tema, esta vez ella se tragó su orgullo y aceptó el dinero que él le ofrecía para la educación de la pequeña. A cambio, le pidió que mantuviera contacto con su hija. Era una niña muy despierta y espabilada y, como todas las niñas, echaba de menos a su padre. Victoria empezó a hablar con Charles por teléfono. Al principio le costaba mucho y le daba vergüenza. A partir de ese día, su máxima aspiración fue aprender a hablar inglés tan bien que su padre se sintiera orgulloso de ella.

Cuando Victoria y Emma entraron en el colegio, las Spice Girls estaban arrasando en las listas de éxitos, así que sus compañeros no tardaron en ponerles ese mote porque siempre iban juntas. Cuando iban por separado, Victoria era la Spice pija y Emma la Baby Spice. Por aquella época ya vivían en la misma casa. Al principio, Carmen y Rocío se turnaban en el trabajo para que las niñas no se quedaran nunca solas, pero cuando fueron más mayorcitas, Victoria y Emma acompañaban algunos días a sus madres al Monkey Island para pasar rato con ellas. Volvían muy tarde de trabajar y, si no era así, casi no se veían.

Aparte de sus orígenes, Victoria y Emma tenían muy poco en común. De pequeñas, discutían mucho. Su relación era más de hermanas que de amigas. Emma era inquieta, vivaracha. Le gustaba correr detrás de los chicos más mayores en la plaza y meterse en líos. Victoria, en cambio, era una rata de biblioteca. Le encantaba correr detrás de capitanes piratas y asaltar diligencias a caballo, pero siempre a través de las páginas de los libros. Cuando a media tarde se ponía a leer si los deberes le habían dejado tiempo y Emma entraba en la habitación como un vendaval gritando: «¡Me abuuuuuuurroooooo!», Victoria pegaba un brinco sobresaltada, ya que un momento antes había estado perdida en alguna aventura. Emma siempre se partía de la risa al verla brincar, pero a Victoria no le hacía ni puñetera gracia. «¡Emma, jolines, no me pegues estos sustos!», exclamaba, lo que aún hacía reír más a su amiga, que le decía que era la única persona en el mundo que aún usaba la palabra *jolines*.

Cuando entraron en el instituto a estudiar la ESO, la amistad entre Victoria y Emma se hizo aún más fuerte. Cuando sus compañeros de clase se enteraron de que sus madres no estaban casadas y trabajaban en un bar de copas por las noches, empezaron a llamarlas de todo menos decentes.

Emma se peleó con varias niñas. No soportaba que insultaran a su madre. A Victoria le daba la misma rabia, pero sabía que pegándose no iba a arreglar nada. Las otras eran más y tenían más mala leche. Cuando acababan las clases, Victoria agarraba a su amiga y volvía con ella a casa para que no se metiera en líos. A veces hacían los deberes juntas en casa. Y otras, detrás de la barra del Monkey Island. Cuando acababan, Victoria leía un rato —siempre libros en inglés— y Emma miraba la tele.

A Emma le gustaba casi todo: las series, los concursos, el «Sálvame»... pero lo que más le gustaba con diferencia eran los *reality shows*. La primera edición de «Gran Hermano» la había marcado. La había vivido tan intensamente como millones de españoles y se había abrazado a Victoria llorando de felicidad cuando su favorito, el gaditano Ismael Beiro —el Pisha, vamos—, había ganado el premio.

Victoria había estado a su lado y se había emocionado más de lo que estaba dispuesta a reconocer, pero la inquietaban aquellos concursos. Le parecía que, pese a llamarse *realities*, todo lo que mostraban era una gran mentira. Ella era muy celosa de su intimidad y no veía posible que la gente se expusiera públicamente de aquel modo. Se imaginaba que detrás de aquellas discusiones interminables había un equipo de guionistas dictando cada frase, y se sentía un poco incómoda viendo las discusiones o las escenas teóricamente románticas. Se sentía una pervertida, una *voyeur*.

Emma, en cambio, era la mayor fan de todos los *realities* que se emitían. No se perdía ni uno. Se sabía los nombres de los ganadores de todas las ediciones de «Gran Hermano». Llegó al éxtasis televisivo más de una vez con «Gandía Shore», y a punto estuvo de apuntarse a una academia para poder concursar en «Supermodelo».

Y no estaba de acuerdo con su amiga en el tema de los guionistas. Ella vivía cada conflicto de los concursantes. Se lo hacía suyo. Si la princesa del pueblo lloraba, Emma acababa con los pañuelos de la casa. Si se ponía de moda saltar de trampolines, Emma se apuntaba a la piscina municipal. Y lo mismo le pasaba con los concursos de cocina, de música o de baile.

Cuando vio por la tele los anuncios del nuevo *reality* de Antena 3 —«Pecado original»—, no paró hasta convencer a su madre para que la dejara ir a los castings en Sevilla. Llevaba cinco años insistiendo en apuntarse a un concurso de telerrealidad, y por fin su madre accedió. Probablemente porque sabía que, si no le daba permiso, su hija se iría sin él. Sólo le puso una condición: que la acompañara Victoria. Rocío sabía que la sensata hija de Carmen no dejaría que su Emma se metiera en líos.

Lo que ninguna de las cuatro podía imaginarse era que los encargados del casting se fijarían en Victoria.

Tras levantarse a las cinco de la mañana y viajar a Sevilla con el autobús de línea, Emma había conseguido el número 768. Se había pasado la cola charlando por los codos, como siempre que estaba de los nervios. Pero cuando por fin le tocó el turno de entrar, se quedó muda. No le salió ni una palabra. Tras siete horas de cola, los seleccionadores estaban tan cansados como los candidatos y la despidieron con un «*Next!*». Emma salió llorando y, entre sollozos, le contó a Victoria lo que le había pasado. Su amiga era tranquila y sosegada, pero cuando le tocaban a los suyos se convertía en una elefanta furibunda. Y como una elefanta entró en el reservado mientras entrevistaban a otro candidato, con el número 768 de su amiga en la mano.

—*What the fuck!* ¡Emma lleva aquí siete horas, se está meando viva y no le habéis dado la oportunidad de demostraros que es perfecta para ir a la isla! Ha nacido para ganar un *reality* y...

—¿Quién te ha dejado entrar?

—Si puedes esperar fuera...

—Ya me voy —respondió Victoria—. Sólo quería deciros que habéis metido la pata hasta el corvejón. *That's all!* Vosotros os lo perdéis. Cuando Emma triunfe en un programa de la competencia, no vengáis llorando. *Bye-bye!*

Los seleccionadores se miraron entre sí. Tras más de una hora de sequía, por fin habían encontrado a la última candidata. Tenían ya cuatro chicos y tres chicas. Necesitaban a una última chica para acabar las entrevistas por ese día. Por fin podrían volver al hotel. Al día siguiente los esperaba otra larga jornada en Tenerife.

—*Amaaaaaaaaazing!* —exclamó Rafa, el bailarín y coreógrafo.

—Sí, es perfecta —respondió Marbelys.

—¿Qué número tenía?

—El 768 —respondió Lola, que lo había anotado.

Rafa salió al vestíbulo y vio a las dos amigas, una rubia y una morena, que se dirigían a la puerta.

—¡A ver, por favor, el 768 que vuelva a entrar!

Todos los candidatos que seguían en la gran nave comprobaron nerviosamente sus números.

—Es... es el mío —exclamó Emma—. ¡Es el mío! Vicky, me están llamando.

Emma se dirigió a toda prisa al reservado, seguida por Victoria.

—Gracias, muchas gracias por darme otra oportunidad. No os arrepentiréis.

—¡Tranquila, marichocho! —le dijo Rafa—. Es con tu amiga con quien queremos hablar.

Emma y Victoria se miraron ojipláticas.

—Victoria no se ha presentado al concurso —señaló Emma.

—Dale tu número —le dijo Lola.

Emma se volvió hacia su amiga y le entregó el cartel, sin entender nada.

—¿Os estáis divirtiendo? —preguntó Victoria—. Porque yo no le veo la gracia por ningún lado.

—Date una vuelta, cariño —le pidió Marbelys—, no te enfades.

Victoria dio una vuelta completa.

—Quítate la chaqueta, mona —le pidió Rafa—. No te tapes esos pechitos.

—¡Sí, hombre! —protestó ella—. ¿De qué vas?

—No te enfades, ¿Victoria...? —preguntó Lola.

—Victoria Lampard. Se llama Victoria Lampard Linares —respondió Emma por ella.

—¿Cuántos años tienes?

—Veintidós. Tiene veintidós. Como yo —respondió Emma.

—¿Estudias?

—¿Tienes novio?

—¿Por qué te presentas al concurso? —preguntaron los tres entrevistadores casi a la vez.

—Ya te digo si estudia, mi maricerebrito... —empezó a decir Emma, pero Victoria la interrumpió.

—*Stop!*

—*In the naaaaaame of looooove!** —cantó Rafa, levantándose de la silla y moviendo el brazo como John Travolta encima del coche en *Grease*.

—Sé hablar sola, muchas gracias, Emma —le dijo Victoria a su amiga antes de volverse hacia el comité de selección—. Te-

* *Stop! In The Name of Love!*, 2008 Motown Records, a Division of UMG Recordings, Inc., interpretada por The Supremes. *(N. de la E.)*

néis a mil personas dispuestas a entrar en ese concurso. No entiendo por qué perdéis el tiempo conmigo. Yo sólo he venido a acompañar a Emma. Acabo de terminar la carrera de Derecho y mi siguiente objetivo es hacer un máster en Relaciones Internacionales. Si no he empezado aún es porque no tengo dinero. De lo contrario, estaría ya en Londres.

Rafa se volvió hacia sus compañeras con los ojos brillantes. Ellas asintieron.

—Victoria. Me encanta tu nombre, ¡es *megacool*!

—¡Corta el rollo! Odio a los tíos que me hacen la pelota. Cuando un tío te dice algo bonito es porque quiere algo a cambio. Llevo veintidós años detrás de la barra de un bar de copas y sé de lo que hablo. He oído todos los piropos habidos y por haber. Reconozco a un ligón a kilómetros. Odio a esos tíos que te dicen lo que creen que quieres oír para que te abras de piernas y, luego, ¡si te he visto, *I don't remember*!

—¿Veintidós años tras la barra de un bar? ¡Qué precoz! —exclamó Marbelys.

—Y yo que pensaba que Melody había empezado a trabajar joven —murmuró Rafa.

Lola lo miró sonriendo antes de decir:

—Todos queremos algo de los demás, Victoria. Vivimos en sociedad y nos necesitamos. Nosotros buscamos a una chica de belleza racial y mucho carácter y tú necesitas dinero para hacer un máster. Pues hablando se entiende la gente. Podemos llegar a un acuerdo.

—No tengo ninguna intención de entrar en un *reality*. ¿«Pecado original»? ¿Eso qué es? ¿Como «Adán y Eva»? Lo siento, no pienso salir desnuda por la tele ni por todo el oro del mundo. *No way!*

—No exactamente —le aclaró Marbelys—. No tendrías que

salir desnuda. Las chicas llevarán biquinis y los chicos taparrabos hechos con hojas de parra. Además, tú tienes un cuerpo precioso. ¿Qué problema hay con enseñarlo un poco? Bien que vas a la playa, ¿no?

—Es distinto. No me ve toda España. Además, yo no sirvo para esas cosas. No pienso seguir las instrucciones de nadie para quedar como una idiota. Si me preguntan cuál es la capital de un país, voy a responder correctamente. Quiero ser diplomática. Me sé todas las capitales del mundo. Y eso, ¿a quién le interesa? Lo que vende es sacar chicas descerebradas que digan que la capital de Australia es *Gamberra* para echarse unas risas a su costa.

—Pues ¡con más razón! —exclamó Lola—. Nadie va a obligarte a hacer ni a decir nada que no quieras. Ve a esa isla y demuestra a todo el mundo que las mujeres guapas no tienen por qué ser tontas. Sé un ejemplo para las niñas. Si ganas el concurso, muchas chicas querrán ser como tú y estudiarán con más ganas.

Victoria la miró con la cabeza ladeada. No le faltaba razón. Siempre criticaba los *realities* que miraba su amiga, pero no movía un dedo por cambiar las cosas. Nunca se había imaginado que podría influir en la gente. Pero... sólo con que una niña apagara la tele y se pusiera a estudiar, ya se daría por recompensada.

Rafa la vio flaquear y contraatacó:

—¿Cuánto cuesta el máster que quieres hacer?

Victoria suspiró antes de responder:

—Me encantaría hacer uno en la London School of Economics and Political Science, pero ése cuesta veintisiete mil dólares, así que lo descarto. Me conformo con otro que cuesta seis mil euros y...

—El premio por ganar el concurso son sesenta mil. Treinta

mil para cada miembro de la pareja —dijo Marbelys—. Y luego ya lo que tú saques yendo a programas, haciendo portadas de *Interviú*...

Al ver la cara de susto de Victoria, Lola cambió de táctica:

—Tómate la experiencia como unas prácticas. Los participantes suelen ser de varios países. Viajarías al extranjero, conocerías gente...

Victoria se volvió hacia Emma, que la miraba con lágrimas en los ojos.

—No, *thank you*! —dijo decidida—. He venido a acompañar a mi amiga. Es la ilusión de su vida. No pienso robarle su sueño.

—¡¿Qué dices, looooooca?! —exclamó Emma—. Tú, tú, tú, tú...

—¿Está comunicando? —bromeó Rafa. Cuando Victoria lo fulminó con la mirada, él juntó las manos, pidiendo perdón—. Ya me callo.

—Estabas llorando —dijo Victoria.

—Claro, boba, de la emoción. Te estoy viendo ya en la isla. Tienen razón: eres perfecta. Estás un rato buena y les vas a meter tanta caña a esos chicos que van a preferir bañarse entre tiburones.

Victoria se volvió hacia los entrevistadores, que asentían mirándola con una sonrisa perversa.

—Pero tú... —protestó girándose de nuevo hacia su amiga.

—Yo seré tu defensora en plató, ¡por supuesto! —replicó Emma con una sonrisa radiante.

Victoria miró a su alrededor. Todo el mundo parecía encantado de la vida. Excepto ella. Tenía la sensación de haber caído en una trampa. Todo era demasiado perfecto. Ella conseguía el máster, Emma se sentaba en un plató de televisión y el concurso obtenía —¿cómo lo habían dicho?— una belleza racial de carácter fuerte.

Se sentía aturdida. Tenía la impresión de que algo no acababa de cuadrar, pero no sabía qué. Emma, en cambio, se había puesto las pilas y estaba hablando con los miembros de la organización con el desparpajo que la había abandonado minutos antes.

Varias horas más tarde, con una pizza cuatro estaciones y una botella de champán sobre la mesa, Emma y Victoria les contaron los detalles a sus madres, que no se lo podían creer.

—Las nenas van a hacer realidad nuestro sueño —le dijo Rocío a Carmen, rodeándole los hombros con un brazo—. ¡Van a ver mundo!

—Sí —replicó su amiga suspirando—, y el mundo las va a ver a ellas. Sé de uno que pondrá el grito en el cielo.

—*Fuck, fuck, fuck!* —exclamó Victoria, recordando al fin el cabo suelto en toda esta locura—. ¡Mi padre!

—Al señor embajador no le va a hacer ninguna gracia, eso está claro —dijo Emma—, pero ¿estás viviendo en su mansión al lado de su otra hija?

—No, pero...

—¿Te va a pagar los estudios y un piso en Londres?

—No, porque no se lo he pedido, pero...

—¡Ni pero ni pera! —exclamó Rocío—. Emma tiene razón. ¡Que le den a su excelentísimo señor!

Victoria se volvió hacia su madre.

—Ve a ese concurso y déjalos *pasmaos*, cariño —le dijo Carmen, levantando la copa—. Es tu vida. Que nadie te diga cómo vivirla. Y deja que tu padre se enfade si quiere. Es lo bueno de que sea tan británico. —Se encogió de hombros—. Cuando se enfada, no se nota.

—Ya te digo. —Rocío chocó la copa con la de su amiga para brindar por las niñas—. Tiene tanta flema británica que un día de éstos se atraganta.

Victoria y Emma, que acababan de brindar y estaban bebiendo, se ducharon mutuamente con el champán que les salió de la boca como un surtidor al oírlo.

—¡Ja! Ya verás las caras de las que se metían con nosotras en el colegio por ser fans de las Spice Girls —dijo Emma satisfecha, echándose hacia atrás en su silla—. Ya tenemos lema para el concurso, *shosho*.

—¿Ah, sí? ¿Cuál es mi lema, que me entere yo?

—El de siempre: *Girl Power*!

—*Girl Poweeeer!* —exclamaron Carmen y Rocío.

—*Girrrrrl Poweeeer!* —gritó Victoria, contagiándose del optimismo general.

«Prepárate, mundo —pensó—. Ha llegado la hora de la Victoria.»

Capítulo 3

Con ocho basta

Tras el salto desde el helicóptero, Luján había acabado de hacer las presentaciones de los concursantes en la isla y Juanra de sus defensores en plató. Era un grupo bien variopinto. No faltaba de nada. Había una señora del barrio de Salamanca de Madrid, un rastas ciudadano del mundo, un mecánico chirigotero y una ex Miss Calor del Caribe 2010. El mecánico —Benito, *el Tuerkas*— se fijó en Emma enseguida, pero ella sólo tenía ojos para los famosos. Llevaba el móvil en el bolsillo y competía con la hermana gemela de Sofía para ver cuál de las dos desenfundaba más rápido para sacarles fotos y colgarlas en Facebook o en Instagram.

Cuando acabó el programa en directo, cuatro de los cinco equipos de cámara dejaron de trabajar. Sólo uno quedó operativo. En el contrato que habían firmado antes de viajar al Caribe los concursantes autorizaban a la organización a grabar y emitir imágenes suyas en cualquier circunstancia. Los participantes no tenían derecho a veto. Victoria esperaba que no la grabaran cuando tuviera que atender la llamada de la naturaleza..., y no se refería a los monos que aullaban desde la isla principal.

La *troupe* del concurso se había embarcado en Madrid y había aterrizado en el Aeropuerto Internacional Hewanorra quince horas más tarde tras hacer escala en Miami y Atlanta. Aunque Victoria estaba cansada y malhumorada, la imagen de la idílica isla de Santa Lucía —una de las joyas que forman el collar de islas caribeñas— le devolvió la ilusión. Estaba viajando, conociendo el mundo. Y si todo era tan bonito como lo que estaba viendo, no pensaba dejar de viajar nunca.

Santa Lucía era una isla bastante grande. Aparte de las cascadas, los bosques tropicales y los dos colmillos de roca conocidos como The Pitons, o Los Pitones, que se alzaban sobre el mar, tenía varias ciudades. Con casi doscientos mil habitantes, era una isla demasiado habitada para conseguir el aislamiento básico para el concurso. Por eso, dos días después, cuando todos los permisos estuvieron en regla, la *troupe* se desplazó en helicóptero hasta un pequeño islote situado frente a la bahía de Los Pitones. Desde allí, había unas vistas excepcionales.

Durante esos dos días previos al salto en helicóptero, los concursantes empezaron a conocerse. Teóricamente no debían mantener contacto entre sí hasta que empezara el concurso, pero en la práctica era imposible. Se conocieron en el aeropuerto de Madrid y durante el vuelo intercambiaron miradas y sonrisas.

No obstante, al llegar al hotel de Santa Lucía, a Victoria se le quitaron de golpe las ganas de sonreír. No sólo por el *jet lag*, que no ayudaba, sino porque al conectarse al wifi del hotel le habían llegado un aluvión de mensajes de su padre poniendo el grito en el cielo. Carmen lo había llamado por teléfono para avisarlo. Había esperado a que Victoria estuviera ya en el Caribe para impedir que Charles moviera sus hilos tratando de evitar la entrada de su hija en el concurso.

Charles llamó a Victoria y le dejó un montón de mensajes en el contestador riñéndola por no haberle pedido el dinero para hacer el máster y recordándole que, al reconocerla legalmente como hija, era una Lampard y no debía arrastrar por el barro el apellido de la familia.

Victoria desconectó el teléfono. Era inútil hablar con él a esas alturas. Su madre era una mujer orgullosa e independiente que había inculcado en Victoria la necesidad de valerse por sí misma y de no depender de ningún hombre. Sabía que, si le hubiera pedido el dinero, el diplomático se lo habría dado, pero ya era mayor de edad y quería valerse por sí misma. Charles Lampard le había pagado la carrera. El máster ya era cosa suya.

Tras saltar a las aguas del islote, los concursantes se habían instalado en dos tiendas de campaña, una para los hombres y otra para las mujeres. El equipo de producción y filmación había vuelto al *resort* a pasar la noche después de instalar cámaras fijas en las tiendas.

Tras contemplar la primera puesta de sol habían tenido que encerrarse en la tienda para que los mosquitos no se los comieran vivos. Los chicos se metieron en la tienda de las chicas y hablaron hasta la madrugada, contando lo que los había llevado hasta allí. O, al menos, la versión oficial.

Nerea quería hacerse famosa para captar la atención de algún futbolista. Su meta en la vida era ser una WAG.

—¿Una *guak*? Y ¿eso qué rediantres es? —preguntó Mario.

—Una que ha trincado a un futbolista —respondió Nerea—. No sé por qué le han puesto ese nombre tan espantoso.

—No es un nombre —aclaró Victoria—. Son siglas.

—Quiere decir *Wifes and Girlfriends* —explicó Sofía—: «Esposas y novias».

—Pues yo soy futbolista —dijo Manu sonriendo—. No busques más.

—¿Ah, sí? —preguntó Nerea sentándose a su lado—. Pues no me suena tu cara. Tengo controlados a todos los jugadores de Primera División. También a los de la Premier League, la

Bundesliga y el Calcio. Y a los de la Serie A brasileña. Es curioso: en el colegio nunca me acordaba de nada de lo que estudiaba y, en cambio, con los futbolistas, no olvido un nombre. Ni una cara —añadió mirándole el paquete con descaro.

—Lo que hace una buena motivación —murmuró Victoria, lo que le supuso una mirada amenazadora de Nerea.

—Qué razón tienes —asintió Sofía convencida—. Ya iría siendo hora de que se pusieran las pilas y enseñaran en el colegio las cosas que importan de verdad. Porque, a ver, ya me dirás, ¿para qué tenemos que aprendernos las tonterías que enseñan en clase si está todo en internet? Es una manera absurda de ocupar espacio en la cabeza. Antes vale. ¿Qué tenía que aprenderse mi madre? Pues los nombres de los primos o de los vecinos. Y, además, cuando se casaba un primo, la mujer le duraba toda la vida. Te aprendías un nombre ¡y listos! Pero ahora tenemos que estar al día de todo. Todo cambia constantemente. Los famosos dejan a sus novias y salen con una nueva casi cada semana. Mi hermana y yo nos levantamos temprano para ser las primeras en leer todas las revistas en internet. Mi madre se desespera. Dice que no hacemos nada de provecho, pero es que no se entera. Vive aún en el siglo pasado. No sabe el trabajo que da tener el blog actualizado.

—Ya te digo —la interrumpió Nerea—. Y las redes sociales.

—Puff —exclamó Sofía, sacudiendo la melena rubia—. Cada vez que subimos un post tenemos que compartirlo en Facebook, Twitter, Pinterest, Tuenti, Instagram... Por suerte, somos dos y nos repartimos el trabajo. Aunque, mientras yo esté aquí, mi hermana tendrá que ocuparse de todo ella sola. Colgar los vídeos en YouTube, responder a todos los comentarios —añadió suspirando—. ¡Pobrecilla!

—Pues qué lástima que no entrarais las dos, si sois gemelas

—comentó Dani—. Ya le vale a la organización. ¿Qué hiciste para convencerlos de que te eligieran a ti y no a tu hermana? ¡Ah! Ya lo sé. Te vi con la banda de Miss Espárragos de Navarra. Os hicieron una prueba de habilidad comiendo espárragos, fijo. ¿Ganaste tú? Pues acabas de subir muchos puntos, teta. Me lo apunto para el día de la elección de pareja —dijo guiñándole el ojo.

Victoria puso los ojos en blanco mientras Nerea, picada, volvía a sentarse a su lado y le apoyaba la mano en el muslo, marcando territorio.

—Y ¿tú qué haces aquí, morena? —le preguntó Dani a Victoria.

—He venido por la pasta —admitió ella—. Pensaba que todos estábamos aquí por eso.

—Hombre, a treinta mil euros no se le hacen ascos, mona, pero eso se gasta en un buga y te quedas como estabas. Yo lo que busco es meterme en los programas. Que me conozcan y poder vivir del cuento. Ser asesor del amor, saltar de trampolines, liarme con alguna famosa y vender las fotos en las revistas... Lo normal.

«Sí, muy normal..., nano —pensó Victoria con ironía, pero al mirar a su alrededor vio que los demás asentían—. Vaya. Si al final la rara voy a ser yo.»

—Tenés razón —dijo Mario—. Yo gané un montón de plata con una telenovela, pero cuanto más ganaba, más gastos tenía, y me lo fundí todo. Ahora ya no me llaman porque hay galanes más jóvenes y con más músculos. He venido para que me conozcan en España. Espero abrir mi carrera al mercado europeo.

—¿Y tú, Conguito? —le preguntó Dani a Karibú—. Habrás venido por los papeles, supongo.

Karibú, que estaba mirando a Sandra embobado, no se dio por aludido hasta que Sofía le dio un golpe en la pierna.

—Es a ti.

—¿Yo? Me llamo Karibú, no Conguito. No soy del Congo; soy de Tanzania. Y tengo mis papeles en regla.

—¿Qué significa *Karibú*? —quiso saber Sandra.

—Es un bicho con cuernos, ¿no? —dijo Nerea echándose a reír.

—No. Es Karibú con «K» de Kenia. Significa «bienvenido» en suajili.

—Pues *karibú*, Karibú —le dijo Sandra con una sonrisa traviesa—. ¿De qué parte de Tanzania eres? Yo estuve una vez en Zanzíbar.

—Dijiste que eras de Tanga, ¿no? —preguntó Manu—. Me hizo mucha gracia.

—Sí, Tanga es mi ciudad. Pero vivo en las afueras.

—¿Has venido huyendo de la pobreza? —preguntó Sandra.

—No, he venido huyendo de mi madre, que es muy pesada y quiere que me case y siente la cabeza. Vivo en el *resort* turístico de mi familia. Mi madre insiste en que me case y cuide del negocio, pero ¡yo no quiero! ¡Aún soy muy joven para casarme! Tengo un primo que vive en Barcelona y me vine a su casa. El primo Julius, ya lo conoceréis.

—Pues si no has venido por los papeles ni por la pobreza, ¿para qué has venido? —insistió Dani.

—¿Por qué no le has preguntado eso a Mario? —replicó Karibú. Dani frunció el ceño pero no supo qué responder—. Pues precisamente por eso estoy aquí. Para que los europeos veáis que, en realidad, no somos tan distintos. ¿Y tú? —preguntó volviéndose hacia Sandra—. ¿Qué has venido a buscar?

Ella se echó hacia atrás, se apoyó en los codos y cruzó una pierna por encima de la otra antes de responder:

—La experiencia. No me importa el dinero ni la fama. Todo

eso es muy pasajero. Sólo se vive una vez, y quiero exprimir esta vida al máximo. Acababa de volver a Menorca después de dar la vuelta al mundo y la isla se me quedaba pequeña. Vi en la tele del bar del pueblo el anuncio del concurso y pensé: «¿Por qué no? No tienes nada que perder». Fui a las pruebas que hicieron en Barcelona y aquí estoy, abierta a todo —concluyó, lo que le valió las sonrisas de los chicos y varias miradas desconfiadas de las chicas.

—Sólo faltas tú, nano —le dijo Dani a Manu—. ¿Qué te trae por aquí?

—Una apuesta, *pisha*.

Todos se volvieron interesados hacia Manu.

—El cabrón del Tuerkas, mi amigo Benito, siempre está con sus apuestas. Una noche, cuando ya había perdido la cuenta de las cervezas que llevábamos, dijo que se iba a presentar al concurso de Ninfas para los Carnavales. Le dije que no había huevos, y él me dijo que qué me apostaba. En ese momento estaban dando el anuncio del concurso por la tele. Y, como soy gilipollas perdido, le dije que, si se presentaba a ninfa y llegaba a finalista, yo me presentaba al concurso nuevo. Como si no supiera lo cachondos que son mis paisanos.

Todos se echaron a reír.

—Vamos, que el Tuerkas llegó a finalista —sonrió Victoria.

—Era una cosa... digna de verla. Con ese vestido *ajustao, dorao*, del chino de la esquina..., y esa mata de pelo asomándole por el escote. Parecía un Mojino Escozío *disfrazao* de burbujita de Freixenet. Jesús, María y José. ¡Qué *pechá* de reír! Yo le hice las fotos y las colgó en el Facebook. Empezaron a lloverle los «Me gusta». No me quedó otra que presentarme a las pruebas de selección. Y el muy cabrón del Tuerkas me acompañó, claro. Malas *puñalás* le den. Se quedó a mi espalda con su vestido *dorao*, señalándome como si fuera una presentadora de teletienda y yo un robot de cocina. ¡La madre que lo parió!

Poco después, los chicos volvieron a su tienda. Todos estaban cansados. Ya habría tiempo para la juerga. En la tienda de las chicas, Nerea se volvió de espaldas a las demás y sonrió. Sus rivales eran tres gacelillas. Había llegado dispuesta a luchar contra tigresas como ella, pero no iba a tener ni que afilarse las uñas. El concurso estaba ganado.

En la tienda vecina, Dani se tumbó con los brazos detrás de la cabeza y sonrió. Menuda panda de *pringaos* que le habían tocado como rivales. A Dani no le gustaba perder ni a las canicas. Había llegado a la isla dispuesto a lo que hiciera falta. Pero eso iba a ser mucho más fácil de lo que pensaba. Viéndose ya como ganador del concurso, se durmió y empezó a roncar.

Manu chasqueó la lengua varias veces, pero Dani cogió carrerilla y roncó aún con más fuerza.

—Tuerkas, ésta te la guardo.

Capítulo 4

Un sapo, una iguana y un collar de tres vueltas

Isla de Santa Lucía
Primera semana, gala del jueves

—¡Buenas noches, mis queridos pecadores! Bueno, buenas tardes para vosotros —saludó Juanra desde el plató—. ¿Qué tal estos cuatro días en el paraíso? ¿Habéis disfrutado?

La cámara hizo un barrido de los cuatro chicos sentados en un tronco a la izquierda de Luján y de las cuatro chicas sentadas en otro tronco a su derecha. En el centro había una hoguera. Mientras no se apagara, tendrían fuego. Las caras de los concursantes eran todo un poema.

Tras la primera noche, el ambiente no había hecho más que empeorar. Aquello, más que el paraíso, parecía una zona de guerra. Los ronquidos de Dani no los dejaban dormir por las noches, y durante el día habían empezado las luchas por la comida. Victoria había insistido en la necesidad de racionar las provisiones, pero nadie le había hecho caso. El martes al mediodía se habían quedado sin nada. Y habían tenido que sobrevivir hasta la gala del jueves por la noche con lo que habían encontrado en el islote.

Karibú y Manu habían demostrado mucha mano con la pesca, pero la segunda noche se les había apagado la hoguera que la organización había dejado encendida. De momento, no tenían mechero para volver a encenderla. Sin fuego para cocinar, las chicas sólo habían sido capaces de comer erizos. Menos Sofía, que desde hacía unos meses era vegana, porque ser vegano era tendencia mundial.

Unos sabían disimular el mal humor mejor que otros. En ese terreno, Nerea era la reina. Según ella, nunca era demasiado pronto para empezar a hundir a sus rivales, así que sonrió a cámara mostrando todos los dientes mientras le daba a Victoria un pellizco en la espalda, que las cámaras no captaron. Cuando Victoria reaccionó dándole un pisotón y mirando a cámara con rabia, Rocío y Carmen se llevaron las manos a la cabeza tras la barra del Monkey Island.

—¡Pero ¿qué hace?! —exclamó Rocío.

—Ese carácter, niña —la reprendió su madre a distancia.

Emma estaba sentada en plató junto a los tertulianos y a los defensores del resto de los concursantes.

—¡Algo le habrá hecho! —murmuró entre dientes.

La cámara siguió haciendo un barrido sobre los concursantes. A la derecha de Victoria estaba Sofía, que cruzaba y descruzaba las piernas constantemente, sintiéndose Miley Cyrus.

—¿Te has sentado en un hormiguero, Sofía? —le preguntó Juanra, que habría jurado que acababa de verle todo el jardín del edén, que por cierto le pareció un poco desforestado.

—Son los nervios, Juanra. Estoy muy muy excitada.

—Normal. El calor, la humedad y esa ropa tan..., ejem, escasa —comentó el presentador—. Recuérdanos cómo va el tema de la ropa, Luján, guapísima. Por cierto, qué modelo tan divino te han puesto.

—¿Verdad que sí? —respondió la presentadora, acariciándose el torso con las manos—. Estoy irresistible. Dos lagartos me han tirado los tejos mientras venía hacia aquí. ¿A vosotros qué os parece, chicos?

—Estás *p'hacerte* un estropicio —respondió Dani.

—¡Ole las presentadoras guapas! —exclamó Manu.

—Bella, bellísima —susurró Mario.

Karibú no dijo nada, pero levantó los dos pulgares y le dirigió una sonrisa deslumbrante.

—¡Ay, cómo sois, chicos! —replicó ella coqueta.

—Luján —dijo Juanra—, ¿puedes comprobar si le pasa algo a Sandra? La veo que está, pero que no está...

Nerea y Sofía intercambiaron una mirada cómplice y luego miraron al suelo para que no las vieran reír.

Luján se acercó a la concursante pelirroja, sentada en un extremo del tronco. La verdad era que parecía un poco... ida. Se había ido inclinando hacia la derecha; tenía la cabeza apoyada en un cocotero y una gran expresión de felicidad en la cara.

—Sandra, ¿estás bien? ¿Te pasa algo?

—Sí, quiero acompañarte, príncipe de las anémonas —respondió ella—. Llévame a tu reino de los lagos púrpura.

Luján carraspeó.

—Sí, parece que está un poco... traspuesta —dijo abriendo mucho los ojos.

Karibú se inclinó hacia adelante y miró las pupilas dilatadas de la menorquina con preocupación.

—Será la calor —la justificó Manu, que antes de la gala la había visto dándole unos lametones a un sapo. Para relajarse un poco, le había dicho Sandra guiñándole el ojo y ofreciéndole el batracio, que él había rechazado—. *Ojú, la* calor que hace en esta isla, Luján. He visto a un lagarto hacer las maletas *pa* irse a Sevilla.

Todos se echaron a reír menos Victoria. Estaba preocupada porque no se veía formando pareja con ninguno de los cuatro chicos. Se habían pasado desde el domingo coqueteando con todas. Suponía que era lo normal; para eso habían ido allí. Si todos fueran como ella, no habría habido concurso. Pero igualmente le daba mucha rabia. No soportaba que la miraran como si sólo fuera un trozo de carne. Estaba a punto de empezar la primera prueba del concurso: la prueba para formar las parejas. Les habían dado varios días para que se conocieran un poco. Tras la misma, los ganadores elegirían a su pareja favorita. Pero Victoria no tenía ningún favorito, así que tampoco tenía ninguna motivación para ganar la prueba. Bueno, tal vez podría hacer una elección a la inversa, por descarte.

Karibú parecía el más legal. Había hablado con él un par de veces sin tener la sensación de que le estaba arrancando con la mirada el biquini de hojas de parra que era el uniforme del concurso. Pero tenía un grave problema. Aunque no parecía molestarle que Nerea o Sofía se sentaran sobre él, tenía una clara favorita: Sandra. Apenas tenía ojos para las demás.

En cambio, Victoria no tenía muy claro cómo era Mario. Aparte de un dios del sexo, claro. Esa combinación de genes argentinos, españoles e italianos era letal. Alto, moreno, de músculos marcados, con esa melenita negra y esa voz grave y susurrante que era puro pecado embotellado. Cada vez que le dirigía la palabra, ella se estremecía. Pero no podía asegurar si el escalofrío que le provocaba era de excitación o de repelús, como el que sentía cuando se le acercaba una serpiente.

Con Dani no tenía ese problema: lo tenía clarísimo. Lo que sentía a su lado era repulsión, grima, asco, ¡ganas de potar! Eh, que a lo mejor el chico era una bellísima persona, pero lo disimulaba estupendamente. Se movía por la isla con las piernas separadas, como si estuviera escocido o tuviera los huevos demasiado grandes para el taparrabos con forma de cortinilla hecho con hojas de parra. Caminaba con los brazos separados y los dedos índices señalando hacia el paquete, como diciendo: «Aquí está lo que llevas buscando toda tu vida, nena».

Y luego estaba Manu. Físicamente estaba como un queso. Y era un tío enrollado, eso sí. Lo había demostrado tirándose al agua para ayudar a Karibú o echándole un cable a Sandra para que no quedara como una colgada *flower power* y chupasapos. Pero cada vez que trataba de hablar con él sin bromear, Victoria se desesperaba. Parecía que nunca pudiera tomarse nada en serio. ¿Cómo podrían ganar el *reality* si eran incapaces de idear una estrategia común?

Cuando notó un nuevo pellizco de Nerea, Victoria se volvió hacia ella con fastidio, pero al oír que Juanra seguía hablando, se dio cuenta de que, sin querer, le había hecho un favor sacándola de sus pensamientos.

—Las normas no pueden ser más sencillas —estaba diciendo el presentador—. Podéis hacer lo que queráis, cuando queráis y con quien queráis, excepto en el momento en que suene el cuerno de la abundancia. El cuerno os señalará que es la hora de las galas o de las pruebas. Cuando lo oigáis, tenéis que dejar lo que estáis haciendo y acudir al punto de encuentro inmediatamente.

—¿Si estamos chingando también? —preguntó Dani.

—Bueno. Depende de lo que tardes en acabar, campeón —respondió Juanra, mientras Nerea y Sofía le reían la gracia y Victoria ponía los ojos en blanco.

Sandra también, pero no por culpa de Dani.

—Las pruebas servirán para obtener premios. Los premios pueden ser comida, materiales de construcción, comunicación con el exterior, una cena íntima... Dependerá de lo que ponga en el papel que encontraréis siempre escondido dentro de las manzanas del pecado. Manzanas como la que tiene Luján.

La presentadora les mostró una manzana de plástico rojo brillante que se abría por la mitad. El interior estaba hueco. Trató de entregársela a Sandra, pero al ver que seguía en su nirvana tropical, se la dio a Sofía susurrando:

—Menudo colocón.

Cuando la manzana llegó a Nerea, ésta se levantó para dársela a Karibú, que estaba sentado ante ella. Mientras volvía a su sitio, los chicos silbaron mirándole el culo.

—¡Eso son andares, y no los de *Amparito*! —exclamó Manu.

—¿Quién es *Amparito*, Manu? ¿Tu novia? —preguntó Juanra.

—¡Quia! Yo no tengo de eso, Juanra. *Amparito* es la iguana de mi amigo el Tuerkas.

En plató, la cámara enfocó al Tuerkas, que se había sacado el móvil del bolsillo y, muy orgulloso, estaba enseñando la foto de *Amparito* que llevaba de fondo de pantalla. Le dio un beso antes de guardarla, lo que provocó un gesto de asco en una señora que llevaba un collar de perlas de tres vueltas.

—Bien. Pues la prueba consiste en encontrar las manzanas que están escondidas en las charcas que veis ahí delante. Dentro de las manzanas hay números. Quien encuentre la manzana con el número uno elegirá pareja en primer lugar. ¿Entendido?

Luján indicó a los participantes dónde debían colocarse para iniciar la prueba. Las tres chicas quedaron intercaladas entre los cuatro chicos, porque a Sandra fue imposible moverla.

Cuando sonó el cuerno, los siete salieron corriendo. Victoria, situada entre Dani y Manuel, se tragó toda la arena que levantaron cuando la adelantaron, casi inmediatamente. Al llegar a las ocho charcas artificiales que la organización había cavado en la arena, se metió en una de las que quedaban vacías. Enseguida se dio cuenta de que no estaba llena de agua. Era una especie de barro viscoso, de un color rojizo.

«Oh, no —pensó Victoria al recordar las palabras de su padre. No había pasado ni una semana desde el inicio del programa y ya se estaba arrastrando por el barro. Literalmente. Y no sólo el apellido, sino toda ella—. Muy sutil todo, sí, señor.»

La charca tenía medio metro de profundidad. Cuando Victoria localizó algo redondo con el pie, trató de recoger la manzana sin ensuciarse demasiado. La sacó del barro satisfecha, pero al limpiarla un poco vio que no era una manzana. ¡Era un coco! Trató de abrirlo, pero no pudo. Lanzó el coco con rabia y le dio en la cabeza a Nerea, que acababa de salir de su charca de barro de color lila. La madrileña se limpió los ojos y, al ver a Victoria mirándola, se enfureció.

—¡Lo has hecho a propósito, zorra! —gritó, olvidándose de las manzanas y yendo a por su rival.

—Es verdad —exclamó en plató la señora de los collares, que era doña Ángela, la madre de Nerea—. Le tiene manía a mi hija. Lleva mirándola mal toda la noche.

La hermana gemela de Sofía, que estaba sentada entre la Collares y Risto Mejide —invitado especial de la gala—, asintió.

—Pero ¿qué dice? —protestó Emma—. ¿Ese collar no deja que le llegue el riego al cerebro o qué le pasa? Ha sido un accidente. ¡Lo ha visto todo el mundo!

—Señora Ángela, Emma, haya paz —intervino Juanra.

—Doña Ángela, si no te importa.

La cámara pilló a Emma haciendo un gesto como si cogiera a la doña por el collar y lo retorciera.

En el Monkey Island, Rocío se santiguó mientras Carmen contenía la risa.

Victoria acababa de encontrar otro objeto redondo en el fondo de la charca, pero tuvo que dejarlo porque Nerea se le echó encima gritando como una *banshee* en época de celo. La agarró por los pelos y la arrastró por el barro. Por unos momentos, Victoria temió ahogarse.

«¡Reacciona, Victoria! —se dijo—. No querrás morir de una manera tan poco digna. Y delante de todo el mundo.»

Agarró la pantorrilla de Nerea y le dio un mordisco con más ganas que si fuera un muslito de pollo *a l'ast* después de un largo día de playa.

El aullido de Nerea quedó amortiguado por el grito de lo que parecía ser un animal salvaje. El CAVNI —«Cani Albufereño Volador No Identificado»— que se había abalanzado sobre ellas aprovechó para meterles mano bajo el barro antes de abrirse paso como un cochino en una charca hasta encontrar lo que buscaba y ponerse de pie con un grito triunfal. Victoria no estaba segura de quién era hasta que lo oyó hablar.

—¡Ya tengo dos! ¡Como mis cojones! —exclamó, levantando las dos manzanas.

—Parece Bardem en *Huevos de oro* —murmuró Risto—, me encanta.

Dani salió de la charca y se sentó. Abrió las dos manzanas; vio que tenía el número dos y el siete y le entregó este último a Victoria.

El valenciano estaba a punto de lanzarse a otra charca para seguir buscando la manzana con el número uno, pero Luján hizo que se detuviera.

—Creo que ya han salido todas. Vamos a comprobarlo. Venga, chicos, venid todos aquí, junto al gran manzano.

Los siete concursantes, teñidos de rojo, lila, azul y verde, se acercaron al gran manzano, que era a la vez símbolo del programa y punto de encuentro. En realidad era una acacia. En la isla no había manzanos, pero como el tema del programa era el jardín del edén y el pecado original, la organización había tuneado la acacia colgando manzanas de plástico de las ramas. En el tronco había cuatro corazones grabados. Como les explicó Luján, cuando las parejas estuvieran formadas, anotarían los nombres de los miembros de la pareja dentro de los mismos.

La presentadora comprobó entonces los números que había obtenido cada concursante y fue colocándolos por orden.

Manu estaba tan contento por haber sacado el número uno que le dio un beso a Luján, dejándole la mejilla manchada de verde. Dani se colocó a su lado con el número dos. Sofía había encontrado el tres. Karibú tenía el cuatro; Mario, el cinco y el ocho; Nerea, el seis, y Victoria, el siete.

«No sé por qué me he partido los cuernos pensando en quién elegir», pensó Victoria.

—Mario, tienes dos números. Tengo que preguntarte cuál de los dos quieres cederle a Sandra, aunque ya me lo imagino.

—Sí, el ocho, claro.

—Bien, pues tenéis un cuarto de hora para secaros y poneros la ropa que la organización os ha preparado. La fiesta de selección de parejas empezará cuando suene el cuerno, junto a la explanada de la Gran Serpiente.

Nerea y Sofía echaron a correr para ver los modelitos que les habían traído. Cuando Victoria llegó junto a los troncos, vio que se alejaban cada una con un vestido de noche.

—¿Cómo está Sandra? —le preguntó a Luján antes de buscar su ropa.

—Mejor. La han duchado y le han dado un termo de café. Si no le da un infarto, podrá acabar el programa. Anda, ve a lavarte.

—Sí, niña, que pareces un camarón, tan *colorá* —bromeó Manu, que revolvía en la pila de ropa buscando algo que le fuera bien.

—Dijo el gigante verde —murmuró Victoria.

—Si tengo que ser un gigante verde, prefiero ser Hulk —dijo él, fingiendo romperse la camisa.

—*Whatever!*

—Tan guapa que eres y lo raruno que hablas. ¿Te ha entrado barro en la boca o es que eres *guachiney*?

—¿Cómo me has llamado?

—*Guachiney*. ¡Guiri! ¿No es eso lo que dicen todo el día los yanquis de la base de Rota? *¿Guachiney, guachiney...?*

—¿No querrás decir «*What's your name*»? Lástima que no me haya entrado más barro en los oídos para no tener que oír tantas tonterías —replicó Victoria malhumorada—. No soy extranjera. Soy tan española como tú, y el hecho de que también tenga nacionalidad británica no tiene nada que ver con que sepa hablar inglés. Eso se aprende en la escuela.

Sabía que estaba siendo muy borde con el gaditano, pero no podía evitarlo. La alteraba. Era demasiado guapo para su salud mental. Le encantaba su pelo castaño, ni corto ni largo, y ligeramente ondulado. Aunque había oído decirle que no iba al gimnasio, tenía los hombros anchos y los brazos fuertes. Los músculos del carpintero no eran tan exagerados como los de Dani, pero precisamente por eso eran más letales. Tenía los rasgos de la cara bien definidos: la frente amplia, los pómulos marcados, la nariz recta pero prominente, los ojos verdes y unos labios carnosos que se estiraban cada vez que sonreía, lo que sucedía muy a menudo. Tenía una buena caja torácica, y el pecho sombreado por una ligera capa de vello. Le sorprendió ver que tenía un poco de tripita.

—¿Te gusta lo que ves? —le preguntó Manu divertido al ver cómo lo observaba—. ¿No te enseñaron anatomía en la escuela?

Victoria, pillada, se defendió atacando:

—Estaba mirando que tienes un poco de tripa. ¿Las tapitas del bar?

—Un respeto cuando hables de las tapas, niña. Son lo más *sagrao*, junto con mi madre.

—¿Qué eres?, ¿de la cofradía del santo chipirón del gran poder? —bromeó ella.

—El chipirón es lo que te voy a comer yo a ti como sigas mirándome así. Con su puntillita y *to*.

—*Excuse me???!!!*

Manu gruñó molesto.

—Que alguien le explique a la hija de la Gran Bretaña esta que aquí se habla en cristiano. Pero cristiano de verdad: católico, apostólico y romano. Los protestones que vayan a quejarse a su isla.

—Será los protestantes.

—Ya está protestando la protestona.

—¡Cafre!

—Así me gusta. En español del bueno. Pero eso, si me lo dices mirándome a los ojos en vez de al paquete, resulta más creíble.

—¡Chulo!

—Y lo cachonda que te pone que te chulee, guapa.

—¡Más quisieras! —Victoria se metía a monja de clausura antes de admitir que tenía razón—. ¡Golfo! Ahora entiendo de dónde viene lo del Golfo de Cádiz.

—Pues entonces estamos hechos el uno para el otro, preciosa —replicó él, acorralándola—. Porque si yo soy el Golfo de Cádiz, tú eres la Estrecha de Gibraltar.

Tanto Luján como los cámaras, así como los que estaban en plató, se echaron a reír, pero Victoria no estaba de humor. La prueba le había parecido humillante y se arrepentía de haberse dejado convencer para participar en el concurso.

—¡Déjame pasar! —exclamó indignadísima, empujándolo con las dos manos—. *Twat!*

—Pasa, morlaca —dijo él, haciéndole un pase con la mano—. Esta isla es tan chica como tu Peñón, así que no irás muy lejos.

Consciente de que él le estaba mirando el culo, Victoria levantó el brazo derecho y le hizo una peineta muy sentida.

A Manuel le gustaba Victoria desde el primer momento en que le había puesto los ojos encima. Le recordaba a su actriz favorita, Inma Cuesta, pero más alta. Manu medía metro ochenta y cinco y le sacaba unos quince centímetros, así que ella debía de medir metro setenta, más o menos. Tenía una preciosa melena morena y los ojos marrones. Le había oído contar que su padre era inglés, pero no había sacado nada de él. Bueno, sí, esa manía de hablar mezclando el castellano y el inglés. A Manu lo sacaba de quicio porque nunca sabía si lo estaba insultando. Y con la cara de almendra amarga que ponía Victoria cuando hablaba con él, era lo más probable.

Al principio pensó que debía de haber hecho algo para molestarla, pero luego vio que era igual de borde con los demás candidatos. Parecía resabiada, escarmentada de los hombres. No entendía qué hacía en el concurso. O igual eso era exactamente lo que buscaba. Un hombre que le quitara la amargura a polvos y que le hiciera olvidar al ex que le había agriado el carácter. Pues no necesitaba seguir buscando. Manu se presentaba voluntario. Miró a cámara y dijo:

—Tuerkas, a esta llanita la domo yo antes de que acabe el concurso. Apuesto las tapas de un mes entero.

En plató se vio a Manu besarse la cruz que había formado

con el índice y el pulgar tras la apuesta. El Tuerkas se echó a reír, pero a Emma no le gustó un pelo que apostaran tan alegremente sobre su amiga.

A Juanra también le había hecho mucha gracia la discusión entre aquellos dos.

—Menuda pareja de armas tomar —señaló.

—El Golfo de Cádiz y la Estrecha de Gibraltar. Menudo eslogan —comentó Risto, acariciándose la barbilla—. ¡Brillante!

—Mi amiga no es estrecha —protestó Emma.

—Eso da igual. No dejes que la realidad te estropee un buen eslogan, querida.

Emma refunfuñó para sus adentros, pero la cámara ya estaba enfocando a Leonor, la hermana de Sofía (a las que Juanra había bautizado como las Infantas de Tudela). Leonor protestaba porque su hermana había sacado el mejor número entre las chicas, y exigía que fuera la primera en elegir.

—¿No has oído nunca eso de que las damas primero? —preguntó batiendo las pestañas.

—En la cama, siempre —respondió el Tuerkas, lo que hizo sonreír a Emma a su pesar—, pero aquí, ¿qué tendrá que ver?

—¡No es justo! Los chicos son más fuertes.

—No era una prueba de fuerza —la tranquilizó Juanra—. El último en llegar a las charcas podría haber sacado el número uno. En este caso ha sido Manu quien ha encontrado la manzana con el uno. ¿A quién crees que elegirá, Benito?

—Llámame Tuerkas, por favor. Todo el mundo me llama así.

La madre de Nerea se acarició el collar mientras lo miraba con recelo y se apartaba de él, pero al topar con Julius, el primo de Karibú, dio un respingo y se sentó en la silla con la espalda muy tiesa.

—Pues está la cosa jodida, Juanra. Al Manu le gustan todas.

Las rubias, las morenas, las castañas y las pelirrojas. El año pasado salió con una chica que tenía el pelo azul.

—Menudo perla —murmuró Emma.

—Al menos está feliz y no amarga a nadie con su cara de yogur sin azúcar como tu amiga —replicó el Tuerkas—. A ver, ilumínanos. ¿Qué chicos le gustan a Victoria? Porque no parece que le guste ninguno.

Emma se revolvió incómoda en su asiento.

—A Victoria le gustan los chicos decentes, serios y trabajadores —respondió, lo que provocó la risa floja de varias personas en plató.

—Y ¿ha encontrado alguno? —insistió Benito.

—De momento, no, porque es una chica exigente, pero...

—Menuda estrecha —dijo Álex, el clon de Dani—. Se va a quedar la última, como si lo viera.

En ese momento, Juanra anunció que los concursantes ya estaban preparados para la elección de parejas. Con el fondo del mar Caribe y las dos abruptas montañas conocidas como Los Pitones —que parecían dos colmillos cubiertos de exuberante vegetación—, la organización había preparado una mesa para ocho. El lujo se combinaba con el exotismo. Sobre el mantel de hilo blanco había platos de barro y copas de cristal. La comida, a base de marisco y ensaladas, estaba dispuesta sobre la mesa para que ellos mismos se sirvieran.

Junto a Luján, impecable con un ajustado vestido blanco que hacía destacar su bronceado, un lacayo con taparrabos de hoja de parra y peluca blanca empolvada iba anunciando el nombre de los concursantes mientras golpeaba con un bastón sobre una superficie de madera.

—Manuel Soto, carpintero de Cádiz.

—¡Damos la bienvenida al flamante ganador de la primera

prueba de «Pecado original»! ¡Qué emoción, qué nerviooos! Manuuu, ¿ya has elegido a la que será tu pareja durante estas cuatro semanas? Te recuerdo que, una vez hecha tu elección, no podrás volver a cambiar de pareja hasta el final del concurso, y que será el público con sus votos quien elija la pareja ganadora.

Manu, vestido con pantalones de lino color canela y guayabera blanca entreabierta, saludó a cámara y se volvió hacia Luján. A continuación, la agarró de las manos y se las sacudió un par de veces de puro nerviosismo.

—La verdad es que me gustan las cuatro, Luján. Todas son guapíiiisimas. Elegir a una sola va a ser más difícil que encontrar un chirigotero sobrio en Carnavales.

En plató, el Tuerkas se volvió hacia Emma como diciendo: «Te lo dije».

—Lo sé, querido —replicó Luján—. Os hemos de tentar con bellezas importantes. Adán no abandonaría el paraíso por cualquiera, me imagino.

—Adán se iba a poner fino, aquí.

—¡Qué me gusta a mí el fino! —replicó Luján.

—Y la manzanilla —añadió Manu—. Mucho mejor que las manzanas, ¿o no?

—Digo. Tú sí que sabes. —Luján se volvió para mirar a cámara—. Pues habéis tenido ya unos días para conoceros, así que no hagamos esperar más al público que está en sus casas mordiéndose las uñas.

En el Monkey Island, Carmen miró a Rocío, le cogió la mano y se llevó las uñas de su amiga a la boca.

—A mí ya no me quedan —confesó.

Rocío apartó la mano y rodeó los hombros de su amiga con un brazo.

—¿Cuál será la primera pareja que se forme en el edén? —exclamó Luján—. ¿Quién es la elegida, Manu? ¿La temperamental Nerea? ¿Miss Huerta Navarra? ¿Sandra Paz y Amor? ¿La guerrera de Victoria?

Emma se agarró con fuerza a la butaca de plató.

—Pues yo soy de los que se crecen ante los retos, así que elijo a Victoria. ¡Que empiece la guerra! —exclamó Manu con decisión.

El lacayo hizo sonar el cuerno para anunciar la formación de la primera pareja.

En el Monkey Island, Carmen y Rocío se abrazaron entre gritos de alegría.

Emma se volvió hacia Álex y le hizo una mueca mientras celebraba la elección de su amiga apretando el puño.

—Conque se iba a quedar la última, ¿eh, bocazas?

Victoria se acercó. Llevaba unos vaqueros cortos y una blusa blanca, de tirantes. La parte inferior de la blusa estaba hecha de flecos largos que le acariciaban el vientre al caminar. Llevaba el pelo mojado suelto, peinado hacia atrás, con una gran flor blanca detrás de la oreja. Se acercó a Manu, lo miró y se ruborizó.

Él le ofreció la mano y la condujo hacia la mesa. Se sentaron y se miraron a los ojos en silencio mientras Luján y el lacayo anunciaban la llegada de Dani.

—Gracias —murmuró Victoria para que nadie más lo oyera.

—Un placer —replicó él con una sonrisa seductora—. Estoy seguro de que va a ser un auténtico placer, Vicky.

—Victoria —replicó ella, tratando de marcar las distancias.

—Siesa.

Victoria se volvió hacia Luján para no caer bajo el embrujo de los ojos verdes del gaditano. No podía dejarse arrastrar por la luz de las velas, el murmullo de fondo de las olas o el resto de las trampas que la organización sin duda estaba preparando para ellos en aquel mismo momento. Conocía mejor que nadie el efecto que una decepción amorosa tenía en la vida de una mujer. Su madre nunca había vuelto a ser la misma tras su desastrosa aventura con Charles Lampard. Y desde el primer día Victoria no podía quitarse de encima la sensación de que Manuel Soto era del tipo de hombres que te llenaban el corazón de felicidad, hinchándolo como un globo, sólo para pincharlo más adelante con su indiferencia al encontrarse a una nueva incauta.

Capítulo 5

Farolillos rojos

A lo largo de la gala acabaron de formarse las parejas. Dani eligió a Nerea, que demostró su entusiasmo comiéndole toda la boca frente a la mirada entre incómoda y divertida de Luján. Sofía, que había conseguido el número tres, eligió a Mario, que se lo agradeció levantándola en brazos y dando unas vueltas con ella antes de sentarla a la mesa. Ya sólo quedaban Karibú y Sandra, que no parecían disgustados por haberse quedado los últimos. Todo lo contrario. Karibú se dejó caer de rodillas al suelo y se postró ante la puesta de sol, tocando el suelo con la frente.

Luján se volvió hacia Sandra.

—¿Qué crees que le pasa? ¿Estará llorando?

—Espero que no. Igual quiere que me monte a caballito. Debe de ser una costumbre de su país para llevar a las novias a su nuevo hogar, ¿no?

Ni corta ni perezosa, Sandra se montó sobre el lomo del tanzano y gritó alegremente:

—¡Arre!

Pero Karibú había empezado a incorporarse en ese momento y Sandra fue a parar al suelo. Cuando el tanzano se dio cuenta de lo que había pasado se dio la vuelta, aún de rodillas, preocupado por la menorquina, que se estaba sujetando la tripa como si le doliera.

Pero Sandra se estaba partiendo de risa. Su risa era cristalina y muy contagiosa. Le costaba arrancar. Al principio pasaba unos segundos como si se hubiera quedado sin respiración, pero cuando al fin se soltaba y empezaba a reír, no podía parar.

Después de que Sandra aclarara que no se había hecho daño y que Karibú confesara que estaba dando las gracias por haber conseguido ser la pareja de Sandra, los ocho participantes empezaron a cenar.

La cena estaba compuesta básicamente por ensaladas, marisco y frutas tropicales. Tras tres días de comer sólo lo que encontraban en la playa, los concursantes tenían ya hambre atrasada.

—Tomá —le susurró Mario a Sofía, ofreciéndole una ostra—, son afrodisíacas.

—¿Necesitas esos trucos para llevarte a las nenas a la cama? ¿Qué pasa, abuelete?, ¿necesitas ayuda para levantar el aparato? —lo provocó Manu.

—A las pibas no les hace daño un empujoncito. Y no, no necesito ayuda. Esos problemas sólo los tenéis los gallegos, que no coméis suficiente carne —contestó Mario con una amplia sonrisa—. Cuando tengas más experiencia en la vida sabrás que en las artes amatorias los complementos no son circunstanciales.

—Pues no sé yo —intervino Sofía haciendo caso omiso de la discusión de los chicos—. ¿Esto es vegano?

Manu iba a responder, pero Dani se le adelantó:

—Claro, pava. Son frutos del mar, ¿no?

—Pues *p'adentro* —contestó ella, y sorbió ruidosamente la ostra ante la mirada estupefacta de sus compañeros—. ¡Qué rica! Aunque es una fruta muy rara. Parece como si se moviera...

—Eso va a ser el afrodisíaco, que empieza a hacerte efecto

—bromeó Manu—. Mejor no comas más, a ver si te van a sentar mal tantas vitaminas.

Al rato se acercó a la mesa un camarero que empujaba un carrito de postres. Un gran gorro de paja le cubría la cara. Cuando la levantó, vieron que era Luján.

—¡Sorpresa! —exclamó la presentadora.

Sofía ahogó un grito y se llevó la mano al pecho. Los demás se echaron a reír.

—¡Qué miedo dan tus sorpresas, Luján! ¿Qué nos has traído? —preguntó Manu, alargando la mano hacia las tapaderas de paja trenzada en forma de cúpula que cubrían las cuatro bandejas. Las tapaderas tenían un agarrador en forma de fruta. Había una banana, un mango, una piña y un coco.

Luján le dio una palmada en la mano.

—¡Quieto ahí, león! Esas manos, que van al pan.

—Espero que vayan a más sitios esta noche —replicó Manu, provocando a Victoria con la mirada.

—*In your dreams* —murmuró ella.

—¿Qué dice la inglesita?

—Que en tus sueños, machote —le aclaró Luján, dándole unas palmadas en la espalda—. Uy, estás *fibrao*, Manu. No me extrañaría que te colaras en mis sueños un rato —le dijo guiñándole el ojo.

—Ay, mi Luján. ¿Por qué no te habré elegido a ti y no a esta siesa? El marisco que sobre lo podemos guardar en su cama. La Vicky es tan fría que seguro que se conserva estupendamente.

Al mirar a Victoria, lo que Manu vio en sus ojos no fue fastidio. Le estaba dirigiendo una mirada de advertencia a Luján, como diciéndole: «¡Manos fuera! Propiedad privada».

«¡Mierda! —se dijo Victoria—. Se ha dado cuenta. —Manu le estaba dirigiendo una de sus sonrisas derriteglaciares—. *Fuck, fuck, fuckity fuck!* ¿Por qué tiene que estar tan bueno y tener tanta chispa, el *jodío*?»

—Porque yo no estoy disponible, querido —replicó Luján—, pero me viene estupendamente que saques el tema de las camas. Mirad hacia esa pantalla.

Los participantes vieron al mismo tiempo que los espectadores un breve vídeo sobre las maravillas de la isla de Santa Lucía y sobre el pequeño islote donde se encontraban. El vídeo acababa en un plano fijo de lo que parecía un mapa del tesoro donde había marcados varios puntos estratégicos. Había cuatro cabañas palafito, una en cada punto cardinal de la isla. Un manzano con cuatro corazones dibujados en el tronco marcaba la situación del campamento central, en la que habían bautizado como playa del Pecado.

—Como veis, ahora estamos cerca de la playa del Pecado. En estas cuatro bandejas cubiertas hay cuatro tarjetas. Elegid una por pareja para saber cuál será vuestro nidito de amor durante las próximas semanas. Seguiremos el orden inverso que con las parejas. Como suele decirse, los últimos serán los primeros. A ver, Karibú, Sandra, ¿qué bandeja elegís?

Sandra y Karibú se miraron y se encogieron de hombros.

—La banana —dijo Karibú, lo que provocó la risa tonta de varias mujeres, tanto en la isla como en plató.

Cuando Luján levantó la tapa de la bandeja coronada con una banana, encontró dentro una tarjeta con una rosa de los vientos señalando al norte.

—El norte. Muy bien, nunca hay que perderlo. Vuestro palafito será éste —anunció Luján señalando la cabaña situada en la parte superior del mapa.

Sofía y Mario eligieron la bandeja del mango, que los llevó a la cabaña del este. Dani y Nerea escogieron la piña y les tocó el palafito del sur, el más cercano a las zonas comunitarias, donde se celebraban las conexiones y donde se alojaban los cámaras y otros miembros de la organización cuando visitaban el islote.

—Pues el coco —dijo Victoria encogiéndose de hombros—, no queda otra.

—Bien, siempre me gustó Coco en «Barrio Sésamo». A ver si te enseña la diferencia entre cerca y mucho más cerca —comentó Manu, invitándola a acercarse a él con un gesto de la mano.

Ella le dirigió una mirada sulfurada.

«Así me gustas. Bien calentita, aunque sea de rabia», se dijo Manuel.

—¿Puedo quedarme ese coco para tirárselo a alguien a la cabeza, Luján? —preguntó Victoria.

—Uy, querida, ¡cuánta agresividad! —exclamó la presentadora—. Manu es tu compañero ahora. Guarda esa rabia para cuando os enfrentéis a las demás parejas en las pruebas especiales. Nunca adivinaríais qué cabaña os ha tocado.

—La del oeste —replicó Manu.

—¿Cómo lo has sabido?

—*Espabilao* que es uno, Luján. Ya me lo dice mi madre, que me escapo por una puerta abierta. Un beso, omá.

En una casa de la calle Barquillas de Lope del barrio del Balón de Cádiz, María Benítez, viuda de Soto, se abrazó al televisor.

—Un beso, mi niño. ¡Ay, mi niño, qué guapo está! ¿A que está guapo, Mari Mar?

María del Mar, la hermana pequeña de Manu, abrazó a su madre cuando ésta volvió a sentarse en el sofá.

—Guapísimo, madre. Lo más guapo que han visto en esa isla.

—Y esa chica que se ha *buscao*, ¿te gusta *p'al* Manu? Muy *estirá* me parece.

—Un poco *estirá* sí es, pero el Manu la arruga en cuatro días, ya verás. Si no la arregla él, es que la chica no tiene remedio. Además, vive aquí cerquita, madre. Si la cosa sale bien, no se nos irá a vivir a Madrid ni a Navarra. O a dar la vuelta al mundo con la hippy pelirroja.

—Eso es verdad. Pero es que, después del chasco de la Noelia, no me gustaría que tropezara otra vez con la misma piedra. Una buena chica, sencilla y trabajadora, es lo que necesita. No sé por qué siempre tiene que fijarse en los cerebritos, *ojú*.

Manu se enamoró de Noelia cuando tenían once años y ella se cambió de colegio. Ese primer día, que se quedó grabado en la mente de Manu como el más feliz de su vida, compartieron los libros. Él le dejó un lápiz y, aunque ella no lo sabía, le entregó su corazón con ese lápiz, como si fuera un adorno de los que le gustaba mordisquear mientras hacía los deberes.

Durante los años siguientes fueron inseparables. Sin duda aquéllos habían sido los años más felices y despreocupados de la vida de Manuel, antes de que el mar le arrebatara a su padre y un abogado *repeinao* le arrebatara a Noelia. Manu estaba convencido de que había encontrado al amor de su vida; que crecerían juntos y que, cuando cumplieran los dieciocho años se casarían, tendrían hijos y serían tan felices como sus padres.

Pero al acabar la ESO, Manu fue expulsado del paraíso. Primero fue la tormenta que se llevó a su padre y a otros hombres del barrio. La familia Soto Benítez llevaba generaciones viviendo del mar, pero María Benítez se negó a que su hijo siguiera el camino de sus antepasados. La vida del pescador era muy dura, y la mar siempre reclamaba algún sacrificio a cambio de los frutos que ofrecía. Por eso le dijo a su hijo que se buscara otro oficio, y Manu eligió ser carpintero. El Tuerkas estudió para mecánico en el mismo instituto de Formación Profesional.

Manu empezó allí a separarse de Noelia. Ella estudió bachillerato para ser periodista. Al principio siguieron viéndose, pero las cosas cambiaron entre ellos. Manu tenía la sensación de que Noelia se aburría cuando le contaba sus cosas. Se fue acomplejando y las conversaciones entre ambos se volvieron tensas. Con el paso del tiempo, a Noelia cada vez le costaba más encontrar un buen momento para quedar con él. Siempre tenía que acabar un trabajo o que estudiar para un examen. Manu no quería ser un obstáculo en su carrera y quedaba con el Tuerkas y otros amigos para jugar al fútbol en el club, al voleibol en la playa, o para salir a pescar con el marido de su hermana Mari Mar.

Una noche, el Tuerkas fue a buscarlo a casa y le pidió que lo acompañara a un bar de copas donde trabajaba una chica que le gustaba. Cuando llegaron, Manu comprobó que la chica en cuestión no existía. Había sido una manera elegante de llevarlo al local para que viera con sus propios ojos lo que ya era de dominio público: Noelia estaba saliendo con un estudiante de Derecho de veintidós años muy peripuesto y tan *repeinao* que parecía que una vaca le hubiera lamido el flequillo. Iba a buscarla en coche a la salida del instituto, y decían las malas lenguas que la había acompañado también alguna mañana.

Noelia tenía diecisiete años, igual que él. Ninguno de los dos era virgen. Habían perdido la virginidad juntos, a los quince. No es que no le doliera verla con otro tío, porque le dolía, y mucho. Pero no era eso lo que más le tocaba los huevos. Noelia era su novia, pero también su mejor amiga. O eso pensaba Manu hasta ese momento. ¿Por qué coño no le había dicho nada? ¿Por qué tenía que ser el último del barrio en enterarse? Tras seis años de relación, se merecía al menos un poco de respeto, ¿no?

Miró al Tuerkas, que estaba muy incómodo, con la vista clavada en el suelo. Manu sabía que, si se lo pidiera, lo acompañaría a darle una paliza a ese tío. Porque era su amigo y para eso estaban los amigos. Pero no iba a pedírselo. Porque a los diecisiete años Manu ya sabía que había cosas que valían la pena y cosas que no. Le había prometido a su abuelo en su lecho de muerte que su madre no tendría que ir a visitarlo nunca a la cárcel, y no pensaba faltar a la promesa que le había hecho a su abuelo por una... mujer que no merecía la pena.

—Larguémonos de aquí, tío. Apesta a traición —le dijo al Tuerkas.

Y, aunque el Manu aparentemente había seguido siendo el mismo, bromista, alegre y el alma de todas las fiestas, en realidad la herida nunca había cicatrizado del todo.

Tal vez por eso a Manu le importaba tanto la opinión de Victoria. Quería demostrarle a Noelia, al mundo, y sobre todo a sí mismo, que una mujer con estudios podía estar a su lado y no aburrirse.

Tras la cena, cada pareja se había puesto en marcha hacia su cabaña. La isla era pequeña, pero igualmente no era buena idea cruzar la zona central a oscuras, así que los participantes decidieron ir bordeándola por la playa.

Luján les había mostrado un farolillo rojo en forma de manzana que debían buscar para encontrar los palafitos, las cabañas construidas sobre troncos directamente encima del mar.

La bahía donde se celebraban las conexiones en directo estaba en el sureste de la isla. Los concursantes se pusieron en marcha como si fueran los animales del Arca, de dos en dos. Nerea, Dani, Manu y Victoria se dirigieron hacia el suroeste, bordeando la isla. Dani y Nerea no tuvieron que caminar mucho. Al subir a un promontorio, vieron un farolillo rojo en mitad de la playa vecina. Al llegar a la altura del mismo, observaron que una pasarela de madera se adentraba en el mar.

—Ya estamos en casa, Nere. ¡Tira *pa* dentro! —dijo Dani, dándole una palmada en la nalga.

—¡Aaauuu, bruto! —se quejó ella. Luego, volviéndose hacia Manu y Victoria, se despidió de ellos—: ¡No os canséis, *pringaos*!

—¡*Pringaos* tus muertos, chata! —replicó él.

—Déjalos —dijo Victoria—. No vale la pena.

—No me da la gana. Si te dejas pisar, te pisan. Y al Manu no lo pisa nadie. Ni a los suyos. No consiento que nadie ataque a mi madre ni a mi hermana. Y mientras estés conmigo, tampoco consentiré que nadie se meta contigo, y menos la *escuchimizá* esa o el pamplinas del musculitos.

—Vale, vale, vaquero —se burló Victoria, aunque en el fondo le gustaba la sensación de que alguien la protegiera. Tuvo que recordarse que aquello era un concurso y que seguramente Manu estaba actuando para las cámaras. Sin duda era un gran actor, y si quería ganar no debía olvidarlo ni un segundo.

Dani y Nerea se habían dirigido corriendo hacia el palafito, pero los mojitos y los cócteles a base de licor de fruta de la pasión que les habían servido durante toda la cena habían hecho efecto, y acabaron en el agua.

Manu y Victoria no pudieron evitar reírse al oírlos echarse las culpas mutuamente.

Al cabo de una media hora de caminar, Victoria soltó un grito y se sentó en el suelo agarrándose un pie.

—¡Aaaaaay!

—¿Qué ha pasado? ¿Te has hecho daño? —preguntó Manu.

—No, si te parece grito porque he tenido un orgasmo espontáneo, ¡no te jode! —Victoria se había sentado en el suelo de la playa y se estaba frotando el pie.

Al oír la palabra *orgasmo*, el pene de Manu alzó las orejas como si fuera un cachorro que acabara de oír a su amo decir: «¡A la calle!».

—¿Te has torcido el tobillo?

—No, me he clavado algo.

Manu se agachó, pero era inútil. A la luz de las estrellas y de una luna creciente apenas visible, escasamente si se veía nada.

—¿Puedes andar?

—Supongo, no me voy a quedar aquí —respondió Victoria malhumorada.

Manu la ayudó a levantarse y siguieron andando abrazados, resiguiendo la línea de la costa.

Victoria cojeaba mucho, y de vez en cuando ahogaba un grito. A la tercera exclamación, Manu se hartó. La levantó en brazos y siguió andando.

—Pero ¿qué haces? —protestó ella, aunque con la boca pequeña.

—Es que parece que vayamos de romería, pero sin fino ni *ná*. Y estate quieta o te llevo en *borricate*, como si fueras un saco de papas.

Al llegar a lo alto del siguiente promontorio, vieron una luz roja al fondo de una pequeña bahía. Mar adentro, una hilera de lucecitas reseguía la línea de la costa de Santa Lucía.

Diez minutos después llegaron al palafito. El equipo de filmación que los seguía discretamente encendió los focos para grabar el momento en que entraran en la cabaña. Fue una entrada muy romántica. Victoria, aún en brazos de Manu, ocultó la cara en el pecho del gaditano para proteger los ojos de la potente luz de los focos. Pero el romanticismo duró poco. Manu la dejó caer sobre un camastro hecho de hojas de palmera.

—Auuu, bestia. Podrías ser más delicado.

—Niña, me gusta que estés bien maciza, pero no podía más —se defendió Manu. Luego, volviéndose hacia el cámara, añadió—: *Pisha*, ya que estáis aquí, enfocad el pie de la niña, que se ha *clavao* algo.

—No podemos hablar con vosotros —dijo Xabi, un cámara de Donosti—. Además, nosotros nos vamos ya. Os dejamos la cámara infrarroja conectada y nos piramos.

A la luz de los focos, aún encendidos, Victoria pudo ver al fin que se había clavado varias púas de erizo. El pie había empezado a hincharse. Dolía como un demonio.

—Espera un poco, *quillo*. Ilumíname mientras voy a por una concha para arrancarle las púas.

—No. Ya mañana, a la luz del día. Esto es un concurso de supervivencia. No podemos ayudar a los participantes.

—Lo entiendo —dijo Manu, para que Xabi bajara la guardia.

Cuando el cámara dejó el foco en el suelo, Manu lo cogió y salió corriendo de la cabaña. Poco después volvió con un par de conchas.

—Pero ¿tú de qué vas, tío? —protestó Xabi—. Podría denunciarte a la organización, joder.

—Déjalos. —Blanca, la encargada de sonido, calmó al cámara—. No pasa nada. No vamos a dejarla así, con lo que duele.

—Esto es un concurso de supervivencia, ¿no? —replicó Manu—. Pues robar es una manera de sobrevivir tan vieja como el mundo. Aguanta, Vicky.

Manu le pasó el foco a Victoria, que se iluminó el pie mientras él le arrancaba las cuatro púas con las improvisadas pinzas. Aunque le dolía como una cosa mala, no protestó. Sabía que, si no se las quitaba, no podría dormir y probablemente se le infectaría el pie. El concurso habría terminado casi antes de empezar. Se la llevarían a un hospital, y una de las concursantes de reserva sería la nueva pareja de Manu. Alguna *zorraska* compartiría la cabaña con él. La llevaría en brazos, se preocuparía por ella... ¡No! Victoria no acababa de entender por qué se sentía tan posesiva con un tipo al que apenas conocía. Ella estaba allí por la pasta, pero cuando Luján le había tirado la caña al gaditano, le habían venido ganas de cortarle las manos. Manu era suyo durante esas semanas. Él la había elegido. Ahora la relación dependía de ella. Ella decidiría si le daba permiso para ir más allá o no. Así era cómo le gustaban las cosas. Ordenadas, controladas. Odiaba la sensación de perder el control. Y una nueva participante le haría perder totalmente el control de la situación... y de Manu.

Lo miró mientras trabajaba. Estaba concentrado. Con una mano le inmovilizaba el pie con fuerza, y con la otra pellizcaba las púas hasta hacerlas salir. Era muy mañoso. Se notaba que estaba acostumbrado a trabajar con aquellas manos fuertes pero hábiles, y Victoria sintió una punzada de excitación en el vientre al imaginarlas trabajándole otras partes de su cuerpo. Al notar que ella lo estaba mirando, Manu alzó la vista y le guiñó un ojo. El calorcillo que Victoria notó extendiéndose desde el vientre hacia el pecho empezaba a resultarle ya demasiado familiar.

—¡Listos! Ya no queda ninguna. Vamos —dijo Manu, volviendo a levantarla en brazos—. Ya estamos, chicos.

—Pero ¿adónde vas, alma de cántaro? —protestó Victoria—. Si ya hemos llegado.

«No podía tenerlo todo. Está buenísimo. No podía ser listo también.»

—No podías tenerlo todo —replicó Manu con una sonrisa—. Estás más rica que la morcilla con cebolla. Era demasiado pedir que además te estuvieras calladita.

«Joder, qué yuyu. ¿Me habrá leído la mente?»

Manu la soltó en la orilla.

—¡Ea! El agua del mar es el mejor desinfectante. Quédate aquí cinco minutillos. Yo iré preparando la cama.

Victoria miró el mar mientras las olas le acariciaban los tobillos. Levantó la vista hacia el cielo estrellado y hacia el gajo de melón plateado que formaba la luna. Manu se había arriesgado a ser expulsado por ella. Si no se hubiera enfrentado al cámara, ahora ella seguiría rabiando en el infierno del dolor. Manu la había devuelto al paraíso. ¿Sería posible encontrar el verdadero amor en un concurso?

«¿Con un golfo que está aquí por una apuesta? Victoria, estás a punto de conseguir tu sueño de estudiar en Londres. ¡Deja de pensar con la chirimoya! ¡No la cagues ahora, por Dios!»

Capítulo 6

Desayuno con diamantes

—Mmm —Victoria gimió de placer.

El sol entraba por la ventana del palafito. La temperatura era perfecta. La brisa era fresca y traía olor a mar. Estaba tan relajada y a gusto que tuvo la sensación de que un ángel había bajado del cielo y le estaba masajeando los pies.

—Me gusta hacerte gemir, Vicky —susurró Manu, que había comprobado cómo estaba el talón de Victoria antes de despertarla—. Sé masajear otras cosas aparte de los pies. ¿Quieres que te lo demuestre?

Vicky abrió los ojos de golpe y vio que Manu se alzaba sobre ella, imponente como un dios griego. La luz del sol lo bañaba y hacía brillar su pelo castaño.

El cuerpo de Vicky la había traicionado antes de despertarse. Su útero se estaba quejando, reclamando lo suyo. No le extrañaba. Últimamente lo tenía muy abandonado.

«Ahora, no. No me boicotees tú también —le dijo en silencio—. En cuanto salgamos de esta isla, te prometo sesión doble de *Daniel Craig*.» Sí. *Daniel Craig* era el nombre que le había puesto a su vibrador. Elegante, efectivo, letal, y muy *British*.

Victoria apartó el pie bruscamente y se sentó en el camastro de hojas de palmera. La noche anterior había llegado tan cansada al palafito que se había dormido enseguida, pero ahora notaba lo incómodo que era.

—Tranquila, potranca. No te asustes, que no te voy a comer..., a no ser que tú quieras —añadió Manu guiñándole el ojo.

Al oír la palabra *comer*, el cuerpo de Victoria reaccionó, pero no como Manu había esperado sino con un rugido de tripas.

—*Ojú*, niña, te voy a llamar la Pantera del Caribe si me ruges así.

—Ja, ja. Gracietas te sobran, ya lo sé, pero ¿no tendrás algo que se pueda comer?

Él le dirigió una sonrisa traviesa.

—Por Dios, Manu, ¿es que sólo piensas en sexo?

—Yo no he dicho *ná* —se defendió él, alzando las manos en señal de paz—. Tú, que tienes la mente sucia. Y esconde esas garras, fiera. Estoy con una mujer preciosa en mitad del paraíso, ¿en qué quieres que piense?

—En comer, por ejemplo. ¿No tienes hambre? Yo estoy desmayada.

—Ahora no tanta, pero te entiendo. A mí también me han despertado mis tripas y he ido a buscar fruta. He conseguido un par de cocos. Bueno, uno y medio. Ya me he comido un trozo. Vente, he puesto la mesa —le dijo Manu ofreciéndole la mano para ayudarla a levantarse.

Victoria lo siguió por la pasarela hasta llegar a la playa. Él la agarró por la cintura y la dejó en la arena.

—Ya sé bajar sola, gracias. No estoy tan débil.

—Pero qué siesa llegas a ser, niña. Relájate un poco. Mira a tu alrededor. ¡Qué maravilla!

Victoria hizo lo que le decía. El mar estaba plano como un espejo y el sol lo hacía brillar como si estuviera cubierto por una red de diamantes. Aunque no era tan exuberante como Santa Lucía, el islote también tenía una abundante vegetación.

El canto de los pájaros y el zumbido de los insectos eran como una nana relajante. Al acordarse de la isla principal, Victoria se volvió hacia el mar, levantó la vista y ahogó una exclamación.

—Ya era hora, niña. Pensaba que no ibas a verlo nunca.

La vista era impresionante. Al llegar por la noche no se habían dado cuenta, pero a la luz del día, los dos picos conocidos como Los Pitones se alzaban en todo su esplendor justo delante de la cabaña.

—Madre mía —susurró Victoria dando un paso atrás, sobrecogida por la majestuosidad de las montañas cubiertas de vegetación.

Al topar contra el pecho de Manu, él le rodeó la cintura con un brazo y le apoyó la barbilla en la cabeza.

—Preciosa —murmuró.

—¿Mmm?

—Preciosa la vista, ¿o no?

—Ya te digo. Nunca me había sentido tan cerca de Dios.

—Vaya, gracias, nena. Y, como sigas arrimándote tanto y diciéndome cosas bonitas, pronto vas a notar el dedo de Dios en todo su esplendor.

—Pe... pe... pero ¡serás gañán!

—Anda, no te sulfures, vente.

En un extremo de la calita había un par de rocas bajo un grupo de palmeras.

—¿Qué te parece? No te quejarás. Mesita a la sombra, *pa* que no se queme la Vicky, fruta fresca, vistas al mar...

—Desayuno con diamantes —musitó Victoria, medio cegada por el brillo del sol sobre el agua.

Ella se sentó en la roca más pequeña. En la grande, encima de un par de hojas de palmera, Manu había abierto un coco con una piedra. El otro coco estaba entero, sobre la arena.

—Café con leche y... estevia no tendrás, ¿verdad?

—¿Este qué?

—Deja, deja, no me hagas caso —respondió Victoria atacando el coco—. ¿Has tenido que subirte a un cocotero para conseguirlos?

—Bueno, si te pone imaginarme en plan Tarzán, te digo que sí, pero la verdad es que los he encontrado en el suelo, al pie del cocotero.

—Soy más de James Bond que de Tarzán —confesó ella con una sonrisa soñadora.

—Mira, he *preparao* unas sandalias con hojas de palma, tal como nos enseñó Karibú el otro día, para no hacernos daño en los pies.

Mientras se ataban las sandalias a los tobillos, oyeron el sonido del cuerno en la distancia.

Manu se puso en pie de un salto.

—Mierda, y eso que Luján dijo que hasta el domingo nos dejarían tranquilos —protestó Victoria con la boca llena.

—Me alegro de que te apetezca quedarte a solas conmigo, pero habrá que ir a ver qué mosca les ha *picao* —replicó él, enterrando el coco entero en la arena—. Venga, píllate un par de trozos de coco y vamos andando mientras comes. Esta cabaña es la que tiene mejores vistas, pero también está al carajo pipa. Vamos a tener que pegarnos una *jartá* de caminar cada vez que suene el cuernecito de los cojones.

—Ya voy, ya voy —refunfuñó Victoria—. Vaya mierda de paraíso. Esto es un sinvivir.

Media hora más tarde pasaron junto al manzano de la playa del Pecado y vieron a sus compañeros sentados en los bancos de madera donde hacían las conexiones en directo.

—Ya era hora, nanos. Los he visto más rápidos —dijo Dani.

—¿Qué ha pasado? ¿Alguien se ha hecho daño? —quiso saber Victoria.

Los demás se echaron a reír.

—*Nah* —respondió Mario—. Este boludo, que se aburre solito y ha tenido que tocar las pelotas..., digo el cuerno de las pelotas.

—¿No ha sido la organización la que ha *tocao* el cuerno? Serás cabrón —dijo Manu, volviéndose hacia Dani, que se estaba partiendo de la risa.

—Me estaba aburriendo, tete. Esta isla es un muermo, y a ésta le ha venido la regla.

Victoria se echó a reír, lo que le supuso una mirada de odio de Nerea y una mirada asombrada del resto.

—¡Será cabrona, la tía! —exclamó Nerea.

—No, no, no me estoy riendo de ti —protestó Victoria—. Es que me he acordado del chiste de la dinosauria, que siempre me ha hecho mucha gracia.

—No inventes, *japuta*. Te estabas riendo y ya está.

—Que no, ¿no conocéis el chiste de la dinosauria? —Todos negaron con la cabeza—. No me haréis contarlo, ¿verdad?

Victoria se volvió hacia Manu, que se encogió de hombros.

—Pues es un grupo de dinosaurias que van a bañarse a un lago alegremente. Al ver a una conocida, le dicen: «Ven a bañarte con nosotras». La otra les responde compungida: «No puedo, tengo la regla», y las demás le dicen: «Haz como nosotras, ¡ponte una oveja!».

Nada más acabar, Victoria se dobló en dos, muerta de la risa. Sandra se unió a ella, seguida de Karibú.

«Al final no va a ser tan siesa, la *jodía*», se dijo Manu mirándola con cariño.

Al cabo de un momento, todos se estaban riendo, ya fuera

del chiste o de ver a Victoria con la espalda apoyada en una palmera mientras resbalaba hasta el suelo porque las piernas no la sostenían. Hasta Nerea acabó riendo a regañadientes.

—No sé de qué me río. Vaya chiste más malo, cabrona —dijo la madrileña.

—En el botiquín de la tienda había tampones —dijo Victoria secándose las lágrimas—. ¿Los has encontrado?

Nerea asintió.

—Che, eres rebueno, boludo —le dijo Mario a Manu—. ¿Te has pasado la noche amansando a la fiera?

El gaditano se encogió de hombros. Que pensaran lo que quisieran.

—Ya que estamos todos aquí, podemos distribuirnos las tareas de hoy —propuso.

—Claro, hermano —convino Karibú.

—Propongo que nos dividamos —dijo Manu—. Que cuatro vayan a explorar la isla y otros cuatro busquen comida por aquí cerca. Nos reunimos de nuevo aquí antes de la puesta del sol y cenamos juntos lo que hayamos encontrado.

—Yo paso de caminar por ahí sin zapatos —replicó Dani—. Además, la parienta no puede andar con la regla.

—Claro que puedo andar, idiota.

—Idiota, tú.

Nerea le hizo una peineta y se volvió hacia Manu.

—Y ¿tú quién te crees que eres para empezar a dar órdenes?

Victoria puso los ojos en blanco. Cada vez se alegraba más de que Manu la hubiera elegido. Dani y Nerea la sacaban de quicio.

—Pues si no queréis caminar os quedáis aquí y pescáis —dijo Karibú ofreciéndoles unos palos—. Tomad. Los he afilado esta mañana.

—Nosotros estábamos a punto de explorar una cueva cuando ha sonado el cuerno —explicó Sandra—. Parece profunda. Queremos ver hasta adónde llega.

—¿Cueva? ¿Karibú? Pues diría que llegará hasta el fondo —dijo Sofía con una mirada nada sutil en dirección al paquete del tanzano.

—De acuerdo, pero tened cuidado —les aconsejó Manu a Sandra y a Karibú—. No os arriesguéis si no lo veis claro.

—¿Por qué no os lleváis el cuerno? —propuso Victoria—. Si tenéis algún problema, avisáis.

—Buena idea —dijo Karibú—. Y, así, Dani deja de jugar con él.

Mientras esperaban la llegada de Manu y Victoria, Karibú había enseñado a hacer cuerdas con hoja de palma a los que habían querido aprender. Aunque vivía en un *resort* turístico, su abuelo vivía en un pueblo y le había enseñado a aprovechar los recursos de la naturaleza. Tomó un trozo de cuerda y se ató el cuerno a la espalda.

—En marcha —le dijo a Sandra, que llevaba unas sandalias como las de Victoria.

—Menudas pintas lleváis con esos zapatos —se burló Sofía—. Lástima no tener aquí el móvil para colgar en Instagram las últimas tendencias en moda de calzado caribeño. ¿Qué son? ¿Manolos? ¿Jimmy Choo?

—Pues los ha hecho Manu, así que serán unos Manulos —respondió Victoria, sacándole la lengua.

—Pero son un diseño de Karibú —comentó Sandra, orgullosa de su pareja—. En los mercadillos de Menorca se venderían como churros.

—Victoria y yo subiremos a esa colina —anunció Manu, señalando hacia el punto más alto del islote—. Desde allí veremos los recursos con los que contamos. Porque no hay más agua que la del barril que han dejado en cada palafito, ¿no?

Karibú negó con la cabeza.

—No hemos visto ningún riachuelo durante el camino.

—Con eso tenemos que pasar hasta el jueves —añadió Manu.

—El barril es para lavarse —dijo Sofía—. Yo ya he gastado la mitad lavándome el pelo esta mañana. Si no me ducho de buena mañana, no soy persona.

—Pero ¿tú estás loca? —exclamó Victoria—. ¿Para qué te lavas el pelo si te lo vas a estar mojando en el mar todo el día? ¡Tú sabes la sed que tendremos cuando empiece a pegar el sol!

—Pues sí, yo ya tengo sed —dijo Sofía—. Voy a beber un poco a vuestra cabaña, Nere. No te importa, ¿no?

—¡Mira la lista! —exclamó Dani—. ¿Tú qué te crees?, ¿que porque estemos más cerca del campamento central vais a usar nuestra cabaña como chiringuito? Ni de guasa, teta. Te esperas.

—¡Nereeee! —le suplicó Sofía.

—¡Es mi amiga y voy a darle agua porque me sale del toto! —gritó Nerea, alejándose con Sofía del brazo.

—Mario, ¿tú qué vas a hacer? —preguntó Manu.

—Me quedo con Dani. Dame una caña. Vamos a pescar un rato, che.

—Sí, nano, un rato de pesca sin tías que den por culo. ¡Qué descanso! —exclamó Dani—. Ala, calzonazos —le dijo a Manu por encima del hombro—, pásatelo bien.

Manu respiró hondo y echó a andar tras Victoria. «Ese Dani tiene una hostia bien *dá*, así, con la mano abierta», se dijo. Pero pronto quedó hipnotizado por el movimiento de caderas de la morena y recuperó el buen humor.

Capítulo 7

El monstruo de Eliot Ness

Una hora más tarde, Manu le daba la mano a Victoria para ayudarla a subir a la roca más alta de la colina. Una vez allí, se sentaron y recuperaron el aliento. El sol pegaba con ganas.

—Toma —dijo él, dándole un pedazo de coco—. Chupa un trozo. Te quitará la sed.

—¿Dónde lo llevabas?

—No preguntes.

Victoria miró el coco con desconfianza, pero la sed fue más fuerte y se lo metió en la boca.

Mientras subían hasta allí, habían ido haciéndose un mapa mental. A diez minutos del campamento había un grupo de palmeras plataneras. Cinco minutos más adelante, encontraron unos árboles de donde colgaban unas lianas muy largas, que servían como cuerdas. Uno de los árboles había sido alcanzado por un rayo y su madera podría utilizarse si hiciera falta. Habían visto cientos de insectos, y varios tipos de flores y de frutas que no conocían. Pero no habían encontrado lo más importante: agua.

Mientras estaban sentados, disfrutando del descanso y del paisaje de ensueño, oyeron el sonido del helicóptero del programa acercándose.

—¡Eh! Aquí, ¡estamos aquí! —gritó Manu moviendo los brazos.

Victoria se puso de pie a su lado en la estrecha roca.

—¡Nos han visto! —exclamó saludando al cámara que los grababa con una sonrisa—. Mira, nos saludan.

Cuando el helicóptero se alejó, Manu dio una vuelta sobre sí mismo y ahogó una exclamación.

—¿Qué? —Victoria se volvió hacia él rápidamente y estuvo a punto de caer de la roca.

Manu la agarró de la mano, tiró de ella y la pegó a su pecho.

—*Cuidao*, niña —le susurró al oído—. Que si te tengo que llevar en brazos hasta la cabaña, nos vamos a reír.

Victoria se estremeció. Cerró los ojos y estuvo a punto de fundirse contra su pecho y olvidarse de todo cuando recordó que Manu había visto algo y le dio un empujón.

—Suéltame, garrapata. ¿Qué has visto?

—¿Garrapata? ¡Me llama garrapata, la muy lapa! Anda, que me tienes contento —dijo él, agarrándola por los hombros y volviéndola hacia el nordeste—. ¡Mira!

Victoria dirigió la vista hacia el lugar que le indicaba y distinguió lo que parecía el hilo de plata de un belén brillando al sol.

—¡Agua! ¡Hemos encontrado agua!

Se volvió hacia Manu, que la miraba satisfecho. Sin poder contenerse, le echó los brazos al cuello y le plantó un beso en los labios.

—Así me gustan las niñas guapas —susurró él sonriendo—. Que sean agradecidas.

—No hagas caso —dijo Victoria, violenta—. Ha sido un impulso. Sin más.

—Claro, claro, un impulso. Lo que yo digo siempre. No hay que reprimir los impulsos, que luego se pudren si se quedan dentro. ¡Hay que airearlos!

—Vamos a buscar el río. No está lejos.

Manu estaba estudiando la ruta.

—Habrá una media hora de camino, más o menos. Y probablemente siguiendo el río de bajada lleguemos antes a la playa. ¿Te ves con fuerzas?

—Claro —respondió ella—, ¡vamos!

Manu y Victoria se pusieron en marcha con la fuerza que les daba saber que estaban a punto de encontrar agua.

El ruido de la corriente se intensificó, y Manu se adelantó un poco. Cuando Victoria apartó las últimas ramas y alcanzó la orilla, lo vio en el agua, nadando hacia una cascada de unos tres metros de altura. El río era pequeño, pero en ese punto formaba un remanso algo más ancho. Por costumbre, Victoria estuvo a punto de quitarse las sandalias antes de entrar en el agua, pero enseguida vio que era tontería. «Estos zapatos sí que son cien por cien *waterproof* —pensó. Además, quién sabía qué se escondía dentro del agua—. Toda protección es poca», se dijo, siempre sensata.

—¡Qué buena está el agua, niña! No te lo pienses tanto, que esto es gloria bendita. ¡Venga, tírate!

—¿Que me tire? ¿Tú estás loco? ¿Tú sabes lo peligroso que es tirarse a un río que no conoces?

—Pero yo ya estoy dentro y no me he *dejao* la crisma. Tírate aquí, que me cubre hasta la cintura.

«¡Qué demonios!», pensó Victoria un segundo antes de lanzarse al río. El agua estaba sorprendentemente fría, bastante más que la del mar, y fue un placer librarse de golpe de la sal y del sudor.

Alzó la cara hacia el cielo y disfrutó de un rayo de sol que se colaba entre los árboles mientras se apartaba el agua de los ojos.

—¿Está buena o no está buena? —insistió Manu.

—¡Buenísima!

—Ya te digo —replicó él bajando la mirada hacia sus pechos. El biquini de hojas de parra mojado dejaba muy poco a la imaginación.

Instintivamente, Victoria se cubrió los pechos con las manos, pero Manu la sujetó por las muñecas para impedirlo. Quería disfrutar del espectáculo un poco más.

—Cuidado con los pies —dijo para distraerla—. He notado algo nadando por aquí abajo. —A continuación, bajó la voz y susurró—: Seguro que es el monstruo de Eliot Ness.

Victoria se echó a reír.

—¡Será el monstruo del lago Ness!

A Manu no le hacía ninguna gracia que lo corrigieran. Siempre le había dado mucho coraje.

—No, si yo lo decía por lo de *Los intocables*, que no hay quien se te acerque sin que te pongas hecha una fiera —replicó.

A Victoria le hizo gracia el juego de palabras, pero trató de no rendirse al encanto del gaditano.

—Sí, vale, pero lo del monstruo no me lo creo. ¿Qué quieres?, ¿que me lance en tus brazos, Harrison Ford? ¡Que yo también he visto *Seis días, siete noches*, listo!

En ese momento, Victoria notó algo viscoso y resbaladizo que se le enredaba en el tobillo. Con un grito de pánico, se lanzó al cuello de Manu y se agarró a él con tanta fuerza que estuvo a punto de ahogarlo.

—Tranquila, seguro que el bicho tiene más miedo de tus gritos que tú de él —replicó Manu, tratando de soltarse.

—¡No me sueltes, no me sueltes!

—Vale, vale, no te suelto, pero no aprietes tanto, pulpo. Ven, mira lo que he *encontrao* —le dijo él señalando hacia la cascada con la cabeza.

Nadaron hasta la cortina de agua y, sin pensarlo, Manu la atravesó. Victoria esperó a que volviera a aparecer, pero no lo hizo y empezó a preocuparse. Mientras miraba a su alrededor con desconfianza, le pareció que algo se movía en el agua y, al oír que él la llamaba desde el otro lado, lo siguió.

Tras la cascada había una cueva. Parecía bastante amplia y profunda. Iluminada por la luz que se filtraba a través del agua, tenía un aspecto irreal, de película fantástica o de cuento de hadas.

—¿Estoy soñando?

—Puede, pero esto es un sueño muy húmedo, niña —respondió Manu con una mirada pícara—. ¿Todos tus sueños son así?

—Qué maravilla —susurró ella, mirando a su alrededor.

—Ya te digo. Una preciosidad, un prodigio, un milagro de la Virgen del Carmen —murmuró él. Su voz profunda reverberaba en las húmedas paredes de la cueva—. ¡Al cielo con ella! —exclamó agarrando a Victoria por los muslos y levantándola en brazos.

Ella soltó un grito de sorpresa y se echó a reír. Se agarró al pelo mojado de Manu mientras él apoyaba la cara en su vientre y la abrazaba. Luego, lentamente, la fue soltando. Victoria se fue deslizando pegada a su cuerpo. Cuando Manu se quedó unos segundos más de la cuenta con la cara entre sus pechos, le dio una colleja. Él la soltó y se quedaron frente a frente.

—No te pases, chaval.

—Qué me voy a pasar, si ni siquiera he *empezao*. Esto sí que es el paraíso. Me quedaría *pegao* a tus pechos toda la eternidad, Vicky, y no necesitaría más *ná*.

—Manu, ya sabes que no me gustan los babosos ni los aduladores.

—Sí, ya sé que lo has oído todo detrás de la barra del Donkey Kong.

—¡El Monkey Island! Aunque es verdad que en el bar había más burros que monos hay en todo el Peñón.

—Lo mismo da. Pero eres una mujer preciosa, Victoria, te guste oírlo o no. Y no es justo que nos midas a todos con el mismo rasero. ¿Cómo vas a encontrar a un hombre decente si no dejas que se te acerque nadie?

Manu había ido avanzando muy lentamente y Victoria retrocediendo al mismo ritmo hasta que la espalda le rozó la pared de la cueva. Dio un respingo al notar el contacto. Trató de escapar por un lado, pero Manu se lo impidió apoyando las manos en la pared, a la altura de la cabeza de ella.

—Y eres una mujer inteligente. ¿Por qué no te fías de ti misma? ¿No te crees capaz de distinguir a un tío que realmente esté interesado en ti de otro al que le dé igual un chochete que otro?

—Manu, no creo que sea buena idea —susurró Victoria. «Aunque espero que no me pregunte por qué, porque ahora mismo no tengo ni idea.»

—¿Por qué, mollete?

«¡Mierda!»

Manu se inclinó sobre ella y la besó en la frente. Al ver que Victoria no lo dejaba eunuco de un rodillazo, le dio otro beso en la sien, seguido de otro en la mejilla. Con la nariz, le dibujó un par de círculos en la mejilla antes de besarla en la mandíbula. Victoria había cerrado los ojos y estaba perdida en las sensaciones. Manu bajó los brazos y la sujetó por la cintura con delicadeza, para que no saliera huyendo como una cierva asustada. Abrió los labios y le resiguió con ellos la línea de la mandíbula, acercándose muy lentamente a los labios. Tan lentamente que fue

Victoria la que recorrió el último centímetro y los fundió con los suyos.

Manu le acarició las costillas mientras ella le echaba los brazos al cuello. Fue un beso urgente, intenso, sin calentamiento. Sin mordisquitos en los labios ni miradas ardientes a los ojos. Sus bocas se abrieron, sus lenguas se reconocieron y se pusieron al día, como si fueran viejos amigos que llevan años sin verse. Mientras las lenguas iban a lo suyo, las manos de Manu siguieron su camino descendente y, al llegar a las caderas, se desviaron y agarraron las nalgas redondeadas y respingonas de Victoria. Tras levantarla, la apoyó en la pared y la clavó allí con su cuerpo.

Victoria rompió el beso y gimió. Trató de echar la cabeza hacia atrás al notar la presión sobre su monte de Venus, pero la pared se lo impidió.

—¡Joder! —exclamó Manu, separándose.

—No —protestó ella—, no te vayas.

—Te voy a destrozar ese biquini, y Xabi y Blanca están ahí fuera esperando. No quiero que te graben desnuda.

Victoria estaba aturdida. Una parte de ella —muy descuidada últimamente— había echado las campanas al vuelo y no quería volver al ayuno forzoso antes de hora. Pero otra parte le estaba muy agradecida a Manu por pensar en las cámaras y en las consecuencias de salir de allí con el biquini destrozado. Si aparecía en la tele desnuda, ya podía olvidarse de visitar a su padre en su casa algún día.

—Ven —le dijo Manu, dándole la mano y tirando de ella hasta el lugar en la pared del fondo por donde el agua brotaba como un manantial. Con delicadeza, la sentó en un escalón de la roca y volvió a besarla.

Victoria se estremeció. Tal vez fuera por el agua que se deslizaba junto a sus piernas, o por la cercanía de Manu. Él lo notó y sonrió. Le desabrochó el biquini, se lo quitó con cuidado y lo dejó en una repisa cercana.

—Gloriosos —susurró Manu, contemplándole los pechos, antes de bajar la cabeza hacia ellos y besarlos con adoración.

Sería el frío del agua o las atenciones del gaditano, pero el caso es que Victoria no recordaba haber tenido nunca los pezones tan duros. Se habían contraído tanto que le dolían. Para aliviarlos, agarró con fuerza la cabeza de Manu, que no se hizo de rogar. Los besó, lamió y mordisqueó hasta que ella no pudo más y le soltó la cabeza para acabar de desnudarse.

—Fuera, todo fuera. ¡Me sobra ropa!

—Ea, es lo más sensato que te he oído decir hasta ahora —replicó él, ayudándola con entusiasmo.

—Y a ti también te sobra —añadió Victoria, deshaciendo el nudo que le sostenía el taparrabos en forma de cortinilla.

Al ver que caía al agua, Victoria le golpeó los hombros para que dejara de besarla un momento.

—Déjalo —dijo él—. Ya me haré otro si se pierde. A mí me da igual que me vean desnudo.

Victoria aprovechó para echar un vistazo hacia abajo.

—¿Te gusta lo que ves? —preguntó él con una sonrisa canalla.

Ella tragó saliva. No le extrañaba que estuviera tan seguro de su cuerpo. No tenía nada que ocultar, y sí mucho de lo que sentirse orgulloso.

Volvió a echar un vistazo rápido para asegurarse.

Sí, lo había visto bien. No era un efecto de aumento por el agua de la cascada.

—¡Calla! —exclamó Victoria de pronto, agarrándolo del cuello—. No te desconcentres.

—¿Quién se desconcentra? Estoy más *concentrao* que el doble caldo, niña.

«Y que lo digas», pensó ella, agarrándole el pene con fuerza y acariciándolo unas cuantas veces arriba y abajo antes de guiarlo hacia su entrada.

A Manu le temblaron las canillas. Aunque a veces lo sacaba de quicio, le tenía muchas ganas a su temperamental compañera. Sentía la necesidad de domarla, de demostrarle quién mandaba allí, pero no con violencia, sino con placer. Quería hacerla disfrutar tanto que se olvidara de sus preocupaciones, de sus responsabilidades, hasta de quién era. Que lo único que pudiera decir cuando abriera la boca fuera su nombre. Pero cuando ella lo agarró con su mano pequeña y delicada, el que se olvidó hasta de apostar fue él.

Victoria lo dejó apuntando hacia el paraíso y le agarró las nalgas con las manos para que no pudiera batirse en retirada. ¡Como si quisiera! La organización los había obligado a someterse a exámenes médicos antes de entrar en el concurso. Todos estaban limpios. Pero quedaba el tema de los anticonceptivos. Nerea y Sofía habían anunciado el primer día que tomaban la píldora, pero Sandra y Victoria no habían dicho nada.

—¿Tomas precauciones, niña? —le susurró al oído antes de mordisquearle la oreja y la sensible piel del cuello.

—Siempre. La seguridad ante todo —murmuró Victoria sin saber qué decía, totalmente perdida en las sensaciones.

Sin poder aguantar más, Manu se clavó en ella, que echó la cabeza hacia atrás y gimió de placer.

Victoria le rodeó las nalgas con las piernas y se aferró a él con fuerza.

—Sí, por favor. No pares.

Manu volvió a clavarse en ella lentamente un par de veces antes de coger velocidad.

—No pares ahora —repitió Victoria.

—No pienso... parar —dijo Manu con la voz entrecortada—. ¿Por qué iba a hacerlo?

«Eso digo yo —pensó ella—. ¿Por qué?»

—¡Paraaaaa! —exclamó Victoria de repente, al recordar cuál era el problema.

—¿Ya estás? Muy bien, cariño. Un momentito, que acabo yo.

—¡Ni se te ocurra! —gritó ella.

—Pues me parece muy egoísta por tu parte, que lo sepas.

—Que yo tampoco he llegado, *atontao,* ¡es que no tenemos preservativos!

—No hace falta que me lo recuerdes —replicó él con una sonrisa bobalicona—. Lo estoy notando. Me abrazas con tu calor. Una cueva húmeda y calentita dentro de otra cueva. Eres maravillosa, Victoria.

—¡Se... serás capullo! ¡Sal de mi cueva ahora mismo!

—Pero no lo entiendo. Me has dicho que tomabas precauciones.

—Y las tomo. Siempre me pongo el cinturón cuando me meto en un coche. Y el casco cuando voy en moto.

Manu la miró ladeando la cabeza.

—¿Me tomas el pelo? Sabías de lo que te estaba hablando.

—¡Nooooo! ¿Qué voy a saber? Si me das besos detrás de las orejas, no sé lo que digo ni lo que hago.

—Entonces ¿no tomas precauciones?

—¡Que no, obtuso! ¡¿Quieres salir de una vez?!

Pero la serpiente de Manu se resistía a ser expulsada del paraíso. Con los gritos de Victoria, cualquiera pensaría que se habría encogido hasta convertirse en una culebrilla de agua, pero no. Esa mujer lo excitaba de todas las maneras, hasta cuando le daba puñetazos en el pecho con las dos manos, como ahora.

—Tranquila, fiera, ya salgo —dijo él, retirándose a regañadientes—, pero piensa que antes de llover chispea.

—¿Qué quieres decir?

—Que espero que me avises si no te viene la regla cuando te toque.

—¿Y qué más? ¿Y a ti qué te importa cuándo me viene la regla?

Manu suspiró.

—Vicky, estoy seguro de que no pasará nada, pero si por alguna casualidad sale un niño de esto, quiero que sepas que puedes contar conmigo.

Victoria abrió la boca para seguir abroncándolo, pero volvió a cerrarla al ver la sinceridad con que él la estaba mirando.

«No te dejes liar —se dijo—. Parece sincero porque se ha quedado a medias y sigue queriendo meterse entre tus piernas. Has estado a punto de meter la pata hasta el fondo..., ejem, nunca mejor dicho, pero sabes que los tíos no son de fiar. Y menos un golfo como Manu.»

—Ven, no tenemos preservativos, pero soy un hombre de recursos —dijo él con una sonrisa seductora.

Victoria sintió una oleada de calor tropical que no tenía nada que ver con la latitud.

—Uffff, estoy segura de ello, machote, pero no, gracias. Paso.

—Vicky, que estás muy tensa —insistió él con una voz profunda y dulce como la melaza, alargando los brazos hacia ella.

—¡No quiero! ¿Estás sordo? —exclamó ella, apartándole los brazos hacia los lados con brusquedad y poniéndose en pie de un salto—. ¿Qué has hecho con mi ropa? —preguntó avergonzada, mirando a su alrededor.

—Está aquí.

Victoria se puso el biquini rápidamente y se lo ató a la espalda.

—¿Te ayudo?

—Puedo sola.

—¡Estrecha!

—¡Golfo!

Cuando salieron al otro lado de la cascada, Blanca y Xabi los estaban esperando sentados en la orilla. Blanca tenía el taparrabos de Manu colgando de un dedo. Se lo ofreció sin acercarse al agua, con una sonrisa irónica, mientras Xabi grababa.

—Anda, tíramelo, Blanquita, no seas así —le pidió él con su sonrisa más seductora.

—Y ¿qué me das a cambio? —coqueteó ella, alzando las cejas varias veces.

—Cuando acabe el concurso, te vienes a Cai y te llevo de tapas.

—¡Hecho! —respondió ella, lanzándole la prenda.

Mientras tanto, la cámara de Xabi tomó un primer plano de la expresión de celos de la formal Victoria. Con el biquini de hojas medio torcido, el pelo empapado y los ojos encendidos, parecía una pantera de la selva y no una futura diplomática. Desde luego, sus pensamientos en esos instantes no eran nada diplomáticos. Estaba a punto de soltar una pulla contra Manu cuando oyeron un lejano eco de voces.

—*Ojú*, ¿qué es eso? —preguntó él—. ¿Espíritus de piratas atrapados en la isla? ¿Muertos vivientes? ¿Una ceremonia vudú?

—*Nah*, hay alguien dentro de la cueva. Vosotros también sonabais así hace un rato.

—¿Habéis oído lo que decíamos? —preguntó Victoria, ruborizándose.

Xabi y Blanca intercambiaron una mirada cómplice.

—Nosotros no estamos aquí —respondió el cámara—. No vemos, no oímos, no hablamos. Por cierto, ¿dónde te has dejado el casco, Victoria?

—Joder —murmuró ella entre dientes.

—Un casco es lo que te va a hacer falta a ti como le faltes al respeto a la señorita —gruñó Manu, acercándose a Xabi con gesto amenazador.

—¿Ah, sí? ¿Qué me vas a hacer, Tarzán?

Victoria y Blanca estaban a punto de poner paz entre ellos cuando alguien atravesó la cascada con un grito entusiasta.

—¡Yiiiijaaaa!

Era Karibú, que, al verlos, los saludó alegremente y se acercó vadeando hacia la orilla.

—¡Karibú, *pisha*! —exclamó Manu—. ¡Qué sorpresa! ¿De dónde salís?

Sandra salió tras él y se unió al grupo.

—Brrrr, ¡qué frío! —exclamó la menorquina—. Llevábamos siglos ahí dentro sin ver el sol. ¡Pero lo hemos conseguido! Ya sabía yo que la cueva tenía que tener otra entrada.

—Vente, *msichana mrembo* —le dijo Karibú—. Allí toca el sol.

—¿Cómo te ha llamado? —le preguntó Victoria a Sandra.

—No lo sé —admitió la menorquina, que susurrando añadió—: pero me pone muchísimo que me hablen en otros idiomas. Tal vez sea por eso por lo que me gusta tanto viajar.

Victoria suspiró y asintió con la cabeza mientras Sandra se acercaba a su pareja y se dejaba envolver entre sus brazos.

Karibú y Sandra se quedaron abrazados, muy juntos, en el

único metro cuadrado en que la luz se abría paso entre los altos árboles.

Desde allí contaron que habían ido siguiendo la corriente de aire fresco que se colaba por los pasillos de la cueva hasta llegar a la sala de donde brotaba el manantial de agua. Lo que había pasado en una de las charcas iluminadas por diminutos seres fosforescentes se lo guardaron para sí... y para el equipo de cámaras que habían vuelto a bajar por el mismo camino para no mojar los aparatos bajo la cascada.

—¿De dónde saldrá ese agua? —preguntó Karibú.

—Debe de venir de la isla principal —respondió Victoria—. Es una isla volcánica. La lava crea galerías y, cuando se solidifican y se erosionan, se llenan de agua de lluvia. Para los antiguos mayas, los pozos que se formaban en... —Al ver que todos la estaban mirando fijamente, Victoria se interrumpió en seco—. Ejem, perdón. Es que me encantan los volcanes... y los documentales de La 2.

—Mira por dónde, toda la vida queriendo conocer a la persona que miraba los documentales de La 2 y resulta que eras tú —bromeó Manu.

—Muy gracioso. Venga, volvamos a la playa —dijo Victoria, poniéndose en marcha.

—No te enfades, Libro Gordo de Petete. Y déjame pasar delante. Ya que tú eres el cerebro del equipo, déjame a mí poner los músculos.

Victoria dejó pasar a Manu, fulminándolo con la mirada. Estaba muy enfadada, pero no con él, sino consigo misma. Aún no se perdonaba el desliz de la cueva. Se había repetido hasta la saciedad que aquello era un concurso y no podía fiarse de nadie, y a la primera de cambio aquel gaditano adulador se la había colado... en todos los sentidos. Manu derribaba todas sus defensas y le convertía el cerebro en migas a la andaluza con cuatro palabras y un par de besos. Su única posibilidad era mantenerlo a distancia.

—Pasa, Rambo —murmuró, haciéndose un nudo con la melena.

Capítulo 8

Toda la carne en el asador

Las dos parejas bajaron ágilmente siguiendo el riachuelo, que se perdía antes de llegar a la playa. Sin embargo, antes de desaparecer de nuevo entre las rocas, formaba unas balsas. Karibú desató la cuerda que llevaba a la espalda y le entregó el cuerno a Sandra mientras la anudaba de nuevo a una de las palmeras de la playa formando un lazo. Ésa sería la marca para poder encontrar el riachuelo desde la playa.

Al acercarse al campamento y punto de encuentro, oyeron gritos.

«Ya duraba mucho la paz», pensó Victoria.

—¡Que yo no limpio pescado, tío! —gritaba Nerea.

—¡Pareces Antonio Recio! —le respondió Dani.

Manu y Victoria se miraron y se echaron a reír.

—Mira, ya han vuelto los risitas —dijo Dani—. ¿Qué? ¿Os lo habéis pasado bien todo el día sin dar un palo al agua?

—Agua hemos encontrado. Y palos... también he visto alguno —respondió Sandra mirando con una sonrisa traviesa la entrepierna de Karibú.

—Che, qué gusto ver a una mujer que aprecia un buen trozo de carne —replicó Mario—. Mi familia tiene un asador en Rosario. Cómo echo de menos un bifecito de chorizo, una tirita de asado, o un matambre...

—De hambre me queréis matar a mí —protestó Sofía, aunque no tenía fuerzas ni para gritar—. ¿Habéis traído algún coco?

Manu le lanzó uno.

—Toma.

—Mario, ¿me lo abres, pibe? —le pidió Sofía.

—Tengo que vigilar que no se queme el pescado —respondió él.

—Anda, ven —le dijo Victoria—. No puede ser tan difícil.

—Es que estoy mareada, chicas. Sandra, ¿puedes aguantarlo tú?

Mientras Sandra sostenía el coco y Victoria lo partía con unas piedras, oyeron que se acercaba el helicóptero.

Luján no llegó a bajar a tierra. La descolgaron en un columpio y quedó a un par de metros por encima de los concursantes. Llevaba un vestido rojo con una abertura lateral, a lo Veronica Lake, una peluca roja con mucho volumen y una especie de peineta en forma de tridente. Con ayuda de un megáfono, la presentadora diablesa les anunció que la organización había preparado una cena especial para el día siguiente. Todos empezaron a celebrarlo, pero su gozo quedó en un pozo cuando Luján les aclaró que era una cena íntima, para dos, pensada especialmente para esa pareja.

—¿Hemos de hacer una prueba para ver quién la gana? —preguntó Manu.

—No, corazón —respondió la presentadora—. Esta cena ya está adjudicada. Y los afortunados que cenarán en el restaurante paraíso son... ¡Mario y Sofía!

Mario fue a buscar a su compañera, la levantó en brazos y dio un par de vueltas sobre sí mismo.

Las otras tres parejas les dirigieron miradas asesinas.

Desde su columpio, Luján sonrió y habló a cámara:

—En «Pecado original» no nos olvidamos de ningún pecado: avaricia, soberbia, lujuria, pereza, gula, ira, envidia... ¿Cuál es el tuyo?

—¿Para qué elegir, Luján, pudiendo entregarse a todos? —replicó Manu desde el suelo—. Y, por cierto, al verte con ese vestido me he dado cuenta de que *lujuria* viene de Luján. Estás espectacular, *shiquilla*.

Victoria lo fulminó con la mirada, celosa a su pesar.

—¿Qué? —protestó él—. ¿Tú la has visto? Sería un *pecao* no piropearla.

Luján se echó a reír mientras el columpio volvía a ascender hasta el helicóptero, que se alejó tras haber sembrado entre los concursantes la semilla de la discordia.

El domingo siguiente, el Tuerkas y Emma llegaron a Madrid al mediodía. Tras comer una hamburguesa doble y unas patatas fritas grandes, se dirigieron a los estudios donde se grababa la gala. Si, durante el viaje y la comida, a Benito le había parecido que Emma estaba a gusto a su lado y se lo pasaba bien con sus bromas, en cuanto entraron en el edificio tuvo la sensación de volverse invisible. Emma sólo tenía ojos para los famosos. Se volvía loca cuando reconocía a un presentador, un tertuliano o un concursante de «¿Quién quiere casarse con mi hijo?».

—¡Mira, mira! —exclamó tirando del brazo del Tuerkas—, ¡es Santana!

—Coño, ¿el tenista?

—Tenista, no. Se dice tronista, que no te enteras.

—Santana, Santana, por favor, hazte un *selfie* conmigo.

El tronista la miró de arriba abajo con desconfianza.

—No querrás hacer un montaje, ¿no?

—Que no, tronco, tranquilo, que no voy a hacer un «Deluxe» ni nada. Vengo a «Pecado original». Soy la defensora en plató de Victoria, la gibraltareña.

—Ah, sí, guapísima tu amiga. Pero un poco estirada, ¿no?

Emma suspiró.

—No es estirada. Es sólo... que éste no es su mundo. No está acostumbrada a la jungla de la tele.

—Pues que no le pase nada en la isla.

—¿No queréis que os haga yo la foto? —preguntó el Tuerkas.

—¿Una foto normal? No, gracias —respondió Emma, alargando el brazo y frunciendo los labios—, no sabría qué cara poner.

—Suerte —dijo Santana, alejándose, tras haberse asegurado de que quedaba bien en la foto.

—Recuerdos a Yanira —le gritó Emma.

Él sacudió la cabeza riendo.

—Aaay, qué guapo es. Y qué *enrollao*. Ya verás cuando cuelgue la foto en el Facebook. Las chicas se van a atragantar de envidia.

Un par de horas más tarde, los defensores estaban peinados, maquillados y a punto de empezar la gala en directo.

—¿Todo bien, Doña? —le preguntó Juanra a la madre de Nerea.

Doña Ángela había dejado claro al llegar a los estudios que, si volvían a sentarla al lado del salvaje o del perroflauta, tendrían que buscarse a otra defensora en plató. Tras averiguar que se refería a Julius, el primo de Karibú, y a Killian, el amigo de Sandra, la regidora había acabado sentando a los hombres en un lado y a las mujeres en el otro.

La Doña miró a Emma, sentada a su derecha, y a Rosalinda, sentada a su izquierda, con un mohín desdeñoso.

—*¡Jum!* —fue su respuesta.

Emma miró a Benito mordiéndose el labio y poniendo los ojos en blanco.

La regidora hizo la cuenta atrás y estuvieron en el aire.

—¡Muy buenas noches, pecadores! Bienvenidos una semana más a «Pecado original». Espero que hayáis pecado mucho esta semana. Tanto como nuestros participantes. ¿Cómo? ¿Que no? No me lo creo. ¿No habéis sido perezosos, ni envidiosos, ni habéis pecado de gula? ¿Ni siquiera con esa galletita? No iba a quedarse allí, hombre. ¿No habéis mirado con deseo a esa vecinita que lleva la falda tan corta? ¿Ni al reponedor del súper que tiene esos brazos como jamones ibéricos? ¿No habéis sentido instintos asesinos contra el jefe? ¿O contra ese conductor que no paraba de cambiarse de carril cada vez que intentabais adelantarlo? Sí, claro. Ya me lo imaginaba yo. Nuestros concursantes también.

»Hoy nos acompaña un gran pecador, un hombre que, si pudiera, haría que aumentara el número de pecados capitales para poder entregarse a todos. ¿Me equivoco, Mario?

—Qué va, Juanra —respondió Mario Vaquerizo—. ¡Todos, los quiero todos! ¡Pecados, venid a mí!

—¿Qué pecados has cometido esta semana, Mario?

—Buuuuuuf, pregúntame cuál no he cometido y acabamos antes, ja, ja, ja, ja, ja. Pero ya me conoces, yo sin unas cervezas no soy nadie. ¿Qué pecado es ése? ¿La *cervericia*? ¿La *cervejuria*? Ja, ja, ja.

—Pues... la gula. Supongo que eso es la gula —replicó Juanra.

—La gula del norte... Ja, ja, ja, ja.

Con una sonrisa, Juanra se volvió hacia los defensores en plató.

—Y ¿qué tal las cosas por aquí? ¿Todos listos para ver a vuestros amigos y parientes? ¿Qué opinas, Leonor? ¿Crees que tu hermana habrá seguido con su dieta vegana?

Detrás de Juanra, la gran pantalla mostraba un plano de los ocho concursantes en la isla. Estaban sentados por parejas. A la derecha de Luján se sentaban Manu y Victoria, Sofía y Mario. A la izquierda, Dani y Nerea, Sandra y Karibú. Se notaba que no sabían que estaban saliendo en pantalla, porque estaban sentados de cualquier manera y tenían caras malhumoradas.

—Por supuesto, mi hermana es una chica de palabra. Pongo la mano en el fuego por ella.

Doña Ángela resopló burlona.

—De todos modos, me gustaría hablar con ella —añadió Leonor—. El veganismo ya no es lo último. Ahora lo que se lleva es la dieta paleolítica. ¡Le va a encantar! Parece una dieta hecha expresamente para la isla. Puede comer frutas, verduras, semillas, todo el pescado que quiera y la carne que cace...

—Pues sí, creo que se va a alegrar —dijo Juanra—. Tenemos imágenes de la cena especial que la organización preparó el otro día para ella y Mario. Podremos comentarlas a fondo. Pero antes vamos a saludar a los chicos. Luján, avísalos.

En la isla, se vio a los concursantes sentarse derechos y poner la mejor de sus sonrisas. Excepto Victoria, que siguió con la misma expresión enfurruñada.

«¡Cari, disimula un poco! —le dijo Emma con el pensamiento—. No me lo pongas tan difícil.»

—Buenas noches, concursantes. Buenas tardes para vosotros. Me alegro de veros tan felices y contentos. A fin de cuentas, se nota que estáis en el paraíso. ¿Cómo se puede estar de mal humor en el paraíso?

—Tienes razón, Juanra. Somos unos privilegiados —respondió Nerea—. Tanta gente pasándolo mal en España y nosotros aquí, disfrutando de esta experiencia. Los que están malhumorados son unos desagradecidos que no se merecen nada. Ni seguir aquí ni ganar el concurso —afirmó mirando a Victoria con una sonrisa almibarada.

—¡Serás cínica! —contraatacó ella—. Si eres tú la que has amargado hasta el agua del barril con tu mala leche. Menuda semanita nos has dado.

—Chicas, chicas, no os rindáis a la ira —dijo Juanra con una sonrisa—. Os recuerdo que los espectadores pueden empezar a votar desde ya. Aunque en el concurso no hay eliminaciones, sí hay votaciones. Y será el público quien decida cuál será la pareja ganadora. Al final de la gala os haremos saber cuál es la pareja más popular de la semana.

»Y para ayudarlos a decidir, vamos a ver un resumen de las imágenes más destacadas de los últimos días.

Tanto Victoria como Emma, como sus madres en el Monkey Island o como media España en sus casas, vieron a Dani y a Nerea caerse borrachos por la pasarela que llevaba a los palafitos y quedarse dormidos en la arena. Durante los días siguientes, Nerea se había pasado buena parte del tiempo durmiendo, y quejándose de dolor de tripa. Dani y Nerea habían discutido mucho por el tema de la regla y la falta de sexo.

—Usa la imaginación —le había dicho él varias veces—. Qué culpa tengo yo de que tengas la regla. Es TU problema; no el mío. Yo no tengo la regla y estoy cachondo como una mona. Tú verás. O me haces un apaño, o me busco la vida por ahí.

La actitud de Dani le ganó abucheos de casi todas las mujeres que veían el programa, menos de la Doña, que no sabía dónde esconderse.

—Será capullo —exclamó Emma.

—Ya te digo —murmuró el Tuerkas—. Tiene tela el colega.

—Pues búscate la vida —le gritó Nerea en la pantalla mientras Dani se alejaba—. Cuanto más lejos, mejor. ¡Ojalá te pierdas y no vuelvas! —añadió, lo que le supuso una ronda de aplausos.

Horas más tarde, Dani había vuelto y se había hecho perdonar con un par de cocos y un pescado asado.

Luego las imágenes mostraron la semana de Sandra y Karibú. Parecían pasárselo muy bien. Su palafito estaba cerca de un pequeño acantilado donde habían encontrado varias cuevas. Las cámaras habían grabado imágenes de Sandra buscando setas y de Karibú encaramándose a un árbol para regalarle una orquídea, que le colocó delicadamente detrás de la oreja. También los habían grabado durante la exploración de las cuevas hasta llegar a la cascada. Los vieron atravesando galerías, nadando en lagos subterráneos y haciendo el amor en una charca iluminada por pequeños seres fosforescentes.

—Qué romántico —exclamó Rocío, apoyando la cabeza en el hombro de Carmen tras la barra del bar.

—Un whisky aquí.

—¡Un momento! —exclamó Rocío fastidiada.

—Ya se lo pongo yo —dijo Carmen—. Si salen las nenas, me avisas.

Pero en esos momentos, la pantalla mostraba a la Doña en plató, persignándose y sacudiendo la cabeza.

—¡Sí, corre, ya sale Victoria!

Carmen abrazó a su amiga del alma por detrás y le apoyó la cabeza en el hombro mientras no se perdía detalle de la entrada de Manu y su niña en el palafito.

—¿Qué te debo? —preguntó otro cliente, levantándose.

—¡Invita la casa! —exclamó Rocío, que no pensaba perdérselo.

Por suerte, el resto de los parroquianos estaban tan enganchados como ellas y no se aprovecharon de la situación.

—Qué galante es ese chico, Carmen. Me gusta para la nena.

—Mmm, es un concurso, Rocío, no lo olvides.

Vieron escenas de Manu y Victoria en lo más alto de la isla, saludando al helicóptero y de la pareja desapareciendo tras la cascada. Cuando el taparrabos de Manu salió poco después río abajo, en plató se oyeron silbidos y vítores, igual que en el local donde la chirigota de Manu se había reunido para ver el concurso.

—Ea, que al final la Estrecha no va a ser tan estrecha —comentó uno de ellos.

Otro empezó a tocar la guitarra y a entonar:

Perdidos en la isla, en el Caribe, entre tiburooooones...
Al Manu se le va, se le va la vista a esos dos limooones.

—Luego le metemos caña a la coplilla, *pisha*. Ahora déjanos escuchar.

La cena entre Mario y Sofía ocupó la atención de los espectadores durante un buen rato. La organización se había esmerado. La mesa estaba muy bien puesta, un cuarteto musical tocaba boleros. Un par de camareros que parecían haber pasado más horas en el gimnasio que en la escuela de hostelería les servían las bandejas de comida y el vino, vestidos con los mismos taparrabos de hojas de parra que los chicos, pero con una pajarita verde a juego.

Sofía los observaba con un brillo hambriento en la mirada. Mario se habría puesto celoso si no supiera que la vegana no tenía fuerzas para nada ni para nadie.

—¿Qué me habéis traído? —le preguntó esperanzada Sofía a Luján—. ¿Tofu? ¿Hamburguesas vegetales? Dijiste que era una cena preparada especialmente para nosotros.

—Así es. Lo mejor de lo mejor para Mario y Sofía.

Luján hizo una señal para que los camareros levantaran las tapas de las bandejas. Un tentador aroma a carne asada se extendió por la playa y levantó exclamaciones de todo tipo.

—Ay, virgencita de Luján —exclamó Mario, poniéndose de rodillas ante la presentadora y besándole las manos—. Si es que tenías que llamarte como nuestra patrona. Un asado. Un asado argentino, con sus choricitos, sus bifecitos... Gracias, Dios mío, gracias.

Las lágrimas de agradecimiento de Mario se mezclaron con las miradas de envidia y odio de los demás participantes y las de desesperación de Sofía.

—Sofía, cielo, no llores —le dijo Luján—. ¿No te gusta la carne? El doctor que te ha examinado esta mañana ha dicho que estabas muy débil. Con esa dieta no vas a llegar al final del concurso. En las islas tropicales no hay tofu, corazón.

—Cla... claro que me gusta la carne —gimoteó Sofía, a la que se le caía la baba mientras veía a Mario dar buena cuenta del primer trozo.

—Te esperaría, linda, pero es un crimen dejar que se enfríe, me comprendés, ¿verdad?

—Pero no puedo renunciar a mis principios. El veganismo... el veganismo...

Mario destapó la nueva bandeja que le mostraban.

—Mirá, gorda, son huevos fritos con papas. De esto sí podés comer, ¿no?

Sofía se echó a llorar a mares.

—No puedo comer huevoooooos... Las pobres gallinas son seres que merecen nuestro respeto. Deben vivir en libertad y no torturadas en granjas sin espacio donde picotear el grano, buaaaaa.

—Las gallinas que han puesto estos huevos han corrido libremente toda su vida, señorita —dijo uno de los camareros—. Son de una granja de la isla de Santa Lucía. El hijo del dueño es mi cuate.

—¿De verdad? ¿Me lo juras? —preguntó ella, con los ojos tan brillantes como si fuera una pastorcilla y acabara de ver a la Virgen en Fátima.

—Por mi madre, señorita.

Sin secarse las lágrimas, Sofía se abalanzó sobre la bandeja de huevos fritos con patatas y verduras a la brasa y se lo comió todo con las manos. Tenía demasiada hambre para usar los cubiertos.

La Doña se volvió entonces hacia Leonor y le dijo:

—Ahí tienes lo que pasa cuando pones la mano en el fuego por alguien.

—Son huevos. No ha tocado la carne.

—*Jum* —exclamó doña Ángela levantando la barbilla—, dale tiempo.

Mario miró a Luján y le guiñó el ojo.

—Gracias por devolvérmela a la vida —le dijo con la boca llena—. Ojalá le coja afición y siga comiéndoselo todo con las mismas ansias.

—Ay, cuántas cornadas da el hambre, chiquillos.

Nada más terminar de ver las imágenes, Juanra recordó los teléfonos para votar por las parejas y pasaron a publicidad. Cuando la regidora anunció que quedaban diez segundos para entrar en antena, todos se dieron cuenta de que en plató faltaban Rosalinda, la acompañante de Mario, y Álex, el amigo clónico de Dani.

—¿Dónde está Miss Calor del Caribe? —preguntó Juanra.

—Cinco, cuatro, tres...

La pareja entró corriendo en plató y se sentó justo a tiempo.

Las cámaras captaron el momento en que Rosalinda cruzaba las piernas para acomodarse.

Mario Vaquerizo, que se sentaba casi enfrente, abrió mucho los ojos.

—¡Ya estamos de vuelta! —anunció Juanra—. Los teléfonos no han parado de sonar y me comunican que el programa ha conseguido varios *trending topics*.

En la gran pantalla situada a la espalda de Juanra se vio una lista de temas de actualidad, entre los cuales se leía:

#LaReglaEsProblemaDeTodos
#QueremosVerAManuSinTaparrabos
#SofíaCómeteUnBuenChoripan

—¿Cuál crees que será la pareja más popular, Julius? —preguntó Juanra al primo de Karibú.

—Hombre, Juanra, amigo, eso no se pregunta. Karibú y Sandra, por supuesto. Son los mejores. Karibú ha encontrado agua, ha hecho zapatos, cuerdas... y otras cosas dentro de la cueva —respondió guiñándole el ojo a doña Ángela, que apartó la mirada muy indignada.

—¿Estás de acuerdo, Killian? —preguntó Juanra.

—Paz y amor, *brother*, paz y amor —respondió el amigo de Sandra con las pupilas dilatadas.

—Yo no estoy de acuerdo —intervino el Tuerkas—. El agua la encontraron a la vez con Manu y Victoria, que también han hecho... otras cosas, como dice Julius.

—No sabemos lo que han hecho —replicó Rosalinda—. Y con lo balurda que es tu amiga —añadió volviéndose hacia Emma—, dudo que hayan hecho nada. Estarían haciendo la colada y se escapó el bañador nomás.

—Oye, tú, miss catalítica caribeña, no sé qué le has dicho a mi amiga, pero Victoria no tiene nada de *bolarda*...

—¡Balurda!

—¡De eso tampoco! Más quisieras tú llegarle a la suela de los zapatos a mi Vicky. Retira eso o no respondo, que yo por mi Vicky, ¡maaaato!

—Chiiiiicas, chiiiicas, haya paz —las interrumpió Juanra—. Por suerte, la decisión está en manos del público. Y el público ha decidido que la pareja más popular de esta semana sea...

En la isla, los ocho concursantes se echaron hacia adelante en sus asientos de tronco. Bueno, los siete. Sandra siguió relajada mirando el firmamento.

En plató, todos guardaron silencio y contemplaron el gráfico que mostraba que Karibú y Sandra habían conseguido el 35 por ciento de los votos. La segunda pareja más votada había conseguido un 30, la tercera, un 20, y la cuarta, un 15. Los perfiles de las tres parejas que no habían conseguido el primer puesto estaban en sombras.

—¡Me cago en mi puta calavera! —exclamó Dani—. ¿Has acabado ya con la regla de los cojones? —le preguntó a Nerea—. Porque ya ves lo que quiere la gente. Han votado a estos colgados por follar como conejos. Y yo, mientras estés con la regla, ni me acerco. Nunca me han gustado las salchichas con tomate.

Luján se volvió hacia él sorprendida.

—Dani, machote, estamos en antena.

En plató, la madre de Nerea no sabía dónde esconderse.

—Pues Christian Grey no tiene tantos miramientos —murmuró Emma.

—¿Decías, Emma?

—Nada, nada, Juanra.

El Tuerkas la miró y sonrió. Poco después, a Emma le llegó un whatsapp.

Tuerkas: No sabía que te iban estas cosas.
Emma: Y ¿a ti qué te importa lo que me va o me deja de ir?
Tuerkas: Vamos a tomar una copa al salir y te lo cuento.
Emma: Sí, pero con todos. No te flipes, Tornillos.
Tuerkas: Mucho Grey, mucho Grey, pero a la hora de la verdad, sois unas bocazas.
Emma: De bocazas, nada, pero no nos sirve cualquiera, chavalín.

El Tuerkas se guardó el móvil en el bolsillo, refunfuñando.

Capítulo 9

Cocos locos

—Titas, titas, serpientitas, ¿dónde estáis? —murmuró Victoria mientras rebuscaba entre la vegetación. La prueba de esa semana consistía en encontrar una serpiente de peluche con una manzana en la boca.

Manu hacía lo mismo unos metros a su derecha. Les habían dado un plano del tesoro para ayudarlos a buscar el peluche, pero aquello era como encontrar una bola de pimienta en una lata de caviar.

—¿No encuentras la bicha, Vicky? He notado algo entre las piernas. Ven a echarle un vistazo.

—¿Tan pequeña la tienes que no te la encuentras? —replicó ella, que no tenía el lichi *pa* farolillos.

La prueba de la semana tenía un premio a elegir. El concursante que encontrara la serpiente ganaría un encendedor o la oportunidad de cambiar de pareja. Tras tantos días a base de fruta y marisco crudo, los nervios estaban a flor de piel. Las cosas entre ellos estaban más tensas que los pómulos de una actriz de Hollywood. Y la organización, que no perdía la ocasión de torturar a sus cobayas para disfrute del público, sabía que alguno estaría dispuesto a renunciar a cocinar el pescado por librarse de su pareja. Y, por supuesto, eso no haría más que aumentar las tensiones entre todos.

—Uy, qué poquita memoria tenemos, Vicky —dijo Manu, acercándose a ella sigilosamente y rodeándole la cintura por la espalda—. ¿Es que ya no te acuerdas? Ven, que te lo recuerdo.

Al notar la erección de Manu rozándole las nalgas, Victoria se volvió con la mano abierta en alto.

—Aparta eso de mí o te la ganas.

Manu se acercó más a ella, pero teniendo mucho cuidado de que ninguna parte de su cuerpo la tocara.

—Tranquila, fierecilla. ¿Por qué tanta agresividad?

—¡Déjame respirar, pesado! —exclamó ella.

Cuando Manu acercó su boca con intención de besarla, Victoria le mordió el labio.

—¡Au! Gata, no arañes, que no soy tu enemigo.

—Pues mantente a una distancia prudencial de mis garras y no tendré que arañarte.

—Pues no te pegues a mí cada noche. Me acercas ese culito y me despierto más caliente que el motor de un coche en Écija un quince de agosto. Y a la que te digo algo, sales por patas. ¿Tanto asco te doy, Vicky?

—¡Sí, mucho! No soporto a los golfos como tú. ¿Cómo tengo que decírtelo para que lo entiendas?

Manu le deslizó una mano entre los muslos.

Victoria notó entonces cómo su cuerpo elegía ese momento para traicionarla humedeciéndose. Tenía los labios secos por el sol del Caribe, y la poca humedad que le quedaba tenía que ir a parar a los dedos de Manu.

«*Dammit!*», maldijo para sus adentros. Llevaba días tratando de resistirse a la tentación de esos dedos grandes, fuertes y callosos.

«No como otras», pensó frustrada.

Desde que al final de la última gala Leonor le había dicho a su hermana Sofía que la última tendencia era la dieta paleolítica, Sofía se hartaba a comer pescado y marisco. Y con las fuerzas que le daba la nueva dieta, le agradecía a su pareja cada pez que pescaba. Mario —que se autodenominaba el «Triángulo de las Bermudas» porque, según él, cuando las chicas se asomaban a sus bermudas desaparecían y no se las volvía a ver hasta la mañana siguiente—, pescaba y se pavoneaba ante la cámara. Era especialista en crear escenas románticas y almibaradas, y no dudaba en indicar a los cámaras dónde debían colocarse para conseguir los mejores planos.

A Victoria le parecía estar en una edición de «Furor», el concurso de los noventa, aunque ella lo había rebautizado como «Furor uterino». Cuando veía a Nerea arrodillarse en la arena para comer algo más que erizos mientras la cámara la enfocaba, no podía evitar pensar: «Minipunto para el equipo de la Albufera». Y cuando Mario tomaba a Sofía en brazos y la llevaba hacia la orilla de la playa a la luz del crepúsculo susurrándole que era más dulce que un alfajor bañado en dulce de leche, se decía: «Minipunto para el equipo de los Alfajores».

Karibú y Sandra no parecían esforzarse por ser la pareja más caliente de la isla. Pero a ojos de Victoria lo eran, con diferencia. Karibú era fuerte y ágil al mismo tiempo, y tenía una alegría de vivir contagiosa. Subía a los cocoteros a buscar cocos para Sandra. Los partía y le daba la mitad a Mario, con una pajita dentro, para que se quitara el mono de mate que siempre tenía. Y Sandra le recordaba a una niña pequeña, traviesa, siempre con ganas de jugar, ya fuera con una lagartija o con el guapo tanzano que le había tocado como compañero de concurso.

Luego estaba Manu. Manu era... demasiado bueno para ser real. Victoria estaba esperando a que se le cayera la careta. No se creía las cosas que le decía. Era un golfo profesional. De los peores. De los que parecían buenos tíos, sinceros. Pero lo había visto en acción en la presentación del programa. Era el Golfo de Cádiz, el golfo oficial de la edición. De aquellos que te comen la oreja hasta que consiguen lo que quieren. Y por desgracia el tío era bueno en lo suyo. Victoria estaba agotada, con los nervios de punta. En la cabaña palafito sólo había una cama. Y aunque empezaban la noche durmiendo uno en cada punta, siempre acababa pegada a él.

Cada mañana se despertaba un poco más excitada, con el fuerte brazo de Manu rodeándole la cintura y anclándola con fuerza contra su erección. Ella se relajaba durante unos momentos, soñando que había encontrado a su media naranja, al hombre de su vida, un hombre que sólo tuviera ojos para ella.

Pero cuando él murmuraba en sueños algún piropo como: «Eres más bonita que una puesta de sol en la bahía de Cai», Victoria se levantaba como movida por un resorte. Sabía que eso se lo decía a todas, y no quería perder la cabeza —y ya de paso el corazón y el respeto por sí misma— por un hombre que no se lo merecía.

Sin embargo, ahora no podía moverse. Manu la había empotrado contra una palmera. Le sujetaba ambas muñecas con una mano por encima de la cabeza y con la otra la estaba acariciando entre las piernas.

—Quiero que me lo digas como si te lo creyeras. No apartes la mirada, Vicky. Dímelo mirándome a la cara y te suelto.

Ella cerró los ojos.

«Puedes hacerlo. Míralo a los ojos y mándalo a tomar por donde amargan las papayas.»

Pero al levantar los párpados, se encontró con los ojos verdes de Manu, que no estaban respetando la distancia de seguridad. Su mirada era limpia como el aire de mar e intensa como el

Lagavulin, un whisky que había probado un día a escondidas de su madre en el Monkey Island y que no había podido olvidar.

—Ah...

—Sí, preciosa. Te escucho —le susurró Manuel al oído con su voz aterciopelada como el brandy de Jerez—. Dime. No quieres que te dé un beso que te corte la respiración, ni que te acaricie hasta que se te doblen las rodillas, ni que te haga el amor contra esta palmera porque...

—Eh...

—Muy bien. Las vocales las dominas —comentó Manu burlón—. A ver, te voy a ayudar. Di que sí o que no con la cabeza.

Victoria tragó saliva.

—Me tomaré eso como un sí —repuso Manu—. Dime, preciosidad. ¿Es porque soy más feo que un *pecao*?

Victoria negó con la cabeza. Era tan guapo como si fuera hijo de David Gandy y Adriana Lima, y lo sabía, el muy desgraciado.

—¿Huelo mal?

Ella volvió a sacudir la cabeza. Cuando Manu se acercó un centímetro más, Victoria aspiró su aroma sin poder contenerse. Olía a sal, a mar y a algo más que no sabía cómo definir. «A Manu. Huele a Manu», se dijo. Durante los días que llevaban en la isla, se estaba volviendo adicta a ese olor. No sabía cómo iba a sobrevivir sin su dosis cuando acabara el concurso.

—Entonces es por mi voz. ¿Mi voz te irrita?

«Si irritar es hacer que me humedezca cada vez que me susurra al oído, sí, me irrita mucho», se dijo Victoria, aunque se guardó de decirlo en voz alta. Al ver que negaba con la cabeza, Manu siguió hablando:

—¿Soy un gilipollas? ¿Te trato mal?

Victoria sintió que se le doblaban las rodillas.

No. No era un gilipollas. Y no la trataba mal. No trataba mal a nadie. Cuando Dani o Nerea se ponían gallitos, les paraba los pies, pero nunca empezaba una pelea. ¡Era imposible llevarse mal con él! Aunque lo insultara o amenazara con darle una bofetada, nunca tenía una mala palabra para ella. Aaahhh, ¿cómo resistirse a un tipo tan encantador?

—No te oigo, Victoria.

—¡No! No eres gilipollas. ¡La única gilipollas aquí soy yo! Soy idiota por haberme dejado convencer para venir a un concurso donde no pego ni con cola. Y por tratar a baqueta al único tío legal que se me ha acercado en años. Y... y...

Él le soltó entonces las manos, la agarró por la nuca y la besó. Su otra mano abandonó su refugio entre los muslos de la medio gibraltareña para rodearle la cintura con el brazo y acercarla a él.

Victoria dejó caer los brazos sobre los hombros de Manu y los dejó ahí. Cuando le volvió la circulación a los dedos, los enredó en su pelo mientras sus bocas se rendían al fin a un beso largo y entregado.

Victoria se relajó por primera vez en días y perdió la noción del tiempo mientras Manu la acariciaba con reverencia y la besaba con hambre.

No sabía si habían pasado segundos o minutos, pero cuando notó que él se separaba unos centímetros de ella, abrió los ojos y lo vio, sonriéndole como si acabara de tocarle la lotería de Navidad, la del Niño y la especial del Día de la Madre todo a la vez.

Ella le devolvió una sonrisa bobalicona.

—¿Vicky?

—Dime.

—¿Quieres que siga?

—Sí, por favor —murmuró ella sofocada.

—¿No te importa?

—No, cariño —respondió Victoria distraída, acariciándole el pelo y echándole hacia atrás un tentador mechón que siempre le caía sobre los ojos. «¿Por qué tendría que importarme?»

Recordando el episodio de la cueva y dándose cuenta de que, cuando Victoria se entregaba, se olvidaba de todo, Manu insistió:

—¿No te importa que nos graben las cámaras?

—¿Qué cámaras? ¡Ooooohhhhh!

«Ya sólo le falta la "U" y tenemos las vocales al completo —se dijo Manu—. Mucha riqueza de vocabulario no tiene ahora mismo la muchacha, pero a expresiva no la gana nadie.»

Victoria le estaba dando puñetazos en el pecho. Con el trasero golpeaba la palmera con tanto ímpetu que algo les cayó desde arriba.

Al principio Manu pensó que era un coco, pero por suerte era más blando. ¡Era el peluche de la serpiente con la manzana en la boca! Ya podían buscarlo. Lo habían enganchado a una hoja de la palmera.

La serpiente quedó colgada entre los brazos de los dos. Era una prueba individual, es decir, que sólo podía ganarla uno de los dos. Al ver la mirada asesina de Victoria, Manu tuvo miedo de que ella pidiera el cambio de pareja, por lo que agarró la serpiente, la levantó por encima de su cabeza, fuera del alcance de la chica, y empezó a caminar hacia atrás.

—¿Habrías sido capaz de hacerlo sabiendo que nos estaban grabando? —le preguntó Victoria, que parecía a punto de entrar en erupción.

—¡Como si tú no lo supieras! Ese par no se despega de nosotros ni para ir a mear. Tengo más vista la *pisha* de Xabi que la del Tuerkas, y mira que hemos hecho concursos de ver quién mea más lejos.

—¡Pero me había olvidado!

—Sí, ya me he dado cuenta de que te distraes cada vez que me acerco a ti —comentó Manu con una sonrisa orgullosa—. Por eso te lo he preguntado. Y en vez de agradecerme que te avise con el calentón que llevo encima, me cae la del pulpo. Eres muy injusta, Victoria, que lo sepas.

—¡Uuuuuhhhh, serás... serás...

«Bien, línea de vocales completa. ¡Seguimos para abecedario!»

—¡Pues qué suerte has tenido encontrando la serpiente. Así podrás cambiar de pareja y te librarás de mí! —exclamó Victoria, que parecía al borde de las lágrimas. Echó a correr hacia la playa y desapareció tras unos arbustos.

Manu estaba a punto de ir tras ella cuando Mario y Dani aparecieron entre la vegetación.

—¡Sí! —exclamó el argentino—. ¡Encontraste a la puta serpiente y a la recalcada concha de su hermana! Voy a ver si cazo un pajarraco de esos que hay siempre sobre las rocas y esta noche hacemos asado de pollo... o algo que se le parezca.

Mientras Manu miraba hacia el lugar por donde había desaparecido Victoria, Dani aprovechó la distracción y le arrebató la serpiente.

—¡Eh, tú, capullo! ¿Adónde crees que vas? —gritó Manu, pero el otro ya había desaparecido, corriendo y riendo como Nelson, el personaje de «Los Simpson»—. ¡Victoria, vuelve! —gritó en dirección al mar.

—Déjala un rato, tío —dijo Blanca—. Ya volverá cuando se calme.

—¿Te quieres callar? —la reprendió Xabi—. ¿Qué parte de «ver, oír y callar» no entendiste al firmar el contrato?

—Cállate tú, gilipollas. ¡No eres mi padre!

—Pues menos mal. Pobre hombre. Anda que no tuvo que sufrir contigo.

«Vaya, la tensión no está sólo a este lado de las cámaras», pensó Manu.

En ese momento, sonó el cuerno indicando que se había otorgado el premio al ganador de la prueba. Sacudiendo la cabeza con impotencia, Manu se puso en marcha.

«Esto no quedará así, Dani. Éste no va a ser el único premio que vas a ganar, porque se está rifando una hostia y tienes todas las papeletas.»

Horas más tarde, los ocho concursantes disfrutaban de una cena en condiciones por primera vez en muchos días. Gracias al fuego que habían encendido con el mechero que Dani había pedido como premio —y que se había convertido en el tesoro más valioso de la isla—, habían asado el ave que había caído en la trampa de Mario. Tras pasar tantos días comiendo sólo fruta, pescado y marisco crudo, les supo más delicioso que el mejor pavo de Navidad. El olor del ave asándose había sido una tortura para sus estómagos hambrientos. No habían podido esperar a que estuviera hecho del todo. Se lo habían comido arrancando trozos sobre la misma hoguera, sin importarles quemarse los dedos, con una expresión de éxtasis en la cara. La cámara había captado las lágrimas que rodaron por las mejillas de Sofía al comer la correosa carne.

—Es lo más delicioso que he probado en mi vida. ¡Dieta paleolítica *forever*!

Cuando no quedaron más que las plumas, Karibú se marchó y volvió poco después con una red al hombro. Dentro había cocos.

—¡Aparta eso de mi vista! —exclamó Nerea—. Estoy hasta el toto de cocos, plátanos y la madre que los parió. Como alguien me ofrezca una piña cuando volvamos a España, se la meto por el culo, con hojas y todo.

—Pues tú te lo pierdes —replicó Sandra—. Karibú recoge todos los cocos fermentados que encuentra por la isla. Tenemos una buena colección. Un coco loco antes de acostarnos no nos lo quita nadie —dijo guiñándole el ojo a su compañero.

—Ea, ese Karibú *enrollao*. ¡Que no decaiga la fiesta! —exclamó Manu, levantándose para ayudar al tanzano a perforar los cocos y clavarles una pajita para beber.

La noche era muy húmeda y calurosa. De no ser porque la cena los había dejado relajados y satisfechos, a esas alturas estarían ya tirándose de los pelos. Se habían acabado el agua hacía rato y nadie quería ir a por más. Estaban sedientos y bebieron el licor de coco fermentado como si fuera agua de Valencia.

—Karibú, estos cocos son un bastinazo —dijo Manu dándole una sonora palmada en la espalda a su amigo—. En los próximos Carnavales, el coco loco va a ser el nuevo rebujito.

—*¿Bastinaso?* ¿Qué es eso? —peguntó Sofía con los ojos muy abiertos.

—Pues muy fácil, niña. Cuando te la agarras con las dos manos, lo que sobra es un bastinazo.

Todos rieron con ganas excepto Sofía, que no había entendido la broma, y Victoria, que se estremeció al recordar lo que había visto en la cueva.

—Mira que llegas a ser soez —dijo al darse cuenta de que Manu la miraba con picardía.

—¿En qué quedamos, chiquilla? ¿Soy el Golfo de Cádiz o el Canal de Soez? Aclárate, que me tienes *mareao perdío*.

Victoria puso los ojos en blanco.

—Puaaaj, macho, está asqueroso —protestó Dani, cuando ya se había metido tres o cuatro cocos entre pecho y espalda.

—Pues no bebas más, *pisha*, que ya se sabe que a los musculitos de gimnasio se os pone pequeña. Sólo falta que no se te levante por culpa del alcohol.

—¿Que no se me levanta, capullo? ¿Tú quieres ver cómo se me levanta, eh, eh?

Dani trató de ponerse en pie, pero el licor de coco casero había empezado a hacer su efecto y, al incorporarse, cayó encima de Victoria.

—Hola, guapa —le dijo arrastrando las sílabas—. Mejor te lo enseño a ti y tú se lo cuentas al gilipollas ese. No sé cómo lo aguantas. Ya está, tengo una idea. Vente con la Nere y conmigo esta noche y hacemos un trío. Seguro que a la audiencia le encanta.

—Eeepa —Manu lo agarró por los hombros y se lo sacó de encima a Victoria. Poniéndolo en pie, lo encaró hacia la playa y le dio una patada en el culo—. Si no sabes beber, niñato, anda a tu cabaña.

—Porque tú lo digas, Papá Pitufo —protestó Dani. Trató de darle un puñetazo, pero golpeó al aire y cayó al suelo partiéndose de la risa—. Yo me quedo aquí.

—Pues que disfrutes de los mosquitos. ¡Qué *jartible* es el nota! ¿Nos vamos, Vicky?

—Sí, vamos.

—Nosotros también —dijo Sandra.

—Sí, ji, ji, ji —dijo Sofía, abrazándose a Mario por la cintura—. Gracias por los cocos locos, Karibú. ¡Tenemos que repetirlo!

—Levántate —exclamó Nerea, dándole una patada a Dani, que respondió con un ronquido—. Puuufff, pues ahí te quedas, nano.

—Te acompañamos, Nerea —dijo Manu, rodeándole la cintura con un brazo mientras sujetaba a Victoria con el otro.

La cámara de Xabi mostró el plano de los tres alejándose en dirección a la orilla. Cuando la mano de Nerea desapareció bajo el taparrabos de Manu, se oyó a lo lejos:

—Chiquilla, ¿no te has *hartao* de carne hoy?

—Si no te he tocado —protestó Victoria.

—No te lo decía a ti, Estrecha de Gibraltar —dijo Nerea.

—¡Prefiero ser la Estrecha de Gibraltar que la Ancha de Castilla! —se picó Victoria.

—Haya paz, chicas. Hay culo de Manu *pa* todas.

—¡Suelta, pulpo, o te convierto en tapa!

—Mmm, hazme lo que quieras, Vicky. Dame una buena tunda y déjame bien blandito —le susurró él al oído, agarrándola con más fuerza para que no se soltara—. Y no te olvides de que tú y yo tenemos una conversación pendiente.

Muy a su pesar, Victoria se estremeció.

«*I'm royally fucked.* Estoy jodida pero bien.»

Capítulo 10

La tormenta perfecta

Esa noche, una tormenta tropical se desvió de su curso y atacó de lleno la isla de Santa Lucía y el pequeño islote. Aunque no llegó a categoría de huracán, el techo del palafito salió volando, y el agua despertó a Manu.

Al asomarse a la ventana, vio que las olas barrían la pasarela de madera que llevaba hasta la playa. Aquello era muy peligroso. Tenían que salir de allí cuanto antes.

Se volvió hacia Victoria, que estaba profundamente dormida.

—¡Vicky! —la sacudió—, tenemos que irnos. Hay una tormenta.

—Mmm, cinco minutitos más, mami.

Manu se la quedó mirando un par de segundos. Estaba preciosa, estirándose como una niña pequeña, aunque los sentimientos que le despertaba no eran para nada infantiles.

—Vicky, Victoria. Luego seguimos durmiendo. Pero hemos de salir de aquí —le dijo tirando de sus brazos y ayudándola a ponerse en pie.

—¿Qué pasa?

—Una tormenta. No podemos quedarnos aquí. Ven.

Manu la sujetó fuertemente de la mano y se asomó a la puerta. El oleaje era continuo e intenso. Era inútil esperar a que amainara la tormenta. Cuanto antes salieran de allí, mejor.

—Cuando te avise, salimos corriendo hacia la playa. No pares y no te separes de mí en ningún momento. ¿Estás lista?

Victoria lo miró y asintió. El agua de la lluvia que entraba por el techo la había empapado y la había espabilado de golpe. Se alegraba de estar con Manu, que parecía tener muy claro lo que había que hacer.

—¡Ahora!

La pareja salió del palafito y echó a correr hacia la playa. Durante el día, o a la luz de la luna, la playa se veía cercana y no daba ningún miedo recorrer la pasarela. Pero esa noche el panorama era muy distinto. Casi no había luz. El agua y el viento los cegaban. Avanzar por la pasarela totalmente cubierta por el agua era un ejercicio de fe. De no ser por Manu, que la sujetaba por la muñeca como una tenaza de acero, Victoria se habría rendido al pánico. Sobre todo cuando se salió de las tablas y se hundió en el agua.

—¡Agárrate fuerte! —exclamó él, devolviéndola a la relativa seguridad de la pasarela.

A Victoria las decenas de metros que los separaban de tierra firme se le hicieron eternos. La playa no estaba en su lugar habitual. El oleaje la había hecho retroceder. Hasta que alcanzaron las primeras palmeras, Victoria no se sintió a salvo.

—Ven, por aquí —le indicó Manu.

—¿Adónde vamos? —preguntó ella.

—¿Te acuerdas de la roca con voladizo donde Karibú guarda los cocos fermentados que encuentra en esta zona?

—Sí.

—Allí estaremos a salvo. No está lejos.

La pareja empezó a ascender por la ladera de la colina. El agua que caía formando torrentes por todas partes no les facilitaba las cosas, pero una media hora más tarde habían encontrado la roca.

El voladizo era lo bastante grande como para que el agua no

llegara a todos los rincones. Manu y Victoria entraron hasta el fondo a cuatro patas, se sentaron y apoyaron la espalda contra la roca del fondo.

—¿Estás bien? —preguntó Manu, respirando hondo.

—Sí —respondió ella, con el aliento entrecortado por el miedo y el esfuerzo—. Esta roca no se caerá, ¿no?

—No. Esta roca lleva aquí miles de años y ha aguantado tormentas mucho peores que ésta —dijo él para tranquilizarla—. Ni siquiera es un huracán. De lo contrario, la organización nos habría avisado.

—¿Estás seguro? No lo tengo tan claro.

—Quiero creer que sí.

Manu alargó el brazo y cogió uno de los cocos fermentados de la bodega particular de Karibú. Una de las zonas medio podridas estaba blanda. Con ayuda de una piedra puntiaguda, le hizo un agujero y probó el líquido.

—¡Puaj! Asqueroso, como siempre. Pero calienta. Anda —dijo ofreciéndoselo a Victoria—, da un trago, que estás *arresía* de frío.

Ella hizo lo que le decía. Estaba temblando como una hoja y el líquido se le derramó por la barbilla.

Manu lo recogió con un dedo y se lo llevó a los labios. Sintió ganas de besarla, pero no era buen momento. Se notaba que estaba aún muy asustada.

—Anda, ven, recuéstate en mi hombro y descansa.

Manu le rodeó el cuerpo con ambos brazos, apoyó la cabeza en la de Victoria y cerró los ojos. No tenían nada con que secarse. Iban a tener que darse calor mutuamente.

A él se le ocurrían varias maneras de mantener el calor corporal, pero las palabras de Victoria lo habían dejado preocupado. ¿Sería la organización capaz de poner sus vidas en peligro?

Eso sería llevar lo de «todo por la audiencia» demasiado lejos. ¿O no?

Victoria murmuró algo.

—¿Qué dices? —preguntó Manu.

—Nada. Estaba rezando.

—¿Eres católica o protestante?

—Ni una cosa ni la otra. La religión es cosa de hombres. Mi madre y Rocío se dieron cuenta enseguida de que rezar no les iba a sacar las castañas del fuego. Si querían solucionar algún problema, tenían que hacerlo ellas mismas.

—¿Cosa de hombres? —preguntó Manu extrañado—. Pero si la parroquia de mi barrio está llena de mujeres que van a la misa diaria...

—Sí, las ovejas. Pero no verás nunca a una pastora ante ellas, ¿verdad? El pastor siempre es un hombre. Y el que da las órdenes a los pastores también. Siempre son hombres los que deciden qué deben hacer las mujeres con sus vidas y sus cuerpos. Si no te casas por la Iglesia, estás mal visto. Si te divorcias, te echan del club. Si abortas, ya ni te cuento. Pero tampoco puedes usar anticonceptivos. Muy lógico todo. ¿Por qué voy a seguir las instrucciones de unos hombres que nunca van a quedarse embarazados ni van a tener que sacar adelante una familia sin ayuda de nadie? ¿Qué saben ellos? Y ¿qué derecho tienen a meterse en las vidas de los demás? ¿Acaso alguien se mete en las suyas?

—No te sulfures, no te juzgo. Sólo lo preguntaba para conocerte mejor. Pero hay mucha gente que sale adelante gracias a las ayudas de las parroquias —comentó Manu.

—Lo sé. No es que me entusiasme la caridad. Preferiría que todo el mundo tuviera acceso a un trabajo digno. Es verdad que hay mucha gente que vive su fe como Jesucristo, ayudando a los demás. No tengo nada en contra de eso. Al contrario. Olé y olé. Lo que no soporto es a esa gente que se cree con derecho a decirles a los que no han tenido suerte cómo tienen que vivir su vida a cambio de esa caridad. Si das algo a cambio de algo, no es caridad: es chantaje.

—Vale, vale, Pasionaria. No te conocía esa vena revolucionaria. La verdad es que me he puesto y todo oyéndote hablar así. Pero sigo sin entenderlo. ¿A quién le rezabas?

—A cualquier dios que tenga cobertura en la isla —respondió ella, encogiéndose al oír que una ráfaga de viento especialmente fuerte había roto un árbol cerca de allí—. Me da igual Buda o Vudú. ¡Me hago rastafari si me sacas de ésta, diosito!

Manu apoyó la cabeza en la de Vicky y sonrió.

Esa aventura había empezado como una broma, una apuesta, unas risas entre amigos. Nunca imaginó que el concurso fuera a elegirlo, y mucho menos que fuera a conocer a una mujer que le tocara tantos resortes. Era guapa, tenía carácter, personalidad propia, y no dejaba que nadie le dijera cómo debía pensar.

Aunque no se parecían en nada, Victoria le recordaba a Noelia en muchas cosas. La necesidad de complacerla, de conquistarla, de ver admiración en sus ojos era cada vez más fuerte.

No lo tenía fácil. Estaban en un *reality*, el caldo de cultivo perfecto para los conflictos y los malentendidos. Todo el mundo parecía estar de acuerdo en que, al firmar un contrato con una productora de *realities*, estabas dando carta blanca para que hicieran lo que quisieran con tu cuerpo y tu alma. Como si, al saltar del helicóptero, dejaras colgada de las aspas tu dignidad.

Durante los últimos años, Manu había visto a concursantes lesionarse bailando o saltando de un trampolín; los chicos de

«Gandía Shore» parecían pasar más rato borrachos que sobrios, y los participantes de las numerosas ediciones de «Gran Hermano» formaban un grupo cada vez más numeroso de juguetes rotos, intercambiables como los pececillos de una pecera ornamental.

Desde que había entrado en el concurso, Manu no dejaba de darles vueltas a esas cosas. ¿Qué habría sido de la vida que todas esas personas tenían antes de entrar en los concursos? ¿Cómo les habría afectado su fugaz contacto con la fama? ¿Habrían roto las relaciones con sus parejas, incapaces de asumir que de repente toda España supiera que a su novio le olían los pies o gemía como un gorrino cuando le hacían una paja bajo las sábanas?

«Seguro. No hay relación que aguante eso», se dijo.

Y lo que más lo angustiaba era pensar dónde estaba el límite. Recordaba que, en un concurso muy parecido al suyo, un chico más joven que él había muerto en una isla del Pacífico. Y que el médico que lo atendió acabó suicidándose poco después al no poder superar el dilema moral en que se había visto envuelto. No le costaba demasiado imaginarse las órdenes que debían de llegarle por el pinganillo. ¿Todo era válido por la audiencia?

—*A penny for your thoughts* —dijo Victoria, interrumpiendo su reflexión.

—¿Mande?

—Digo que te doy un penique por tus pensamientos. Vamos, que ¿en qué piensas? Estás muy callado. No es normal en ti.

—Pensaba en los *realities*. Hace unos años nos parecía escandaloso ver a alguien ducharse o hacer *edredoning* mientras los demás mirábamos y ahora nos parece lo más normal del mundo. A este paso, dentro de *ná* van a añadir un nuevo epígrafe para los autónomos: «concursante de *reality*».

—No te extrañe. Mi amiga Emma no es la única chica del barrio que ha crecido obsesionada con entrar en uno.

—¿Sabías que querían hacer uno con los primeros habitantes de Marte?

—Sí, me impresionó mucho cuando me enteré de que no podrían volver nunca a la Tierra. ¿Quién puede tomar una decisión así?

—Siempre hay pioneros y aventureros. Y también... supongo que alguien que haya perdido la esperanza. Alguien que haya perdido a toda su familia. O que haya hecho mucho daño y no pueda con la culpabilidad. Que prefiera sentirse solo en el espacio. No hay peor soledad que la que se sufre en medio de la gente.

Victoria se estremeció.

—¿Tienes frío?

—Un poco.

—Acércate más. —Manu le frotó los brazos arriba y abajo—. Ven, siéntate encima de mis piernas. El suelo está frío.

La levantó y la sentó sobre él, sirviéndole de tumbona. Victoria estaba un poco tensa al principio, pero el calor de las piernas de Manu la ayudó a relajarse. Cuando se reclinó contra su pecho, él la abrazó por la cintura y le acarició los costados con el pulgar.

—Trata de dormir un poco —le susurró al oído.

El nuevo escalofrío que recorrió la espalda de Victoria no tuvo nada que ver con la soledad del espacio exterior ni con el viento huracanado que se colaba bajo la roca.

—No tengo sueño.

—Ajá. Pues si no tienes sueño, podemos aprovechar el

tiempo de otra manera —le murmuró Manu al oído, acariciándole la parte inferior de los pechos—. Aquí no hay cámaras. Nos hemos librado del cansino de Xabi.

«Mmm, sí», se dijo Victoria, hundiéndose en el colchón cálido y confortable que creaba Manu con el calor de sus músculos y de sus palabras.

—Y no me he olvidado de lo que pasó en la cueva —añadió él, deslizando una mano por su vientre hasta llegar al biquini y provocándola al introducir la punta de un dedo bajo la tela y moverlo lentamente de un lado a otro.

Victoria, que hasta hacía unos segundos temblaba de frío, sintió que una oleada de calor la recorría de abajo arriba. La fuente del calor parecía estar justo debajo de donde Manu tenía la mano. Su roce había atizado unas brasas que llevaban tanto tiempo cubiertas por una capa de ceniza que Victoria se había olvidado de que estaban allí. Pensaba que se habían consumido. Pero era evidente que no.

Al principio fue evidente sólo para ella, pero cuando él le soltó la cintura y le acarició los muslos, ascendiendo poco a poco hasta el lugar donde se unían, la noticia se hizo de dominio público. Victoria se imaginó los titulares en la prensa del día siguiente: «Victoria Lampard, la Estrecha de Gibraltar, la mujer de hielo, se funde más rápido que los glaciares de Groenlandia cuando el Golfo de Cádiz le pone un dedo encima».

Manu se alegró más que si hubiera leído que los Cañaíllas habían ganado la Andalucía Cup.

—No entiendo por qué te resistes tanto a mis caricias, Vicky. Me gustas mucho. Eres preciosa y no tienes un pelo de estrecha. Tienes fuego por dentro. Los que no lo ven es que son idiotas.

Manu deslizó dos dedos bajo el biquini y le acarició los labios, extendiendo la humedad hacia el clítoris para acariciarla con más intensidad.

Ella gimió y echó la cabeza hacia atrás, momento que él aprovechó para besarla detrás de la oreja. Al notar que volvía a estremecerse y se humedecía un poco más, Manu le pasó la lengua por el cuello mientras le introducía los dedos con delicadeza.

Ella puso la mano sobre la de Manu, animándolo a seguir. Él, que no necesitaba que lo jalearan, la penetró con los dedos mientras le acariciaba el clítoris con el pulgar. Con la otra mano, le acarició los pechos, primero uno y luego el otro, torturándole los pezones hasta que ella se retorció sobre su regazo pidiéndole más.

Esa vez, Manu no estaba dispuesto a tolerar interrupciones. Ya podían caerse todas las palmeras de la isla a su alrededor. Ya podían sonar todos los cuernos y los megáfonos de la organización. Ya podían aparecer cámaras secretas bajo el voladizo de la roca. Nada iba a interponerse entre él y su objetivo: el placer de Victoria.

Tras semanas de tensión constante causada por las cámaras y por estar en compañía de extraños que no le generaban ninguna confianza, Vicky logró relajarse. Y al bajar las barreras protectoras, Manu se coló en su espacio personal y entró hasta la cocina. Victoria no le aguantó ni un asalto y empezó a gritar con fuerza.

—Muy bien, mi niña, así. Déjalo ir. Suéltalo todo —le dijo él, aumentando la velocidad de sus caricias.

Cuando los gritos y los gemidos de Vicky se fueron apagando, en el oído de Manu se mezclaron con el aullido huracanado del viento que seguía azotando con fuerza, como si la isla entera compartiera el éxtasis de su unión.

Victoria permaneció desmadejada un rato sobre su regazo mientras en el exterior una tenue luz anunciaba la llegada del nuevo día. La laxitud de los músculos de la gibraltareña contrastaba con la dureza de la erección del gaditano, que parecía uno de los dos pitones de roca de la vecina isla de Santa Lucía.

—Mmm —murmuró ella, tratando de darse la vuelta para abrazarse a él.

—No te me refriegues tanto, que vamos a provocar una erupción del volcán Manu Loa.

—Y ¿qué problema hay? —preguntó ella mimosa, acariciándole el pecho.

—El de siempre, me cago en mi puta suerte. No tenemos condones, nena.

Victoria abrió los ojos, que tenía entornados, espabilándose de golpe. Manu tenía razón. Parecía que siempre les pillaban los calentones lejos de la cabaña. De pronto, se echó a reír.

Manu estuvo a punto de decirle que no le veía la puta gracia a la situación, pero verla relajada, con las mejillas encendidas y mirándolo sin desconfianza por primera vez en semanas hizo que se mordiera la lengua y le sonriera. Se sentía como un jodido héroe por haber logrado relajar a la que ya muchos en España llamaban la Estrecha de Gibraltar. Leónidas, el de *300*, le pareció un nenaza a su lado.

—¿Qué es tan gracioso, niña?

—Me he imaginado los palafitos destrozados y las cajas de preservativos flotando en el mar.

—Y ¿eso es gracioso?

—Es que me he imaginado a las hermanas de la Sirenita encontrando las tiras de condones y usándolos como cinturones o cintas para el pelo porque, claro, como ellas no...

—No son practicables.

—¡Qué bruto eres! Pero bueno, sí, eso. Y me he imaginado a la Sirenita yendo a visitarlas por Navidad y diciéndoles: «Chicas, creo que tengo que contaros un par de cosas sobre la vida en tierra firme».

Manu se echó a reír.

—Ovejas, dinosaurias, sirenitas... Imaginación no te falta.

—No, sola no me aburro nunca. Y, hablando de imaginación, no creerás que voy a dejarte en este estado sólo porque no tengamos preservativos a mano, ¿verdad? —le preguntó, señalando su más que evidente erección.

«Gracias, virgencita del Carmen», pensó él cerrando los ojos.

Victoria aprovechó que bajaba la guardia para atacarlo a traición. Se sentó sobre las rodillas de Manu y apartó la cortinilla de hojas de parra que era claramente insuficiente para contener a su entusiasta inquilino.

Aunque sabía lo que iba a encontrarse, la visión del pene erecto de Manu la tomó por sorpresa. Habría jurado que era más grande que la última vez que lo había visto. Aunque era lógico. Aquel día estaban en una cueva y el agua no estaba precisamente caliente.

—¿Te gusta lo que ves? —preguntó él con su picardía habitual.

Cada vez que la sorprendía mirándolo le preguntaba lo mismo. A ese paso, iba a convertirse en «su frase». Victoria no tenía ningún problema con eso, aunque prefería no pensar en cómo iba a explicárselo a su madre si algún día se lo preguntaba.

—*What's not to like?* —murmuró ella entre dientes, mordiéndose el labio inferior.

—¿Ya me estás llamando *capullo* o *pulpo* otra vez?

—No, he dicho que me gustas. Me gustas mucho, Manuel. Más de lo que me conviene.

—Aleluya —susurró él, agarrándola por la nuca y atrayéndola para darle un beso que la dejó sin aliento—. ¿Estás bien? —le preguntó al romper el beso.

—Estoy mejor que bien, gracias a ti, Golfo —respondió Vicky con una sonrisa—. Pero ahora, deja de preocuparte tanto por los demás y permite que me ocupe de ti un rato.

Él alzó los brazos como si lo amenazara con una pistola, en señal de rendición.

Victoria se sentía poderosa, como si el orgasmo le hubiera cargado las pilas. La tormenta ya no le daba miedo. Era como si se hubiera fundido con los elementos.

Sin dejar de mirarlo a los ojos en ningún instante, Victoria se inclinó sobre él y le agarró la erección con la mano derecha. Con la izquierda, se retiró la melena oscura detrás de la oreja.

Manu no recordaba haber estado nunca tan excitado. Si, minutos atrás —mientras fantaseaba con sirenitas y tiras de preservativos—, Vicky le había parecido una niña inocente, en esos momentos era toda una mujer. Una mujer segura de su sensualidad y de lo que quería. Y lo que quería era devolverle el placer que él le había dado.

«¡Alabado sea el santo patrón de los concursantes de *reality*! —se dijo Manu—. ¿Quién será? Algún monje o monja de clausura, seguro. Un monasterio de clausura sí que daría para un buen *reality*, ¡vive Dios!»

—¡Dios! —repitió en voz alta al notar los labios de Victoria cerrándose sobre la cabeza de su pene. Bajó las manos y le rozó la cabeza, sin atreverse a sujetarla con fuerza, tal como le apetecía, por miedo a asustarla.

Pero ella no parecía asustada. Cuando levantó un momento la vista hacia los ojos de Manu, la mirada que le dirigió era brillante. Se estaba divirtiendo. Si pudieran verla ahora desde el plató, le quitarían el apodo de Estrecha de Gibraltar en un pispás. Aunque, desde luego, si dependía de él, arrastraría el apodo hasta la tumba. No quería compartir a esa nueva Victoria con nadie. Era una diosa. Su diosa. Su perla del Caribe. Y él, el capitán pirata dispuesto a morir antes de compartir su tesoro con bucaneros de la Albufera, filibusteros argentinos ni corsarios tanzanos.

—Victoria, me estás matando —le dijo con la voz ronca cuando ella sustituyó su dulce boca por la mano y empezó a estimularlo con decisión.

Las súplicas de Manu cayeron en saco roto. Victoria no se apiadó de él. Implacable como el viento que barría las islas paradisíacas varias veces al año, no se detuvo hasta que su compañero y amante perdió el control.

Esta vez fue el turno de Manu de unir sus fuerzas a las de la tormenta tropical con un grito desgarrado. Aunque la temporada de huracanes no había empezado oficialmente, Manu decidió bautizar la tormenta con el nombre de *Victoria*.

—*Ojú*, nena, esto sí que ha sido la tormenta perfecta, y no la del George Clooney ese.

Capítulo 11

Un ático con vistas, chocolate sin leche y papas con piel

—¿No habéis oído el cuerno? —preguntó varias horas más tarde Xabi, mirando hacia arriba. Estaba sudando por la gran humedad que seguía cargando el ambiente a pesar de la tormenta, y parecía molesto.

Manu, por el contrario, no recordaba haber estado tan relajado y feliz en mucho tiempo. Dejó de golpear con la piedra que estaba usando como martillo en una rama y se secó el sudor con el antebrazo.

—¿Qué coño estás haciendo, tío? —preguntó el cámara.

—Una casa en el árbol, ¿no lo ves?

—Y ¿por qué te complicas la existencia en vez de seguir instrucciones?

—¿Por qué voy a esperar a que me saquen las castañas del fuego si aquí tengo todo lo que necesito? Soy carpintero y puedo hacerle una casa a mi mujer. No necesito a nadie más.

—Vaya, ¿ahora la Estrecha es tu mujer? ¿Qué pasa? ¿Te ha afectado el viento, tío? ¿Te has olvidado ya de que estás en un concurso?

—No, el que parece que se ha olvidado eres tú. Enciende esa cámara, filma y deja de dar por saco.

Sacudiendo la cabeza, Xabi hizo lo que le decía.

—Ah —añadió Manu—, y a Victoria me la respetas. Nada de nombrecitos.

Mientras Xabi recogía imágenes de los destrozos causados

por el huracán, Victoria y Blanca se acercaron a ellos, cargadas con hojas de palmera.

—Aparte de los destrozos materiales, ¿nadie se ha hecho daño? —le preguntó Victoria.

—Nada grave. A Sofía le cayó una rama en la cabeza y tiene un arañazo en la cara, pero no es profundo. Lo peor son los gritos de Dani y Nerea. Como no se calmen, los que vamos a pedir la baja somos los demás para no oírlos.

—Venga. Ya he acabado de grabar por aquí —dijo Xabi—. Vámonos, que hay conexión en directo dentro de un rato.

—Tranquilo, *pisha*. Un momentico, que acabo de atar las hojas de palmera a las ramas para hacer el refugio. Hay que aprovechar que el tiempo ha dado un respiro.

—Ni tranquilo ni hostias. Ya tendríais que estar allí. Tira, macho, o te denuncio a la organización.

Manu no se dejó amilanar.

—Qué obsesión con las denuncias, *pisha*. Pareces Britney Spears con sus *paparazzi* —replicó, provocando la risa ahogada de Blanca y Victoria—. Anda, no te cabrees, tío, y sube a ayudarme. Acabaremos antes.

—Joder con el carpintero. ¿Qué te crees que eres?, ¿Harrison Ford en *Único testigo*?

Blanca y Victoria alzaron la vista hacia Manu. A Victoria le pareció que la encargada de sonido disimulaba un suspiro.

«Pues sí que se da un aire a Harrison —pensó Vicky—, pero un poco más joven.»

—Ya subo yo —dijo Victoria—. Vosotros a grabar, chicos.

Empezó a subir usando los escalones que Manu había fabricado clavando estacas en el tronco. El gaditano alargó el brazo para ayudarla. Cuando Xabi trató de pasarle la cámara a Blanca para darle un empujón a Victoria, Manu le chistó.

—Esas manos, quietas ahí. A ver si te alteras y te salen las imágenes movidas.

Xabi refunfuñó algo parecido a egoísmo o falta de compañerismo que le supuso una mirada torcida de Blanca.

Entre Manu y Victoria acabaron de atar las hojas de palmera que serían las paredes de su nuevo hogar.

—Listo —exclamó él al acabar—. ¿Te gusta el ático que te he hecho, Vicky? Acabados de primera calidad, suelo de tarima, mucha luz, primera línea de playa...

Ella se echó a reír.

—Lo hemos hecho juntos, chulito. Pero sí, me gusta mucho.

—¿Preparamos la cama para esta noche? —le preguntó Manu, acomodándole un mechón de pelo detrás de la oreja.

Xabi apagó la cámara con impaciencia.

—Ni de guasa, tórtolos. Si habéis follado esta noche, felicidades: ya tocaba. A ver si le mejora el carácter a la agria esta. Un poco gilipollas por vuestra parte hacerlo justo la noche en que no hay cámaras, pero eso ya es cosa vuestra. Ahora, en marcha, o nos echan a todos. Y no pienso quedarme en el paro por culpa de un pichabrava y una calientabraguetas.

Manu bajó al suelo tranquilamente, le arrebató la cámara a Xabi y, tras dársela a Blanca para que la aguantara, le dio un puñetazo que le giró la cara y lo dejó sin habla unos segundos.

—Te lo he advertido antes: nada de nombrecitos. Vámonos —añadió Manu, volviéndose hacia las chicas y echando a andar. Al ver que lo estaban mirando con los ojos muy abiertos, puso su mejor cara de Indiana Jones y, señalando a Xabi con el pulgar, dijo—: ¡No tenía billete!

Unas horas antes, en España

Carmen y Rocío habían pedido al dueño del Monkey Island que les cambiara el turno en el bar para poder ver el programa desde casa sin perderse detalle. La cadena había anunciado una gala especial, emitiendo imágenes de palafitos destrozados y barridos por el océano, acompañadas por una música de suspense. Angustiada, Carmen había llamado por teléfono a la productora, pero no habían podido —o querido— darle información.

Cuando el Tuerkas pasó a recoger a Emma para ir juntos en coche a la gala, Rocío y Carmen les pidieron que se pusieran en contacto con ellas en cuanto supieran algo de Victoria.

—Espero que tu amigo también esté bien, Benito, hijo —le dijo Rocío al Tuerkas.

—Gracias, señora. Pero puede llamarme Tuerkas, si quiere.

—Bueno, yo te llamaré Tuerkas si tú me llamas Rocío. Lo de *señora* me hace sentir muy vieja —replicó ella guiñándole el ojo.

—Mamá, ya te vale —protestó Emma incómoda—. Anda, vámonos —le dijo al Tuerkas, cerrando la portezuela con fuerza.

—¿Estás celosa, *shosho*?

—No te hagas ilusiones, Tuerkas. Tienes más posibilidades de ligar con *Amparito* que conmigo —replicó ella—. ¿Con quién la dejas, por cierto?

—Se queda en la trastienda del taller... —El Tuerkas miró a la chica de reojo y sonrió—. Si querías saber si vivo en pareja, podrías habérmelo preguntado directamente, Emma. No hace falta que uses a la iguana como excusa. Pues no: *Amparo* es la única hembra en mi vida.

Ella puso los ojos en blanco y miró por la ventana.

—Y tú, Emma, ¿has dejado alguna... mascota en casa?

—Si tengo algún ser peludo que me calienta la cama es cosa mía.

—¿Estás enfadada? ¿Te he ofendido en algo?

Ella soltó el aire para relajarse un poco.

—No, perdona, tío. Estoy histérica. Si le ha pasado algo a Victoria, no podré perdonármelo nunca. Ella no quería ir al concurso. Casi la obligué, y...

Emma apretó el puño y se lo mordió para no echarse a llorar. El Tuerkas aparcó en una parada de autobús y la abrazó. Escondiendo la cara en su pecho, la gibraltareña desahogó la angustia que la atormentaba desde que se había enterado de la tormenta que había azotado la isla.

—No sabes cómo te entiendo. No he pegado ojo en toda la noche. Fui yo quien propuse la apuesta de los cojones. Si le pasa algo a Manu, ¿con qué cara me planto yo en casa de su madre?

Emma levantó la vista y le sujetó la cara a Benito entre las dos manos, acariciándole las mejillas con los pulgares. Luego, mirándolo fijamente a los ojos, le dijo:

—No va a pasar nada. Tú conoces a Manu mejor que nadie. ¿Crees que permitiría que le ocurriera algo a Victoria?

El Tuerkas la miró con los ojos brillantes.

—No. Antes daría la vida.

—Pues yo conozco a Victoria. No es ninguna pava. Juntos superarán todos los obstáculos. Estoy segura.

Benito le agarró la cara entre las manos y la besó. Emma se quedó clavada en el sitio por la sorpresa durante un par de segundos, abriendo y cerrando los dedos en el aire. Pero enseguida reaccionó y le devolvió el beso, soltando en él la tensión que había acumulado durante toda la noche. Un segundo beso siguió al primero. Benito y Emma se miraron y sonrieron. Cuando estaban a punto de perderse en un tercer beso, la bocina del autobús de línea les hizo dar un brinco.

—¡Buscaos un hotel, coñe ya! —les gritó uno de los pasajeros que esperaban en la cola para subir al bus.

—Deje a los chiquillos, ¿que no ve que se habían discutido y se han *arreglao*? —replicó una señora que llevaba en las manos la última novela de Megan Maxwell.

El conductor del autobús sacó la cabeza por la ventanilla y les gritó que se apartaran de allí.

Mientras el Tuerkas le pedía disculpas sacando una mano por la ventanilla y arrancando el coche con la otra, Emma se hundió en el asiento y se tapó la cara con las manos muerta de vergüenza.

En cuanto hubieron doblado la esquina, se miraron y empezaron a reír. Primero de manera discreta, y luego, cada vez de manera más descontrolada. Cuando se calmaron, al cabo de un rato, Benito dijo:

—*Ojú*, el Manu y la Victoria estarán bien, pero si nosotros llegamos a Madrid enteros será de milagro. Niña, no más besos ni risas hasta que lleguemos a la capital. Luego mis labios están a tu disposición. Y el resto de mis herramientas —añadió guiñándole el ojo.

—Ea, pues si los chicos están bien, cuando acabe la gala lo celebramos —replicó ella acariciándole el muslo—. Te voy a dejar los tornillos bien *apretaos*, Tuerkas.

Benito tragó saliva y se recolocó los pantalones, que, de pronto, parecían haber encogido un par de tallas.

—¡Conectamos dentro de tres, dos, uno! —gritó la regidora.

Luján miró a cámara con su mejor sonrisa. Le habían puesto un vestido azul eléctrico, corto y muy sexi, que habían roto en varios puntos estratégicos. La habían peinado con un moño en el que habían clavado ramas y erizos, ya que la gala que estaba a punto de empezar era un programa especial con motivo del huracán. La cadena llevaba varias horas anunciando el programa. La mosca «Pecado original. Gala especial reconstrucción» no había abandonado la esquina superior derecha de los televisores de todos aquellos que seguían con avidez las aventuras de las cuatro parejas.

La tormenta no estaba prevista, claro, pero ya que les había afectado, la organización había decidido sacar partido de la situación. Luján dio paso a las imágenes que mostraban los destrozos provocados por el viento y la lluvia antes de ceder la palabra a los concursantes. Cuando Carmen vio a Victoria —muy delgada y despeinada pero con los ojos brillantes y una expresión relajada en la cara—, se echó a llorar de alivio, abrazada a su amiga.

—¡Menudo miedo hemos pasado, chicos! Cuando hemos sobrevolado la isla con el helicóptero y hemos visto que sólo quedaba un palafito en pie, confieso que me he temido lo peor —dijo la presentadora muy solemne—. ¿De quién es el palafito superviviente?

—Es el nuestro, Luján —respondió Sofía con voz temblorosa—, pero no sabes lo mal que lo hemos pasado. Cuando nos dimos cuenta, la pasarela había desaparecido bajo las aguas. No pudimos salir de allí. El agua se colaba por el techo. Nos quedamos abrazados en una esquina, rezando...

Manu miró a Victoria, que le sonrió con complicidad.

—Hasta que ha bajado el nivel del agua esta mañana no hemos podido salir. Si el palafito hubiera salido volando, no sé qué habría sido de nosotros —admitió Mario, uniendo las puntas de los dedos, formando una pirámide con las manos y apoyándola en los labios en un gesto que había practicado muchas veces ante el espejo.

—No te quejes, nano, que al menos tienes casa —protestó Dani—. Llevo horas preguntando qué piensa hacer la organización para solucionar la papeleta y nadie nos da una respuesta.

—Es una vergüenza —lo apoyó Nerea—. No pretenderán que lo arreglemos nosotros, ¿no? En el contrato no ponía nada de construir casas. Cuando hay un terremoto o algo vienen los de la Cruz Roja y montan tiendas, ¿no? ¡Pues que vengan! ¡Que para eso pago mis impuestos!

—¿Pagas impuestos en Santa Lucía, Nerea? —le preguntó Juanra desde plató.

—Ya salió el listillo. No, yo no he pagado impuestos nunca todavía porque soy muy joven, y eso es cosa de los viejos como tú. Pero mi padre se hartó de pagar impuestos, ¿verdad, mamá? Y seguiría pagándolos si no lo hubieran metido en la cárcel por esa tontería.

Todos los presentes en plató se volvieron hacia doña Ángela, que se acarició el collar de perlas y miró al suelo, ruborizándose vivamente bajo la espesa capa de maquillaje.

—Y se las daba de demasiado buena para estar sentada junto a nosotros. Siempre pasa igual —comentó Killian al primo Julius, a su lado.

—Creo que es la primera vez que te oigo hablar, Killian —dijo Juanra, mirándolo con sorpresa.

—Me habéis avisado con tan poco tiempo que no he tenido tiempo de fumarme nada para relajarme antes de la gala —replicó el Rastas.

—Pues no hay mal que por bien no venga. Bienvenido a la

Tierra —dijo Juanra—. Estás en tu casa. Habla cuanto quieras. Pero ahora volvamos a la isla. Luján, te escuchamos.

—Gracias, corazón. Estaba aquí diciéndoles a Dani y a Nerea que la organización no tiene previsto reconstruirles la casa. Pero se ve que el viento huracanado les ha afectado el oído, porque parece que no me oyen.

—Pues ahora que lo dices, creo que tienes razón. Me duele mucho el oído —se quejó Nerea, cazando la oportunidad al vuelo—. Creo que deberíais llevarme al hotel para que me visite el médico. ¡Ay, ay!

—¿Estás segura? ¿No prefieres que venga el médico a la isla?

Nerea se acercó a Luján y le dijo al oído:

—No, tía, que tengo que depilarme. No veas cómo tengo el matojo. Y ¡mira! —añadió, agachando la cabeza para mostrarle las raíces del pelo—. Tengo que teñirme ¡pero ya! Ve avisando a la peluquería del hotel, ¡es una emergencia!

—Qué susto, Nerea, chata —dijo Juanra desde plató—, pensaba que ibas a enseñarnos... la macadamia.

—Pero ¿no habías pasado la conexión a Madrid?

—Ehhh, no —respondió Luján.

—Esto es un jodido complot. Primero la tormenta y ahora esto. ¡Estáis todos contra mí! —gritó Nerea, fuera de sí.

—Tranquila, Nere —le dijo Luján—. Nadie está contra ti, pero te recuerdo que estás en un concurso de supervivencia y convivencia. Si quieres, puedes venirte al hotel conmigo, pero quedarás automáticamente eliminada. Si estás enferma, vendrá el médico a la isla a verte. ¿Quieres que lo avisemos?

—¡A tomar por culo! —respondió la madrileña, sentándose en su sitio enfurruñada.

—Doña Ángela, tiene mal aspecto —comentó Juanra desde plató—. ¿Quiere que le traigan un vasito de agua?

—¿Una copita de anís no podría ser? —preguntó ella esperanzada.

—Ah, no. Aquí o todos sobrios o todos *colocaos* —protestó Killian.

—Pues dejen que se fume algo a ver si se calla —replicó la Doña, molesta al ver que su copita tonificante tendría que esperar.

—A ver, ¿la cofradía del vicio podría callarse un poco? A mí me gustaría enterarme de cómo está mi amiga —protestó Emma—. Si no es molestia, claro —añadió con ironía.

Pero tanto Emma como el resto de los seguidores de la pareja gaditana tuvieron que seguir esperando, porque Luján entrevistó primero a Sandra y a Karibú. La chica estaba sentada entre las piernas del tanzano, que la abrazaba por la cintura.

Mientras Sandra y Karibú contaban entre risas que, gracias a la tormenta, habían podido disfrutar de otra noche inolvidable en la cueva de la charca fosforescente, en pantalla partida se veían las imágenes de la primera vez que habían estado allí.

Sandra ladeó la cabeza y miró al tanzano por encima del hombro. Él le juntó los muslos y le acarició las piernas lentamente arriba y abajo mientras le daba un delicado beso en los labios.

Luján se abanicó con la tarjeta que tenía en la mano.

—Sandra, veo que te has olvidado de los sapos —comentó.

—Sí, Luján. Karibú es lo más alucinante que he encontrado en la isla.

—Y yo que pensaba que tendría que enfrentarme a duras pruebas contra hombres españoles y resulta que mi rival más duro ha sido un sapo —comentó el tanzano sacudiendo la cabeza.

—Luján, tengo una petición del público para Sandra y Karibú —anunció Juanra desde el plató.

—Si está en nuestra mano... —replicó la presentadora, alzando mucho las cejas.

—Estamos recibiendo muchas quejas porque las espectadoras no pueden ver bien a Karibú. Dicen que quieren verle... la tableta de chocolate.

El tanzano abrazó con más fuerza a Sandra para que no se marchara, pero la menorquina le golpeó los antebrazos para liberarse.

—Anda, deja que disfruten un rato —dijo Sandra—. Tienen razón. Yo me he enganchado ya al chocolate sin leche.

—Date una vuelta, Karibú, bombón, para compensar a las espectadoras por el mal rato que han pasado —le pidió Luján, traviesa, sin perder detalle del paseíllo.

Las últimas imágenes que los espectadores vieron en sus casas fueron las de Manu y Victoria. Aunque no eran muy de misa, Carmen y Rocío se estremecieron y se santiguaron al ver los tablones del palafito esparcidos por toda la playa. Sin embargo, luego sonrieron al ver la casa que Manu había construido en el árbol con poco más que sus manos.

—¿Qué te parece, Luján? *Pa* que luego digan que los andaluces no somos trabajadores —comentó Manu—. ¿Que nos gusta pasarlo bien? Digo. ¿Qué problema hay? No veo por qué hay que trabajar con cara de *estreñío* o echar más horas de la cuenta *pa* que los de Bruselas no se cabreen.

—Mi gente sabe que, si se canta mientras se trabaja, se trabaja mejor —corroboró Karibú.

—¡Hasta los enanitos de Blancanieves lo sabían! —añadió Manu, haciendo reír a todos, menos a Dani, que seguía de un humor de perros.

—Ja, ja —exclamó, con su característica risa de Nelson de «Los Simpson»—, me parto, tío.

—Mira, no falta de *ná* —replicó Manu—. Tenemos hasta a Gruñón. Lástima que no seas Mudito, tío.

Aguantándose la risa, Luján dio paso a Juanra, que mostró en plató el gráfico de aceptación de las cuatro parejas. Como era de esperar, Dani y Nerea habían perdido mucha popularidad. Las otras tres parejas iban muy igualadas.

—Vaya, Dani, me dicen que vais los últimos —comentó Luján—. La verdad, corazón, no me extraña. Pensaba que tras la tormenta iba a encontrarme un infierno en la isla, y me encuentro a tres parejas más unidas que nunca. Los únicos que no estáis disfrutando del paraíso terrenal sois Nerea y tú. A ver si os ponéis las pilas, que nos estamos acercando a la recta final.

—¡Joder, me cago en todo lo que se menea! —exclamó el *Mazao* de la Albufera—. ¿Cómo quieres que dé juego así? —protestó señalando a su alrededor—. Si me montáis una cena romántica como al Mario ese, o me ponéis una casa nueva, con cama redonda y un jacuzzi, ya me encargo yo de subir la popularidad a polvos. Aunque tenemos que hablar del tema del matojo de la Nere. Hay que hacer algo, ¿eh? Yo patatas con piel no como.

—En peores plazas hemos *toreao* —murmuró el Tuerkas en plató un instante antes de que Manu dijera:

—Si estuviera aquí mi colega el Tuerkas, te diría: «En peores plazas hemos *toreao*».

Emma miró a Benito y alzó una ceja.

—Me gusta cómo piensa tu amigo, Manu. Ya me lo presentarás —dijo Luján divertida—. Pero ya que no está aquí, ¿qué le dices tú a Dani?

—Que tú te lo pierdes, niñato. Las papas son buenas de todas maneras. Hasta *arrugás*. Aunque a mí me gustan al horno, bien calientes y caldositas —respondió el gaditano, guiñándole el ojo a Victoria y haciendo aumentar el número de llamadas a su favor.

Capítulo 12

Fujiyama

Esa noche, en el interior de la casa del árbol, el odioso silbido de un mosquito que le rondaba la oreja despertó a Victoria. Aunque trató de matarlo de una palmada, lo único que consiguió fue darse un bofetón en la oreja.

—¡Auuu! —protestó.

Prestó atención, por si había despertado a Manu, pero vio que seguía respirando acompasadamente.

El gaditano, que hasta ese momento había estado durmiendo de lado, se volvió y quedó tumbado boca arriba. Al cabo de pocos segundos empezó a roncar ruidosamente.

Victoria, que trataba de volver a dormirse, abrió los ojos y resopló. Chasqueó la lengua varias veces y escuchó. Silencio. Había funcionado. Con una sonrisilla, se relajó y se dispuso a dormir.

—¡JJJRRRR!

A Victoria le dio un vuelco el corazón. Por un instante creyó que un nuevo huracán se había abatido sobre la isla. Pero no. Era el huracán roncador Manu, ¡con una intensidad de diez en una escala de cinco!

Victoria le dio un codazo.

—¡JJRRR!

Probó chasqueando de nuevo la lengua, más fuerte.

—¡JJJRRRRRRR!

Le dio una patada en la espinilla, lo que provocó un gemido

de Manu, seguido de un nuevo ronquido igual de intenso que el anterior.

Victoria se mordió los nudillos. Era imposible dormir así.

«Bueno, si tengo que pasar la noche en blanco, al menos me daré una alegría», se dijo, echándose hacia atrás hasta topar con el fuerte cuerpo del gaditano.

Sin despertarse, Manu se volvió, le echó la mano por encima de la cintura y la abrazó con fuerza, atrayéndola hacia sí. Casi como si se tratara de un resorte, Vicky notó la erección de Manu creciendo rápidamente pegada a sus nalgas.

Victoria se acercó un poco más a él y meneó un poco el trasero, disfrutando de las sensaciones. El cuerpo que tenía pegado a la espalda era firme, sólido y muy cálido. Aunque la humedad y el calor de la isla no eran las mejores condiciones para disfrutar de la estufa catalítica que era Manu, no pudo evitar pensar en lo agradable que sería gozar de esa calidez en invierno.

«Victoria, no pierdas la cabeza. En invierno, este tío estará dándole calor a otra ingenua y tú estarás en Londres haciendo un máster.»

Los ronquidos de Manu se habían transformado en una respiración fuerte. Victoria notó que los largos dedos del gaditano se extendían. El meñique le llegaba por debajo de la cintura. El pulgar le estaba acariciando la parte inferior del pecho.

Victoria se revolvió sin poder evitarlo, cimbreándose como una serpiente. Sus movimientos acabaron de desvelar a Manu, que echó las caderas hacia adelante, en una promesa muda.

Su mano se cerró sobre el pecho de su compañera de cabaña, amasándolo y pellizcándole el pezón entre dos dedos.

Victoria sintió una punzada en el vientre que descendía en caída libre hasta su sexo. Sin poder contenerse, echó la pelvis hacia atrás, provocando, buscando. Cuando Manu le echó su cálido aliento en el cuello, junto a la oreja, ella se estremeció violentamente. Había pasado de estar adormilada a estar excitadísima en segundos.

—No puedes dormir, ¿Vicky? —le ronroneó Manu al oído, lo que le provocó un nuevo escalofrío—. ¿Puedo ayudarte en algo? Ya sabes que me encanta ser útil.

Victoria trató de responder, pero los estremecimientos unidos a la marea de calor que había subido hasta inundarle el pecho y la cara se lo impidieron.

Manu se tomó su silencio como una invitación. Aunque él dormía desnudo, Vicky seguía durmiendo con la parte de abajo del biquini puesta. No dormía tranquila con todo al aire: le daba miedo que algún bicho se tomara demasiadas confianzas. Manu acabó de desnudarla con rapidez, volvió a tumbarse a su espalda, le levantó un poco la pierna y le acarició los pliegues. Tal como se imaginaba, la apasionada Victoria ya estaba húmeda. Aunque ante el resto del mundo diera una imagen de frialdad, él sabía que era como el volcán Fujiyama: precioso y nevado por fuera, pero ardiente en su interior.

—Manu —murmuró ella.

—Ya voy, impaciente —replicó él con una sonrisa canalla que Victoria no llegó a ver. Si la hubiera visto, se habría humedecido un poco más.

De una embestida, Manu la penetró con decisión. Victoria trató de echar el torso hacia adelante para facilitarle el acceso, pero él seguía agarrándola con fuerza. Se mantuvo quieto en su interior, con las caderas echadas hacia adelante, en tensión. Victoria se fue cargando de esa tensión, como si de un teléfono móvil enchufado al cargador se tratara. Notaba una vibración que iba extendiéndose por todos los músculos de su cuerpo.

Al cabo de unos segundos, Manu no pudo aguantar más y

aflojó un poco el agarre. Victoria aprovechó para girarse un poco hacia el suelo y adelantar una de las piernas, ofreciéndole la espalda. Él la siguió. Sus sexos permanecían unidos. En el nuevo ángulo, pudo penetrarla más profundamente.

Vicky gimió.

—¿Te hago daño?

Ella negó con la cabeza con decisión.

—¡No! Me gusta. Me gusta mucho. Sigue.

Manu la penetró varias veces, clavándola al suelo con embestidas lentas, casi lánguidas, hasta que ella volvió a gemir, esta vez de frustración.

Manuel la tomó por las caderas y tiró de ella hacia atrás hasta que quedó a cuatro patas. Sin salir de su interior, le echó la melena a un lado antes de cubrirla con su torso. El pecho de Manu quedó pegado a la espalda de Vicky. Él le buscó las manos a ciegas y le separó un poco los brazos. Le clavó las manos al suelo, cubriéndolas con las suyas. A continuación, la penetró varias veces, con embestidas lentas pero bruscas, disfrutando del íntimo contacto entre sus cuerpos.

A Victoria le encantaba la sensación de indefensión que le provocaba esa postura. Sabía que Manu nunca le haría daño, pero la excitaba notar su fuerza, muy superior a la de ella, y saber que podría forzarla si quisiera. Cuando él le mordió ligeramente el punto en que el cuello se unía al hombro, ella se estremeció y gimió de placer.

Sin embargo, poco después, el clítoris de Vicky protestó, sintiéndose abandonado. Victoria empujó varias veces las caderas hacia atrás. Manu pensó que quería aumentar la intensidad de las embestidas y le siguió el juego, pero en una de éstas Vicky rompió el ritmo y, cuando Manu fue a embestirla, se encontró fuera del acogedor sexo de su amante.

Aprovechando el elemento sorpresa, Victoria le dio un empujón con el trasero y lo tumbó.

—¡*Cagontó!* —protestó el gaditano, que había caído de culo sobre el camastro—. ¿Qué haces, niña?

Aunque a una parte de Victoria le gustaba que él llevara la voz cantante en la cama, otra parte se impacientaba si la hacía esperar demasiado. Buscó a ciegas los preservativos que pendían de una de las ramas que servían de colgadores y tiró de la hilera. Separó uno de los envoltorios y lo sostuvo entre los dientes mientras buscaba a Manu.

Él se había sentado y la estaba buscando en la oscuridad. Vicky le dio un nuevo empujón y, sin darle tiempo a reaccionar, montó sobre él. Aunque la falta de luz tenía sus inconvenientes, Vicky reconoció que le resultaba muy morboso y excitante asaltar a un hombre en plena noche sin ver de quién se trataba.

Alargó la mano hasta encontrar la erección de Manu, que seguía esperándola sin perder ni una pizca de entusiasmo.

—¡Gracias, virgencita del Carmen! —exclamó él entre dientes al notar que ella le colocaba el condón con las dos manos, aprovechando para acariciarle el pene con entusiasmo y los testículos con más delicadeza.

Victoria sonrió. Aunque no podía verlo, el Golfo de Cádiz era inconfundible.

Su vulva buscó la erección de Manu como si tuviera voluntad propia; como si el magnetismo activado por el reciente frotamiento le hubiera dado vida. Victoria estaba tan húmeda y Manu tan ansioso por volver a estar en su interior que ella se clavó en él sin necesidad de ayudarse con las manos.

—¡Sí! —exclamó Vicky, soltando el aire que había estado conteniendo sin darse cuenta.

Por una vez, Manu no tuvo palabras para responder. Estaba perdido en un universo de sensaciones placenteras.

Cuando a Vicky le fue imposible empalarse más profundamente, se dispuso a montarlo como si se tratara de un toro mecánico. Empezó con movimientos lentos y sinuosos, pero pronto la velocidad aumentó por ambas partes.

Cuando ella comenzó a gemir, Manu pensó que estaba a punto de correrse, pero pronto se dio cuenta de que aquellos quejidos no eran de placer.

—¡Au!

—¿Te hago daño?

—No, no. Son las rodillas —admitió Victoria. Lo había cabalgado con tanto entusiasmo que habían ido a parar fuera del camastro de hojas de palmera.

Manu se incorporó, la agarró por la cintura y volvió a tumbarla sobre las hojas.

—Relájate —le susurró—. Descansa.

Victoria estaba demasiado excitada para relajarse por completo, pero respiró hondo y le cedió el control de la situación.

Manu la agarró por debajo de las rodillas y, tras acercarse todo lo posible, se clavó en ella con suavidad.

Victoria echó la cabeza a un lado, disfrutando de lo bien que se acoplaban sus cuerpos.

Él la penetró acompasadamente, sin prisas, casi con devoción.

Poco después, Victoria notó que le desdoblaba las rodillas y las juntaba ante su cara, sin dejar de penetrarla en ningún momento.

Agarrándola por los tobillos, Manu tiró de las piernas de Vicky hacia arriba, como si fueran ligeras como dos tortitas de arroz de esas que, en teoría, quitan el hambre. Vicky comprobó una vez más que le encantaba salir con un hombre que trabajaba con los músculos y que la hacía sentir como si no pesara nada. En ese nuevo ángulo, el pene de Manu alcanzó nuevos rincones que esa noche aún no había estimulado.

Del cuello de Victoria salió un sonido a mitad de camino entre el gemido y el lamento.

Esta vez Manu no tuvo ninguna duda de que se trataba de un gemido de placer. Aunque no le veía la cara, sabía que Victoria estaba sintiendo lo mismo que él. Rindiéndose a la lujuria, la sujetó por los pies y se los llevó a la boca. Le mordisqueó y le chupó los dedos uno por uno.

Cuando Manu le succionó el dedo gordo de un pie y después el del otro, Victoria pensó que era imposible sentir más placer. Pero en ese momento él empezó a mover las caderas en círculos clavándose en rincones que Vicky no sabía ni que tenía, y tuvo que tragarse sus palabras. Aunque, en realidad, lo que deseaba tragarse era otra cosa.

—¿Cómo estás, Vicky? —preguntó él.

«Cachonda perdida», pensó ella, incapaz de hablar.

—No voy a poder aguantar mucho más —susurró Manu.

Vicky gimió con más fuerza, mientras sacudía la cabeza a un lado y a otro. Esperaba que él la entendiera y se entregara a fondo, porque no podía hablar. Se le había cerrado la garganta y a duras penas si podía jadear.

Ya fuera porque la había entendido o porque él tampoco podía aguantar más, Manu echó la cabeza hacia atrás y, rindiéndose a la llamada de la naturaleza, se derramó en el interior de Victoria, que había empezado a correrse casi al mismo tiempo.

Cuando los últimos coletazos del orgasmo se hubieron disuelto, Manu se desprendió del preservativo y, tras hacerle un nudo, lo lanzó a un rincón de la cabaña. Se tumbó de lado junto a Victoria, flexionó el codo y apoyó la cara en la mano.

La luz del amanecer empezaba a romper las sombras por el horizonte. Vicky abrió los párpados un segundo. Le pesaban toneladas. El orgasmo la había dejado totalmente relajada. A la grisácea luz que precedía al alba, leyó en los ojos de Manu lo que el Golfo sentía por ella: admiración, pasión, devoción, deseo... En una palabra: amor. Una mirada como aquélla no podía mentir.

Victoria le dirigió una sonrisa de felicidad y satisfacción antes de volver a cerrar los ojos.

—Te quiero, Vicky —susurró el gaditano con el corazón desbordante de emociones.

Ella respiró profundamente.

—¿Vicky? —repitió Manu al ver que no reaccionaba.

—Jjjrrrrr.

—¡Vicky! ¡No puedes haberte dormido de golpe! ¡No te escaquees! ¡Dime algo!

—JJJRRRRR.

—¡La madre que la parió!

Capítulo 13

Erupción o Victoria

—¡Ole las mujeres guapas! —exclamó Manu al ver acercarse a Victoria y a Sofía.

Pasar buena parte del día al aire libre les había dado un bronceado muy favorecedor. Y, aunque las chicas estaban demasiado delgadas para su gusto —Manu siempre había preferido que las mujeres tuvieran de dónde agarrar—, la verdad es que eran dos bellezones.

Sofía había sido Miss Espárragos de Navarra 2013. Manu no sabía cómo debían de ser las demás candidatas, pero le parecía un premio merecido. Se imaginó a los miembros del jurado revolviéndose incómodos en sus sillas mientras la rubísima Sofía y otras bellezas de las fértiles vegas navarras degustaban los manjares de la tierra.

Pero por muy miss que fuera, Manu sólo tenía ojos para Victoria. Aunque la temperamental morena había ocultado su belleza tras un ceño fruncido durante las primeras semanas, gracias a su relación con el carpintero gaditano había florecido como una orquídea tropical. Era como si la regara a piropos. Cada vez que le hacía el amor, le brillaba un poco más la piel. Con cada *guapa* que le decía, también le brillaban un poco más los ojos.

Victoria y Manu se habían construido un paraíso a medida y preferían no pensar en que un día no muy lejano tendrían que abandonarlo. Tras pasar varias noches haciendo el amor con Victoria —la organización les había entregado una nueva caja de preservativos para sustituir a la que se había convertido en cinturones de tritón y diademas de sirena—, Manu estaba pletórico. La felicidad se le escapaba por todos los poros en forma de piropos, chistes y ganas de ayudar a los demás.

Lo primero que hizo el día después de la tormenta fue ayudar a Mario a construir una balsa para que Sofía y él pudieran llegar secos al palafito por las noches. Mientras tanto, Victoria y Sofía habían ido a buscar fruta y erizos, que llevaban en unas redes colgadas al hombro.

La tormenta había dejado montones de leña por el suelo, lo que les facilitó la construcción de los nuevos refugios y de las balsas. Karibú y Sandra también se habían fabricado una balsa y dos remos. Cuando el sol estaba en lo más alto del cielo, los vieron aparecer tras las rocas que cerraban la pequeña bahía al este del islote. Victoria y Sofía se los habían encontrado mientras recogían fruta y los habían invitado a comer con ellos. Al llegar junto al palafito, Karibú le entregó a Mario un montón de plátanos que acababa de arrancar del árbol.

—Ea, que no falte el plátano Balú —exclamó Manu—, que de lo que se come se cría.

—Son bananas —lo corrigió Sofía.

—Qué más da, chiquilla. No discrimines. ¿No se dice que el tamaño no importa?

—Sí, pero suelen decirlo siempre los que tienen plátanos, no bananas. La última vez que lo oí decir fue ayer precisamente. Dani se lo estaba diciendo a Nerea —comentó Mario, mirando a cámara y guiñando un ojo a sus fans.

En la otra punta de la isla, las cámaras grababan al Mazao de la Albufera y a la Ancha de Castilla haciendo lo que mejor se les daba: discutir.

—¿Dónde has *dejao* el mechero, Nere?

—Y ¿a mí qué me preguntas? Tú sabrás. ¿No dices siempre que eres el amo del mechero? Qué pesado con el puto mechero. No se puede ser más cansino.

Dani levantó las hojas de palmera que habían apoyado entre dos troncos para que los protegieran un poco del viento. Como no se habían molestado en atarlas con lianas, las hojas se caían constantemente. Sin embargo, debajo encontró sólo restos de comida que empezaban a oler mal.

—Esto está hecho un asco. Así no hay quien encuentre nada. A ver si limpias un poco, que eres una guarra.

—¡Serás capullo! ¡Limpia tú, cabronazo! ¿Qué te has pensado que soy? ¿Tu madre?

—A mi madre ni la nombres con esa boca tan sucia que tienes.

—¿Ah, sí? Pues anoche bien que te gustaba mi boca sucia, chaval. A ver si te aclaras. Porque si mi toto te parece un coco peludo y mi boca te parece sucia, ya puedes empezar a pajearte, porque me largo. ¡Paso de ti, desgraciado!

—¿Ah, sí, bocazas? Pues a ver si es verdad. ¡Venga, largo de aquí! A ver cómo sobrevives sin mí.

—Uy, sí. ¡El gran cazador! —se burló ella gesticulando mucho con los brazos—. Si no sirves para nada. Ni pescar sabes. Hazte una paja y olvídame. ¡Y eso si te la encuentras, pichacorta!

Dani, enfadado y herido en su orgullo, se volvió hacia el cámara y le lanzó un coco.

—Y ¿tú qué grabas? Sigue a la bruja esa un rato y déjame en paz.

Nerea estaba harta. Durante los días que habían pasado en el hotel antes de llegar a la isla, Dani le había parecido un ganador. Tenía un físico espectacular, forjado en el gimnasio, y siempre iba impecablemente arreglado. Nunca salía de casa sin su pelo cortado a navaja por los lados, su cera aguantándole el tupé y las cejas depiladas. Un *piercing* en la ceja, una barba siempre perfectamente rasurada y ropa ajustada con el cuello abierto eran algunas de sus marcas de identidad.

Pero en la isla no podía pasarse horas en el gimnasio, ni en la peluquería ni delante del espejo de cuerpo entero que tenía en la puerta de su armario. Y, aunque a algunos chicos les sentaba bien el look Robinson Crusoe, no era el caso de Dani. A medida que pasaban las semanas, las raíces negras habían ido ganando terreno a las puntas teñidas de rubio platino. El pelo de los lados, cortado a navaja, casi rapado, le había crecido casi dos centímetros. A Nerea le recordaba a una de esas patatas a las que les salía césped en la cabeza en vez de pelo. La barba todavía le había crecido más. No le extrañaba que se afeitara dos veces al día. Tenía una barba muy fea, rala, con varios claros en las mejillas. Y encima se quejaba de que ella no se arreglaba el sotobosque. ¡Sería cafre!

Al cabo de una hora de recorrer la isla sin encontrar a nadie, Nerea, agotada y deprimida, oyó unas risas. Se acercó sigilosamente y se quedó observando detrás de una palmera a las tres parejas que estaban disfrutando de una agradable tarde de charla y bromas en la playa.

Karibú estaba recostado en una roca. Sandra estaba sentada frente a él, apoyada en su pecho.

«¡Y parecía tonta la chupasapos! Ha plantado la bandera en esa tableta de chocolate y no deja que nadie se le acerque siquiera.»

Sandra y Karibú compartían una camaradería y unas ganas de disfrutar de la vida que Nerea sólo había visto en el patio de su guardería, hacía ya demasiado tiempo.

Mario estaba tumbado en la arena. Se había asegurado de que el sol le diera en el ángulo perfecto para que las cámaras lo captaran sin sombras. Sofía estaba tendida formando un ángulo recto con él, con la cabeza apoyada en su tripa. La sombra le oscurecía media cara, pero eso a Mario le daba igual. Sofía para él era atrezo. En la isla casi no tenía vestuario, así que la rubia era su complemento más valioso. Sofía, en cambio, se volvía hacia él cada vez que hablaba y lo miraba arrobada. De vez en cuando, hasta suspiraba. Para ascender en su carrera como modelo, la navarra había soportado la compañía de empresarios sin escrúpulos, para los que el romanticismo era regalar un bolso, cuanto más caro mejor. No se había dado cuenta hasta ese momento, pero Sofía tenía mucha hambre atrasada de romanticismo.

Nerea negó con la cabeza.

«La Miss Espárrago parecía lista, pero ha caído de cuatro patas en la trampa de ese galán de pacotilla.»

Manu y Victoria estaban separados, sentados uno frente a la otra. Nerea no sabía que Manu había preferido sentarse a unos metros de la morena de La Línea porque sólo con rozarla se encendía como una antorcha. Y, aunque Victoria se moría de ganas de volver a perderse entre los fuertes brazos del gaditano, no se fiaba de su mala cabeza. Era consciente de que las cámaras nunca los perdían de vista, y no quería avergonzar a sus padres.

Nerea no se fijó en las miradas de deseo y complicidad que intercambiaba la pareja. Se quedó sólo con el dato de la distancia y lo interpretó como que había mal rollito entre ellos. La cámara la estaba enfocando desde atrás y no captó el brillo malicioso de la mirada de la madrileña. Nerea tenía un plan. Ahora sólo debía aguardar a que llegara su momento.

«No tardes, machote. Aquí te espero», se dijo.

Dos horas después, el sol empezó a ponerse, y cada mochuelo volvió a su olivo (o cada loro a su cocotero). Nerea siguió a Manu y a Victoria a distancia. Al llegar bajo la cabaña, el guapo gaditano empotró a la gibraltareña contra el tronco del árbol.

—Al fin solos, niña. Qué ganas tenía de tenerte sólo para mí.

—Manu...

—Ea, no protestes, que llevas lanzándome unas miraditas todo el día que me tienes más caliente que...

—No protesto, pero es que...

—¿Qué, Vicky? ¡Habla, por Dios!

—Que me estoy meando —susurró Victoria para que no la captara el micro de la cámara.

—Ay, qué vergonzosa eres, mujer. ¿No te vas a acostumbrar nunca? Que estas cosas son normales.

Victoria esperaba no llegar a acostumbrarse nunca. Si las cámaras la grababan mientras atendía la llamada de la naturaleza, ya podía olvidarse de su carrera como diplomática.

La pareja se separó para ocuparse de sus cosas. Era el momento que Nerea había estado esperando.

Mientras Manu expulsaba toda el agua de coco que había bebido durante el día y contemplaba relajado cómo su agüita amarilla formaba un riachuelo entre la vegetación, oyó unos gemidos extraños que se acercaban.

—¿Quién anda ahí? —preguntó alarmado—. Vicky, ¿te pasa algo?

Pero la que se abrió camino entre la vegetación para llegar a su lado fue Nerea. A Manu no le había dado tiempo de guardarse el tamarindo. La chica se lo quedó mirando y, durante un par de segundos, se olvidó de lloriquear, pero pronto volvió a meterse en el papel.

—¿Manu? ¿Eres tú, Manu? ¡Menos mal que te encuentro! —exclamó con más dramatismo que Vivien Leigh en *Un tranvía llamado deseo*.

—¿Qué te pasa, chiquilla? Y ¿qué haces tan lejos de tu campamento a estas horas?

Al ver que la madrileña lloraba y temblaba, la acompañó a una roca cercana y la sentó en ella antes de acomodarse a su lado.

—Te daría un pañuelo, pero no tengo.

Nerea siguió con la cara enterrada entre las manos para que no notara que no había derramado ni una lágrima.

—A ver, cuéntame —pidió Manu—. ¿Qué te pasa, morena? El Dani, ¿no? ¿Qué te ha hecho ese cafre? —Tensándose, le apartó las manos de la cara y la obligó a mirarlo a los ojos—. ¿No te habrá *pegao*? A ver, enséñame esa cara bonita.

—No, no me ha pegado —replicó ella—, pero estoy harta de él. Me trata fatal. Ayer me dijo que no iba a tocarme ni con un palo hasta que me depilara el aguacate... —Al ver que Manu se echaba a reír y la soltaba, Nerea decidió subir las apuestas—. Y me ha echado del campamento. Me ha enviado a buscar comida —mintió— y no he encontrado nada. Tengo miedo de volver con las manos vacías por si se pone violento. —Volvió a enterrar la cara entre las manos y gimoteó.

—Ea, ea, todo se arreglará —la consoló Manuel, dándole palmaditas en la espalda y pensando: «*Cagontó*. Esta petardilla me va a jorobar la noche con la Vicky».

Victoria, que estaba esperando a que Manu llegara al árbol

y le echara una mano para subir a su ático en primera línea de playa, se cansó y fue a buscarlo.

—¿Manu? —lo llamó—. ¿Va todo bien?

Era el momento que Nerea había estado esperando. Cuando oyó que su rival se acercaba, se sentó sobre Manu y le comió toda la boca mientras cabalgaba sobre él.

El gaditano, sorprendido, tardó unos instantes en reaccionar. Fueron pocos, pero los suficientes como para que el corazón de Victoria se rompiera a cachitos muy pequeños.

Casi sin darse cuenta, el golfo de Manu se le había metido debajo de la piel y le había llegado hasta el corazón. Y ¿para qué? Para instalar una carga de dinamita dentro y hacérselo estallar a traición.

—¡Hijo de la gran puta! —exclamó dolida—. ¿Se puede ser más falso?

Manu se puso en pie de un salto y dejó a Nerea en el suelo. La madrileña fingió estar muy sorprendida y asustada, pero él se dio cuenta de su actuación.

—¡Vicky! ¡No es lo que parece!

Victoria puso los brazos en jarras. Aun así, furiosa e indignada, estaba preciosa. Manu no entendía cómo podía pensar que iba a arriesgarse a perderla por unos minutos de tonteo con Nerea. Bueno, tal vez sí lo entendía. Haberlo encontrado con la boca pegada a la de su principal rival podía transmitir una idea equivocada.

—Te lo juro, Vicky, escúchame —insistó Manu—. Me he *encontrao* aquí a la Nere llorando y he *tratao* de consolarla.

—¡Ja! ¿Ahora se llama así? Menudo samaritano estás hecho. ¡Te van a beatificar un día de éstos! —replicó Victoria con ironía.

—Y cuando te hemos oído acercarte, la Nere se me ha *echao* encima y ha *empezao* a comerme los morros.

—¡Pobrecito! —Victoria estaba cada vez más furiosa—. Como eres tan pequeño e indefenso, no has podido quitártela de encima. ¡Qué penita me das!

Nerea miraba a la pareja tratando de disimular, pero las cámaras captaron el brillo triunfal de su mirada.

Aunque Manu le juró y le perjuró que no había pasado nada, la semilla de la duda ya estaba plantada. Esa noche, después de asegurarse de que los cámaras acompañarían a Nerea a su campamento, Victoria y Manuel subieron a su cabaña en el árbol, pero el daño ya estaba hecho. Cuando Manuel trató de abrazarse a la llanita que le había robado el corazón, ella lo rechazó. Pasaron la noche mirando uno en cada dirección. Ambos se sentían miserables, pero Victoria no se fiaba de Manuel. Lo que había visto no era más que la confirmación palpable de lo que su instinto llevaba gritándole desde que había llegado a la isla: que Manu no era de fiar. Que era demasiado bueno para ser verdad. Que si bajaba las barreras de su corazón, se lo rompería. Y aunque Manu deseaba repetirle una y mil veces que Nerea no significaba nada y que sólo tenía ojos para ella, sabía que lo mejor era esperar a que se calmara. En ese momento, todo cuanto dijera caería en saco roto. Tenía que volver a ganarse su confianza. Y lo haría, pero no esa noche. Esa noche le tocaba apretar los dientes y tratar de pensar en cualquier cosa que no fuera la mirada de fuego de la Vicky furiosa, en cómo su pecho subía y bajaba cuando se indignaba, o en lo mucho que disfrutaría haciéndole el amor hasta que se le quitaran las ganas de dudar de él.

«¡Maldita Nerea! —se dijo—. Ahora entiendo a los del grupo musical ese.»

A la mañana siguiente, cansados por lo poco que habían dormido y sexualmente frustrados, Manu y Victoria se pusieron en marcha al oír el cuerno en la otra punta de la isla. Cuando llegaron al campamento base, ya todos los esperaban para grabar la prueba especial que se vería durante la gala de esa noche. Era una prueba de cultura general.

—Ea, Vicky, esta prueba la ganas tú con la gorra —dijo Manu para animarla.

Pero Victoria no tenía ganas de animarse. Estaba totalmente desmotivada. De lo único que tenía ganas era de volver a su vida cuanto antes. Estaba harta de sentirse un mono de feria.

La organización había montado un decorado especial. Era una especie de patio de colegio. De las ramas de varios árboles cercanos colgaban columpios. Los concursantes responderían mientras se columpiaban. A las chicas les pusieron unas batas de colegiala que no dejaban casi nada a la imaginación y les recogieron el pelo en dos coletas altas. A los chicos les pusieron un corbatín y les dieron un tirachinas. Para columpiarse, se lo sujetaron donde pudieron, es decir, en la cinturilla del taparrabos.

Luján —estupendísima vestida de institutriz austríaca, con una regla en la mano— empezó a hacer preguntas a los concursantes e iba anotando sus respuestas en una pizarra. Pronto Victoria se dio cuenta de que todas las preguntas tenían algo que ver con el infierno, el paraíso o los pecados.

—Empezamos contigo, Dani, machote. Dinos, ¿qué ciudad de Estados Unidos, famosa por ser la meca del cine, tiene un nombre celestial?

—Joder, Estados Unidos, y yo qué sé —protestó haciendo un gesto despectivo—. Miami es el paraíso. No, ya está, ya lo tengo: Las Vegas. Si ganas a la ruleta, no necesitas ir al cielo. Ya lo tienes en la tierra.

—Bueno, es una manera de verlo —comentó Luján, antes de decir—: Rebote. ¿Alguien lo sabe?

—Los Ángeles —respondió Victoria inmediatamente.

—¡Correcto! —exclamó Luján, que anotó la respuesta en la columna de la gibraltareña.

—Vamos con otra pregunta. A ver, Sofía, corazón, ésta es para ti. ¿Nombre del pastelito a base de huevo que solían preparar las monjas y que tiene un sabor divino?

Sofía —nerviosa porque las preguntas le recordaban a las que le hacían en los concursos de miss, de los que no guardaba muy buen recuerdo—, empezó a hablar muy deprisa.

—¿Huevo? El huevo se acepta en algunas dietas veganas, pero yo no como huevos porque las pobres gallinas ponedoras viven en una situación de esclavitud que...

—Sofía, Sofía, céntrate, preciosa. La situación de las gallinas merece todo mi respeto, pero no es lo que estamos tratando aquí ahora. —Gesticulando lentamente, Luján fue marcando las sílabas de las palabras—: Pas-te-li-to, dul-ce, mon-ji-tas, con-ven-tos...

—¿Huesos de santo? —propuso Sofía.

—¿Teta de novicia? —apuntó Manuel con una sonrisa traviesa.

—Y pelotas de fraile, en Chinchón las hacen buenísimas —añadió Nerea, mirando a Manu y pasándose la lengua por los labios, lo que provocó que su madre se santiguara y murmurara «Ave María purísima» cuando la vio desde el plató.

—Chicos, tenéis que esperar a que diga «rebote». Pero no, ninguna de ésas es correcta —los reprendió Luján—. Entre los demás, ¿alguien se anima a rebotar?

—Tocinillos de cielo —respondió Victoria con seguridad.

—Correcto. Muy bien, Victoria. Vamos con la tercera pregunta: ¿en qué película italiana aparece una sala de cine donde los ángeles querrían ir a ver todos los estrenos? Manu, es tu turno.

—Eeehhh, ¿ángeles en el cine? ¡Sí, claro! Ésta es fácil, Luján. La de *Los ángeles de Charlie*, que salía la Cameron Díaz, la chiquita *escuchimizá* que se ponía la gomina aquella un poco asquerosa en la peli de *Algo pasa con la Mari*. Y también la nena de E. T., que ya no es tan nena, hay que ver cómo ha crecido la muchacha. Y la otra, la china que salía en *Kill Bill*...

—¡Manu! Ya sé qué peli dices, tesoro, pero no es *Los ángeles de Charlie*, lo siento. ¿Rebote? —preguntó Luján, volviéndose hacia Victoria ya por inercia.

—¡*El cielo puede esperar!* —exclamó Sandra.

—¡*El diablo viste de Prada!* —gritó Sofía.

—*Daredevil* —dijo Mario.

Luján se volvió hacia todas partes, sorprendida por el entusiasmo general.

—Vaya, sí que os gusta jugar a las películas. Pero no. No he oído la respuesta correcta. Victoria, ¿quieres probar?

—*Cinema Paradiso*.

—¡Correcto!

Luján hizo varias preguntas más. Tal como era de esperar, Victoria fue la ganadora de la prueba.

—¡Victooooooria! —entonó la presentadora.

—Dime.

—No, estaba cantando victoria —replicó Luján con una mueca traviesa—. Siempre había querido hacerlo.

El premio de la prueba era una conversación con la familia. La organización había avisado a los familiares, y esta vez el

Tuerkas había llevado en el coche a la madre de Manu y a Carmen. Las dos mujeres congeniaron enseguida y empezaron a llamarse «consuegra» en broma.

Emma, que iba sentada delante, se volvía de vez en cuando hacia las dos mujeres que iban mirando las revistas del corazón donde aparecían sus niños y comentando la jugada con más pasión que cualquier tertuliano de televisión.

—Estas tetas son operadas, ¿no? —preguntó María, la madre de Manu, señalando una foto de Nerea.

Los motes que los concursantes se habían ido poniendo en el concurso habían calado entre el público y los medios de comunicación. Por eso, junto a la morenaza, había un titular donde se referían a ella como *la Ancha de Castilla.*

—Pues sí —respondió Carmen—. Cuando una se tumba en la playa, las peras no quedan así apuntando a la luna como si fueran misiles.

El Tuerkas miró a Emma de reojo y se echó a reír.

En varias revistas se hablaba del amor que había surgido entre El Golfo de Cádiz y la Estrecha de Gibraltar. Aunque trataban de disimularlo, a las dos madres se les caía la baba al ver las románticas fotos de sus niños en los atardeceres caribeños.

—No te creas todo lo que sale en las revistas, consuegra —comentó María—. Mi niño no es tan golfo como lo pintan. Es buen chaval. Tiene el corazón de oro. No sé qué habría sido de mí sin él —añadió con los ojos llorosos.

—Ea, Ea, María. Nada de llorar —la animó Carmen—. Ya se ve que es un gran chico. Y que sea un poco golfo de soltero no es tan grave. Lo malo son los que van de formales y luego se la pegan a su mujer por la espalda. Que te lo digo yo, que les sirvo copas a todos.

—Gracias, Carmen. Qué maja eres. Y has *educao* muy bien a tu nena. Enhorabuena. La llaman *estrecha* por no ser un putón *desorejao* como la Nerea esa. ¿*Ande* iremos a parar?

Esa noche, el plató estaba más lleno que de costumbre, ya que varios parientes se habían acercado con la esperanza de hablar con sus familiares.

Carmen y Emma se abrazaron cuando Luján anunció que Victoria era la ganadora de la prueba. La organización llevó a Victoria a una cabaña donde habían instalado una pantalla para que pudiera tener una videoconferencia en relativa intimidad. Victoria pensaba que hablaría con Emma. Por eso, al ver la cara emocionada de su madre, se echó a llorar.

—Vicky, cariño, no llores —le pidió su madre emocionada—. Qué guapa estás, mi niña.

—Mamá, qué alegría —dijo Victoria al cabo de unos momentos, cuando se hubo calmado lo suficiente para hablar—, ¿cómo estás?

—Bien, muy bien, tú no te preocupes por mí.

—¿Y la tita Rocío?

—Estupendamente, te manda muchos besos.

—Ay, mamá, qué ganas de verte y abrazarte.

—Ya pronto, mi niña, ya pronto. Tú, sobre todo, disfruta y olvídate de lo demás. Lo estás haciendo muy bien. Estoy muy orgullosa de ti.

La organización ya tenía su momento emotivo y no quería arriesgarse a que a Carmen se le escapara más información de la cuenta, así que la avisaron para que se despidiera.

—¡Hasta pronto, mi niña! Sigue así. Para mí ya eres la campeona.

—¿Ya? ¡Pero si no hemos hablado nada! Por favor, un poco más —suplicó Victoria sin éxito.

Agachó un momento la cabeza y, cuando volvió a levantarla, era Emma la que aparecía en pantalla.

—¡Emma! Cuida de mi madre, por favor —le pidió Victoria, que no podía parar de llorar.

—Tu madre lleva toda la vida cuidándose sola —replicó su amiga, con la esperanza de que Charles Lampard estuviera viendo el programa y recibiera la pullita—. No necesita a nadie. Aunque ya sabes que nos tiene a mi madre y a mí para lo que haga falta.

—Lo sé. Lo sé. Perdona, estoy muy pava. Es la emoción. ¿Cómo estás, tía? Apuesto a que arrasando y rompiendo corazones en la tele.

—Anda, otra con las apuestas. ¡Ya te lo ha pegado el Manu!

—No me hables de ese golfo, que hoy me tiene contenta.

—Sí, tía, ya lo he visto con la Nerea. Menudo zorrón. Ten cuidado con ésa, que te arranca los ojos a la que te descuides —le advirtió Emma, lo que le supuso una mirada de odio de la Collares y un gesto desesperado de la regidora mandándola callar, como si se estuviera cortando el cuello.

No obstante, en vez de callar, Emma fue a por todas:

—Por cierto, tía. Con lo de la apuesta, me acabo de acordar... El primer día, Manu se apostó mirando a cámara que te iba a domar.

—¿Perdonaaaa? —exclamó Victoria, poniéndose en pie de un salto y colocando los brazos en jarras—. Creo que no te he oído bien. ¿Puedes repetirme eso?

Pero Emma no pudo repetir ni eso ni nada, porque desde realización habían puesto el cartel de «VOLVEMOS DENTRO DE CINCO MINUTOS» y se habían ido a publicidad.

Victoria bajó la cabeza. Estaba tan tensa que le temblaba todo el cuerpo. Parecía un volcán a punto de entrar en erupción. Y, si explotaba, iba a causar más daños que el volcán Soufriere Hills en la vecina isla de Montserrat.

Desde detrás de la barra del Monkey Island había aprendido a odiar a muchos tipos de hombres. A los que te conquistan con halagos y zalamerías; a los que se desviven por conquistarte por el placer de la caza y, una vez han conseguido a la presa, pierden el interés; a los que les falta tiempo para ir presumiendo de sus conquistas por ahí... Pero si había algo que Vicky odiaba eran los que apostaban. Esos grupos de chicos inmaduros que, siempre gracias al valor que les daba el alcohol, rompían el corazón de una chica por un simple «No hay huevos» o un «Van cincuenta euros a que no...».

Victoria alzó la barbilla, bajó los brazos, relajó los hombros moviendo la cabeza a lado y lado y respiró hondo. Parecía un boxeador a punto de saltar al ring. Miró a cámara fijamente y, sin decir nada, salió de la cabaña.

Cuando llegó frente a Manu, que, aún sentado en su columpio, la miraba con cariño y deseo, le dirigió una sonrisa engañosamente dulce.

Él se la devolvió.

—¡Qué bonita que es mi niña, qué bonita cuando sonríe! —exclamó, pero la sonrisa se le congeló cuando Victoria le dio una bofetada con tantas ganas que le volvió la cara.

—Pero ¿a qué viene esto? —preguntó Manu con la mano en la mejilla, aunque se quedó sin respuesta porque Victoria había echado a correr en dirección al mar.

Capítulo 14

Fauna tropical

Victoria se había escondido en uno de sus rincones favoritos de la isla. Era una calita recóndita a la que sólo se llegaba desde el mar o descolgándose por un acantilado un poco peligroso. Ella había elegido la primera opción. Tras descargar la rabia dándole la bofetada a Manu —lo que en esos momentos era el tema de debate en plató, ya que para algunos Victoria merecía ser expulsada por su comportamiento violento igual que lo había sido el Yoyas en la segunda edición de «Gran Hermano»—, fue corriendo hasta el mar y se lanzó al agua de cabeza. Victoria siempre había sido buena nadadora, pero tras las semanas que había pasado en la isla, había ganado en fuerza y resistencia.

La calita era diminuta. Parecía diseñada expresamente para una pareja bien avenida. Al llegar, Victoria se tumbó en la arena y lloró hasta que no le quedaron más lágrimas.

Al cabo de un rato, decepcionada pero ya más tranquila, se sentó y se quedó observando el horizonte. Una salpicadura en el agua, a su izquierda, le llamó la atención, pero no vio nada. Cerró los ojos y absorbió el calorcito del sol, sintiéndose muy identificada con los lagartos que llenaban la isla. Uno de ellos bajó cabeza abajo por el acantilado y se quedó quieto, a una distancia prudencial.

—Tranquilo —le dijo ella—. Si estuvieran aquí Karibú o el traidor ese de Manu, te diría que te escondieras. Pero yo soy inofensiva. Puedes acercarte. —El lagarto permaneció impasible, como era de esperar—. Vale, vale, qué humos nos gastamos. Te llamaré *Godzilla.*

En ese momento algo volvió a provocar una salpicadura en el mar, esta vez a su derecha. Victoria llegó a tiempo de ver una cabeza gris que se ocultaba bajo el agua.

Picada por la curiosidad, se tumbó boca abajo en la arena, mirando hacia el océano. Al cabo de unos momentos, la cabeza volvió a aparecer y unos ojos se la quedaron mirando. ¡Era un delfín! Victoria ahogó una exclamación de sorpresa. Durante esas semanas había visto algunas aletas a lo lejos; incluso lo que parecía el chorro de alguna ballena resoplando. ¡Pero ninguno tan de cerca! El delfín la miraba con auténtica curiosidad y, si no fuera porque sabía que era imposible, habría jurado que se estaba riendo de ella.

—¿Qué pasa? ¿Tengo monos en la cara? ¿O es que tenéis canal veinticuatro horas en el fondo del mar? No respondas. Ya me lo imagino. Bob Esponja, Patricio, las hermanas de la Sirenita y Sebastián partiéndose el culo a mi costa.

El delfín hizo unos chasquidos, moviendo la cabeza a un lado y a otro.

—No lo niegues. Soy patética, ya lo sé. Pero no hace falta que vengas a reírte en mi cara.

El delfín se sumergió y desapareció. Victoria esperó unos segundos. Al ver que no regresaba, se sintió extrañamente sola. «Los hombres se aprovechan de ti. Los delfines te abandonan. Lo tuyo es de traca», se dijo.

Escondió la cabeza entre los brazos. No quería llorar, pero sintió que las lágrimas se deslizaban por sus muñecas y caían sobre la arena. Como no parara pronto, iba a aumentar la salinidad del mar.

Se sentó bruscamente para espabilarse. Al hacerlo, vio que

dos delfines la estaban observando. Los dos cetáceos se sobresaltaron.

—Tranquilos —susurró—. No os voy a hacer nada.

Cuando los dos delfines empezaron a hacer chasquidos con la boca, Victoria se echó a reír, con las mejillas aún brillantes por las lágrimas.

—¿No os han dicho nunca que parecéis tertulianos en plató?

Uno de los delfines hizo un sonido agudo. Parecía indignado por la comparación. Victoria se echó a reír otra vez.

—No entiendo nada de lo que decís. Pero vaya, al Manu lo entiendo, y ya ves de lo que me sirve. Para dejarme enredar como una pava. Mejor así. Con vosotros no me llevaré ningún chasco.

El otro delfín hizo un gesto con la cabeza. Victoria sabía que era imposible, pero le pareció que la estaba invitando a bañarse con ellos.

«Ea, ¿por qué no?», se dijo antes de meterse en el agua.

Los delfines empezaron a nadar a su alrededor. De vez en cuando, sacaban la cabeza del agua y charloteaban alegremente. Al cabo de unos minutos, Victoria se había olvidado del disgusto por completo. Buceaba, saltaba y nadaba agarrada de las aletas de sus nuevos amigos. Pocas veces se había sentido tan libre y despreocupada. Sin embargo, tan bruscamente como habían llegado, los delfines desaparecieron.

—No os vayáis. ¿Qué pasa?

Victoria se volvió hacia la costa al oír el ruido de una piedra cayendo por el acantilado. Alguien se acercaba.

«Oh, no. No tengo ganas de hablar con nadie. Y menos con ese judas del Manu», se dijo. Estaba a punto de irse nadando hacia otro lado cuando oyó la voz de Sandra:

—¡Espera, no te vayas!

Una hora más tarde, las dos concursantes estaban muertas de la risa. Se habían sentado cerca de donde rompían las pequeñas olas, que les mojaban los pies y de vez en cuando se colaban por debajo de los biquinis de hojas.

A falta de mojitos o de una buena sangría para relajarse un poco, Sandra había recurrido a su arma secreta y había compartido su sapo con Victoria. La futura diplomática se había resistido un poco porque le daba asco besar a un bicho tan baboso, pero Sandra la había convencido diciéndole que el pobre batracio era mucho menos baboso que muchos de los tíos que conocerían en las discotecas al salir del concurso y que, al menos, se llevaría una buena experiencia.

«La experiencia, Victoria. Recuerda que, además del dinero, tú también has venido aquí por la experiencia.»

Tras darle un tímido lametón, Victoria se dispuso a ver ballenas bailando ballet como si fueran hipopótamos en la película *Fantasía*, o lagartos agarrados de las patas bailando una danza rusa, pero de momento todo seguía como siempre. Precioso, paradisíaco, aunque nada fuera de lo habitual.

Victoria le contó a Sandra lo sucedido con Manu y Nerea y lo que acababa de revelarle su amiga Emma. La menorquina reflexionó en silencio y, mientras tanto, volvió a ofrecerle el sapo a Vicky, que lo chupó con más decisión, poniendo los ojos un poco bizcos mientras pasaba la lengua por el lomo del animal.

«El pobre bicho debe de pensar que somos unas pervertidas —se dijo—. Seguro que, si pudiera, pediría una orden de alejamiento para Sandra.»

—Una vez en Tailandia —empezó a contar la menorquina—, en la isla de Koh Phangan, conocí a un hombre maravilloso. Era como Hugh Jackman..., y no sólo porque fuera australiano.

—Ya será menos.

—Bueno, un poco menos cachas, pero igual de guapo. Y, además, cuando hablaba, sentía que resonaba dentro de mi alma. Nuestras almas se habían conocido en una vida anterior, y la conexión fue instantánea.

—Y ¿eso fue antes o después de lamer el sapo?

—Ya sé que tú no crees en esas cosas, pero que no puedas verlo ni medirlo no significa que no exista, Victoria.

—Sí, perdona, sigue, sigue.

—Los tres meses que pasé en Koh Phangan con Phil fueron los mejores de mi vida. Pensé que, por fin, había encontrado lo que llevaba toda la vida buscando. No sentía ganas de seguir corriendo mundo. Estar a su lado era lo único que necesitaba para ser feliz.

Sandra se recostó en la arena y contempló el horizonte, sonriendo con melancolía. Era como si buscara la lejana playa tailandesa con la mirada.

—Phil tenía un chiringuito en la playa, que había montado con un par de amigos: Victor y Analía. Eran pareja, pero tenían una relación muy abierta.

Victoria alzó una ceja.

—Phil nunca me negó que se había acostado con sus dos amigos en alguna ocasión. Y a mí nunca me importó. Las cosas allí se ven de otra manera. El calor, la hierba, la música... Todo va a otro ritmo y tiene sus propias reglas.

—Y ¿qué pasó?

—Phil me pidió que me quedara en la isla y que nos fuéramos a vivir juntos. Analía se puso celosa de nuestra felicidad. Phil se había acostado con muchas mujeres que conocía en el bar, pero con ninguna había estado más de una semana. Cuando le dijimos que queríamos irnos a vivir juntos a nuestra propia cabaña, Analía sintió que su perfecta relación a tres estaba en peligro.

—¡Qué acaparadora!

Sandra suspiró.

—Una noche, durante la fiesta de la luna llena...

—¡La Full Moon Party, qué pasada!

—Bueno, no te creas. Lo mejor es el nombre, pero no tiene nada que no puedas encontrar en Ibiza. Pues esa noche me había fumado un porrito.

—Cortito —la interrumpió Victoria haciendo un gesto con la mano, alargando el meñique y el pulgar, acordándose de Estela Reynolds, un personaje de una de las series que Emma nunca se perdía.

—¿Perdón?

—No me hagas caso. Sigue, sigue.

—Pues, después de bailar durante horas, un niño vino a buscarme. Me dijo que Phil me estaba esperando en el bar. Al no verlo tras la barra, entré en la trastienda.

Phil estaba tumbado sobre los cojines con los ojos vendados. Analía le estaba haciendo una mamada y, al verme llegar, me hizo un gesto para que me uniera a ellos.

Victoria alzó las cejas, pero esperó en silencio para ver cómo acababa la historia.

—Yo le había dejado claro que no estaba interesada en tríos. Mi tía siempre decía que las cosas de una en una y por la derecha, y la frase se me había quedado grabada. Vamos, que no tengo nada en contra, pero a mí no me ponen.

—Ya, a mí me pasa igual.

—¿Lo has probado? —preguntó Sandra con interés.

—Pues la verdad es que no, pero no me veo. Y, en cambio, con otras cosas no me cuesta nada imaginarme.

—¿Ah, sí? ¿Por ejemplo? —Sandra apoyó una pierna en la otra rodilla y balanceó el pie juguetona.

—Pues no me cuesta nada imaginarme en la cama con David Gandy, o retozando en el brezo con Sam Heughan.

Las dos chicas se quedaron mirando el horizonte, soñadoras.

—Mmm, ¿estás pensando lo mismo que yo? —preguntó Sandra.

—Si te estabas imaginando un trío con David Gandy y Sam Heughan, sí.

—Dicen que rectificar es de sabios.

—Eso dicen —corroboró Victoria, asintiendo vivamente—. Pero, tía, nos hemos dispersado. ¿Cómo acabó lo tuyo con Phil?

—Tú lo has dicho: lo mío con Phil acabó. Dolida, me fui al puerto con lo puesto y subí al yate de un grupo de italianos. Me quedé dormida en cubierta y, cuando desperté, estábamos en alta mar. No volví a hablar con él hasta pasados seis meses. Para aquel entonces, ya lo había superado, pero me costó muchas noches de lágrimas. Y a él le pasó lo mismo. Phil no me había mandado llamar. Todo había sido cosa de Analía. A él le había dicho que yo quería que me esperara en la trastienda con los ojos vendados para darle una sorpresa. Pensó que era yo quien le estaba haciendo la mamada. Y, al ver que no volvía, pensó que me había asustado el compromiso y que había preferido seguir viendo mundo. Le rompí el corazón.

—Qué historia tan triste. ¿Por qué no vuelves a buscarlo?

Sandra negó con la cabeza.

—Nuestro momento ya pasó. Podría volver, pero yo ya no soy la misma persona que era entonces, y él tampoco. Ahora ya puedo pensar en él sin que se me haga un nudo en el pecho y soy capaz de disfrutar de los bonitos recuerdos que creamos juntos, pero a veces aún pienso en qué habría pasado si la zorra de Analía no hubiera decidido jugar con el destino de dos personas que se querían.

Victoria cogió la mano de Sandra y le dio un apretón. La menorquina tenía los ojos brillantes. Se notaba que no había olvidado del todo a Phil. Victoria se preguntó cuántas personas debían de esconder un corazón roto detrás de una fachada de libertad y despreocupación.

—Total —siguió diciendo Sandra—, que yo de ti le daría a Manu la oportunidad de explicarse. No te fíes de Dani ni de Nerea. He visto a mucha gente como ellos en mis viajes. Es gente que, en vez de ir a su rollo y buscarse sus movidas, pierden el tiempo envidiando los logros de los demás. Y, como son incapaces de crear nada, se entretienen destrozando lo que hace la gente creativa que tienen a su alrededor. Son los que, de niños, se divierten pisando los castillos de arena de los demás. Ya que ellos no tienen talento o son demasiado perezosos para hacer cosas distintas, piensan que segando el talento de los demás no se notará tanto.

—Pero Manu sabía lo que estaba haciendo. No tenía los ojos vendados.

—Pero te dijo que ella le había saltado encima cuando llegaste. La verdad, me cuesta menos creerme eso que no que Manu te fuera infiel después de ver las miraditas que te estuvo echando ayer durante toda la tarde.

«Sí, ¿verdad?», se dijo Victoria. Se había pasado la noche dándole vueltas a cómo se podía ser tan falso e hipócrita. No le cuadraba. Manu era un poco fresco y gamberro, pero nunca le había parecido hipócrita. Aunque no podía olvidarse de la apuesta.

—Y lo de la apuesta, ¿qué? ¡Por ahí no paso! —exclamó Vicky, rezando por que la menorquina encontrara una explicación razonable.

—Pues, ¿qué quieres que te diga? —Sandra se encogió de hombros—. Me parece una chiquillada. Cosas de tíos. Fue el primer día, antes de conocerte. Creo que fue un guiño a su amigo. Y, francamente, estoy segura de que ni siquiera se acuerda. Creo que es un tío sincero, transparente. Y se nota que está coladito por ti. Te mira siempre con admiración y respeto. A Sofía ya le dije el otro día que fuera con cuidado con Mario. Lo suyo es una actuación, y no especialmente buena, por cierto. Pero creo que Manu es un tío legal.

Victoria estaba dolida y tenía muchas ganas de encontrarle defectos a Manu, pero era absurdo mentirse a sí misma. Sandra tenía razón. Nunca había tenido la sensación de que el gaditano le faltara al respeto. Y eso decía mucho de un hombre.

—Lo más importante es escuchar lo que te dice tu instinto. Todos somos los reyes del mambo a la hora de dar consejos, pero hay cosas en las que lo mejor es fiarse de uno mismo. ¿Qué te dice tu radar interno?

«¿Mi radar interno?», se dijo Victoria. Su radar interno se ponía como loco cada vez que se acercaba a Manu. Los bip-bip-bip se aceleraban al ritmo de los latidos de su corazón, gritándole que lo atrapara y no lo dejara escapar, que era lo mejor que le había pasado en la vida.

—Mi radar me dice que se acercan turbulencias —respondió Victoria.

Las dos amigas se volvieron hacia el horizonte y suspiraron.

—Hombres —musitó Sandra.

—Mucho mejor los sapos, tenías razón.

Capítulo 15

Emma y el Tuerkas entran en un bar

—No os conozco —comentó el quiosquero mientras le devolvía el cambio al Tuerkas—. ¿Vais a abrir una peluquería nueva por aquí?

—No, no. Es que salen unos amigos en las revistas —respondió Emma.

—Vaya, ya pensaba que había hecho unos buenos clientes. No es habitual que alguien se lleve todas las revistas, a no ser que sea para una peluquería o un consultorio médico. Y cada vez menos, la cosa está jodida.

—Ya te digo —replicó el Tuerkas.

—Bueno, una vez vino una abuelita a llevarse todos los ejemplares de la revista en la que salía su nieta —recordó el quiosquero con una sonrisa traviesa—. Quería repartirla entre sus compañeras del local social para jubilados.

—Normal, estaría orgullosa la mujer —comentó Emma—. ¿Era actriz? ¿Salía en alguna serie?

—No.

—¿Era modelo? ¿Había ganado algún concurso de belleza?

El quiosquero negó con la cabeza, aguantándose la risa.

—¿Había salido en «Mujeres y hombres y viceversa»? —probó el Tuerkas intrigado.

—No. Era vecinita de la revista *FHM* —respondió el quiosquero, sin poder contener más la risa—. Espero que se hubieran tomado la pastilla para el corazón ese día en el local social.

El Tuerkas se unió a las risas, pero al ver la cara de Emma, carraspeó y se despidió del risueño quiosquero.

Emma y Benito entraron en una cafetería de la Gran Vía madrileña y, mientras se metían unos churros con chocolate entre pecho y espalda, se pusieron al día de los últimos cotilleos.

—«La Estrecha de Gibraltar contra la Ancha de Castilla, *fight!*» —leyó el Tuerkas divertido, viendo el montaje que habían hecho en la revista *Cuore* caracterizándolas de luchadoras de *Street Fighter*—. Victoria es clavadita a Chun-Li con esa cara. Pero que tenga cuidado con Nerea: la veo capaz de dar golpes bajos.

—«¡Cuidado, que se te van a desalinear los chacras!» —leyó Emma. Era uno de los pies de foto de un reportaje de la revista *¡Qué me dices!* sobre los mejores momentos de Sandra y Karibú—. «Sandra tomando posesión del Cabo de Buena Esperanza» —siguió leyendo. En la imagen se veía a la pareja sentada en una charca transparente y poco profunda. Concretamente, Sandra estaba a punto de sentarse encima del tanzano, y la forma de ala delta del taparrabos no dejaba lugar a dudas sobre el comité de bienvenida que iba a tener la menorquina.

—¡Todos tienen apodos! —El Tuerkas le enseñó a Emma una doble página del *Cuore*, donde cada participante tenía su apodo debajo—. Y han abierto una votación en la web para decidir cuál es el mejor. Luego votamos. ¿Por quién votamos?

—Tú vota a quien quieras y yo haré lo mismo. El voto es secreto, ¿no?

—Vale, vale, no te pongas siesa tú ahora. Pues votaré por el Manu. El Golfo de Cádiz. Hay que ver. ¡Qué poderío de apodo!

—Pues yo no sé. Votaría por Victoria, pero no es estrecha. ¡Qué manía les ha dado! ¿Cómo se llaman los demás?

—Nerea es la Ancha de Castilla, éste ya lo sabíamos.

—Sí, y Dani es el *Mazao* de la Albufera —aportó Emma—. ¿Cómo le han puesto a Karibú?

—El Cabo de Buena Esperanza.

—No lo pillo —dijo Emma.

—Bueno —se rio el Tuerkas—. Los cabos son puntiagudos, salen hacia afuera...

—No se atreverán a ponerle un apodo por... —Emma le quitó la revista de la mano y, tras echar un buen vistazo a la zona, ladeó la cabeza—. Bueno, igual sí se atreven.

—Espero que usen protección, o la que acabará en estado de buena esperanza será ella. ¿Cómo llaman a Sandra?

—La Calma de la Isla.

—¿Por qué?

—Porque es menorquina, y Menorca es la isla de la calma.

El Tuerkas se rascó la cabeza.

—No. Mis padres fueron de viaje de bodas a la isla de la calma y era Mallorca. Me acuerdo, porque mi padre siempre le toma el pelo a mi madre diciéndole que cuando ellos llegaron al hotel se acabó la calma.

Emma puso los ojos en blanco.

—Y a mí siempre me dice que soy medio mallorquín porque me hicieron allí —siguió diciendo Benito, guiñándole el ojo.

—Pues me da a mí —replicó Emma, cambiando de tema, porque empezaba a notar un calor que no tenía nada que ver con los churros ni el chocolate— que Sandra sería una madre estupenda, ¿no crees? Me la imagino con el niño amarrado al pecho, o a la espalda, con un pañuelo de colores.

El Tuerkas se la quedó mirando con los ojos brillantes. Pronto Emma se dio cuenta de que no se estaba imaginando a

Sandra. Los separaba una mesa de bar redonda, con la encimera de mármol.

—Estoy seguro de que Sandra será una madre estupenda, pero prefiero imaginarte a ti con un pañuelo de colores atado... a la cabeza. Y nada más.

—¡Benito!

—Emma. ¿Qué pasa, preciosa? ¿Quieres quitarle el título de estrecha a tu amiga?

—¡Y dale! ¡Qué manía! ¿Acaso hemos de enrollarnos con tíos que no nos gustan sólo para que no nos llaméis *estrechas*?

Benito echó la taza hacia adelante, apoyó los brazos en la mesa y dejó caer la cabeza sobre ellos.

—Tuerkas, ¿qué te pasa?

—¿Qué me pasa? —replicó él levantando la cabeza de golpe con cara de guasa—. Me acabas de romper el corazón en cachitos y me preguntas qué me pasa.

—¡Serás payaso! No te pasa nada. Me fío menos de ti que de tu amigo. ¡Tú sí que quieres quitarle el puesto de Golfo de Cádiz! A ver, trae *p'acá* esa revista. ¿Quién más sale?

—La Alegría de la Huerta Navarra —respondió el Tuerkas, señalando una foto de Sofía haciendo una degustación de espárragos—. Y el Triángulo de las Bermudas.

—Ja, menudo fantasma ese Mario. Ese nombre se lo puso él mismo. ¿No te acuerdas? —Cuando Benito negó con la cabeza, Emma añadió—: Dijo que las chicas que se asomaban a sus bermudas desaparecían y no se volvía a saber de ellas hasta el día siguiente. Eso no es un apodo; ¡es una campaña de marketing!

Entre bromas y comentarios acabaron de leer la *Cuore* juntos. Aún faltaban un par de horas para que tuvieran que presentarse en el estudio, así que se repartieron las revistas. El Tuercas atacó la revista *Love* y Emma se quedó con el *¡Hola!*

—¡Hija de puta! —exclamó Benito al cabo de un momento.

—¡La madre que la parió! —gritó Emma, casi a la vez.

El camarero los miró de reojo y siguió secando los vasos.

—¡Le ha *faltao* tiempo a la tía! —dijo el Tuerkas.

—Y que lo digas. Antes del concurso no le hacía ni puto caso y ahora, mira, subiéndose al carro de la fama.

—¡Más falsa que una moneda con la efigie de Bob Esponja!

—¡Se puede ser más hipócrita! —exclamó Emma.

Al verla tan indignada, el Tuerkas se la quedó mirando.

—Y ¿tú de qué conoces a Noelia?

—¿A Noelia? De nada. Yo estaba hablando de Serena.

—¿La tenista?

—¡Qué tenista ni qué niño muerto! La pija del coño.

Benito levantó la revista para mostrarle la foto de Noelia, la exnovia que le había partido el corazón a Manu.

Emma respondió enseñándole la entrevista que le hacían a Serena Lampard, la hermanastra de Victoria, la que le había hecho la vida imposible cada vez que Vicky había ido a visitar a su padre a Londres.

Tras intercambiarse las revistas, Emma leyó las almibaradas declaraciones de Noelia. La chica, que había tratado sin éxito de abrirse camino en el competitivo mundo del periodismo audiovisual, afirmaba que Manu seguía siendo el auténtico amor de su vida.

—¡Tendrá cuajo la tía! —refunfuñó—. Ésta es como el perro del hortelano, que ni come ni deja comer.

Mientras tanto, el Tuerkas estaba recorriendo con la vista las inacabables piernas de Serena, que tenía impecablemente cruzadas en una foto que habían tomado en el salón de su casa. Estaba sentada en un sofá Chester, con un galgo tumbado a sus pies y una enorme chimenea de mármol a su espalda.

—¡Jodó! —exclamó—, sólo falta que aparezca el mayordomo de la Preysler con los Ferrero Rocher.

—Esa zorra no da puntada sin hilo. ¿A que parece un reportaje inofensivo? —Cuando Benito se encogió de hombros y asintió, Emma siguió hablando—: Pues es un plan diabólico para hundir a Victoria.

El Tuerkas frunció el ceño.

—No te sigo.

—Victoria ha ido al concurso porque quiere pagarse el máster de su bolsillo. No quiere pedirle el dinero a su padre. Y las culpables son Serena y su madre, que, cada vez que Vicky va a Londres, se encargan de mirarla con desprecio y de repetirle que es una vergüenza y una carga para su padre.

—Pero entonces, le interesará que Victoria gane, para que no toque la pasta de su padre, ¿no?

—No, tú estás pensando con lógica y Serena no tiene de eso. Es un cuerpo escultural relleno de envidia. Odia a Victoria desde que eran niñas. Es una niña de papá y, cuando descubrió que su papá tenía otra niña, se volvió loca de celos. Seguro que su madre azuzó ese odio para que el calzonazos de Charles no llevara a la niña a casa. Victoria se pasaba el año estudiando inglés como una loca para que su padre estuviera orgulloso de ella. Iba a pasar unas semanas en verano a Londres y, cada año, al volver, la oía llorar en su cama. Y no era por añoranza. Era por el daño que le hacía el desprecio de su madrastra y su hermanastra.

—Esto parece *La Cenicienta.*

—Pues sí —admitió Emma—. Sería como la vida de la Cenicienta si la madre de la Cenicienta no hubiera muerto. Y la zorra esta, que como la pille le voy a tirar del moño hasta borrarle esa sonrisa falsa de la cara —añadió retorciendo una servilleta de papel con tanta saña que el Tuerkas tragó saliva—, aprovecha la fama de Vicky para salir en el *¡Hola!*, darse pisto y, de paso, joderle a su hermanastra las posibilidades de ganar. Porque a ver..., tú, si ves esto y te crees las patrañas de familia unida que cuenta la petarda, ¿te gastarías el dinero de la llamada votando por Victoria?

Benito negó con la cabeza.

—No, diría: «Si quiere estudiar, que se lo pague su papi».

—Pues eso.

El camarero, que se había acercado sigilosamente, les preguntó:

—¿Les traigo alguna cosita más? ¿Una tilita?

Emma lo miró para ver si se estaba riendo de ella, porque no tenía el cuerpo para muchas jotas, pero el hombre permanecía tan inexpresivo como Steven Seagal, Sylvester Stallone y Kristen Stewart juntos.

—Traiga un agua, por favor —pidió el Tuerkas, que tenía la boca seca.

—Un agua para el señor.

Mientras el camarero colocaba en una bandeja el agua, un par de vasos y unas servilletas con la dignidad y el orgullo de gremio de los camareros que llevan muchos años en el oficio, Benito le contó a Emma la historia de Noelia y de cómo había abandonado a Manu por un abogado, al que dejó en cuanto conoció a un técnico de televisión. El técnico pasó a mejor vida —sentimental— en cuanto en una cena de trabajo él le presentó al productor del programa. Pero la meteórica carrera profesional de Noelia se truncó de cuajo cuando la esposa del productor —que era al mismo tiempo hija del director de la cadena de televisión con la que más trabajaba la productora— se enteró de la infidelidad de su marido. La esposa engañada puso el grito en el cielo y amenazó al productor con lo que más le dolía si no cortaba esa relación de inmediato.

—¿Amenazó con divorciarse y quitarle la custodia de los niños? —preguntó Emma.

—No, amenazó con pedirle a su padre que no firmara el contrato del programa «Mira quién patina sobre hielo VIP», que era la gran apuesta de la productora para esa temporada.

—¿Ese concurso llegó a emitirse? —preguntó Emma, tratando de recordar a algún famoso dándose de culetazos sobre una pista de hielo.

—No. El productor se había enamorado de ella. Estaba a punto de cumplir cuarenta años y lo dejó todo por el que creía que era el gran amor de su vida.

—Caramba, eso es amor y lo demás son tonterías. Pero entonces, el reportaje... No lo entiendo —dijo Emma.

—El productor le duró exactamente lo mismo que los demás. El rato que tardó en conocer a un pez más gordo. Noelia acompañó al productor a un viaje a un pequeño emirato árabe para buscar financiación para un nuevo proyecto. Él volvió con la pasta..., pero sin novia. Y eso era lo último que sabía de ella. Que estaba en el golfo Pérsico con un jeque que iba a montarle su propia cadena de televisión. Su madre y mi madre van a la misma peluquería, y la peluquera la pone al día de sus andanzas.

—Pero entonces..., ¿a qué demonios está jugando con esta entrevista?

El Tuerkas se quedó mirando la foto de la sonriente Noelia y se frotó la barbilla con los dedos.

—No tengo ni idea. Pero me da que pronto lo descubriremos.

—¡Buenas noches y bienvenidos a «Pecado original»! —exclamó Juanra horas más tarde dando inicio a una nueva gala—. Entramos en la última semana de concurso y, ¡quién lo iba a decir cuando empezamos esta aventura!, Manu y Victoria son los favoritos del público.

La madre de Nerea y Rosalinda —Miss Calor del Caribe 2010 y acompañante de Mario— se revolvieron incómodas en sus sillas.

—Y la organización, siempre preocupándose por el bienestar y la felicidad de nuestros concursantes, les ha traído un regalo.

El Tuerkas lo miró de reojo y Emma alzó las cejas en un gesto de incredulidad.

—No me mires así, Emma —dijo Juanra—. No me digas que Victoria no se va a alegrar cuando vea quién ha venido esta noche a saludarla en directo. Por favor, que pase ¡Serena Lampard!

Capítulo 16

La mato, técnicamente

Emma se atragantó de la impresión y empezó a toser violentamente. El Tuerkas y Álex —el amigo y clon de Dani— le dieron golpecitos en la espalda hasta que ella los apartó de un manotazo.

La escultural joven de veinte años entró enfundada en un vestido dorado que dejaba al descubierto sus inacabables piernas y un montón de pulseras en ambos brazos. Tras agacharse para saludar a Juanra, se sentó en la silla que le habían reservado y saludó como si fuera la reina de Inglaterra, poniendo la mano en forma de cazoleta y moviéndola de lado a lado.

No era la única sorpresa de la noche. La productora se había puesto las pilas y había encontrado un secreto oscuro en la vida de todos los concursantes. ¿Quién no tiene una expareja rencorosa, un vecino amargado o un conocido con mucha imaginación y muchas ganas de salir por la tele?

A Mario le habían traído a una exconcursante de «Gran Hermano» Argentina que afirmaba que la había seducido y la había dejado embarazada. Lo acusaba de negarse a reconocer al niño como propio y de no pasarle nada para su manutención. Se había presentado en plató con un crío de unos tres años que, che, francamente, era el vivo retrato del seductor.

Lorena, una chica pelirroja que se autodefinía como *influencer*, venía armada con su iPad, dispuesta a demostrar que las Infantas de Tudela, Leonor y Sofía, le copiaban sus entradas en el blog.

Emma soltó un silbido de admiración al ver entrar a un hombre con el pelo color rubio ceniza, alto y fuerte, y tan guapo que podría haber sido actor.

—Sí, sí, muchas pintas, pero si está aquí, algo habrá hecho —murmuró el Tuerkas, acercándose a ella mosqueado—. Ese tío no es trigo limpio, que te lo digo yo.

«Pues ya lo lavo yo —pensó Emma, mordiéndose el labio inferior—. Aunque es tan alto que tendré que meterme en la ducha con él. Por aquello de que le queden bien limpias las... orejas. Pedazo de hombre.»

Juanra lo presentó como Phil, expareja de Sandra. Al parecer, había tratado de ponerse en contacto con la menorquina desde que se enteró —gracias a un amigo común— de que estaba en el concurso. Llevaba años tratando de localizarla, pero era misión imposible. Cuando le llegaba la noticia de que estaba en un sitio, ella ya se había ido a otro. Era como una Mary Poppins *flower power*, que se marchaba cada vez que cambiaba el viento. Las semanas que había permanecido en la isla le habían dado la oportunidad a Phil de encontrarla. Y la directora de producción estuvo encantada de ofrecerle un hueco en el programa especial, y de llevarlo a cenar la noche anterior, por aquello de que el pobre chico no conocía a nadie en Madrid. Su ayudante se había ofrecido a acompañarlo en su lugar, pero, aunque su relación con el joven era bastante buena, en ese caso la directora tiró de galones y se mantuvo firme.

A pesar de que el equipo de producción se había esforzado en encontrar a alguien que diera juego en plató criticando a Karibú, no habían encontrado a nadie, así que habían tenido que tirar de inventiva. Una chica de Leganés, con muchas ganas de abrirse camino en la tele, los había llamado para ofrecerles su testimonio. Según ella, había tenido un rollito con el tanzano el año anterior, y podía asegurar que no estaba tan bien dotado como aparentaba. De hecho, tenía micropene y llevaba una prótesis encima para disimular. La productora y su ayudante se miraron incrédulos, pero le dieron el visto bueno a la historia.

En cambio, habían recibido tantas llamadas de candidatos a airear trapos sucios de Nerea y de Dani que habían tenido que hacer un casting. Durante la mañana de selección, el pasillo de la productora parecía un bar de los que podrían aparecer en el programa «Gandía Shore» en *happy hour*.

Aunque todos los chicos daban la impresión de estar cortados por el mismo patrón —no muy altos, musculatura exagerada para un macho ibérico, con el pelo rubio teñido, muy corto por detrás pero con un gran tupé—, al final eligieron a uno que aseguraba que se había acostado con Nerea a cambio de pagarle un aumento de pecho. El chico era un *nini* —ni estudiaba ni trabajaba ni tenía intenciones de hacerlo en un futuro próximo—, así que no se lo creyeron, pero al menos el tema daría juego.

Las chicas podrían haber sido todas primas hermanas de Nerea. Cuando acabaron el casting, unos cuantos miembros de la productora fueron a tomar unas birras y hablaron sobre el tema. Les sorprendió el esfuerzo que hacían algunas por parecer mucho más chonis de lo que en realidad eran. Ya les había llamado la atención el tema cuando eligieron a Nerea, una chica de familia acomodada con los modales de una poligonera y la lengua más suelta que la de un tertuliano de «Tómbola» (la madre de todos los programas de tertulia actuales). Al parecer, ser una choni se llevaba, estaba de moda. La elegida afirmaba que se había casado con Dani en Las Vegas. Aportaba como pruebas una foto de él vestido de Elvis y de ella vestida de Marilyn. Les mostró orgullosa el certificado de matrimonio. Cuando la directora de producción señaló extrañada el logo de los helados Frigo que aparecía en el certificado, la chica se encogió de hombros.

—Sí, Dani ganó un concurso de Cornetto por San Valentín y me eligió a mí porque era la que le hacía las mejores mamadas —les contó sonriente—. ¿A que es romántico?

La productora y su ayudante bajaron la mirada. Tras carraspear, la directora de producción le dijo que la esperaban el jueves en plató. Y que no se olvidara de llevar el certificado.

—¡No, por supuesto que no! —exclamó ella, enrollando el certificado y metiéndoselo en el canalillo—. Gracias, muchas gracias, no os arrepentiréis. Haré lo que queráis. Si queréis una demostración en directo de mis habilidades, yo...

—No hará falta, bonita —la cortó el ayudante. Su jefa estuvo de acuerdo.

Ya en la gala del jueves, cuando una chica morena embutida en un vestido rojo pasión —como sus labios— entró cimbreándose en plató, fue el turno del Tuerkas de ponerse de todos los colores, y no precisamente por la lujuria. Emma la reconoció enseguida. Era la chica de la revista, Noelia, la ex de Manu.

Tras conectar con la isla, Luján presentó a los concursantes. Al llegar a Nerea, que llevaba la cabeza cubierta por una especie de nido de avispas hecho con hojas de parra, no pudo evitar hacer un comentario, aunque la madrileña le había rogado que no lo hiciera pocos minutos antes.

—Nerea, cariño, ¿a qué se debe ese *look* que nos llevas? ¿Es tendencia en moda caribeña?

—Lo dudo —murmuró Sofía.

—Para nada —corroboró Leonor, la bloguera, desde plató—. La última tendencia en moda de cruceros son los topos. Cuanto más grandes, mejor.

—*Cuidao* con los topos, que se comen las raíces de las plantas —soltó el Tuerkas.

—Creo que has dado con la *raíz* del problema, ¿me equivoco, Nerea? —comentó con cara de no haber roto nunca un plato Luján, que lo había oído por el pinganillo.

Nerea la fulminó con la mirada.

—He pedido hora en la peluquería, pero estaba llena —respondió con ironía—. Mándame a tu peluquero si no te gusta mi *look*, no te jode la rubia.

—Entre el matojo y las raíces, parece la bruja del cuento. Y gasta una mala hostia que no hay quien se le acerque —comentó Dani con su elegancia habitual.

Nerea se levantó y se le echó encima, y no precisamente para comérselo a besos.

—Uy, tranquila, gatita, no arañes. —Dani la agarró por las muñecas para evitar que le arrancara los ojos en directo.

Entonces, Nerea sorprendió a todo el mundo echándose a llorar.

—Nere, cielo, ¿qué te pasa? —preguntó Luján.

—Es que se me han roto todas las uñas —respondió ella entre hipidos—. Ni arañar puedo. Quiero irme a casa. ¡Mamá!

—¡Nerea, no pierdas la compostura! —la reprendió su madre desde plató. Por suerte, la desesperada concursante no la oyó.

—Chicos, haya paz. Hoy es un día muy especial. Os hemos traído a todos una visita sorpresa. ¿Sí? —Luján se tocó el pinganillo de la oreja—. Me dice Juanra que la primera visita está lista. Mirad hacia allí, chicos, os han preparado un monitor. La primera visita es para Victoria.

La aludida se volvió hacia el monitor esperando ver otra vez a su madre, pero el alma se le cayó a los pies al descubrir a Serena, hinchada como un pavo real por ser el centro de atención.

—*Sister! My beloved sister! How are you?*

El intérprete que traducía la conversación para los espectadores dijo con su voz profunda y sin entonación: «Hermana. Mi querida hermana. ¿Cómo estás?».

—*This must be a joke! What the hell are you doing here?*

—Esto debe de ser una broma. ¿Qué demonios estás haciendo aquí?

Gracias al intérprete, la audiencia se enteró de que Serena había viajado a España para apoyar a su queridísima hermana mayor, que siempre había sido un modelo y un ejemplo a seguir. Le dijo que papi y mami la esperaban con los brazos abiertos en la mansión familiar, cercana a Belgrave Square. Remató el discurso recordándole que se acercaba el día de las carreras de Ascot, y pidiéndole que no tardara mucho en salir porque tenían que ir juntas como cada año a probarse los sombreros para la ocasión.

Victoria, que la había escuchado en silencio —no por respeto, sino por el *shock*—, no pudo más y, al oír lo de los sombreros, se puso en pie de un salto y gritó mirando a cámara:

—¿De qué vas, *bitch*? Tú y yo nunca hemos sido coleguitas. Siempre que he ido a ver a mi padre te has encargado de recordarme que era una bastarda, y que no era lo bastante buena para salir contigo y con tus amigos. ¡Y no he estado en Aston en la vida!

Serena se llevó una mano al pecho, fingiendo disgustarse mucho al oír lo que el intérprete iba traduciendo.

Victoria sabía que había caído de cuatro patas en la trampa de su hermana, pero es que era una trampa muy bien orquestada. Si fingía tener una buena relación con su hermanastra, el público creería que era una pija que podía pagarse todos los másteres que quisiera y, lo que era más grave, una falsa por haber dicho que necesitaba el dinero.

Pero si le decía lo que en realidad pensaba de ella, dejaría en mal lugar a su padre, y sus posibilidades de abrirse camino en la diplomacia inglesa se verían muy afectadas. Al ver que Serena fingía echarse a llorar, supo que estaba acabada.

El programa aprovechó el momento para ir a publicidad, prometiendo nuevas emociones a su regreso.

Manu trató de consolar a Victoria:

—No te preocupes, *shoshete.* —Al ver la mirada asesina de Victoria, a la que no le gustaba que la llamara así, rectificó—: Macadamia de mi corazón, queda casi una semana para la final y ya se nos ocurrirán maneras de compensar a la audiencia —sugirió guiñándole el ojo.

—Esto no hay quien lo remonte —replicó ella hundida.

—Nunca se sabe. A saber qué nos han *preparao* a los demás.

No tuvieron que esperar mucho para descubrirlo. Tras la publicidad, Serena había recuperado su sonrisa y contempló divertida cómo la organización presentaba a la siguiente invitada, la que daría el golpe de gracia a las posibilidades de Victoria de ganar el concurso.

Cuando Manu vio aparecer a Noelia, su cara perdió todo el color que había ganado en esas semanas.

—¿Quién es? —susurró Victoria, pero Manu ni siquiera la oyó.

Pronto le quedó clarísimo.

Tras responder a un par de preguntas de Juanra, Noelia, la ex de Manu, se dirigió directamente a cámara:

—Manu, mi niño, qué guapo estás.

Él no dijo nada. Su aparición había logrado dejar sin palabras al Golfo de Cádiz, y eso no lo conseguía cualquiera.

—No es tu niño. Dejó de serlo cuando lo abandonaste por aquel leguleyo relamido —dijo el Tuerkas, saliendo en defensa de su amigo—. Y te recuerdo que ni siquiera fuiste capaz de decírselo a la cara. Tuvo que enterarse viéndote con él en un bar, cuando ya se había *enterao* todo el barrio.

—Sí, lo recuerdo —replicó ella con una mirada asesina—, muchas gracias por chivarte, *Benito* —añadió con retintín, sabiendo que no le gustaba que lo llamaran por su nombre. Luego, cambiando de expresión y de tono de voz, se volvió hacia la cámara, toda dulzura—: Manu, si no te dije nada fue porque, en realidad, yo no quería dejarte.

Emma alzó las cejas y se puso cómoda, dispuesta a disfrutar del espectáculo. Estaba claro que Noelia lo traía todo muy bien preparado.

—Yo te quería. Eras el amor de mi vida. Quería quedarme contigo y tener muchos Manus y Noelias pequeñitos.

Al Tuerkas se le escapó la risa. Cuando Noelia se volvió hacia él furiosa, Benito levantó las manos en son de paz, para que siguiera hablando.

—Pero mi familia me obligó a dejarte —continuó ella—. Me dijeron que si seguía contigo no me pagarían la carrera ni el piso en Madrid. Que sería tirar el dinero porque, con un novio como tú, nunca me abriría camino en un mundo tan competitivo como el de la tele.

»Durante todos estos años, lo he pasado muy mal. He conocido a hombres que sólo me querían por mi cuerpo. Y que, cuando se cansaban de mis encantos —recalcó el comentario echándose hacia adelante en la silla para mostrar bien el género en oferta—, me dejaban tirada en la cuneta para irse con otra más joven.

Noelia fingió secarse unas inexistentes lágrimas antes de seguir hablando.

—El otro día mi madre me contó que estabas en «Pecado original». Te busqué en internet y, al verte, tan moreno, tan guapo..., me di cuenta de que nunca he dejado de amarte.

Noelia descruzó y volvió a cruzar las piernas con parsimonia.

«*Ojú* —se dijo el Tuerkas, que tenía una vista privilegiada del que probablemente era el *tete* más cotizado que había salido de Cádiz—. Eso es arte, y no lo que tienen en el museo Thyssen.»

Emma le dio un codazo, y Benito le dirigió una mirada inocente, digna de un monaguillo en misa mayor.

—Nos conocemos desde siempre, Manu. Tú fuiste el primer hombre de mi vida y yo tu primera mujer. Eso marca mucho —añadió Noelia, pasándose las manos por las costillas y bajándolas hasta la cintura por encima de un vestido que, francamente, sí, marcaba mucho—. A mí no puedes engañarme. Esa chica que te acompaña no es suficiente para ti. Tú eres un hombre apasionado, un hombre de verdad. Y necesitas a tu lado una real hembra, no una versión descafeinada de mí.

—No te pases, tronca —dijo Emma.

—Lo siento por tu amiga, bonita —replicó Noelia—, pero cualquiera que conozca a Manu se da cuenta de que la ha elegido porque le recuerda a mí. Una chica andaluza, morena, guapa (o eso dicen, yo la veo muy sosa), lista, con estudios, que pone su carrera por delante de todo... Blanco y en botella. —Mirando otra vez a cámara, se dirigió a Manu—: Al ver que la elegías a ella, me di cuenta de que te pasaba lo mismo que a mí; que no habías superado lo nuestro. Y me dije: «¿Qué es una vida rodeada de lujos y riquezas si no hay amor?».

Lo que Noelia no dijo fue que los bolsos, los zapatos y las joyas pronto se habían convertido en una bola de prisionero atada a su tobillo. En realidad, se ahogaba en su torre de cristal. ¿De qué le servía tener el último modelo de Louis Vuitton, Hermès o Chanel si no podía compartirlo con nadie? O, dicho de otra manera, si nadie podía envidiarla. Y en eso el jeque había sido muy claro. Noelia dispondría de su propio canal de televisión, donde podría hacer todos los programas que se le antojaran, y no tendría que preocuparse por la audiencia. Al oír eso, la chica respiró aliviada, pero el alma se le cayó a los pies cuando llegó la explicación: él sería su único espectador. El jeque —que tenía casi tantos años como millones en el banco— le hacía llegar modelitos para alimentar sus fantasías. Había muchos de odalisca, pero también de colegiala, de tenista o el ceñido modelito rojo que llevaba Britney Spears en uno de sus primeros vídeos. Le excitaba sentarse en el control de realización y pedirle a su presentadora juguete que se quitara otra pieza de ropa antes de seguir hablando.

Noelia no tardó en darse cuenta de que el contrato de exclusividad que había firmado pensando que era demasiado bueno para ser verdad era literalmente demasiado bueno para ser verdad. ¡No era una presentadora cotizada, era una esclava! Tenía que obedecer las órdenes que le traía uno de los secretarios del jeque cada mañana. Apenas salía a la calle y, cuando lo hacía, tenía que ocultar sus modelitos exclusivos debajo de un burka.

—Me parece que llegas un poco tarde, Noelia —dijo Manu muy serio, sacándola de sus pensamientos.

—Nunca es tarde para el amor —se apresuró a replicar ella. Manu era su última oportunidad para lograr su sueño de triunfar en la tele. ¡En una tele con espectadores, tampoco era pedir tanto!

—¿Tengo que recordarte que me dejaste *tirao* como a un perro?

—No te dejé. Técnicamente nunca tuvimos «la charla» —replicó Noelia haciendo comillas con los dedos al decir la palabra «técnicamente»—. Así que, técnicamente —más comillas—, seguimos siendo novios porque nunca lo hemos dejado.

Era su momento. Noelia sabía que tenía que echar el resto. Se lo había jugado todo a la carta Manu.

—He vuelto por ti, Manu. He dejado un piso de lujo, una limusina con chófer y un contrato de esos que sólo te llegan una vez en la vida. Te espero en Madrid. Si tú quieres, borramos estos últimos años y retomamos las cosas donde las dejamos. Todo volverá a ser como antes. No he olvidado las cosas que te gustan. Te lo demostraré —añadió en un susurro que quería ser sugerente pero que le salió demasiado desesperado.

«Cuando salga de aquí, la mato —se dijo Victoria furiosa—. Técnicamente, por supuesto.»

Capítulo 17

Cosquillas

Manu y Victoria pasaron el resto de la gala muy incómodos, evitando mirarse. Al final de la misma se abrieron los teléfonos para que la gente empezara a votar por su pareja favorita. Era jueves. Ese domingo se daría a conocer el resultado de la votación en la gran gala final.

Cuando se cortó la conexión, cada pareja se retiró a su refugio. Las semillas de la discordia que acababa de plantar la organización empezaron a germinar inmediatamente, a la velocidad de la enredadera que aparece en el cuento de *Jack y las habichuelas mágicas.*

En general, los ánimos estaban caldeados. Sofía caminaba delante de Mario, muy digna —todo lo digna que puede una caminar con los brazos llenos de frutas—, ignorando los intentos de justificación del galán.

—Linda, no sabía nada. ¡Te lo juro! ¿Tú crees que sería capaz de mentirte en algo así?

Sandra y Victoria intercambiaron una mirada. Ambas estaban seguras de que el argentino sería capaz de mentirle hasta a su confesor en el lecho de muerte.

Tras el disgusto que le había dado la bloguera que las acusaba de plagio, Sofía no estaba para culebrones. Ella sabía el trabajo que les costaba a su hermana y a ella estar siempre al día de todo. Pero ¿cómo puede uno defenderse de una acusación así? Sí, claro, puede ponerse a contrastar fechas y contenidos, pero la mayoría de los lectores no lo hacen. No tienen tiempo. La mayoría sólo leen los titulares. Con los ciento cuarenta caracteres de un tuit ya les sobran espacios. Una aparición en televisión como la de la bloguera mentirosa calaba en la mente de las lectoras. Quitarse la mancha de plagiadoras podía llevarles toda la vida. Y tal vez no lo lograran nunca. Sofía llevaba cuatro semanas sacrificándose por dar visibilidad y popularidad a un proyecto muy personal, del que su hermana y ella pretendían vivir algún día. Y la organización tiraba todos sus proyectos por la borda dejando hablar a una recién llegada sólo por crear polémica y ganar audiencia. Estaba muy enfadada. Cuando llegara al plató la iban a oír. El programa había arrastrado la reputación de su blog por el fango. Pues ella también podía hacerlo.

«Se van a enterar —se dijo—. ¡Que sepan lo que se siente!»

Esa noche, Sofía se dio dos atracones a la orilla del mar. Uno de llorar, y el otro de frutas tropicales. Cuando acabó, se metió los dedos y lo vomitó todo. Hacía años que no sentía la tentación de hacerlo, pero la aparición de la bloguera mentirosa le había hecho revivir traumas e inseguridades que creía superados.

Cuando Mario se acercó a consolarla, la navarra lo echó de su lado con cuatro gritos bien pegados que le dejaron aún más dolorida la garganta. El galán se retiró. Durante la gala habían puesto imágenes de su paso por el «Gran Hermano» argentino donde se veía cómo seducía a las concursantes usando las mismas técnicas, las mismas palabras y los gestos ensayados que había empleado con ella. Sabía que todo estaba perdido. Sofía ya no volvería a caer en su «triángulo de las Bermudas».

Mario sintió un cosquilleo de miedo en la boca del estómago. Estaba harto de huir. Cada vez más lejos. A ratos deseaba ser un hombre cabal, responsable, un padre de familia como sus hermanos, pero no podía. Lo que con veinte años había sido una fiesta constante y, con treinta, una vida de privilegio entre la jet set, con casi cuarenta su vida había empezado a perder brillo rápidamente. Varios fiascos amorosos, escarceos con las drogas y una incapacidad casi visceral de comprometerse con una sola mujer empezaban a pasarle factura. Odiaba ver la decepción en los ojos de su madre, pero era incapaz de cambiar. Y, ya que no podía ser el hombre que ella querría que fuese, estaba siguiendo el ejemplo de su padre, que le había sido infiel a su madre con tantas mujeres que había perdido la cuenta. Era como una maldición. Como una adicción de la que no sabía escapar.

Los productores habían dejado de llamarlo para que protagonizara las telenovelas más populares y ya sólo le ofrecían los papeles de tío o, en el peor de los casos, de padre de un jovencísimo galán por el que suspiraban todas las niñas de Hispanoamérica.

El día en que le ofrecieron su primer papel de padre despidió a su agente y entró en una espiral de decadencia que se volvía más empinada cada día. Aunque quisiera detenerse, ya había tomado inercia. La caída era imparable.

Mario sintió vértigo y se acercó al mar a refrescarse la cara. Le tocaba volver a empezar. La añoranza de su tierra lo estaba matando, pero no podía volver. No hasta haber hecho algo importante en la vida. Lo que Mario no sabía era que su familia habría dado cualquier cosa por tenerlo allí. No necesitaban que les demostrara nada. Lo querían por ser como era. Inmaduro, un niño grande, pero su niño grande.

«Tengo que ir más lejos —se dijo—. Asia. Asia es el futuro.

Y si puede ser en un país sin acceso a internet, mejor que mejor.»

Dani y Nerea habían sido los primeros en llegar a su refugio, por llamarlo de alguna manera. Eran cuatro hojas de palmera mal colocadas. No se habían molestado en construir nada. Su campamento era la imagen visible de su relación. Un descampado sin protección contra los elementos ni contra las amenazas externas. Un refugio temporal, nada acogedor, y sucio, muy sucio.

La pareja había ido hasta allí discutiendo a grito pelado, pero cuando el equipo de grabación que los seguía se retiró, Nerea se sentó con la espalda apoyada en una palmera y se echó a llorar. Al cabo de un momento, Dani se acomodó a su lado y la abrazó. La chica trató de resistirse llamándolo de todo, pero él la hizo callar, chistándole al oído y meciéndola hasta que se calmó.

—¿Es verdad que el capullo ese te pagó las peras? —preguntó él con su exquisitez habitual.

—¡Claro que no! Me las pagué yo. Estuve ahorrando desde los dieciséis años. Por eso cuando me preguntan si las tetas son mías puedo responder que sí. Claro que son mías. ¡Mi dinerito me costaron!

—Y bien puestas que están, Nere, que me ponen *to* loco.

—Pues nadie lo diría, que no me haces ni caso.

—Joder, porque tú no eres la única que te ves como el culo. Llevo cuatro semanas sin ir al gimnasio y sin meterme... —al ver que Nerea lo miraba alzando una ceja, bajó la vista— ni un buen filete entre pecho y espalda.

—Ya, un filete —replicó ella—. Esos músculos que se hinchan y se deshinchan como un perro salchicha hecho de globos no se consiguen a base de filetes, Dani, que no me chupo el dedo.

—Tampoco te flipes, que no me meto nada raro. Unas proteínas en polvo, creatina monohidratada y un multivitamínico. Vamos, lo normal.

Nerea puso los ojos en blanco.

—Todo eso solo no hace nada —insistió Dani—. Lo que vale son las horas de gimnasio. Que me lo he currado mucho, Nere. No sabes lo que he tenido que sudar para conseguir estos brazos que tanto te gusta tocar.

—Dani, claro que nos gustan unos buenos bíceps, pero si no van acompañados de algo más, no son suficiente. Si quieres triunfar con las tías, tienes que ser más amable.

—¡Y una mierda! Cuando soy amable con las tías, pasan de mi culo. Lo he oído mil veces, Nereíta, pero una cosa es lo que decís y otra lo que hacéis. A las tías os va la marcha. Queréis un tío duro, un Grey, que no se deje mangonear. Porque sois unas leonas, unas lobas. Y os gusta la caza igual que a nosotros. Nada os pone más que cazar al machito más machito y domarlo a polvos hasta que lo veis convertido en una alfombra a vuestros pies. Y cuando ya lo tenéis domesticado, cuando ya se acuerda de vuestro aniversario, de vuestro cumpleaños, os regala un viaje por San Valentín y le compra una caja de bombones a la suegra por su cumpleaños, lo dejáis tirado como a un perro y os vais a buscar a otro idiota.

Nerea levantó la cabeza y vio que Dani tenía la mirada perdida en el horizonte. Permaneció en silencio durante un rato, hasta que notó que la tensión desaparecía un poco de los hombros de su pareja de concurso.

—¿Cómo se llamaba?

—¿Quién?

—¿Quién va a ser? La que te hizo tanto daño —insistió Nerea.

—¡Ja! A ti te lo voy a contar. Para que vayas luego a soltarlo a un «Deluxe».

—¡A un «Deluxe» nada menos! Vaya humos que nos gasta la estrellita.

La pareja volvió a quedarse en silencio disfrutando de la paz del crepúsculo. Eran muy parecidos. Les habían hecho daño y habían seguido adelante protegiéndose con un escudo hecho de orgullo. Algunos elegían armarse con crestas en la cabeza, con tatuajes o con llamativos *piercings*. Nerea había elegido parapetarse detrás de una talla 95B. Y Dani, detrás de unos brazos que ya los querría Popeye durante una huelga de productores de espinacas.

Ninguno de los dos se fiaba del otro. No era nada personal; es que no se fiaban de nadie. La paz del crepúsculo y el abrazo de Dani detrás de las emociones de la tarde y de la tensión continua de las últimas semanas hicieron que Nerea se relajara. Aunque no lo suficiente como para compartir con el valenciano el gran trauma de su vida. Tal vez algún día encontraría un hombre en el que pudiera confiar. Y tal vez ese día confesara al fin el dolor que cargaba por el abandono de su padre. Un día, cuando Nerea tenía catorce años, su madre lo echó de casa y nunca más volvió. Nerea, que lo adoraba, lo echaba tanto de menos que cada noche le gritaba a su madre pidiéndole una explicación. Su madre aguantó unos meses, tratando de protegerla, pero al final una noche no pudo más y, derrumbándose, le contó que una vecina la había avisado de que su marido llevaba una doble vida. El cabronazo tenía otra familia. Otra mujer, con la que había conseguido lo que siempre había deseado: un hijo varón. Tras el nacimiento de Nerea, los médicos habían tenido que extirparle la matriz a su madre por complicaciones en el parto debidas a unos miomas. El padre de Nerea, dueño de un importante *holding* empresarial que había heredado de su padre, sentía la necesidad de hacer lo mismo, transferir su legado a un hijo que transmitiera su nombre a la siguiente generación. La vida de Nerea, que hasta ese momento había sido una alumna brillante y que, de mayor, quería estudiar empresariales para trabajar junto a él, había dado un vuelco. Los estudios dejaron de interesarle. Empezó a salir con las «chicas malas» de la clase, las que fumaban en los lavabos y sabían cómo entrar en las discotecas para mayores de dieciséis años. Y empezó a buscar en los brazos de los chicos los abrazos que su padre ya no le daba.

El mazazo final llegó un par de años atrás, cuando el padre de Nerea fue acusado de formar parte de una trama de corrupción. Doña Ángela no quiso saber nada de él, pero Nerea fue a verlo a la cárcel donde estaba ingresado a espera de juicio. El héroe había caído del pedestal por completo, pero la chica esperaba recuperar al padre algún día.

Sintió que Dani le daba un beso en la coronilla y levantó la cara hacia él.

—¿De verdad te casaste en Las Vegas vestido de Elvis? ¿Se puede ser más patético, tío? —preguntó ella para quitarse a su padre de la cabeza. Tras los nervios de las últimas horas, el abrazo de Dani había logrado que se relajara. Hacía mucho tiempo que no se sentía así. Desde mucho antes de entrar en la isla.

—¡Será capulla la pelos! —replicó él, lanzándose a hacerle cosquillas en la cintura.

Los gritos y las risas de Nerea resonaron por la jungla, haciendo callar a las aves tropicales, que no acababan de acostumbrarse a los ruidos de los extraños habitantes que se habían instalado en la isla en las últimas semanas.

Una cosa llevó a la otra, y Nerea y Dani firmaron la paz con un polvo digno de salir en *prime time*. Si las cámaras lo hubieran grabado, las audiencias se habrían disparado. Fue un polvo corto pero intenso, que acabó de liberar las tensiones de la pareja. Esa noche durmieron a pierna suelta, como hacía muchos días que no dormían.

A la mañana siguiente volvieron a discutir sobre quién iba a buscar algo para desayunar. Pero aunque los insultos eran los mismos, el tono había cambiado. A las cámaras no se les escaparon las miradas de complicidad de la pareja. Dani y Nerea se habían hecho amigos. Ambos sabían que cuando salieran de allí cada uno seguiría con su vida, pero esa noche no se la quitaba nadie.

—Cuando me largue de aquí no volveré a probar el coco, tío. ¡Qué asco! ¡Qué harta estoy!

—Ya, a ti lo que te va es una buena porra por las mañanas, que ya lo sé yo.

—Ay, sí, con chocolate —suspiró Nerea, mordiéndose el labio inferior.

La pareja pasó el resto de la semana disfrutando de la tregua y, cuando las cámaras no los enfocaban, haciendo planes para su regreso. Decidieron que lo mejor que podían hacer era unir fuerzas. Por separado lo tendrían más difícil, pero juntos eran más vendibles. Lo primero que harían al llegar sería compartir agente. Irían a todos los programas donde los quisieran, se enrollarían con otros, pero siempre se tendrían el uno al otro para defenderse en plató. Como pareja no tenían futuro, pero como amigos formaban un buen equipo.

—¡Prepárate, España! —gritó Dani—, ¡que el Dani y la Nere vuelven con las pilas puestas!

—*¡Sssagerado!* —exclamó Nerea, con una sonrisa eufórica.

Sandra y Karibú hicieron parte del camino con Manu y Victoria. Ya se conocían el islote al dedillo y no bordeaban la isla por la playa para llegar a la zona de las conexiones en directo. Al llegar al punto donde sus caminos se bifurcaban, las dos parejas se despidieron sin la efusión de otras veces.

—Con Dios —dijo Manu, levantando la mano.

—Paz, hermano —replicó Karibú, chocando el puño con su amigo.

Sandra y Victoria se dieron dos besos y se susurraron palabras de ánimo al oído.

Sandra y Karibú tenían un refugio vegetal que usaban durante el día, pero se habían acostumbrado a pasar las noches en la cueva. Los diminutos seres fosforescentes que vivían en las lagunas del fondo de la gruta les procuraban una luz tenue muy agradable. Habían construido un jergón con helechos y pasaban las noches retozando y durmiendo cómodamente, sin preocuparse de los mosquitos.

Esa noche se metieron en una de las charcas de las que brotaba agua caliente. Sandra trataba de no pensar que esa agua probablemente estaba caliente porque pasaba cerca de un volcán que cualquier día podía entrar en erupción. En ese momento, ni el agua ni los volcanes tenían cabida en la mente de la chica, que todavía no había superado el *shock* de volver a ver a Phil después de tres años.

Karibú la miró y, al ver que estaba perdida en su mundo sin necesidad de sapos, le quitó la poca ropa que llevaba y tiró de ella hasta meterla en el agua. Se sentó apoyándose en la pared y acomodó a Sandra entre sus piernas.

—No me habías hablado de Phil —comentó el tanzano en voz baja y relajante.

—No.

—Me has contado tus aventuras por todo el mundo. Me has hablado de aquel novicio budista que perdió la virginidad contigo bajo las nieves del Himalaya.

Ella sonrió.

—Me has hablado de cuando cruzaste el desierto de Sonora y estuviste a punto de casarte con el hijo del jefe de la reserva de los indios seri.

Sandra asintió en silencio.

—Hemos pasado casi un mes aquí. Pensaba que te conocía un poco. Pero ya veo que no.

—No es por falta de confianza —susurró ella—. Es que no me gusta hablar de Phil. Todavía me duele.

—Eso es que aún lo quieres.

—Claro. Yo quiero a la madre Tierra y a todos los seres que la habitan. —Sandra trató de mantener la fachada tras la que llevaba tres años ocultándose.

—¿Sandritaaa? —Karibú le hizo cosquillas en los costados.

—Para, ¡paraaa! —La menorquina no podía soportar que le hicieran cosquillas. Era superior a sus fuerzas.

—Pues deja de hacerte la hippy. No hay cámaras. Estamos solos, Sandra.

—Eh, yo no me hago la hippy. Ese nombre me lo ponen los demás. Yo soy como soy.

—Tú sigues enamorada de ese tal Phil, a mí no me engañas.

Ella cambió de postura y se sentó de lado sobre su compañero, que la acunó como si fuera un bebé.

—Tengo miedo, Karibú. Cuando lo vi con Analía, se me cayó el mundo encima. Hasta ese momento pensaba que no era posesiva. Miraba por encima del hombro a todos los que hablaban de *su* hombre o *su* mujer. Pero cuando me enamoré de Phil, todo cambió. Necesitaba estar a su lado todo el tiempo. Ponerme sus camisetas para llevar su olor conmigo a todas partes. Respirar el mismo aire que él respiraba. Sólo pensar que otra mujer pudiera tocarlo, ¡me ponía enferma! Y cuando lo encontré en aquella situación tan íntima con Analía..., di por sentado que Phil me había engañado al decirme que quería estar conmigo y sólo conmigo.

—A mí me ha parecido un tío sincero —opinó Karibú—. Se notaba que muchos de los que estaban en plató se lo habían inventado todo. No me he creído que ese tío pagara los pechos de Nerea, ni me he creído a la chica esa del pelo raro que acusaba a Sofía de copiar. Pero a Phil, sí. Y, probablemente tú no lo has notado porque estabas como hipnotizada, mirándolo, pero se ha hecho el silencio absoluto en plató. Nadie ha dicho nada mientras él contaba la historia de cómo Analía lo montó todo y de cómo ha estado buscándote desde entonces.

Sandra se incorporó para mirar al tanzano a los ojos.

—¿De verdad? No me engañes, Karibú. Mis ojos me dicen ahora que lo que vi era mentira. Si no puedo fiarme de mis propios ojos, ¿de qué voy a fiarme?

El tanzano le tomó una mano y se la llevó al pecho. Su gran mano oscura cubría por completo la mano blanca y pequeña de la menorquina.

—De tu corazón. ¿Qué te dice tu corazón? —le preguntó.

Sandra bajó la vista hacia las dos manos unidas sobre su pecho. Cerró los ojos y se vio a sí misma en su playa favorita de Menorca, paseando de la mano de Phil al atardecer.

—Phil sigue ahí. Nunca ha salido de mi corazón.

—¿Qué pierdes dándole otra oportunidad?

—No quiero volver a pasar por lo mismo. Cuando me traicionó, me rompió el corazón en pedacitos. Todavía no he acabado de volver a pegar todos los trozos.

—Ni lo harás. Si sigues saltando de amante en amante, de seta en seta y de sapo en sapo, lo único que conseguirás es engañarte. Te parecerá que tienes el corazón entero y sano, pero no lo está. En cambio, si el amor que Phil y tú sentís es verdadero, la magia se pondrá en marcha con un abrazo, y el corazón se te curará en segundos.

—Pero ¿y lo nuestro, Karibú? —le preguntó, empezando a sentir que la esperanza se abría camino en su coraza—. Teníamos planes. Iba a viajar contigo a Tanga cuando saliéramos de aquí.

—Las puertas de mi casa siempre estarán abiertas para la pequeña pelirroja de ojos de jade—. Pero me gustaría más que vinieras con Phil, para verte los ojos brillantes sin necesidad de chupar bichos asquerosos.

—¿Volverás a casa de tus padres?

—Sí. Ya he visto todo cuanto quería ver. Y más. Quería conocer Europa y también he conocido un poco de América. Y ¿sabes qué? —Sandra negó con la cabeza—. Todo me parece muy hueco. El sueño europeo es muy brillante, pero prefiero la vida en Tanzania.

—Así que tu madre tenía razón.

Karibú se llevó un dedo a los labios.

—Eso me temo, pero no lo digas o se pondrá muy pesada.

Sandra se echó a reír.

—Ya te veo dentro de dos años, casado, con hijos, trabajando en la recepción del hotel de tu familia, guapísimo con una camisa blanca...

—Pues si lo dices así, con esa sonrisa, no suena tan mal. No sé por qué me daba tanto miedo.

—Porque aún no estabas preparado.

Karibú asintió.

La pareja permaneció en silencio un par de minutos y luego Sandra se echó a reír. Su risa tenía un efecto afrodisíaco, y Karibú se revolvió bajo el agua cuando empezó a excitarse.

—¿De qué te ríes? —preguntó.

—De la invitada que te han llevado al plató.

—Será posible. No he visto a esa tipa en mi vida. Te lo juro.

Sandra se echó a reír con más ganas.

—A mí no hace falta que me convenzas. Yo ya sé que no tienes micropene. ¿Quieres que lo deje claro cuando vayamos al plató?

—Buf, pues no sé, la verdad. Creo que no. Estoy harto de que la gente me persiga en las discotecas por mi rabo. Porque no son sólo las chicas. ¡Muchos chicos también!

—Para mí no eres sólo un... rabo, Karibú. Te he cogido mucho cariño. Te quiero, de verdad. Espero que sigas en mi vida mucho tiempo.

—Yo también te quiero, pelirroja, pero estate quieta, que me estoy poniendo muy tonto. —Carraspeó—. Y mi rabo también.

—Ya lo sé, campeón, ¿qué te crees, que no lo noto? —La menorquina le guiñó el ojo—. Yo también me he puesto tontorrona.

Karibú carraspeó.

—Pero, ahora que ha vuelto Phil, yo pensaba que ya...

—Bueno. Si Phil es sincero y siente lo mismo que yo, no creo que vuelva a acostarme con ningún otro hombre en toda mi vida, así que..., ¿por qué no decirle adiós al amor libre con un buen polvo de despedida? —propuso Sandra alzando las cejas varias veces mientras se sentaba lentamente sobre él—. ¿Aún tenemos provisiones?

Karibú asintió. Alargó el brazo y sacó un paquete de preservativos de detrás de una piedra.

Esa noche, Sandra comprobó una vez más que la teoría del micropene de Karibú era más absurda que unas botas de agua en el desierto de Sonora. Como cada vez que se consolaban sexualmente como buenos amigos con derecho a roce, él le hizo cosquillas en lo más hondo de su vientre.

Y, con los ojos cerrados, Sandra no pudo evitar imaginarse que se trataba de Phil. Aunque en el terreno físico nunca nadie la había penetrado tan profundamente como Karibú, sólo Phil había sido capaz de traspasar las barreras materiales y llegar al fondo de su alma.

Capítulo 18

La victoria más dulce

—Chicos, yo de vosotros me volvía *p'al* hotel. Como diría mi colega Andrés, el poli, aquí no hay nada que ver.

—Ya. Ni que oír —se quejó Blanca, la encargada de sonido—. ¡Quién os ha visto y quién os ve! Si llegan a decirme que el Golfo de Cádiz y la Estrecha de Gibraltar cruzarían la isla sin discutir, no me lo creo.

—Es que esto no lo arregla ni el Manu con su piquito de oro. ¿Nos apostamos algo, gaditano?

Manu se volvió hacia él echando fuego por los ojos, un fuego que Xabi se encargó de recoger en un primer plano.

—No, no nos apostamos nada, donostiarra. Deja de dar por culo.

—Tranquilo, chaval, que si no te he devuelto la hostia del otro día es porque no quiero que me despidan, no por falta de ganas. No te lo tomes todo tan a pecho.

«Demasiado tarde», se dijo Manu. No podía tomárselo de otra manera, porque Victoria se había convertido en la luz de su vida. Antes de conocerla estaba satisfecho con su existencia. Su trabajo de carpintero lo llenaba. Le gustaba mucho trabajar con las manos. Crear algo de la nada y poder contemplar y tocar luego el resultado, ya fuera una cocina o una mecedora. Le gustaba sentir que cuidaba bien de su familia y se divertía mucho con sus amigos de toda la vida. Los entrenos y los partidos de los Cañaíllas le llenaban muchas tardes y fines de semana. Y luego estaban los ratos que echaba con la chirigota. Si ya durante todo el año las reuniones con los amigos eran un festival del humor, cuando se acercaban los Carnavales y crecía la competitividad entre las comparsas y las chirigotas, aquello era un despiporre. Ese año se habían puesto de nombre «Hartos *and* Furiosos (A todo gas. Sobre todo después de un buen plato de chícharos con *pringá*)». No habían ganado, pero su copla sobre políticos que trincaban todo el dinero que podían y se lo llevaban a todo gas al otro lado de los Pirineos se había llevado muchos aplausos.

No obstante, ahora, pensar en volver a esa vida sin Victoria a su lado se le hacía muy cuesta arriba. Tenía que convencerla de que Noelia no había dicho más que tonterías, o la Costa de la Luz iba a ser un lugar muy oscuro a su regreso.

Al llegar bajo la casa en el árbol, Victoria se despidió de Xabi y Blanca con un seco «Hasta mañana» y subió con decisión.

El cámara se acercó al árbol para grabarla desde abajo, pero Manu le cubrió el objetivo con una mano.

—¿Qué haces, capullo? —protestó el donostiarra.

—Hay mucho buitre suelto en esta isla —replicó Manu—. No sabía yo que vivían en climas tan calurosos.

—Ya te digo —corroboró Blanca mientras miraba a Xabi de reojo—. Parece que últimamente hay una plaga de buitres por aquí. Será cosa del cambio climático.

—Con Dios —se despidió Manu antes de seguir a Victoria tronco arriba.

—Esa pija inglesa y tú no os parecéis en nada..., por suerte.

«*Damn right!*», pensó Victoria, o lo que es lo mismo: «Ahí le has *dao*». Durante las últimas semanas, al no usar el inglés con ninguno de los habitantes de la isla, había dejado de mezclar los dos idiomas, pero la conversación con Serena la había hecho recaer.

Manu había dado en la diana. Decir que no se parecía a su hermana probablemente era lo único que Victoria podía escuchar en esos momentos sin morderle un ojo a alguien.

Estaba furiosa y dolida. Furiosa con Serena por aprovecharse de ella para salir por la tele. Y dolida con Manu, porque temía que las palabras de Noelia estuvieran cargadas de verdad.

—¿Quieres comer algo? —preguntó él.

—No tengo hambre —respondió ella, mirando por la ventana de la casita del árbol antes de cerrar las persianas hechas con hojas de palmera que usaban para impedir la entrada de los mosquitos. La luna, que estaba casi llena, empezaba a alzarse sobre la vegetación.

Manu cerró la puerta hecha con el mismo sistema y mató algún mosquito que ya se había colado dentro antes de sentarse en el camastro y dar unos golpecitos sobre él para que Victoria se sentara a su lado.

Ella negó con la cabeza y se sentó frente al gaditano. La casita era diminuta, así que la distancia entre ellos no era grande en metros. Sin embargo, a nivel emocional a Manu le pareció que Victoria se había alejado miles de kilómetros en pocas horas.

—Niña, no le des tantas vueltas a la cabeza, que te va a salir volando.

Ella le dirigió una mirada de advertencia.

—No te me sulfures, Vicky, que seguimos estando en el mismo bando. —Manu se levantó, cruzó la cabaña y se sentó a su lado en el suelo, guardando una distancia prudencial—. Yo no me he *creío* ni una palabra de lo que ha dicho la burbuja

Freixenet esa de la Gran Bretaña. Espero que tú tampoco te hayas *creío* a la Noe, porque es igual de creíble que tu hermanastra.

Victoria no dijo nada. Se abrazó las rodillas y permaneció con la vista fija en la pared de enfrente.

Cuando un mosquito se le posó en el hombro, Manu lo mató de un manotazo.

—Eh, capullo, que te estoy escuchando.

Él le enseñó el mosquito aplastado en la palma de la mano.

—Descanse en paz —dijo Victoria.

Manu recordó una escena de una película de su actor favorito, que había sido carpintero como él antes de ser estrella de cine.

—¿Cómo era aquello que decía Harrison Ford en *La costa de los mosquitos*?

Victoria se encogió de hombros.

—Era algo así como: «No sientas lástima por este insecto. No es su sangre la que ves. Es la mía». Y eso es lo que son Serena y Noelia. Mosquitos que quieren medrar a nuestra costa, chupándonos la sangre.

—Yo creo que no era precisamente la sangre lo que quería chuparte la Noelia esa —refunfuñó Victoria.

Manu sonrió al darse cuenta de que buena parte del enfado de Victoria eran celos.

—Vicky, la traición de Noelia me dejó hecho mierda, pero ya hace mucho que la superé. Me gustaría que lo nuestro hubiera *acabao* de otra manera, pero las cosas no siempre salen como a uno le gustaría. Y, gracias a ella, ahora conozco mejor a las personas. Puedo comparar. Noelia ha dicho que estoy contigo porque me recuerdas a ella... —Manu se interrumpió y resopló.

—Y ¿no es verdad? Nos parecemos. Las dos somos morenas, hemos ido a la universidad...

—¿Cuántas morenas crees que puede haber en las universidades españolas?

Victoria se encogió de hombros.

—¿Millones?

—Probablemente —respondió él—. Y cada una de ellas es distinta. No te pareces en nada a Noelia. Nunca me la has *recordao*. —Manu se estremeció—. ¡Quita, quita! No metas a Noelia en el dormitorio. Esa mujer es como una mantis religiosa. Seguro que se come la cabeza de sus amantes cuando acaba con ellos. De una buena me libré.

Victoria sonrió a su pesar al imaginarse a la ex de Manu con el vestido rojo y una gran cabeza de insecto.

—Llevamos un mes aquí —siguió diciendo él—. Si nos hubiéramos conocido en Cádiz, nos habríamos visto tal vez un par de noches, unas cuatro horas cada noche, ¿no? ¿Más o menos?

Victoria se encogió de hombros y asintió.

—Pero esto ha sido como un curso intensivo. Cuando salga de aquí me van a tener que convalidar primero, segundo y tal vez tercero de Victoria Lampard.

—No te pases —protestó ella con una sonrisa—. No nos conocemos tanto.

—No exagero. Te conozco mucho más que muchos de tus vecinos y compañeros de estudios. ¿O no? Sé cómo te las gastas cuando te sacan de quicio. Sé cómo reaccionas cuando estás en una situación de vida o muerte. Y he hecho un máster en miradas de Victoria. Conozco tu mirada de «Cuidado, machote, que te la estás ganando», tu mirada de «Cuando no haya policía delante, mato a esa zorra», y sobre todo, mi favorita, tu mirada de «A la mierda todo, a este tío me lo como con papas esta noche y mañana ya veré qué hago con mi vida».

Victoria sonrió. No le faltaba razón. Llevaban un mes juntos, las veinticuatro horas del día, compartiendo situaciones que en su entorno habitual no compartirían. Sabía cómo reaccionaba Manu ante las dificultades. Nunca le echaba las culpas a los demás ni esperaba a que nadie le sacara las castañas del fuego. Era un tío optimista, lleno de entusiasmo, que se preocupaba por los demás, pero que no se dejaba pisotear. No le iba a ser fácil encontrar a otro hombre como él.

«¿Que esté tan bueno como Manu? Imposible», le dijo su conciencia, que parecía haberse aliado con el gaditano. Y no era la única parte de su cuerpo que sufría un caso severo de síndrome de Estocolmo Manuelino.

Sus ojos se habían vuelto yonquis de Manu. Lo buscaban a cada momento, como si lo necesitaran para orientarse en la vida diaria. Sin darse cuenta, él se había convertido en la base de su GPS, en la señal de tráfico de su existencia, en la cruz del tesoro de su mapa.

«*Fuck, fuck, fuck!* —exclamó para sus adentros—. ¡Tú te has enamorado del Golfo de Cádiz, tía! ¡Ole tu estampa y tu criterio con los hombres, Vicky! ¡Oh, no! Ya me llamo a mí misma Vicky. Estoy jodida pero bien», reconoció, abrazándose con más fuerza las rodillas y escondiendo la cara entre los brazos.

Manu malinterpretó su gesto y le rodeó los hombros para consolarla.

—No te desesperes, Vicky..., perdón, Victoria.

Sin levantar la cabeza, ella hizo un gesto con la mano, quitándole importancia al desliz.

—Te he cogido mucho cariño en estas semanas, Victoria. No te digo que te quiero porque sé que en estos momentos no confías en mí, pero espero que te creas que eres alguien muy especial en mi vida. No quiero perderte. Quiero que sigas dándole color y calor a mi vida cuando salgamos de aquí. Y con eso no estoy diciendo que quiero que renuncies a tus sueños para estar a mi *lao*. Quiero... No, rectifico: necesito que hagas realidad tus sueños. Llevas toda la vida luchando para ser diplomática, y por éstas que vas a ser diplomática. ¡Aunque tenga que causar un conflicto diplomático para conseguirlo!

Victoria se echó a reír y levantó al fin la cabeza. La mirada que le dirigió a Manu iluminó la cabaña.

—Voy a avisar a la organización —dijo él—. Ya podemos volver a España. Ya he *ganao* el concurso. No puede haber mejor premio que tu sonrisa.

Victoria se abrazó a él con fuerza, ocultando la cara de nuevo, esta vez en su pecho. No se atrevía a mirarlo a los ojos porque sabía que el amor que sentía por él se le escaparía a borbotones y no habría quien controlara la inundación emocional.

Manu, pensando que la actitud de Victoria se debía al disgusto por la aparición de su hermana y sus posibles consecuencias, siguió hablando.

—Si crees que abandonar el concurso puede ayudarte en tu carrera, nos largamos mañana mismo.

Victoria se apartó a regañadientes del cálido y sólido pecho de Manu y lo miró a los ojos.

—¿Por qué ibas a hacer eso? He pensado en abandonar el concurso, es verdad, pero no entiendo por qué tendrías que irte tú también.

Manu le agarró la nuca y la besó, tomándola por sorpresa. Victoria abrió mucho los ojos durante un segundo antes de entregarse al beso. Pero en cuanto dejó de resistirse, le devolvió la pasión que él le entregaba con creces. Le acarició el pecho, los costados y luego volvió a subir las manos hasta sus hombros. Apoyándose en ellos, se incorporó y se sentó sobre el regazo de Manu, quedando cara a cara con él.

—¿Lo entiendes ahora o te hago un croquis, niña?

Ella negó con la cabeza.

—Yo vine aquí por una apuesta. Claro que me gustaría ganar el dinero, nos ha *jodío*, pero no te creas que me apetece especialmente ganar el concurso. Me da mucho palo tener que ir a los programas a hacer entrevistas. Yo no quiero vivir de esto. El Dani y la Nere son perfectos para ir por los platós contando sus cosas, pero no es lo mío. Yo quiero volver a mi barrio, con los míos. Quiero volver a la carpintería, a los partidos de fútbol los sábados por la mañana y las noches de cañitas y coplillas con los colegas. Me gustaría formar una familia, no te digo que no, pero mi corazón ha ido a fijarse en una guapa diplomática, morena como el azúcar de caña y picante como el curri, con un cuerpo y un carácter que pueden causar más conflictos que Helena de Troya, pero que ilumina mi mundo.

Victoria sonrió. Era lo más bonito que le habían dicho nunca. Quería fiarse de él, lo deseaba con todas sus fuerzas. Una parte de ella le gritaba que hiciera caso a su corazón, pero otra —una muy puñetera— estaba haciéndole sonar una alarma junto al oído. Victoria hizo un gesto con la mano, como si estuviera apartando un mosquito, queriendo acallar a la dichosa conciencia que le advertía que aquello no podía terminar bien. La Victoria más desconfiada, la curtida en mil noches en el Monkey Island, se temía que el precioso discurso de Manu no fuera más que una manera elegante de librarse de ella para ir a lanzarse a los brazos de Noelia.

«¡Vale ya! —se dijo, harta de combates internos entre la Victoria racional y la Victoria apasionada—. Empate técnico.

Dejadme en paz.» Sabía que sólo el tiempo y los hechos dirían cuál de las dos tenía razón. Pero también sabía que, si no aprovechaba la noche, se arrepentiría durante toda su vida. Recordó la historia de Phil y Sandra. Hasta la historia más perfecta podía cambiar en un instante. Esa noche estaba en el paraíso con un hombre que tenía unas manos divinas, un cuerpo que era puro pecado y que la estaba mirando como si estuviera dispuesto a condenarse en las llamas del infierno por ella. Decir que no a una noche así por precaución sería el auténtico pecado. Estaba harta de ser precavida. No quería que le ocurriera como a su madre, pero tampoco podía quedarse envuelta en plástico de burbujas toda la vida. ¡Tenía que vivir! Y, si para vivir tenía que meter la pata de vez en cuando, no se le ocurría un mejor momento para empezar.

—¡A la mierda! —exclamó, agarrando a Manu por la nuca con las dos manos y uniendo sus bocas en un beso hambriento.

—Me estás enviando mensajes contradictorios, niña —susurró Manu cuando ella se apartó un momento para respirar—. Me mandas a la mierda, pero tus besos me dicen que no quieres que me vaya muy lejos.

—No te lo decía a ti. —Al ver que él ladeaba la cabeza y alzaba una ceja divertido, Victoria añadió—: Cosas mías. No me hagas caso.

Manu la tenía sujeta por la cintura. Extendió las manos, grandes, fuertes y capaces, y le acarició la espalda, desde los hombros hasta el inicio de las nalgas.

Ella abrió la boca para decirle que se diera prisa. Tenía miedo de que la Victoria racional y controladora volviera a tomar el mando y le arruinara la noche. Pero Manu la acalló con un beso corto y seco.

—Chis —susurró—. Relájate, Vicky. No pienses más por hoy. Yo me ocupo de todo.

«Qué bien suena eso —pensó ella, sintiendo que los músculos de los hombros empezaban a rendirse al asalto sensual de Manu—. Traidores —les dijo—. No me dejéis sola con este pedazo de hombre.» Pero sus hombros se habían convertido en gelatina feliz y ya no la escuchaban.

Manu siguió acariciándole la zona lumbar. Victoria no se había dado cuenta de lo tensa que tenía la espalda hasta ese momento. Incapaz de mantenerse erguida por más tiempo, se dejó caer hacia adelante y hundió la cabeza en el pecho del gaditano.

«Ay, omá, qué rico», se dijo, soltando un gemido.

—¿Te hago daño? —preguntó él.

Victoria negó con la cabeza, con los ojos cerrados. Al abrirlos, se encontró con un primer plano del regazo de Manu. El ángulo de inclinación del taparrabos de hojas de parra le indicó que, aunque ella se estuviera relajando con las caricias, a él le causaban el efecto contrario.

Llevó una mano hacia el fruto prohibido que se ocultaba tras la cortinilla vegetal, pero Manu le adivinó las intenciones. La agarró por las muñecas y se las colocó detrás de la espalda para que no pudiera tocarlo.

—Vicky, Vicky, relájate o tendré que tomar medidas —le susurró al oído, lo que a ella le provocó un escalofrío.

—Tómame las medidas —replicó excitada—. Al detalle. No te dejes ni un rincón por medir.

—Sí, señora, así hay que hacer las cosas. Concienzudamente.

Manu le separó los brazos como si la estuviera crucificando, le besó el cuello y bajó hasta la clavícula. Ella arqueó la espalda sin poder evitarlo. Era el momento que Manu había estado esperando. Le mordisqueó un pezón por encima del biquini de hojas.

—Llevas demasiada ropa, Vicky.

—¡Tú también! —protestó ella.

Aprovechando que el gaditano la había soltado para quitarle la parte de arriba del biquini, ella hizo lo propio, tratando de librarse de la cortina de hojas de parra que la separaba del paraíso terrenal.

—Ah, ah. Te he *avisao*, morena. Voy a conseguir que te relajes y me cedas el control aunque tenga que atarte para conseguirlo.

La parte controladora de Victoria se puso en guardia, pero su parte sensual le hizo un placaje a las rodillas, dejándola fuera de juego durante un rato.

Gracias a esa ayuda inesperada, a Manu no le costó nada tumbar a su aturdida compañera sobre el camastro y sentarse sobre sus muslos. Agarró una liana de las que usaban para atar leña y otras cosas y la anudó a una de las muñecas de Victoria. Tras asegurarla en una de las ramas que servían de colgador, repitió la operación con la otra muñeca.

—Ea, qué preciosura —murmuró, contemplándola con devoción a la luz de la luna llena que se colaba entre las rendijas de los tablones—. Y ¿este cuerpo es sólo *pa* mí? —Miró al cielo—. ¡Gracias, Nazareno de Cai!

—¿Vas a quedarte mirándome toda la noche o piensas hacer algo? —lo provocó ella—. Pensaba que eras un hombre de acción.

Manu no necesitó que lo animaran más. Apoyándose en los brazos, descendió lentamente sobre el cuerpo bronceado de Victoria y la besó en la boca. Ella, excitada y frustrada por no poder agarrarlo como querría, le mordió el labio inferior.

—Relájate, fiera —murmuró Manu con la boca pegada a la suya.

Le sujetó la cara para inmovilizársela y la besó con pasión, saboreando cada rincón de su boca, jugosa como una granada, mientras le acariciaba los pechos.

Victoria se revolvió como una serpiente bajo el cuerpo de él.

—¿Quieres que pare? ¿A ver si van a tener razón los que te han *bautizao* como la Estrecha de Gibraltar? —comentó él con guasa.

—¡Me bautizaste tú, Golfo, la madre que te trajo! Y no quiero que pares. Quiero que sigas. Que te quites ese ridículo taparrabos y que...

—¿Sí, Vicky? ¿Qué más quiere mi fierecilla? Aunque estés atada, sabes que en realidad soy tu siervo más *entregao*.

Victoria tenía muy claro lo que quería, pero le daba vergüenza decirlo en voz alta. ¿Cómo iba a pedirle que quería que se desnudara para poder volver a ver ese pene que le robaba horas de sueño cada vez que se acercaba a ella a traición, por la espalda, mientras dormía? ¿Cómo decirle que quería que la besara de arriba abajo, sin dejarse ni un centímetro, empezando en la boca y descendiendo por su torso hasta llegar a su sexo, que latía de excitación? Y ¿cómo confesarle que necesitaba que se clavara en ella hasta el fondo, porque su útero había empezado a contraerse sin esperarlo y, si tardaba mucho, iba a correrse sólo con esa mirada que le estaba dirigiendo?

—Qué cosas más bonitas me dices cuando no dices nada, Vicky. —Manu se arrodilló entre las piernas de ella y apoyó las manos en sus rodillas—. ¿*Pa* qué aprender tantos idiomas, si las cosas importantes se expresan mejor sin palabras? —Manu le quitó la parte de abajo del biquini lentamente, derritiéndola con una mirada digna del rey de los golfos—. Me has dicho que no se me ocurra desnudarme, ¿verdad? —la provocó, acariciándole la parte interna de los muslos, ascendiendo lentamente desde las rodillas hasta las ingles.

—¡Noooo! ¡Por favor, desnúdate, Manu! No ves cómo estoy...

—Ah, pues mira por dónde, las palabras sí son importantes. Yo estaba *convencío* de que...

—¡Manu! ¡Desnúdate! ¡Ahora!

El gaditano se puso de pie ágilmente y con el descaro de un estríper en una despedida de soltera se quitó el taparrabos, le hizo dar varias vueltas por encima de la cabeza y lo tiró por los aires alegremente. Y no era el único que estaba alegre, al parecer. El pene de Manu, erguido como un soldado en día de jura de bandera, se inclinó hacia ella un par de veces, como haciéndole una reverencia.

La Victoria apasionada creó un evento en su Facebook interno, pero no invitó a nadie. Por lo que estaba viendo, iba a ser el evento del año, pero le daba igual. No pensaba compartirlo. Ni siquiera con la aguafiestas de la Victoria sensata. Cuando vio que la Victoria racional miraba el equipamiento de Manu por encima de las gafas de leer, la Vicky más sueltita le dio una colleja digna de la Sole de «Siete vidas» y la amenazó levantando un dedo.

—¿Contenta, mandona? —preguntó Manu.

—Mucho.

—¿Puedo hacer algo más para que sigas contenta?

—Estoy convencida —replicó ella, alzando una ceja.

—Vaya, ¿dónde ha quedado la Vicky que me ha pedido por favor que me desnude? ¿Tan rápido se te han *olvidao* los buenos modales? Voy a tener que darte unos cachetitos para que no pierdas las buenas costumbres.

—¡No te atreverás!

Manu le dio una cachetada en el muslo, casi tocando la nalga.

La Victoria feminista se indignó, pero no reaccionó porque la Vicky más cachondona había empezado a derretirse más deprisa que los cubitos en una jarra de sangría en pleno verano. Abrió y cerró la boca varias veces, pero no dijo nada.

—Uy, la señora diplomática se ha quedado sin palabras. Y yo que pensaba que ibas a darme una charla sobre la Convención de Ginebra.

—Manu, por lo más sagrado, atácame ya. Y no hagas prisioneros.

Él alzó una ceja.

—La señora diplomática defendiendo la violencia. Creo que ya lo he visto *to*. —El gaditano pasó los brazos por debajo de las rodillas de Vicky y le levantó las piernas como si no pesaran nada. Le alzó las caderas, agachando la cabeza al mismo tiempo, y le dio un beso en el monte de Venus, como si fuera una salva de advertencia—. Aún estamos a tiempo de arreglar las cosas de manera civilizada —añadió, mordisqueándole los labios inferiores delicadamente y guiñándole el ojo—. ¿No prefieres que te desate y lo hablemos?

—¡Fuego a discreción! ¡Sálvese quien pueda! —fueron las últimas palabras que pudo articular Victoria antes de caer rendida ante el asalto sensual del gaditano.

Manu hundió la cara en el sexo de Victoria con entusiasmo. La barba de cuatro semanas ya no parecía un papel de lija, así que cuando Vicky gimió, supo que era de placer y no de dolor. El placer de ella se había convertido en su principal objetivo en la isla. Ni pruebas semanales, ni premios en metálico ni nada. Cada orgasmo de Victoria era la auténtica recompensa.

Durante las semanas que habían compartido había descubierto ya algunas de las cosas que más le gustaban. Sabía que le encantaba sentarse sobre él y hacer el amor muy lentamente, mirándolo a los ojos. Y que perdía totalmente el mundo de vista con el sexo oral. Sabía que, si no tuviera las manos atadas, ya se habría tapado los ojos con un brazo para aislarse en un mundo de sensaciones placenteras. Agradeció haber tenido la idea de atarla para poder disfrutar de la visión de su hermoso rostro entregado a la lujuria.

La lengua de Manu no dejó de proporcionarle placer en ningún momento, alternando las delicadas caricias sobre el clítoris hinchado de Vicky con embestidas entusiastas que penetraban en su vagina.

Al cabo de unos minutos, Victoria empezó a sacudir la cabeza de un lado a otro.

—Manu —susurró con la garganta seca.

—¿Sí, mi amor?

—No puedo más.

—Pues no aguantes más. Dámelo. Dame tu placer.

—¡Manu! —repitió ella desesperada.

—Así, cariño. Grita mi nombre. Que se enteren todos de que tu placer tiene derechos de autor.

Victoria llegó al orgasmo con un grito intenso, libre, desinhibido, como la vida en la jungla.

Manu disfrutó de la preciosidad de mujer atada y expuesta que se retorcía de placer ante sus ojos. La luz de la luna hacía brillar su piel sudorosa. Notó en las manos, que la sostenían por las nalgas, la vibración de sus músculos al ser recorridos por oleadas de éxtasis. Lentamente, las contracciones fueron debilitándose hasta desaparecer. Con un lametón de despedida en el clítoris, que provocó una réplica en el útero de Vicky, Manu le dejó las piernas sobre el camastro con delicadeza.

—Buena chica —le dijo, mostrando su aprobación—. Te has ganado que te libere.

«¿Más? —pensó ella—. Pero si nunca me había sentido tan liberada.»

Tras desatar las lianas, Manu la ayudó a incorporarse. Se sentó y, golpeándose los muslos, la animó a acomodarse sobre él. Victoria se sentó de lado y apoyó la cabeza en el hombro de él, que la abrazó con cariño.

—¿No quieres que sigamos? —susurró ella, aún desmadejada por los efectos del intenso orgasmo en su cuerpo.

En vez de responder, Manu alzó un poco las caderas para que notara su erección.

—¿A ti qué te parece?

Victoria trató de moverse para ocuparse de él, pero el gaditano la abrazó con más fuerza.

—Tranquila, tenemos *toa* la noche. No te escapas de otra ronda, o dos, o las que te rondaré, morena. Pero recupérate bien antes, que te necesito con fuerzas para lo que llevo todo el día queriendo hacerte.

El útero de Victoria se contrajo al oírlo y las réplicas le excitaron los nervios de la vagina y los muslos.

Al sentir el estremecimiento de su compañera, Manu sonrió satisfecho. Su expresión en esos momentos era la de un auténtico golfo, pero un golfo enamorado.

Victoria disfrutó de la relajación completa que se apoderaba de ella siempre que estaba entre los brazos de Manu. Era una sensación de seguridad muy agradable, como si no pudiera pasarle nada malo mientras estuviera allí.

Al cabo de unos minutos, notó que la mano de él se deslizaba lentamente muslo arriba con un objetivo muy claro.

—¿Manu? ¿Has perdido algo? —lo provocó juguetona. Había recuperado las fuerzas y tenía muchas ganas de ser ella quien hiciera perder el control al Golfo de Cádiz.

La mano del gaditano había llegado a la ingle de Victoria. Prácticamente la abarcaba por completo con su mano grande y callosa. Manu le deslizó un dedo entre los pliegues de su sexo y comprobó que aún estaba húmeda.

Vicky echó la cabeza hacia atrás al notar su invasión, momento que él aprovechó para morderle el cuello con delicadeza.

Uniendo un segundo dedo al índice, Manu la penetró lentamente, mientras le recorría el cuello de arriba abajo llenándolo de besos.

—Manu —protestó ella—. Ahora me toca a mí. Pero si sigues tocándome así, no puedo hacer nada.

—¿Quieres hacer algo, Vicky?

—Ajá —respondió ella, entre jadeos, al notar que él le mordisqueaba la oreja y le pasaba la lengua por la sensible piel de detrás.

—Cuando nos conocimos solías llamarme *pulpo*.

—Eeehhh, sí, tienes las manos muy largas, Golfo, pero mientras las uses conmigo, no me quejo.

—Pues quiero que probemos una postura que vi una vez en una peli. La llamaban *el pulpo*.

—¿Una postura de una peli? —dudó Victoria, ladeando la cabeza—. ¿No será una porno? —preguntó escandalizada.

Manu se echó a reír.

—Chiquilla, no me dirás que no has visto ninguna... Menuda cara has puesto. Si te hubieran *grabao* las cámaras, no te quitabas el sambenito de estrecha ni dentro de cien años.

—Hombre, pues la verdad es que a mí eso no me va.

—¿No has visto porno? ¿Nunca? ¿Ni por curiosidad?

Victoria recordó la noche en que Emma y ella habían entrado en una página de pelis eróticas clásicas y habían intentado ver varias de ellas.

«Por tener un poco de culturilla general», había dicho Emma para convencerla.

Pero se había aburrido como una ostra con *El último tango en París*, se había sentido muy incómoda con *Emmanuelle* y no había podido llegar hasta el final de *El imperio de los sentidos*.

Luego lo habían intentado con algunas pelis porno más modernas, pero pronto las amigas llegaron a la conclusión de que aquello no tenía ninguna gracia, al menos para ellas, y que preferían mil veces leer una buena novela romántica, que les excitaba mucho más la imaginación a todos los niveles.

—Una vez, con Emma, pero nos pareció un rollo. ¿A ti te va eso?

—Bueno, de vez en cuando, cuando uno está solo en casa, no viene mal una ayudita —admitió Manu guiñándole el ojo—. Pero no te asustes, chiquilla, que no he pensado en ninguna cosa rara. Ya verás. Siéntate aquí.

La colocó en el centro de la cabaña y se sentó delante de ella.

—Echa los brazos hacia atrás y reclínate un poco —le ordenó él. Cuando ella obedeció, añadió—: Ahora levanta la pierna derecha y apóyala en mi hombro. —Victoria siguió sus instrucciones—. Así, muy bien. Ahora haz lo mismo con la otra.

A la luz de la luna, Victoria vio que los ojos de Manu brillaban de excitación. Desde ese ángulo no veía su erección, pero al colocar la segunda pierna sobre el hombro de su amante, la notó —grande, firme y caliente— contra su entrada.

—¿Estás cómoda? —le preguntó él, alzando un poco las caderas y frotando así con su pene la vulva de Victoria, que echó la cabeza hacia atrás.

Ella respondió con un gemido, que Manu se tomó como una invitación. Con una mano, guio el pene erecto hasta la entrada de la vagina de Vicky, que estaba húmeda y preparadísima para recibirlo. En esa postura, ninguno de los dos tenía mucha libertad de movimientos. Manu trató de mover las caderas en círculos, pero pronto vio que no era buena idea y se limitó a moverlas adelante y atrás.

A la plateada luz de la luna, disfrutó del espectáculo. Victoria tenía los ojos clavados en él. Tenía los ojos brillantes, la boca entreabierta y el pecho le subía y le bajaba desacompasadamente, al ritmo de sus embestidas.

—Quiero tocarte —protestó ella—. Quiero abrazarte.

—Luego, te lo prometo. —Manu alzó las caderas con más fuerza, clavándole la punta del pene en una zona especialmente sensible de la vagina, casi a medio camino entre el clítoris y el ombligo—. ¿Lo notas? —le preguntó repitiendo el movimiento.

Victoria ahogó un gemido y asintió, dejando caer la cabeza sensualmente hacia un lado. Su melena oscura cubrió parcialmente uno de sus pechos. Manu sintió ganas de apartarle ese pelo traidor que le impedía disfrutar de su espectáculo favorito, pero no podía desconcentrarse. Había invitado a Vicky a embarcarse con él en un viaje sensual con rumbo al orgasmo y pensaba llevarla a puerto. Los músculos de los bíceps de Manu se contraían al ritmo de sus embestidas. Sin desfallecer, siguió penetrándola una y otra vez rítmicamente, animado por el sonido de los gemidos y los suspiros de ella.

—Ma... Manu —exclamó Victoria finalmente entre sollozos.

—Sí, mi amor, sí. Yo también estoy ahí —replicó él con la voz entrecortada—. Te sigo.

La gibraltareña lo abrazó con fuerza con sus músculos internos cuando el nuevo orgasmo se apoderó de ella.

Y, fiel a su palabra, Manu la siguió. Los gritos de la pareja se fundieron en la noche. Manu, exhausto, se dejó caer hacia atrás. Su peso sacudió la cabaña. Con la sacudida, una hilera de preservativos resbaló de una de las ramas que servían de colgador y fue a parar a la cabeza de Victoria. Manu levantó la cara y se la quedó mirando con las cejas enarcadas. La hilera plateada parecía una diadema. Manu se echó a reír.

—¡Ahí va! Si pareces una de las hermanas de la Sirenita después del huracán.

Victoria se quitó la improvisada diadema de la cabeza y se la quedó mirando con cara de susto. Cuando alzó la vista hacia Manu, a él se le quitaron las ganas de reír.

—Y ¿tú te preocupabas porque antes de llover chispea? —le recriminó Victoria—. Pues esto ha sido un chaparrón en toda regla.

—Hablando de regla, todavía no te ha venido, ¿no?

—No, no me ha venido. *Fuck, fuck, fuck!*

—¡Joder, joder, joder!

—¡No necesito que me hagas la traducción simultánea! «Tú relájate, Vicky» —lo imitó ella furiosa—. «Yo me ocupo de todo, Vicky.» Pues si hacerme un bombo es tu concepto de relajarme, ¡no vuelvas a acercarte a mí por muy tensa que me veas!

La pareja, que hasta ese momento había permanecido unida, se separó bruscamente cuando el pene de Manu se encogió ante el enfado de la futura diplomática, que cada vez veía más lejos la posibilidad de conseguir su trabajo soñado en el Foreign Office.

—Bueno, es verdad que a mí se me ha ido el santo al cielo, pero tú también estabas aquí, bonita. Podrías haberme *avisao*.

—¿Me estás echando las culpas?

—¡No! No es culpa de nadie. Esto es una locura, Vicky. Nunca había sentido nada igual. No he pensado en nada, y lo siento. Ya sabes que no es así como me gusta hacer las cosas. Pero no me arrepiento. Ha sido la noche más bonita de mi vida. Las imágenes de lo que acabamos de hacer me acompañarán hasta que sea un viejo chocho y no recuerde nada más. Y te repito lo que te dije en la cueva. Espero que me avises si lo que acabamos de hacer tiene consecuencias. No estás sola, Vicky. Y no tienes por qué estar sola a no ser que tú quieras.

Al ver que Victoria estaba a punto de llorar, abrió los brazos.

—Ven aquí.

Ella tiró los preservativos con rabia a una esquina de la cabaña y se lanzó en sus brazos.

—Ya lo dice mi abuela —comentó con la cara enterrada en el pecho de Manu.

—¿El qué, niña?

—Que en el pecado va la penitencia. Nos hemos dejado llevar por la lujuria y ahora tendremos que cargar con las consecuencias.

—Pues si lo que hemos hecho es *pecao*, ya puedo olvidarme de saludar a san Pedro, porque pienso volver a hacerlo todas las noches. Y los días. Y las tardes.

—¡Manu! —protestó ella, aunque secretamente estaba encantada por su entusiasmo.

—Te quiero, Vicky.

—Mi madre me dijo que no me fiara de los «te quiero» que se dicen en la cama.

—*Ojú*, tu madre, ¡qué siesa! Voy a tener que ir a hablar con ella *pa* que vea que no todos los hombres son como tu padre.

—¡Mira, mira, allí! —exclamó Victoria señalando un par de aletas que se acercaban desde mar abierto—. ¡Y allí también! ¡Qué pasada!

Tras pasarse la noche entera haciendo el amor —con protección esta vez—, Manu le había propuesto un baño al amanecer. A ella le había parecido buena idea. Habían tratado de dormir, pero cada vez que sus cuerpos se rozaban, la hoguera del deseo volvía a encenderse con tanta intensidad que no podían negarse a su tiranía.

Sin embargo, ni siquiera el agua había contenido el ardor de los amantes. Físicamente se atraían desde el primer día, pero a la atracción animal ahora había que añadir el cariño, la amistad, la complicidad, el sentimiento de posesión..., lo que viene siendo un enamoramiento de manual. Y ambos habían comprobado, felices pero muertos de miedo, que hacer el amor con esa persona especial y única no se parecía en nada a lo que habían experimentado hasta ese momento.

Cuando Victoria se volvió hacia el horizonte y le señaló todos los animales que veía, Manu la miró con una sonrisa bobalicona en la cara.

—Pero no me mires a mí, *nitwit* —lo riñó Victoria, al ver que se estaba perdiendo el espectáculo.

—¿Qué me has *llamao*?

—*Nitwit.* «Idiota.» Apréndete la palabra porque, como sigas mirándome con esa cara, me parece que la oirás mucho. ¿No has visto el surtidor?

—¿A no ser que te refieras...? —Manu señaló la cabaña del árbol con el pulgar.

—Noooo —Victoria se ruborizó al recordar el episodio de hacía un rato, cuando, al darse cuenta de que habían vuelto a olvidarse del preservativo, Manu se había retirado precipitadamente de su interior y se había corrido sobre su estómago—. Me refiero a la ballena. Estaba justo allí, delante de Los Pitones.

Manu sabía que no era buena idea mirar los pechos de Victoria en ese momento, pero fue superior a sus fuerzas. Era oír la palabra *pitones* y los ojos se le iban solos. Eso sí que era un reflejo condicionado y no lo de Pavlov, el perro y la campanita.

A Victoria le ocurría lo mismo. Habían aprovechado la intimidad del lugar y del momento para bajar a la playa como Dios los trajo al mundo, y la mirada de Manu hizo que se le endurecieran los pezones. Se tapó los pechos con las manos, lo que, después de la noche de sexo desenfrenado que habían compartido, a Manu le resultó entrañable.

Por suerte para él, el ataque de vergüenza de Victoria sólo duró hasta que vio a un nuevo animal acercarse a sus pies.

—¡Mira! ¿Qué es eso? ¡Es enorme! —exclamó, hundiéndose en el agua hasta los hombros y agachando la cara para mirar por debajo del agua.

Manu se mordió el labio inferior, deseando oír algún día a la Vicky decir esas palabras mirándole el tiburón tigre que tenía entre las piernas.

—¡Es una tortuga! ¡Mira, ven!

El gaditano la agarró por la cintura y tiró de ella.

—Ten *cuidao*. No vaya a ser una manta raya y te pase como al Steve aquel.

—¿El cazador de cocodrilos?

—Ese mismo.

—Ay, qué pena me dio cuando murió.

—Pues eso, *cuidaíto*, Vicky, pensaba que eras más prudente.

—Y yo no pensaba que fueras tan gallina —lo provocó ella, antes de tirarse de cabeza en el agua y levantar el culito para desaparecer bajo el mar poco profundo.

Las palabras y el gesto de Victoria tuvieron el efecto deseado.

—¡Que no me entere yo de que ese culito pasa hambre! —exclamó Manu, que se lanzó tras ella. Cuando estaba a punto de cobrarse su venganza a la provocación en forma de beso, unos chasquidos les hicieron volver la cabeza.

A poca distancia, dos delfines los observaban y parloteaban como si fueran dos abuelas de pueblo comentando la poquita vergüenza que tenía la juventud.

—¡Hola! —los saludó Victoria, soltándose de Manu, que maldijo en voz baja a los mamíferos por ser tan poco oportunos—. ¡Habéis vuelto!

Uno de los delfines pareció asentir con la cabeza. El otro la ladeó y se la quedó mirando fijamente como diciéndole: «¿Lo ves, mujer? No había para tanto».

Vicky se echó a reír. Eran los animales más expresivos que conocía.

—Perdonad. No os he presentado. Qué falta de diplomacia por mi parte. Manu, te presento a mis amigos los delfines. Amigos, éste es Manu, mi... golfo favorito.

Él se echó a reír y alargó la mano como si quisiera estrechársela a los recién llegados, pero por dentro se entristeció. Deseaba que Victoria lo viera como mucho más que un compañero de *reality*, una aventura pasajera o el amigo simpático. Haría cuanto estuviera en su mano para demostrarle que podía ser mucho más que eso. Aunque, al final, era una decisión de dos. Por mucho que uno lo deseara, no era suficiente.

Manu y Victoria jugaron y nadaron con los delfines durante una media hora mientras el sol se iba alzando en el cielo. Al salir del agua, comieron un trozo de coco y se tumbaron en la arena. El cansancio de la noche en vela, de la gimnasia amatoria y del chapuzón con los delfines les pasó factura. Cuando el helicóptero de la organización sobrevoló la isla, la cámara los captó profundamente dormidos. Manu la abrazaba por detrás y, sin saberlo, la protegía de miradas indiscretas con la pierna que le había colocado sobre la cadera. El brazo que le rodeaba el torso le ocultaba los pechos de la mirada curiosa de Xabi y del resto de los cámaras. Eran la viva imagen de Adán y Eva a punto de ser expulsados del paraíso.

Las imágenes llegaron a España poco después y se estuvieron viendo y comentando en los programas de tertulia del viernes y el sábado.

Aunque los defensores de las demás parejas los acusaban de ser unos falsos y de haber montado la escenita en la playa para ganar votos, pocos dudaban de que lo que había entre el Golfo de Cádiz y la Estrecha de Gibraltar era amorcito del bueno.

Capítulo 19

Echando humo

—Despierta, dormilón —susurró Emma, acariciando los tatuajes tribales que adornaban el pecho del Tuerkas.

—Cinco minutos más, *Amparito.*

—¿*Amparito?* —exclamó ella indignada—. ¿Me has confundido con tu iguana?

El Tuerkas abrió los ojos de golpe, se abalanzó sobre Emma y clavó las manos en el colchón por encima de su cabeza.

Tras la gala del jueves, la productora les pagaba el hotel en Madrid. Para ellos era más cómodo, y para la organización era una manera de evitarse ausencias de última hora. Era como la concentración de un equipo de fútbol antes de la final de Champions.

—No, me estaba haciendo el dormido. Me gusta verte pasear desnuda por la habitación.

—Pues no sé por qué. Con la de tías buenas que hay por todas partes —replicó ella bajando un poco más la sábana que lo cubría, ya que a ella también le gustaba verlo desnudo.

—Hay muchas chicas guapas en la tele, es verdad. Pero ninguna como tú.

Emma alzó una ceja pero no dijo nada. Le gustaba lo que veía en los ojos del Tuerkas, y le apetecía oírlo en voz alta.

—¿Cuántas de las chicas que van a salir hoy por la tele habrían aceptado que su mejor amiga fuera al concurso de sus sueños en su lugar?

—Y ¿qué iba a hacer? Si la querían a ella.

—Pues lo que la mayoría de ellas habría hecho sería ponerles la cruz. Les habrían *retirao* la amistad, la habrían puesto verde por el barrio y las redes sociales y se habrían apuntado al casting para ir a airear trapos sucios de su compañera.

—Y ¿perder a mi amiga de toda la vida, a mi hermana, por un programa? ¡Anda ya! —Emma trató de apartar a Benito levantando las caderas, lo que la hizo ser consciente de la erección del mecánico, que la miraba con dos sopletes encendidos en los ojos.

—¡Ésa es mi Emma, preciosa por dentro y por fuera!

Benito la besó, entrelazando los dedos con los de ella y apretándole las manos con fuerza. Ella sintió que el colchón aumentaba de temperatura y empezaba a fundirse con su espalda. ¿O tal vez no fuera el colchón lo que se estaba calentando?

—Beni... Tuerkas —empezó a decir, pero se interrumpió—. ¡No puedo llamarte Tuerkas en la cama! ¡No me sale!

—Llámame como quieras —susurró él, besándole el cuello y soltándole las manos para acariciarle los pechos—. Como si quieres llamarme Madame Butterfly.

—Cari, ¿quieres parar un momento?, esto es serio.

Benito le hizo cosquillas en la barriga y Emma se echó a reír mientras trataba de apartarlo.

—Muy serio, sí, ya lo veo. —El Tuerkas le besó un pecho y luego el otro, sopesándolos entre las manos con la minuciosidad con la que calibraba el nivel de aire de las ruedas.

—Tengo que llamarte de alguna manera —protestó ella—. Cari, para.

—Ya me has llamado *cari* dos veces. Puedes seguir llamándome así. Siempre me he reído de mis amigos cuando sus novias los llaman *cari*, pero el caso es que, si eres tú la que lo dice, me gusta..., *cari*. Y no pienso parar.

—Tenemos que bajar a desayunar. Se nos va a pasar la hora.

El Tuerkas se incorporó y se sentó sobre las rodillas.

—Yo te invito luego a una *relaxing cup* de café con leche en la plaza Mayor —dijo el mecánico—. Pero antes, hay algo que quiero hacer desde que entré en la habitación y vi este espejo. Date la vuelta.

Emma se movió como un molinillo sobre la amplia cama del hotel. Quedó tumbada boca arriba, con la cabeza cerca del regazo del mecánico.

Él ahogó la risa.

—Me refería a que te tumbaras boca abajo, pero ya que te tengo así, habrá que aprovechar.

Benito se colocó sobre ella sosteniéndose con los brazos para no aplastarla.

—Cari, ¿qué estás haci...? —empezó a preguntar Emma, pero cuando la erección del Tuerkas le quedó a la altura de los ojos, se olvidó de lo que quería decir—. ¡Oh!

—Voy a revisarte los niveles. No vaya a ser que te quedes sin agua y se produzca un sobrecalentamiento del motor.

Durante la luna de miel inesperada que estaban viviendo por cortesía de la productora, el Tuerkas había comprobado que a Emma la excitaba oírlo hablar en la cama. Al principio se había quedado cortado porque no sabía qué decir, pero pronto comprobó que a ella le daba igual lo que dijera, siempre y cuando se lo susurrara al oído. Había empezado a hablar de los temas que mejor conocía —la mecánica del automóvil— y, para sorpresa de ambos, Emma se había puesto como una moto de cuatro cilindros en uve. Le gustaba verlo dominante, al mando de la situación. Estaba segura de que hasta a los jueces, auditores e inspectores de Hacienda les temblaban las canillas cuando el Tuerkas levantaba el capó de sus coches y negaba con la cabeza.

Benito se agachó despacio, como si estuviera haciendo flexiones, y le acarició suavemente el clítoris con la lengua dibujando círculos sobre él.

Emma cerró los ojos y echó la cabeza hacia atrás.

El Tuerkas siguió estimulándola con la lengua. Al cabo de un par de minutos, ella no pudo más y, agarrándole el pene con una mano, se lo llevó a la boca y le acarició la punta con la lengua. Benito gruñó.

—Emma... Mis niveles están perfectamente. Pero como sigas haciendo eso voy a tener que tomarme un chupito de líquido de frenos o no respondo.

Agarrándolo por las nalgas, Emma empezó a succionarle el miembro rítmicamente, introduciéndoselo un poco más adentro cada vez.

—Virgencita del Carmen —exclamó Benito con los dientes apretados. Su idea al asaltar a la preciosa y menuda rubia era hacerle el amor por detrás, mirándola a los ojos en el espejo que colgaba de la pared, cerca de la cama, pero la situación se le estaba escapando rápidamente de las manos—. ¡A tomar por culo! —exclamó rindiéndose a la boca pecaminosa de Emma.

Ella se retiró el pene de su amante de la boca para provocarlo:

—Si te apetece —replicó traviesa—, leí en una revista que los chicos teníais el punto G en...

—¡Eso sí que no! ¡Ahí ni te me acerques, que yo soy muy *masho* y mi culo es un santuario!

Ella se echó a reír.

—Qué troglodita eres, cari. Pues tú te lo pierdes.

—Ven *acá p'acá*, fierecilla —replicó el Tuerkas.

La interrupción de Emma había permitido que le llegara la sangre al cerebro el tiempo suficiente como para recordar su plan original. La agarró por la cintura y la colocó frente al espejo.

Ella empezó a protestar.

—Eh, está muy feo quitarle a una el desayuno de la boca. Que estoy en ayunas.

—Luego te invito a porras, no te preocupes. Pero ahora, ¡a cuatro patas!

Ella lo miró por encima del hombro. Aún le costaba acostumbrarse a ese nuevo Tuerkas dominante en la cama, tan distinto del tipo amable y conciliador de las galas. Pero no tenía ninguna queja. Hizo lo que le decía y se quedó apoyada en las manos y las rodillas, con la mirada fija en el colchón.

—Levanta esa preciosa cara, Emma —le ordenó él, acercándose hasta que la pelvis le quedó pegada a las nalgas de ella—. Mírame en el espejo. No apartes los ojos de los míos. Quiero que veas en ellos todo lo que me haces sentir.

Tras ponerse un preservativo, Benito la agarró por las caderas y la penetró delicadamente. Pero sólo al principio. A medida que los gemidos de Emma le indicaron que no le estaba haciendo daño sino todo lo contrario, aumentó la intensidad de las estocadas. La penetró primero en línea recta y luego empezó a mover las caderas circularmente, alcanzando rincones de su vagina que ella ni siquiera sabía que tenía.

El placer hizo que Emma sintiera que la abandonaban las fuerzas. Se le doblaron los codos y apoyó la frente en la cama como una gacela herida.

El primer impulso del Tuerkas fue ordenarle que volviera a levantarse, pero la visión que tenía ante sus ojos lo hipnotizó. El cuerpo de Emma, unido íntimamente al suyo, tenía forma de guitarra española. Tenía sus preciosas caderas en primer plano. Sus formas, amplias y acogedoras, se estrechaban en la cintura y volvían a ensancharse en la zona torácica, creando un perfecto reloj de arena.

Con un gruñido casi animal se inclinó sobre ella agarrándola por los pechos y le mordió el punto en que el cuello se une con el hombro.

Ella gimió y se estremeció.

—Mírame, Emma. Mírame. Quiero que sepas que soy yo quien te está dando este placer.

Con esfuerzo, ella se incorporó y se apoyó en los brazos temblorosos, como una potranca recién nacida. Al levantar la cara hacia el espejo, su mirada se encontró de nuevo con la de su amante. Si los ojos del Tuerkas brillaban como dos brasas, los de ella estaban empañados por un velo de deseo.

Emma aguantó todo el tiempo que pudo, que no fue mucho. Los movimientos entusiastas del Tuerkas, unidos a los sentimientos que le expresaba con la mirada, hicieron que perdiera el control de sus músculos más íntimos, que empezaron a contraerse espasmódicamente alrededor del pene de Benito. El orgasmo de Emma provocó una chispa en el motor de ignición del mecánico, que empezó a echar humo mientras se ponía de cero a cien en cuatro segundos, pulverizando así todas sus marcas anteriores.

Humo echaban los teléfonos que recogían las llamadas a favor de las cuatro parejas del concurso «Pecado original». Al final de la última gala, Luján había anunciado que se abrían los teléfonos y, desde entonces, todos los programas de la cadena iban informando a los espectadores de cómo andaban las cosas, cuidándose mucho de mantener el misterio. Las votaciones de tres de las parejas estaban bastante igualadas, pero había una que destacaba por encima de las demás, la clara favorita de los espectadores.

Emma y el Tuerkas entraron de la mano en el edificio donde se grababa la gala, pero antes de entrar en plató se soltaron. Por aquello de guardar las apariencias, aunque, después de tres días en el hotel, suponían que todos sabían ya que estaban juntos.

Nada más entrar, un tren de alta velocidad enfundado en un vestido azul eléctrico con cortes estratégicamente situados para mostrar que no llevaba ropa interior se abalanzó sobre Benito.

—Ben..., Tuerkas, cielo, ¿dónde estabas? Te he buscado por todas partes —dijo Noelia, pegándose a su pecho y acariciándole el cuello con un gesto posesivo que hizo que la loba que Emma llevaba dentro sacara las uñas.

—Pues estaba con gente que me importa y a la que respeto —respondió él despegando la mano—. No sé qué haces aquí, Noelia. Yo de ti me marcharía si te queda una pizca de decencia.

—Con la decencia no se va a ninguna parte, Tuerkitas, ¿aún no lo has aprendido? Pero si le hablas bien a tu amigo de mí, puedo ser muy agradecida —añadió ella, agarrándole el paquete en lo que pretendía ser un gesto sexi pero que resultó bastante amenazador.

Al verlo, Emma —que se había sentado ya en la silla que le había asignado la organización— se levantó de un salto y sorteó a otros invitados que iban llegando para apartar a aquella bruja de la herramienta del que ya consideraba su hombre.

Agarrándola por la coleta alta en la que llevaba recogido el pelo, se la enroscó en la muñeca varias veces hasta que Noelia se retorció de dolor.

—¡Aaauuuu! ¿Qué haces, tía? ¿Estás loca?

—Mucho —respondió ella, empujándola hasta la primera

silla que encontró y obligándola a sentarse—, estoy *muuuu* loca, tía. Así que mucho cuidadito conmigo y con los míos. Como hagas algo que perjudique a Victoria, te las verás conmigo a la salida. —Le soltó el cabello lentamente, acariciándolo—. Bonito pelo. Se ve fuerte. Me pregunto cuánto me pagarían por él —añadió, abriendo y cerrando los dedos como si fueran tijeras.

—¡A mi pelo ni te acerques, tarada!

—Pues aplícate el cuento. Manos fuera de Victoria, de Manu y, sobre todo, del Tuerkas.

—Qué vergüenza —protestó doña Ángela, que llegaba en ese momento—. ¡Qué ordinariez!

—Uy, sí —la interrumpió Emma mientras volvía a su asiento—. No se haga la estupenda, Doñita, que ya nos conocemos todos aquí. Y Noelia y yo tendremos nuestras cosas pero, de momento, no hemos tenido que ir a visitar a nadie a la cárcel.

Doña Ángela, ruborizada, tomó asiento y clavó la vista en el suelo.

A Emma, que estaba sentada junto al Tuerkas, delante de la Doña, le supo mal.

—Ay, me parece que me he pasado —le susurró a Benito al oído—. Al fin y al cabo, ¿ella qué culpa tiene de lo que haya hecho su exmarido?

—Tranquila, así se estará calladita un rato y no se meterá con Victoria. Si no fuera tan borde y tan malaje, nadie se metería con ella.

Cuando todos los defensores en plató y los invitados especiales estuvieron sentados, Juanra dio inicio al programa saludando a los espectadores.

Capítulo 20

¡Sorpresa, sorpresa!

—¡Muy buenas noches! Bienvenidos a la gala final de la primera edición de «Pecado original». Hace apenas un mes nos reuníamos aquí por primera vez para ver saltar del helicóptero a nuestras cuatro parejas. ¡Cómo pasa el tiempo! —Juanra unió las manos ante el pecho y las sacudió, como si estuviera agitando unos dados—. Esta noche el concurso llega a su fin. —El presentador se llevó una mano al oído—. Me avisan de que en este preciso momento ¡se cierran los teléfonos! No llamen más. Relájense en el sofá y disfruten de las sorpresas que les tenemos preparadas, que son muchas. El notario del programa certificará los resultados, que daremos a conocer muy pronto. —Juanra caminó por el plató y la cámara abrió plano, mostrando a los acompañantes—. Durante estas semanas ha pasado de todo. Hemos visto a nuestros chicos trabajar duro para conseguir comida y techo, luchar entre sí para ganar las pruebas especiales. Los hemos visto pelearse, pero también han sabido divertirse y... relajarse en ese paraíso tropical —añadió, alzando las cejas varias veces en un gesto sugerente.

El presentador se volvió entonces hacia Benito y Emma. Cuando la cámara enfocó a la pareja, a Carmen y a Rocío no se les escapó el detalle de que los chicos tenían las manos unidas, por mucho que se apresuraran a soltarse.

—¡¿Lo ves?! —exclamó Carmen—. Te dije que estaban juntos. Me gusta ese chico para Emma.

—¿Tú crees? Demasiados tatuajes, ¿no? —dudó Rocío.

—Bueno, yo tampoco entiendo qué manía les ha dado a los jóvenes por mancharse la piel con dibujitos, pero prefiero mil veces a un chico con la piel manchada y el alma limpia que no al revés. Y el Tuerkas tiene el alma limpia. Se le ve en la mirada.

—Pues sí. A mí también me parece que es sincero. Está coladito por la nena, ¿verdad?

—Hasta las trancas —respondió Carmen, dándole un codazo a su amiga detrás de la barra del Monkey Island—. Y Emma, aunque lo disimule, también está loquita por él. Estoy segura de que cada noche da gracias a la organización por que no la eligieran para ir a la isla.

—Hay que ver las vueltas que da el destino.

—Ya te digo, amiga —replicó Carmen, rodeando los hombros de Rocío con un brazo y dándole un sonoro beso en la mejilla.

—¿Hay espectáculo en vivo esta noche? ¿Gatitas maduras calientes? —preguntó uno de los parroquianos—. Ya era hora de que os pusieran las pilas en el local. Las *cougars* se llevan mucho últimamente.

—¿Las qué? —preguntó Rocío.

—Las maduritas interesantes que salen con chicos más jóvenes.

Carmen y Rocío se miraron y se echaron a reír.

—¿Lo de chicos jóvenes va por vosotros, panda de carcamales? Anda, Mariano, que nos conocemos desde hace treinta años, no me hagas reír.

—Carmen, si me llamas *carcamal* me voy a mi casa, que para eso ya tengo a la parienta.

—Pues sí, Mariano, mejor vete *pa* la casa, que si no la Lourdes se va a preocupar. Y ahora cállate, que va a hablar la nena.

En el televisor, un primer plano de los ojos azules de Emma, iguales que los de su padre, John Doe, o como demonios se llamara, hizo suspirar a Rocío. Su amiga Carmen tenía razón: su hija tenía los ojos brillantes, los hombros relajados, la piel luminosa...

«¡La madre que la trajo, la niña ha *follao*!», se dijo Rocío.

Cuando abrió la boca para comentarlo con Carmen, ésta chistó para hacerla callar.

—Sí, Juanra —dijo Emma—. Estoy muy contenta de ver a Victoria tan feliz. Creo que merece ser la ganadora del concurso. Ha sido la que más ha evolucionado. Empezó cerrada y malhumorada y ha acabado mostrándose tal como es en realidad: una mujer valiente, luchadora y muy generosa.

—¡Ja! —la interrumpió Álex, el defensor en plató de Dani—. ¿Alguien se ha tragado esa escenita? ¡Pero si era un montaje, y muy malo, por cierto! Manu y Victoria son unos vendidos. No se soportan, pero han montado la escenita de la playa para ganar votos.

—Son unos hipócritas —corroboró Rosalinda, Miss Calor del Caribe, la defensora de Mario—. Se marcharon el jueves tirándose los trastos a la cabeza y ahora regresan dulces y amorosos como arequipes.

—Dani es auténtico —insistió Álex—. No ha cambiado. No se deja influenciar por nadie. Ha sido igual desde el primer día.

—Un machista maleducado —dijo Leonor a su lado, lo que le valió el aplauso de Emma y una mirada asesina de Álex.

—Eso no es ser auténtico —opinó el Tuerkas—. Eso es empecinarse. Ser un *cerrao* de mente. ¿De qué vale ir a un concurso, conocer a gente nueva, vivir experiencias únicas, si luego vuelves siendo el mismo de siempre? ¡Para eso, quédate en tu casa!

—Y ¿usted qué opina, Doña? —le preguntó Juanra a doña Ángela—. ¿Cómo ha visto a su hija? ¿Cree que sigue siendo la misma Nerea que entró en el concurso?

Doña Ángela recordó a su niñita cariñosa y aplicada y contuvo las lágrimas. Nerea no le perdonaría que arruinara la gala final con una demostración de debilidad. Su niña se había convertido en una mujer fría y cerebral, pero seguía siendo su hija, y la apoyaría hasta el final.

—Por supuesto, Juan Ramón —respondió muy digna—. Mi hija es mucha mujer para dejar que la cambien cuatro arrumacos entre cocoteros.

—Tiene a quien salir, doña Ángela —replicó el presentador, guiñándole el ojo, lo que hizo que la madre de Nerea se ruborizara y comenzara a toquetear las cuentas de su collar de perlas—. Me comunican que los protagonistas de la noche están ya preparados para reunirse con nosotros y escuchar el resultado de las votaciones en directo, desde el plató.

El gran *videowall* que ocupaba la pared a espaldas de Juanra mostró imágenes de los ocho concursantes en pantalla partida. Estaban aislados en una sala de espera y, al igual que el resto de los invitados en el estudio, no tenían ni idea del resultado de las votaciones.

Karibú le dio la mano a Sandra, que le dirigió una mirada agradecida.

Emma se volvió hacia Phil y vio cómo el australiano, sentado al lado de Killian, bajaba la mirada al suelo con preocupación.

Nerea estaba sentada sobre el regazo de Dani. Se los veía radiantes de felicidad. Emma sospechaba que la causa no era el amor que teóricamente sentían el uno por el otro, sino las horas que se habían pasado en la peluquería esa misma mañana.

Dani volvía a tener el pelo corto, con las puntas rubias y un tupé que no se desharía ni en medio de un tornado. A Nerea le habían puesto un tinte color violín muy favorecedor.

«Y seguro que tiene el chichi como el culito de un bebé», se dijo Emma, aguantándose la risa.

—Antes de hacer pasar a los protagonistas de la noche, quiero que recibamos con el gran aplauso que se merece a la reina de los mares, la diosa de la tele, la musa del Caribe: ¡Luján!

La presentadora entró en plató montada en un artilugio con ruedas que parecía una carroza del carnaval de Río de Janeiro.

—Oooohhh —exclamó María, la madre de Manu, echándose hacia adelante en el sofá—. ¿Has visto, Mari Mar?

—Como *pa* no verlo —susurró Mar, la hermana pequeña de Manu.

Las dos mujeres no se perdieron detalle de la entrada de la presentadora, que llevaba un vestido negro con forro lila y muchas colas, como si fuera el traje de Úrsula, la malvada bruja de *La Sirenita*. Iba montada en una vieira gigante, cual Venus en el cuadro de Botticelli. Llevaba el pelo en un recogido alto, al que habían añadido una larga peluca rubia sujeta con peines, en un nuevo homenaje a la Sirenita.

—Mientras ayudamos a Luján a bajar de su trono, nos vamos unos minutos a publicidad. No se me muevan de ahí. ¡Volvemos dentro de nada!

Mientras María y Mar se retorcían las manos nerviosas, sin atreverse a alejarse de la tele por miedo a perderse alguna imagen de Manu, cuatro técnicos ayudaron a Luján a bajar de la carroza y la sentaron en un taburete, extendiendo los tentáculos a su alrededor.

—El vestido es divino —comentó Leonor, sacándole unas

fotos con el *smartphone* para colgarlas en Twitter y en Instagram—, pero así no hay tío que se te acerque.

—Mejor, nena —replicó Luján—. Tal como está el patio, es lo mejor que te puede pasar, lo que yo te diga.

Cuando la regidora anunció que faltaban cinco segundos para volver a entrar en directo, las invitadas se recolocaron las faldas. Unas para enseñar menos; otras, para enseñar más.

Juanra y Luján llevaron la gala a cuatro manos con mucha agilidad.

Los primeros que entraron en plató fueron Mario y Sofía. Tal como se imaginaban las chicas, Mario había perdido mucha popularidad tras descubrirse que había dejado embarazada a una compañera de *reality*, de la que no había querido saber nada al acabar el programa.

Maritza —la concursante de «Gran Hermano» Argentina— había acudido con el pequeño, que, no sólo era la viva imagen de su padre, sino que, además, se llamaba como él. A Mario padre no le quedó otro remedio que prometer, delante de toda España, que se sometería a las pruebas de paternidad en cuanto llegaran a Buenos Aires.

«Mamá se pondrá chocha de contenta cuando se entere —se dijo—. Y las fotos con el niño me van a venir de miedo para lavar mi imagen. No hay mal que por bien no venga.»

—¿Tú eres mi papá? —le preguntó Mario júnior, que se había bajado del regazo de su madre y se había plantado ante el concursante con una dignidad que ya querrían muchos mandatarios.

Al argentino se le hizo un nudo en la garganta. Desde que Maritza lo había llamado, había dado por hecho que la joven trataba de endilgarle un crío que podría ser de cualquiera. Mario siempre se había imaginado a los niños como una carga, una molestia. Seres pequeños y grotescos que mojaban la cama y se sorbían los mocos. Todo el mundo sabía que los niños no son más que un pozo sin fondo de gastos. Pero entonces, ¿por qué se estaba emocionando al ver los ojos de su hermano pequeño en los de ese... chiquillo desconocido?

«Mi hijo», se dijo. Se haría las pruebas de paternidad para que Maritza se quedara más tranquila, pero a él ya no le quedaba ninguna duda. Ese hombrecito que lo estaba mirando cara a cara, esperando pacientemente su respuesta, era sangre de su sangre.

—Sí, campeón. Soy tu papá.

Mientras el niño le echaba los brazos al cuello y Mario abrazaba emocionado el pequeño y cálido cuerpecito, oyó un sollozo. Durante unos momentos supuso que Maritza se había emocionado, pero cuando el niño dijo: «Papá, no llores. Ya nos hemos encontrado y no volveremos a separarnos más», supo que el sollozo había salido de su garganta.

No era el único que se estaba secando las lágrimas disimuladamente. Hasta Rosalinda, Miss Calor del Caribe, aceptó el pañuelo de papel que le pasó Maritza.

La popularidad de Mario acababa de aumentar un montón de puntos. Por suerte o por desgracia, por primera vez en su vida, al argentino le importaba una mierda.

La atención del programa se centró entonces en Sofía. Tras emitir un resumen de los mejores momentos del paso de la exvegana por la isla, Luján le contó que su hermana había estado muy ocupada en las redes sociales.

—Pero mejor cuéntaselo tú misma, Leonor.

Tras darse un abrazo, las dos hermanas habían vuelto a sus sitios. Desde la zona de acompañantes, Leonor contó cómo tras la última gala las redes habían empezado a sacar humo.

Algunas blogueras las habían atacado, pero la reacción de apoyo ante esos ataques había sido espectacular.

—Luján, ¿te importa que veamos un vídeo que he preparado para enseñárselo a Sofía? Está en nuestro canal de YouTube. Es el último vídeo colgado. Se llama «¡Larga vida a Leonor y Sofía, las infantas de las tendencias!».

—Con ese nombre, ¿cómo me va a importar? —exclamó Luján, aplaudiendo—. Con lo que me gusta a mí una corona y una realeza.

Leonor no se perdió detalle de la cara de sorpresa de su hermana mientras veía a muchas blogueras que hasta ese momento había considerado sus competidoras dar sus mensajes de apoyo. Se habían grabado con sus *webcams* y habían subido los vídeos a sus blogs y a YouTube, Vimeo y otros canales. Sus numerosas seguidoras habían viralizado los vídeos en Facebook, Twitter, Instagram... Las blogueras daban testimonio de que Sofía y Leonor llevaban años luchando codo a codo con ellas para estar siempre a la última en tendencias. Y aseguraban que la presunta bloguera que las acusaba de plagio era una advenediza a la que nadie en el mundillo conocía. La animaban a no hacer caso de la campaña de desprestigio y a seguir adelante.

—Al fin y al cabo —decía Paula, la administradora y alma del blog «No sin mi Birkin, aunque sea de mercadillo»—, si no te han hecho una campaña de desprestigio en las redes, no eres nadie. ¿Qué serían Britney Spears o Justin Bieber sin sus *haters*?

—¿Sus qué? —susurró doña Ángela a Julius, el primo de Karibú, que se sentaba a su lado.

La Doña había llegado a la conclusión de que el chico era el mejor educado de todos los cantamañanas que le habían tocado como compañeros de plató, y se había olvidado de sus prejuicios iniciales.

—*Haters.* Gente que lo odia todo, porque sí. Sin dar explicaciones.

Doña Ángela asintió en silencio. Conocía a muchas personas así.

Sofía estaba muy emocionada. Durante el viaje de vuelta en el avión había estado preparándose un discurso contra el programa por haberle destrozado el futuro sólo para conseguir un poco de audiencia. Al abrazar a su gemela, le había susurrado al oído: «Esto no quedará así. Se van a cagar», pero Leonor le había dicho que se calmara, que tenía una sorpresa.

Era la mejor sorpresa que podrían haberle dado. O eso pensaba, porque un instante después, Luján volvió a sorprenderla.

—¿Qué te parece, Sofía? Para que luego digan que las *trendies* sois unas zorras competitivas.

Sofía se secó las lágrimas con el borde de la mano.

—Somos unas zorras competitivas, pero a clase no nos gana nadie —afirmó, lo que le valió los aplausos de todos los presentes, incluso de Mario y de Mario júnior, que seguía sentado en el regazo de su padre—. Además, en la isla he descubierto una cosa: la solidaridad está de moda.

—¡Bravo! —exclamó Luján—. Te felicito, Sofía. Tu evolución en la isla ha sido espectacular. Y la labor de tu hermana en las redes ha sido impecable. Sois un gran equipo. Y habéis demostrado una vez más que las rubias no tenemos un pelo de tontas. Por eso me alegro mucho de poder comunicaros que una importante revista se ha puesto en contacto con el programa para ofreceros un blog en su página web.

Con un grito, Leonor y Sofía se levantaron a la vez y corrieron hacia el centro del plató, donde se abrazaron y empezaron a dar saltitos.

Luján y Juanra se miraron y sonrieron.

—Son como niñas —dijo Luján, encogiéndose de hombros.

—Y eso que aún no les hemos dicho que se trata de la revista *Elle* —soltó Juanra como quien no quiere la cosa.

Las Infantas de Tudela se volvieron hacia los presentadores con la boca abierta antes de volver a abrazarse y recorrer el plató de punta a punta dando brincos y gritando de alegría.

—¡La *Elle*, Sofi, la *Elle*!

—¡Como la Carbonero, tía! ¡Qué fuerte!

Juanra y Luján trataron de entrevistar a las hermanas para que compartieran sus emociones del momento con los espectadores, pero los saltitos y grititos de las dos gemelas eran mucho más expresivos que cualquier frase de agradecimiento. Encogiéndose de hombros, Juanra siguió las instrucciones del director del programa y dio paso a publicidad, prometiendo muchas sorpresas más a la vuelta.

Capítulo 21

Cuatro bodas y un funeral profesional

—Sandra, Karibú, preparados, sois los próximos en salir —dijo la regidora.

Victoria le dio un beso a Sandra mientras Manu chocaba la mano con Karibú.

—Venga, chicos. Fuera nervios. Todo irá bien —dijo el gaditano.

Sandra soltó una risita nerviosa.

Victoria frunció el ceño. Inclinándose hacia su amiga, le observó las pupilas.

—¿Has chupado algo?

La regidora alzó las cejas y miró a Karibú con admiración mal disimulada.

—¿Qué quieres que haya chupado aquí? Como no sea el agüilla de los berberechos —protestó la menorquina.

—¿No te has traído ningún sapo en la maleta?

—¿Por quién me has tomado? Nunca sacaría a un animal de su hábitat natural. Aunque...

Todos se quedaron mirándola con atención.

—Aunque eso no incluye a las plantas —añadió—. Puede que me llevara algunas hierbas relajantes, ji, ji, ji.

—Que Dios nos coja confesados —dijo la regidora poniendo los ojos en blanco, y eso que no había fumado nada—. No hay tiempo de darle ni un café. ¡Vamos, entramos dentro de diez segundos!

—¡Bienvenidos de nuevo! Siguen todos ahí, ¿verdad? —preguntó el presentador, acercándose mucho a la cámara.

—Todos, todos, Juanra. He estado aquí todo el tiempo vigilando para que nadie se escapara —dijo Luján—. Pero no he necesitado usar las amenazas ni la magia. Están todos como locos esperando a ver qué sorpresas les tenemos preparadas a los concursantes.

—Pues se acabó la espera. ¡Que pase la siguiente pareja! Sandra, la menorquina amante de la fauna salvaje, y Karibú, un ejemplo de supervivencia y compañerismo.

La pareja entró en plató de la mano, entre los aplausos de los asistentes. Julius saltó de la silla y se abrazó con su primo.

Sandra se quedó momentáneamente desorientada con tantas luces y tantos estímulos a la vez. Sólo oía fragmentos de muchas conversaciones cruzadas. Tuvo la sensación de haber entrado en un torbellino psicodélico, sin ayuda de sapos, ni setas, ni licor de lagarto. De pronto, sus ojos se cruzaron con otros ojos conocidos, que la estaban mirando emocionados.

«Estoy alucinando. Mierda. No ha sido buena idea lo del cigarrito relajante.»

Pero no estaba alucinando. Durante la última gala, Sandra había sido incapaz de articular palabra. Sólo había podido escuchar a Phil. La charla posterior con Karibú le hizo darse cuenta de que el australiano seguía siendo alguien muy especial. Podría decirse que era el hombre de su vida. De una forma u otra, siempre la había acompañado. Pensó que probablemente, al no decirle nada, Phil había vuelto a marcharse y no volvería a verlo. Pero allí estaba, junto a su colega Julius, el Rastas.

Sandra había encontrado el faro que necesitaba para abrirse camino entre el caos. Con la vista clavada en los ojos azules de Phil, dio un paso tras otro sin oír nada de lo que le decían.

—¡Sandra! Llamando a Sandra. ¡Ven hacia la luz! —le estaba diciendo Juanra, que ya no sabía cómo llamar su atención.

—La perdemos, Juanra —replicó Luján, sacudiendo la cabeza.

—A saber la de sapos que habrá chupado antes de salir a plató —refunfuñó doña Ángela.

—No, Doñita —la contradijo Luján, que estaba muy metida en su papel de Úrsula—. Reconozco esa mirada. Es la misma que tenía Ariel cuando veía al Príncipe.

—¿Ariel? —La Doña no entendía nada—. ¿Qué pinta aquí un detergente? ¿Hemos vuelto a publicidad?

—Ariel es el nombre de la Sirenita —le aclaró Luján—. Y con esos mismos ojos de carnero *degollao* vino a ofrecerme su voz a cambio de unas piernas.

—Locas, todas locas. Menuda pandilla de drogadictas —refunfuñó doña Ángela entre dientes—. Luego critican a mi Nerea.

Ni Phil ni Sandra se enteraron de nada de eso. Estaban perdidos en una dimensión aparte, donde sólo existían ellos dos. Cuando estuvieron lo suficientemente cerca, alargaron los brazos y se rozaron. Sandra le acarició el pecho y sintió una descarga eléctrica en la punta de los dedos. Al bajar la vista hacia allí, vio la gran mano de Phil, que tomaba la suya y se la acercaba al corazón. Siguió con la mirada el recorrido de sus manos unidas a cámara lenta hasta el ancho pecho del australiano. Una vez allí, cerró los ojos y sintió el latido de su corazón desbocado. Una gran corriente de calor le inundó el cuerpo. Era como si naciera directamente del corazón de Phil, llegara a ella a través del brazo y se le extendiera por el pecho y las mejillas antes de rebotar y volver a bajar hasta lo más profundo de su vientre, donde encendió una hoguera. Y, como si se tratara de los fuegos que avisaban de la llegada de enemigos en lo alto de la Gran Muralla china, la primera hoguera prendió otra en su corazón. Sandra se llevó una buena sorpresa, ya que pensaba que esa hoguera se había apagado hacía tiempo y que las cenizas eran demasiado espesas para permitir que ardiera un nuevo fuego. Pero la corriente de amor que le envió Phil hizo volar las cenizas, dejando al descubierto una nueva hoguera que al parecer llevaba tiempo preparada, aguardando el momento oportuno para volver a la vida.

Los sapos, las setas y las *hierbas medicinales* habían sido un sucedáneo, un refugio donde esconder la cabeza para no tener que enfrentarse al dolor que le provocaba la ausencia de Phil. No obstante, a partir de ese momento quería los cinco sentidos bien despiertos para convencerse de que el hombre que estaba a su lado renovándole las energías era realmente su Phil y no una alucinación.

El australiano parecía estar sintiendo lo mismo que ella, porque le acariciaba la cara con la punta de los dedos, muy suavemente, como si quisiera asegurarse de que estaba allí, pero al mismo tiempo como si tuviera miedo de romper el hechizo.

Ni Sandra ni Phil dijeron nada, pero se comunicaron con la mirada, se reconocieron con el tacto y el olfato y, tras fundirse en un apretado abrazo, sus almas volvieron a ser una.

Cuando él aflojó el abrazo, Sandra protestó, pero cuando Phil le sujetó la cara entre las manos y la besó en los labios, se olvidó de todo. Al ver que se estaban besando, los invitados aplaudieron, pero la pareja tampoco se enteró y siguió a lo suyo.

—Aaaahhh, qué bonito es el amor, Luján —exclamó Juanra.

—Sobre todo en primavera —replicó la presentadora, con las manos unidas y pegadas a la mejilla como si fuera una niña buena haciendo la primera comunión, aunque el pícaro brillo de sus ojos demostraba que no tenía ningún sacramento en mente.

—El programa le ofreció a Phil la oportunidad de recibir a Sandra en un decorado muy especial —explicó Juanra a la audiencia—. Le ofrecimos montar una playa en plató para que pudiera pedirle matrimonio y casarse con ella en directo en una ceremonia balinesa.

—Así es —corroboró Luján—. Pero Phil se negó. Dijo que Sandra y él se habían conocido en Tailandia, no en Bali —añadió sacudiendo la cabeza.

—Si estuviera hoy Risto con nosotros, le diría que no dejara que la realidad le estropeara una buena boda.

—Con lo que me gusta a mí una buena boda —suspiró Luján.

—Y luego dijo que le daba igual si Sandra se casaba con él o no. Que lo único que quería era pasar el resto de su vida a su lado —explicó el presentador.

Luján se volvió entonces hacia la pareja, que seguía besándose como si no hubiera un mañana. Las manos de Phil habían agarrado a Sandra por las nalgas, acercándola más a él. Al notar que el segundo chakra se le abría y dejaba fluir una corriente eléctrica de alta tensión, la menorquina dio un salto y se pegó a Phil como un koala, rodeándole la cintura con las piernas.

—¡Qué poquita vergüenza! —exclamó doña Ángela.

Luján carraspeó.

—Igual deberíamos haberles ofrecido directamente una luna de miel.

—Eso parece —dijo Juanra, tocándose el pinganillo con dos dedos—. Me dicen que dejemos la entrevista a Karibú y a Sandra para más tarde. Por suerte, la siguiente pareja ya está preparada. Esto te va a gustar, Luján.

—¿Y eso?

—Te has quedado con ganas de boda, ¿no es cierto?

—Pues un poco, la verdad. Con lo puestísima que vengo. No es la primera vez que llevo un vestido de cola, pero sí un vestido con ocho colas.

Juanra asintió.

—Pues tus deseos son órdenes, divina Luján. ¡Que entren Dani y Nerea!

Al ritmo de Viva Las Vegas,* el Mazao de la Albufera y la Ancha de Castilla entraron corriendo en plató. Dani iba vestido de Elvis Presley y Nerea de Marilyn Monroe, con una peluca rubio platino y un vaporoso vestido blanco con mucho vuelo.

Tras saludar rápidamente a Álex, la pareja besó a doña Ángela.

—No te creas nada de lo que veas, mamá —le susurró Nerea a su madre al oído—. Todo va bien.

Lo que la Doña vio fue que su hija se dirigía de la mano de Dani hacia una capillita muy estilo Las Vegas, que la organización había montado en un rincón del plató.

—«Pecado original» nos mima a todos, Luján. ¿Querías boda? ¡Pues vamos a tener boda!

La presentadora aplaudió encantada.

—Y, además, yo también voy a cumplir un sueño —añadió Juanra—. Siempre había soñado con interpretar una escena como la de Rowan Atkinson, Mister Bean, en *Cuatro bodas y*

* *Viva Las Vegas*, RCA Records Label, interpretada por Elvis Presley. *(N. de la E.)*

un funeral. Pues, queridos hermanos, ha llegado el día de convertir ese sueño en realidad.

Varios ayudantes de producción entraron y le colocaron una casulla y un alzacuello al presentador.

Dani y Nerea intercambiaron una sonrisa de complicidad. En el pasillo y en la sala de maquillaje, habían hecho varios contactos importantes. Tenían ya el teléfono del principal agente de famosos de Madrid. Ambos habían tratado de que los representara antes, pero el agente no había atendido sus llamadas. Tenía demasiado trabajo. Sin embargo, tras su paso por el concurso todo había cambiado. Esta vez había sido el propio agente el que había ido a buscarlos. Habían quedado en reunirse la semana siguiente. Dani y Nerea se habían pasado el viaje de vuelta en avión creando tramas para volverse imprescindibles en cualquier programa. Serían los tertulianos perfectos. Que temblara Belén Esteban. La Esteban siempre sería la princesa del pueblo, pero Nerea estaba lista para ser Nerea I, la Ancha de Castilla.

Juanra inició un sermón... poco ortodoxo. A la mitad, empezó a contar con los dedos las parejas que habían salido del programa hasta ese momento. Maritza y Mario, Emma y el Tuerkas, Sandra y Phil, y ahora Nerea y Dani.

—El Manu y la Vicky —intervino el Tuerkas.

Juanra lo hizo callar, llevándose un dedo a los labios y alzando mucho las cejas.

—Manu y Victoria no han salido aún. Y con el carácter que tienen, no me extrañaría que salieran por esa puerta peleados. Además, lo que me interesa es poder decir que oficié una boda a lo *Cuatro bodas y un funeral*, así que no me estropees la película o serás tú el fiambre del funeral que me falta.

Juanra acabó su surrealista sermón con un:

—Yo os declaro: Ancha de Castilla y Mazao de la Albufera. Puedes besar al novio, Nere. Si lo has perdonado ya por su falta de sensibilidad con el tema del..., ejem, matojo.

—No sé de qué me hablas, Juanra —replicó ella, guiñándole el ojo antes de besar a su compañero.

Capítulo 22

El Golfo de Cádiz y la Estrecha de Gibraltar

Manu y Victoria seguían sentados en la sala de espera. Al ver que ella sacudía el pie arriba y abajo con nerviosismo, Manu le dijo:

—Chiquilla, estate quieta, que va a salir el zapato volando y le vas a saltar un ojo a alguien.

—No puedo. Estoy histérica. Vete a saber qué nos habrán preparado. ¿Y si está ahí mi madrastra?

Manu se levantó, se plantó ante ella y la ayudó a levantarse.

—Ven aquí —le dijo, dándole un abrazo de oso—. Todo irá bien. Es la gala final. No habrá más sorpresas desagradables.

«Espero», se dijo el gaditano.

—¿Mejor? —preguntó a continuación, separándose lo suficiente para poder verle la cara.

Ella se forzó a sonreír.

Manu la recompensó con un beso que empezó dulce, pero que aumentó de intensidad rápidamente.

Cuando una ayudante de producción fue a buscarlos, Victoria se había olvidado por completo de los nervios... y del resto del mundo.

—Pero bueno, ¡es que no puedo dejaros solos ni cinco minutos! Menudo desastre que le has hecho en la cara, Manuel. ¡Maquillaje, rápido!

Unos minutos después, Juanra daba paso a la última pareja de concursantes.

Victoria respiró hondo antes de salir a plató de la mano del que se había convertido en alguien muy importante en su vida en sólo cuatro semanas.

Con un grito, Emma se abalanzó sobre su amiga. Al abrazarla, Victoria se dio cuenta de lo mucho que la había echado de menos.

A su lado, Manu y el Tuerkas se estaban abrazando también, aunque su abrazo fue más breve y estuvo seguido de un montón de palmadas en la espalda. Por encima del hombro del Tuerkas, la mirada de Manu se cruzó con la de Noelia, que aprovechó la oportunidad para levantarse y acercarse a él lentamente, como una pantera en la selva.

—Pero ¿qué hace aquí esta petarda? —susurró Manu al oído del Tuerkas.

—No he podido quitármela de encima ni con agua caliente, tío. Lo siento.

Manu se volvió hacia Victoria, que lo miró como diciendo: «¿Ves? Esto era lo que me estaba temiendo».

—Noelia, ahora no es el momento —dijo Luján—. Siéntate, mona, que tenemos una gala que conducir.

—No puedo, Luján. Al amor verdadero no se lo hace esperar.

Emma y Vicky se miraron y pusieron los ojos en blanco.

Noelia siguió andando hasta llegar a su presa.

—Manu, dame una oportunidad. Tú sabes lo bien que nos... compenetramos —siguió diciendo, rozándole el pecho con una uña, gesto que despertó el instinto posesivo de Victoria.

—Noelia —murmuró Manu—. ¿No te parece que estás llevando esto demasiao lejos? ¿Tan poquita dignidad te queda?

La chica se echó hacia atrás como si le hubiera dado un golpe. Porque, aunque no la había tocado, le había dado donde más le dolía. La ambición por triunfar, por llegar a lo más alto de su profesión, por ser la más admirada, la habían cegado desde muy jovencita. Y aunque muchas personas la habían advertido, diciéndole que no todo valía, ella no había hecho caso de nadie. Había perseguido su objetivo de ser la presentadora más cotizada de España con una determinación digna de un perro de presa, sin importarle las bajas que iba dejando por el camino. Sin embargo, tenía la sensación de que, cuanto más se esforzaba por conseguirlo, más se alejaba de su objetivo. En algún momento se había equivocado de camino, pero no sabía cuándo ni cómo arreglarlo. No recordaba en qué cama, despacho o lavabo había dejado colgada la dignidad. Y no sabía cómo recuperarla.

En ese momento se oyó un gran escándalo. Pronto las cámaras recogieron la causa.

Un hombre vestido con el *thawb*, la túnica blanca hasta los tobillos típica de los Emiratos Árabes, entró en plató seguido por un gran séquito de guardaespaldas y ayudantes.

—¿A ti esto te venía en el guion? —le preguntó Luján a Juanra, sorprendida.

El presentador negó con la cabeza.

El hombre afirmó ser el embajador de un pequeño Estado. Cuando dijo el nombre, todos en plató pusieron cara de no haberlo oído en la vida.

—¿Tú lo conoces, Vicky? —le preguntó Emma—. Ese nombre tan raro se lo ha inventado, ¿no?

—No. No se lo ha inventado —respondió Victoria—. Es un Estado muy pequeño en extensión pero rico en combustibles fósiles y en metales conductores.

El embajador anunció que traía una orden de arresto del jeque de su país contra Noelia Marchante por incumplimiento de contrato. Uno de sus abogados mostró a cámara un contrato firmado por la periodista.

—¡No pueden obligarme a volver! —exclamó Noelia, fingiendo un valor que estaba muy lejos de sentir—. Estoy en suelo español. Las leyes del emirato no son aplicables aquí.

—Tenemos a una diplomática en plató —recordó Luján—. Victoria, sácanos de dudas.

Victoria miró a su alrededor y tragó saliva. No era precisamente así como se había imaginado su primera actuación profesional, ante la ex de su novio y varios millones de espectadores.

—El Estado procura no inmiscuirse en temas privados, y este contrato entra dentro de las relaciones laborales entre particulares. Si ha habido un incumplimiento de contrato, lo mejor sería volver al país y hablarlo con los contratantes para resolver el tema de la manera menos conflictiva posible. España firmó un convenio de extradición con los Emiratos Árabes Unidos en 2009, así que, con la ley en la mano, pueden obligarte a regresar. Por eso te recomiendo una salida pactada.

El embajador asintió con la cabeza. Manu, Emma y el resto de los invitados en plató la miraron con admiración. Noelia, en cambio, le dirigió una mirada asesina.

—Y ¿tú quién te crees que eres para decirme lo que tengo que hacer? ¿De verdad crees que vas a conseguir una plaza como diplomática después de haberte estado refregando con todos los tíos que había en la isla? Toda España te ha visto desnuda. ¿En qué país crees que van a recibirte ahora? Yo estaré acabada, pero tú no estás mejor que yo, bonita —le dijo, rezumando veneno en cada palabra.

Manu se acercó a Victoria y le rodeó los hombros con un brazo en un gesto protector. Emma se le aproximó por el otro lado y la abrazó por la cintura.

—Vamos, señorita Marchante —dijo el embajador—. La

espera un avión privado. El jeque ha insistido en que tenga todas las comodidades.

—¿Es que nadie va a mover un dedo para ayudarme? —gritó Noelia desesperada, mirando a su alrededor en busca de solidaridad.

Pero no recibió ninguna. Tras las cámaras distinguió varias caras conocidas. Más o menos, todo el mundo se conoce en el mundillo de la tele. Y tanto cámaras, como productores, redactores o maquilladoras sabían de alguien que había sido víctima de la Mantis Religiosa, como habían empezado a llamarla tras la caída en desgracia del productor de *realities*. A nadie parecía darle mucha pena el funeral profesional de Noelia.

—Se recoge lo que se siembra —dijo Victoria—. Tuviste tu oportunidad de quedarte con el Golfo de Cádiz, pero no la aprovechaste, así que confórmate con el golfo Pérsico.

El embajador carraspeó.

—Me refería al accidente geográfico, excelentísimo señor, por supuesto —aclaró Victoria antes de volverse hacia Noelia y añadir—: Ahora es mío, así que no vuelvas a molestarlo o te lo diré de otra manera... menos diplomática.

—¡Ésa es mi Vicky! —exclamó Manu orgulloso.

Mientras Noelia abandonaba el plató lanzando amenazas huecas contra todos, Juanra estaba recibiendo instrucciones por el pinganillo sobre cómo continuar con la gala.

—Me informan de que ha habido un pequeño cambio en el programa —anunció mirando a cámara.

—No vendrá de uno —murmuró Luján con una sonrisa radiante.

—Teníamos una sorpresa para Manu. La guardábamos para el final, pero tras la interrupción de Noelia...

—Que no estaba prevista en absoluto —aseguró Luján.

—La organización ha decidido adelantarla para calmar los ánimos. Así que: ¡que entren los «Hartos and Furiosos»!

—¡La madre que me parió! —exclamó Manu al ver entrar en plató a sus colegas chirigoteros.

—¿«Hartos and Furiosos»? —preguntó Sofía.

—Para abreviar —le aclaró el Tuerkas, que estaba sentado cerca de ella—. El nombre completo es «Hartos and Furiosos (A todo gas. Sobre *to* después de un plato de chícharos con *pringá*)».

—Sí es largo, sí —sonrió ella. Como exvegana, conocía bien los efectos de las legumbres en el organismo.

Manu quería ir a abrazar a sus amigos, pero Juanra le pidió que se sentara y esperara a que acabara la canción que habían preparado como broche de oro para la gala final, canción que llevaba por título *El Golfo de Cádiz y la Estrecha de Gibraltar*.

Acompañándose a la guitarra, el cantante principal empezó a cantar, mientras el resto de la chirigota le daba la réplica y le hacía los coros:

Ésta es la historia, señores, de una batalla entre dos naciones
que se libró en una isla y en las mejores televisiones.
A un programa llamado el «Pecado original»,
entró una llanita con un buen polvo
y encontró a un gaditano bastante golfo.
Y ese Golfo de Cádiz quiso apostar
que conquistaría a la Estrecha de Gibraltar.

Ole que ole y olé, qué buenos son.
¡Y qué buena está!
Él es el Golfo de Cádiz y ella es la Estrecha de Gibraltar.

Perdidos en la isla, en medio del Caribe, entre tiburones,
al Manu se le va, se le va la vista con tantos limones.
No es que sea mal chaval, su buen corazón se lleva la palma,
que le pregunten a Sandra, la chupasapos de la Isla de la Calma.
Es golfo pero buen chico, siempre que puede ayuda a to *el*
mundo.
Ya sea al Karibú,
¡ole tú!,
pa *que no se ahogue al saltar,*
«*¡no sé nadar!*»,
porque es muy puñetero desde el helicóptero tirarse al mar.

Ole que ole y olé, qué buenos son.
¡Y qué buena está!
Él es el Golfo de Cádiz y ella es la Estrecha de Gibraltar.

Pero en el paraíso de «Pecado original»
no había una sola Eva ni tampoco un solo Adán.
Como los animales que Noé mandó subir en el arca,
las cuatro parejitas llegan volando, no van en barca.
Porque de eso se trata, es un concurso de supervivencia.
Y que, si quieren barca, la hagan con arte y poquita ciencia.
Y ¿quién nos lo viene a contar?
La divina Luján, ¡que es la reina de los mares!
Y el Juanra, que no es tan guapo, pero tampoco está tan mal.
¡Aquí todos van a pares!

Ole que ole y olé, qué buenos son.
¡Y qué buena está!
Él es el Golfo de Cádiz y ella es la Estrecha de Gibraltar.

Nos alegran la vista con los biquinis de hoja de parra
y con los taparrabos, que apenas cubren la carne en barra.
Vienen de todo el mundo para alegrarnos las galas:
Mario, del país del tango, y Karibú, ¡el rey del mango!
La pobre Nerea no ha tenido mucha suerte.
Con Dani se desean, pero a veces se odian a muerte.
No puede ponerse la tanga, porque la visita la mujer de rojo,
¡y porque a Dani no le gusta cuando le crece el matojo!
En cambio, al Golfo la Vicky le gusta del derecho y del revés.
Y ella se pone cachonda con su monstruo del lago Ness.

Ole que ole y olé, qué buenos son.
¡Y qué buena está!
Él es el Golfo de Cádiz y ella es la Estrecha de Gibraltar.

Ay, que tiene la Vicky un ojo muy fino,
del Manu no se fía ni jarta *de vino.*
Pero aunque en la isla no hay uvas, hay licor de coco
y, cuando se emborracha, la Estrecha se ensancha un poco.
Se nos pusieron los tamarindos por corbata, lejos del pito,
al ver el huracán destrozando los palafitos.
Pero cuando la Vicky se calma después del baño con los delfines
y ve la cabaña que el Manu hace con cuatro ramas y dos... cojines,
nace el amor y en la isla empieza a sonar música de violines.

Ole que ole y olé, qué buenos son.
¡Y qué buena está!
Él es el Golfo de Cádiz y ella es la Estrecha de Gibraltar.

La niña es la mar de fina, le gusta la diplomacia.
Y el Manu, que tiene estudios, le dice con mucha gracia:

«*Me vuelven loco tus ojos. He venido a conquistarte.*
»May darlin yu are main *o como se diga en la Gran Bretaña.*
»*Desde ahora tú eres mía, como también Gibraltar de España.*
»*Desde ahora tú eres mía, como también ¡Gibraltar de España!*».

Los invitados empezaron a aplaudir entusiasmados, pero el cantante, al que se le daba muy bien improvisar, levantó los brazos pidiendo que esperaran un poco más y cantó una estrofa final:

> *El notario ya está en plató listo* p'abrir *el sobre*
> *y conocer a los ganadores.*
> *Aunque queremos que gane el Golfo,*
> *deseamos suerte a* tós *y ¡que ganen los mejores!*

El director del programa aprovechó el pie que le daban los chirigoteros y le indicó a Juanra que anunciara la entrada del notario. Sin perder el ritmo trepidante del programa, el notario entregó el sobre a Luján, que, tras una pausa dramática, anunció:

—Y con el 65 por ciento de los votos, los ganadores de la primera edición de «Pecado original» son... ¡Manu y Victoria!

La pareja se miró sorprendida y se fundió en un abrazo de felicidad.

Los chirigoteros no aguantaron más y se lanzaron sobre su amigo. Lo separaron de Victoria, lo levantaron a hombros y lo mantearon. A punto estuvieron de hacer lo mismo con la gibraltareña, pero ella les rogó que no lo hicieran, porque llevaba una falda demasiado corta. Mientras Manu saltaba en brazos de sus amigos, más feliz que si los Cañaíllas hubieran ganado la Champions, Victoria recibía las felicitaciones —unas más sinceras que otras— de todos los presentes en el estudio.

Capítulo 23

Máster del universo

Tras recibir dos grandes talones simbólicos por valor de treinta mil euros, uno para cada uno de los ganadores, Juanra y Luján entrevistaron en profundidad a Manu y a Victoria, que no veía el momento de salir de allí. Tantos focos, tantas cámaras, tanta gente, la estaban agobiando mucho. Quería ir a ver a su madre, y tenía miedo de la reacción de su padre.

Cuando Dani y Nerea los invitaron a ir a la fiesta que se había organizado en una discoteca cercana para celebrar el final del programa, Manu y Victoria se miraron y, sin necesidad de decirse nada, supieron que esa noche no iban a ser los reyes de la celebración.

—Otro día —dijo Manu.

—¿Otro día? —exclamó Dani—. ¿De qué vas, tete? Sois los jodidos ganadores del concurso y lo habéis ganado hoy. ¿Cuándo pensáis celebrarlo? ¿El año que viene?

—Hay otras maneras de celebrar las cosas —respondió el Golfo con una sonrisa ladeada y un guiño que dejó a todas las chicas en cinco metros a la redonda con las piernas temblorosas.

—Déjalos —replicó Nerea, abrazándose a Dani—. La discoteca estará llena de *paparazzi* que no querrán irse a casa con las manos vacías. Algo se nos ocurrirá para que salgan de allí contentos, ¿verdad, nano?

—Pues sí, hala, abuelos, venga a meteros en la cama con

una mantita —se burló Dani—. De verdad, qué *pringaos* y aburridos sois. No entiendo que la gente os haya votado.

Entre risas, Dani y Nerea se alejaron rodeados de un séquito de seguidores. Parecían los auténticos ganadores del programa. Estaban en su salsa.

Mientras Victoria se despedía de Sandra prometiéndole que mantendrían el contacto, Manu felicitaba a Mario por su recién descubierta —o, al menos, recién aceptada— paternidad.

—Tenéis que veniros todos a Cai —dijo Manu, extendiendo la invitación a Karibú, Julius y las gemelas de Tudela.

—Ea, unas sardinillas en la playa y unas tortillitas de camarones, eso sí que es el paraíso —dijo el Tuerkas.

—¡Contad con nosotros! —replicó Sandra, abrazada a Phil, que iluminaba el plató con su sonrisa.

Media hora más tarde, tras haberse despedido de todo el mundo, Manu y Victoria entraron en un restaurante, acompañados por Emma y el Tuerkas. Antes de pedir, Emma agarró a su amiga del brazo y la arrastró al baño.

—¡Tía, tía, tía, que no he podido contártelo todavía! —exclamó en cuanto se quedaron a solas.

—¿Qué pasa? Mamá y Rocío están bien, ¿no? —preguntó Vicky preocupada, aunque al ver la sonrisa de oreja a oreja que se gastaba su amiga, se le pasó la preocupación de golpe—. Uy, uy, esa cara. No me digas que te han ofrecido ser tertuliana...

—No, tía, mucho mejor que eso.

—¿Tronista?

Emma se echó a reír.

—Que no, ¡que me he *enamorao*!

Victoria se la quedó mirando con los ojos muy abiertos.

—Pero ¿cómo ha podido pasar? ¿Cuándo? ¿Por qué no me he enterado? Ya no me cuentas las cosas, tía.

Emma se echó a reír.

—Y ¿cómo querías que te lo contara, *shosho*? ¿Por paloma mensajera?

—Y ¿de quién te has enamorado, si puede saberse? ¿Del viceverso aquel que te ha saludado por el pasillo?

Su amiga negó con la cabeza.

—Frío, frío.

—¿De un cámara, un maquillador, un productor?

Emma miró hacia la puerta que unía el baño con el restaurante.

—¡No! ¿De Benito? —exclamó Victoria—. ¡Pero si no tiene nada que ver con el mundo de la tele!

—No lo llames Benito, que no le gusta. Llámalo Tuerkas.

—Y ¿la cosa va en serio? ¿Ya habéis... ya sabes...?

—Ya te digo si hemos... ya sabes. Gracias a ti y al programa nos hemos pasado desde el jueves dale que te pego, casi sin salir de la habitación del hotel.

—¿Qué has hecho con mi amiga Emma? ¡Sal de su cuerpo, *alien*! ¿Me estás diciendo que has pasado cuatro días en Madrid pudiendo codearte con famosos de la tele y has preferido quedarte en el hotel para conocer más a fondo a un chico sencillo de Cádiz?

—¡Ay, qué bien habla mi Vicky! Tú lo has dicho. Nos hemos estado... conociendo a fondo. Y qué cuerpo tiene el *jodío*. En el taller sí que se hacen buenos músculos, y no en el gimnasio.

Victoria le dio un abrazo.

—¡Qué alegría, Emma! Si es tan legal como el Manu, te llevas una joya. Me alegro mucho por ti.

Emma bajó la cara avergonzada.

—Siento mucho haberte hecho sufrir en el programa contándote lo de la apuesta, pero me pareció que debías saberlo.

Victoria la obligó a levantar la cara.

—Eh, no hay nada que sentir. Eres mi amiga, ¿no? Pues las amigas se cuentan esas cosas. Yo habría hecho lo mismo.

Emma la miró con los ojos brillantes.

—Sí, ya sé que tú has andado también haciendo... lo mismo que yo. En pantalla saltaban chispas cuando estabais juntos. ¿En la realidad también o es un truco de realización?

—Ufff, qué va, tía. El Manu no necesita trucos. Ese hombre tiene magia en las manos.

—¿Sólo en las manos? —Emma alzó una ceja.

—Anda, tira *pa* la mesa —replicó Victoria, sofocándose—. No me hagas entrar en detalles, que aquí no hay ninguna cueva con charcas heladas donde refrescarse.

Las dos parejas congeniaron rápidamente. Parecía que se conocieran de toda la vida. Mientras Manu y el Tuerkas estaban insistiendo en que Emma y Vicky se pidieran un postre cada una porque no querían tener que compartir el suyo, sonó el teléfono de Victoria. Como ya había hablado con su madre, ignoró la llamada. Al salir del restaurante y entrar en el taxi para volver al hotel, vio que tenía un mensaje de su padre.

—¿Tu padre? —leyó Manu por encima del hombro de Victoria—. ¿Qué querrá ahora el señor embajador?

Victoria se encogió de hombros y se guardó el móvil en el bolso.

Al llegar al hotel, aunque cada uno de los cuatro tenía una habitación pagada por la productora, sólo pidieron dos llaves en recepción. Una vez a solas, Vicky aprovechó el momento en que Manu entró en el baño para escuchar el mensaje que le había dejado su padre. Cuando Manu salió del baño con el albornoz entreabierto y una rosa de las que adornaban la habitación entre los dientes, Victoria se echó a reír.

—Anda, Buzz Lightyear, siéntate, que tengo que contarte algo.

—¿Tu padre? —preguntó él, al ver que tenía el teléfono en la mano.

Victoria asintió con la cabeza.

—Por la cara que pones, me temo que no llamaba para darte la enhorabuena.

—Más bien no.

Ella volvió a reproducir el mensaje para que Manu lo oyera. En él, Charles Lampard le aconsejaba a su hija que no se dejara deslumbrar por el brillo de los focos y de la fama. Victoria iba pausando el mensaje de vez en cuando para traducírselo.

«No he tenido tiempo ni ganas de ver el concurso, francamente —decía su padre—. Le pedí a mi secretaria que lo hiciera y me escribiera informes, así que he estado al día de lo que pasaba.»

Manu miró a Victoria y puso los ojos en blanco.

«¡Será malaje el tipo, no tiene tiempo de ver a su hija!», pensó, pero se guardó su opinión al ver que Victoria escuchaba concentrada las palabras de su padre.

«Sé que no me harás caso, pero te advierto que ese tipo es peligroso. Mi secretaria, Mildred, una mujer intachable y entregada a su deber y a su patria, parecía otra los días después del concurso. Le brillaban los ojos cuando hablaba de Manuel..., del señor Soto.»

A Manu se le escapó la risa.

—¡Esa Mildred salerosa! —exclamó poniendo una mano en el muslo de Vicky.

Ella lo hizo callar, pero no le apartó la mano.

«En fin. Espero que ahora que este despropósito ha llegado a su fin vuelvas a centrarte en tu carrera. No hace falta que te diga que este desliz puede pasarte factura en cualquier momento, pero he tratado de hacer contención de daños. He movido hilos y he reclamado unos cuantos favores y tengo buenas noticias: te he apuntado a un seminario que organiza la embajada estadounidense en Londres. Acuden importantes figuras de la política internacional y es un excelente marco donde hacer *networking.*»

—¿Hacer qué?

—*Networking*. Hacer contactos —respondió Victoria.

—¿Contactos? Tu padre no querrá meterte en ninguna cochinada, ¿no?

—¡Manu!

Charles Lampard siguió hablando.

«Es una oportunidad muy importante. Puede abrirte muchas puertas en el futuro. Así que te recomiendo que con el dinero que has ganado te renueves el vestuario y estés en Londres dentro de una semana a más tardar. El seminario empieza el 1 de julio. Cuando estés instalada, ya hablaremos del máster que más te conviene hacer. Por supuesto, te alojarás en casa. Será la mejor manera de demostrar que las cosas entre Serena y tú se han arreglado. He hecho correr la voz de que todo fue un montaje de la productora. Pero no hay nada como el poder de una imagen para que la idea cale. Hasta que la prensa tenga una foto de Serena y tú juntas como buenas hermanas, las cosas no volverán a la normalidad.»

—¿Qué dice el Charlie?

Cuando Manu acabó de escuchar la traducción de la oferta del que esperaba que algún día fuera su suegro, guardó silencio unos instantes. Se levantó y se dirigió a la ventana. Por encima de los tejados y las terrazas de Madrid, las luces de la capital se extendían durante kilómetros.

Victoria se le acercó silenciosamente y lo abrazó por la espalda. Manu se volvió hacia ella y, rodeándole la cintura con los brazos, la besó dulcemente.

—No hagas caso de mi padre —dijo Vicky—. Está acostumbrado a que todo se haga como él quiere, pero me da igual. Mi madre y yo nos hemos espabilado sin él hasta ahora, y no pienso dejar que me manipule como a una marioneta.

Manu se sentó en una butaca frente al ventanal y se golpeó los muslos para que Victoria se sentara sobre él. Acercó un reposapiés y estiró las piernas. Vicky se sentó en su regazo y descansó las piernas sobre las de Manu. Luego se dejó caer hacia atrás, apoyándose en el pecho del carpintero y disfrutando de la vista. Manu le rodeó la cintura con los brazos y le dio un beso en la sien. Ambos se sumieron en sus pensamientos. Pasados unos minutos, él fue el primero en hablar.

—Por lo que me has contado, tu padre se ha *ocupao* de pagar tu educación desde que eras pequeña.

—Sí, pero...

—Su propuesta me parece interesante. Pero me tendrás que aclarar bien algunas cosas, porque lo de los contactos de ese tal *Ned Güorkin* no lo veo claro.

Victoria se echó a reír.

—¿Estás celoso, Manu? Pues no lo estés. He tomado una decisión. No pienso apartarme de tu lado. Para mí ya no existe nadie más. Tú eres lo primero.

Él la hizo callar llevándole un dedo a los labios.

Victoria, a la que no le gustaba que la hicieran callar, se vengó mordiéndole la punta. Cuando él se quejó y contraatacó haciéndole cosquillas en la cintura con la otra mano, Victoria se retorció sobre su regazo.

—Quieta, fiera, si no quieres despertar al monstruo de Eliot Ness.

—Se dice el monstruo del lago Ness, pesado.

—Pues yo que me alegro.

Victoria ladeó la cabeza.

—¿Por?

—Me alegro de que no sea un intocable, porque ya sabes lo mucho que me gusta que me toques... el monstruo —bromeó él, recordando la tarde en la cueva detrás de la cascada.

—¿Ah, sí? —preguntó ella, fingiendo inocencia—. Pero dicen que el monstruo del lago Ness es una leyenda. Un engaño para crédulos.

—Y tú eres como santo Tomás, que sólo crees en lo que puedes ver, ¿no?

—Claro —replicó Victoria, provocándolo un poco más al frotarse contra su creciente erección—. Aunque a veces la vista nos engaña. Siempre es mejor tocar.

Manu gruñó y le rodeó la cintura con fuerza para que se estuviera quieta.

—No te digo que no, pero ahora mismo el que voy a meter el dedo, y no precisamente en la llaga, voy a ser yo —le susurró al oído.

—Pero teníamos que hablar... —protestó Vicky, con poca convicción.

—El mensaje del embajador no va a irse a ninguna parte. Y la noche ha estado llena de emociones. —Manu le soltó la cintura para masajearle los hombros. Victoria, tensa, gimió—.

¿Lo ves? Es muy mala idea iniciar negociaciones de ningún tipo con los ánimos tan tensos. ¿No os lo enseñan en primero de carrera?

Ella trató de protestar, pero las manos de Manu habían empezado a crear su magia habitual. Esperaba tener otro tipo de respuesta en las negociaciones profesionales, porque si se rendía siempre con esa facilidad a los argumentos del otro, su carrera en la diplomacia iba a acabar antes de empezar. Mano de hierro, guante de seda, decía siempre uno de sus profesores de Derecho. Nunca perder la educación, pero mantenerse firme. La cabeza de Victoria, a la que le costaba mucho desconectar y relajarse, seguía dando vueltas, pero a medida que las caricias de Manu se volvieron más intencionadas, las palabras del profesor dejaron de tener sentido.

«Manos de hierro, como las de Manu. No son de seda, precisamente, ni falta que hace, son perfectas tal como son.»

Cuando los hombros de Victoria se relajaron, Manu bajó las manos y le acarició los dos brazos al mismo tiempo. Manteniendo la simetría de las caricias, le cubrió los pechos con sus grandes palmas y permaneció jugando con ellos un rato. Deslizó los pulgares arriba y abajo hasta que los pezones se le endurecieron y Vicky no pudo quedarse quieta en el sitio.

—Una diplomática debe mantener la compostura en todo momento —le susurró él al oído—. Vamos a jugar a una cosa. Imagínate que debes impedir un conflicto bélico con una potencia nuclear. Y para este país es una ofensa muy grande que los extranjeros hablen en presencia de su líder supremo. No puedes hacer ningún ruido hasta que yo te dé permiso.

Manu le pellizcó un pezón. Cuando Victoria gimió, él chasqueó la lengua con desaprobación.

—Vicky, Vicky. No sólo acabas de provocar el inicio de la

tercera guerra mundial, sino que acaban de meterte presa en un país donde creen que los Derechos Humanos son un grupo de cantantes adolescentes. Haz el favor de esforzarte más.

Victoria inspiró hondo y soltó el aire. No necesitaba pensar en mazmorras ni en tipos uniformados altos como castillos para excitarse. Estaba en brazos del hombre que amaba frente al ventanal de un hotel una preciosa noche de principios de verano en una de sus ciudades favoritas, Madrid. Y había comprobado en sus propias carnes que él tampoco necesitaba juguecitos para excitarse. Pero si a él le apetecía jugar un rato, ¿por qué no?

—Por favor, gran líder, sea misericordioso. No inicie una guerra por culpa de esta indigna diplomática. Me someteré al castigo que me corresponda, pero no apriete el botón rojo. El mundo está lleno de seres inocentes que no merecen morir.

Al ver que ella le seguía el juego, la erección de Manu demostró su aprobación aumentando un poco más de tamaño.

—Occidental indigna y rebelde, yo decidiré cómo y cuándo castigarte. Y sobre *to*, cuántas veces. Te entrego a manos de mi carcelero más implacable.

—Oh, y ¿ese carcelero me castigará más de una vez, gran líder?

—Calla, *descará.*

Manu le cubrió la boca con una mano mientras con la otra le acariciaba los rizos que cubrían la entrada de su sexo. Cuando Victoria sacudió la cabeza a un lado y a otro, él le inmovilizó la cara y empezó a lamerle la oreja, resiguiéndole todo el contorno, mordiéndole el lóbulo y deslizando la lengua en su interior.

Victoria sintió que se fundía sobre él. Nunca antes de conocerlo había probado esa postura, pero desde que habían estado juntos la noche de la tormenta perfecta se había convertido en una de sus favoritas.

Los dedos de Manu se habían adentrado en su sexo. Dos de ellos se deslizaron entre sus pliegues, ya hinchados y húmedos por la excitación, y penetraron en su interior. Victoria echó la cabeza hacia atrás. Mientras la penetraba con los dedos, avanzando cada vez un poco más en su sedoso canal, le acariciaba el clítoris con el pulgar. La otra mano no se estaba ociosa, y se repartía entre los dos pechos para acariciarlos, pellizcarle los pezones y tirar de ellos para potenciar las sensaciones.

Victoria no era consciente de qué le estaba haciendo Manu exactamente. Y le importaba bien poco. Sólo sabía que, cuando sus manos mágicas entraban en acción, el mundo se transformaba en un lugar mejor. Y que sus palabras susurradas al oído le convertían el cerebro en gazpacho. Con tropezones.

—Eres la prisionera más guapa que ha pasado por esta cárcel —murmuró Manu—. Y tus gemidos son cantos de sirena que encadenarían al héroe más implacable.

Sin quitarle méritos a las manos ni a ninguna otra parte del cuerpo del guapo gaditano, Victoria estaba convencida de que podría darle un orgasmo con tan sólo susurrarle palabras al oído. Como si quisiera demostrárselo, un escalofrío la recorrió desde la nuca hasta la planta de los pies.

Al notarlo, Manu aceleró el ritmo de las caricias sobre el clítoris y tiró de un pezón mientras le mordía la oreja.

Victoria se agarró con fuerza a los muslos de su amante, clavándole las uñas, que llevaba muy cortas tras las semanas pasadas en la isla. Totalmente rendida, se entregó al asalto enemigo. La diplomacia tenía sus límites. Y era absurdo ignorar cuando un enemigo había vencido la batalla.

Manu siguió bombardeando sus sentidos usando buena

parte de su arsenal, aunque Vicky sabía que la bomba más destructora seguía guardada, sin usar.

Victoria arqueó la espalda cuando el orgasmo se apoderó de ella, tratando de conseguir más fricción entre su clítoris y la mano de su carcelero. Mientras ella volaba transportada por la onda expansiva, Manu le besó la mandíbula arriba y abajo con la boca abierta hasta que ella volvió a desplomarse sobre sus muslos, totalmente relajada.

—Manu llamando al Líder Supremo. Objetivo cumplido. La prisionera está totalmente sometida.

Haciendo un esfuerzo sobrehumano, propio de los héroes de guerra, Victoria se zafó del agarre de su guardián y trató de montarlo para quedar cara a cara con él, en un audaz movimiento de contraataque.

Pero Manu estaba preparado. Su armamento estaba listo para ser disparado. Después de haber ganado el primer asalto, no estaba dispuesto a dejarse sorprender por un adversario debilitado por el sensual ataque. Volvió a sujetarla con fuerza por las caderas, impidiendo que se volviera hacia él. Chasqueó la lengua y dijo:

—El vencedor impone sus reglas. Y las reglas son que los indignos occidentales no pueden mirar a la cara al Líder Supremo ni a ninguno de sus hombres. Pero esta plaza está muy caliente por el fuego enemigo y no pienso desaprovechar ese calor.

Manu la alzó sujetándola con fuerza por las caderas y volvió a colocarla de cara al ventanal. Cuando ella apoyó los pies en el suelo, el gaditano se agarró la firme erección con una mano y la acarició varias veces arriba y abajo.

Victoria miró por encima del hombro y alzó las cejas, impresionada al ver tan de cerca la envergadura —nunca mejor dicho— del armamento enemigo. Al volver a mirar al frente, vio que se acercaba una tormenta por el horizonte.

Dándole una nueva oportunidad a la diplomacia, Victoria acercó posturas hasta unirse a él. Pero fue un espejismo: el enemigo no tenía la menor intención de parlamentar. La gibraltareña sintió que el fuego rival invadía sus tierras, penetrando lentamente pero de manera inexorable hasta la capital de la república independiente de su sexo.

Apoyando las manos sobre las rodillas de Manu, trató de seguirle el ritmo, pero de no ser por los fuertes brazos del gaditano, que la desplazaban arriba y abajo, se habría rendido incondicionalmente a los pocos segundos. Cuando poco después levantó la cabeza, Vicky vio que la tormenta se había acercado rápidamente. Ya se oían los truenos y la cortina de agua se dirigía directamente hacia ellos. El sonido de un trueno especialmente fuerte se fundió con el grito de Manu cuando alcanzó el clímax.

Victoria habría deseado abrazarlo, besarlo y acariciarle la espalda y la nuca mientras se corría, pero a pesar de estar en pleno orgasmo, Manu seguía sujetándola con fuerza, obligándola a disfrutar del impresionante espectáculo natural.

Vicky no lo sabía, pero él había empezado ya a marcar distancias, preparándose para la separación. Sabía que Vicky era sincera cuando le decía que él era su prioridad y que no pensaba separarse de su lado, pero precisamente por eso no podía permitirlo. Su amor por Victoria se hacía más fuerte cada día. Quería lo mejor para ella. Manu no había cursado estudios superiores, pero no tenía un pelo de tonto, y sabía que el padre de Vicky la tomaría bajo su protección en cuanto pusiera un pie en Gran Bretaña. Y que no pararía hasta verla casada con un señoritingo inglés de buena familia. El Manu primitivo y posesivo le gritaba que agarrara a la Vicky y saliera corriendo hasta Cádiz. Deseaba meterla en su cama y atontarla a polvos, proporcionándole tantos orgasmos que la inteligente diplomática no supiera de qué lado quedaba África y de qué lado quedaba Europa. Pero el Manu racional y enamorado sabía que, si hacía eso, se arrepentiría toda la vida. Se había enamorado hasta las trancas de la Estrecha de Gibraltar, la deliciosa diplomática, visceral y racional a partes iguales. Y, como la amaba, no movería un dedo para apartarla de su auténtica vocación. Aunque su corazón se rompiera en tantos trozos que acabara pareciéndose a una república balcánica.

Capítulo 24

Arroz agridulce

Victoria dormitaba sobre el hombro de Manu en el asiento trasero del coche tuneado del Tuerkas. Manuel, apoyado en la ventanilla, la abrazaba a pesar de que estaba durmiendo. En la parte delantera, Emma se obligaba a darle conversación a Benito para que no se durmiera.

—Te advertí que hoy nos caeríamos de sueño —le decía—. Y ¿me hiciste caso? Nanay.

—Anda, no protestes tanto, que bien que te gustó. —El Tuerkas le guiñó el ojo.

Emma se ruborizó al recordar la noche de pasión que habían compartido. Y la mañana, porque la ducha se había convertido en otro de sus terrenos de juego favoritos. No podría volver a ducharse nunca más sin acordarse del Tuerkas y de sus tatuajes. Esa misma mañana había descubierto uno nuevo.

—Venga, pon música de los Mojinos Escozíos —le pidió él—. Es mano de santo *pa* no dormirse.

Adormilada, Victoria iba recordando las últimas horas. Antes de marcharse de Madrid habían hablado con la organización del programa. Aunque en teoría el contrato que habían firmado los obligaba a hacer una ronda de entrevistas por los principales programas de la cadena, una llamada del embajador de la Gran Bretaña en Madrid había facilitado las cosas. La organización aceptó que Dani y Nerea acudieran en su lugar a la mayoría de las emisiones. Manu iría a «El Hormiguero». Y Victoria aceptó entrar por teléfono en un par de programas.

Antes de llegar a Jaén, se detuvieron en un restaurante a comer. Aunque los chicos no paraban de hacer bromas y el ambiente general era muy distendido, ninguno de los cuatro podía disimular que no querían llegar a casa porque no deseaban separarse. Sin embargo, no podían seguir huyendo de la realidad que los reclamaba.

Cuando llegaron a La Línea de la Concepción, hacia las siete de la tarde, Carmen y Rocío salieron a la calle para abrazar a sus hijas. Algunas vecinas miraban la escena desde detrás de los visillos, pero la mayoría abrieron las ventanas y les dieron la enhorabuena y la bienvenida ruidosamente. Los niños se agolparon alrededor del coche, pidiéndoles autógrafos al Golfo de Cádiz y a la Estrecha de Gibraltar.

Victoria miró a su madre, pidiéndole auxilio. Carmen, sabiendo lo poco que le gustaban esas cosas, le echó un capote.

—Vamos a hacer una cosa, chavales. Ahora dejáis que los chicos descansen, que llegan *cansaos* del viaje. Vane —le dijo a la hija de la vecina—, tú encárgate de hacer una lista con todos los que quieren un autógrafo y luego me la subes a casa. El Golfo y la Estrecha, perdón, Manu y Victoria os los firmarán a todos, ¿vale?

Mientras la chavalería rodeaba a la Vane, los demás aprovecharon para subir a casa de Carmen y Rocío. Las dos mujeres habían preparado un picoteo muy completo en la mesa del salón.

Victoria se sentó en el sofá entre sus dos madres, la auténtica y la postiza, que la abrazaron, la achucharon y le repitieron mil veces lo delgada que estaba.

Al final, Manu carraspeó incómodo.

—Ya lo siento. Me habría *gustao* que su niña me comiera mejor.

Victoria lo miró alzando las cejas, pero enseguida se dio cuenta de que no había ningún doble sentido en sus palabras. Estaba preocupado por ella.

—Manu, que ya soy mayorcita. No necesito niñera —dijo, para quitarle presión de encima.

—Tranquilo, Manu. Nos hemos *tragao* todos los programas —lo tranquilizó Carmen—. Sabemos que has *cuidao* de todos, no sólo de la niña.

—¡Mamá!

—¡Para mí siempre serás mi niña, coñe! Si no llega a ser por ti, Manu, no sé qué habría pasado en esa isla. Aún tiemblo cuando me acuerdo de la tormenta. Y tutéanos, *pisha*, que no somos tan mayores.

—Eso —corroboró Rocío—. Además, después de estas semanas, parece que os conozcamos de toda la vida.

—¿Qué planes tenéis? —preguntó Carmen—. ¿Vais a volver a vuestra vida normal o ha nacido una nueva estrella televisiva? Ya teníamos a Ismael Beiro. ¿Ahora tendremos también a Manuel Soto?

—Yo seguiré en el taller —dijo Benito—. Es lo mío. El Tuerkas sin tuercas no es nadie.

—Yo seguiré con la carpintería también, pero con el dinero del premio voy a ampliar el negocio —explicó Manuel a las dos camareras del Monkey Island, que lo escuchaban embelesadas.

Victoria sonrió al ver a las dos mujeres caer bajo el embrujo del Golfo de Cádiz.

—A la gente le ha gustado mucho la casita que construí en el árbol tras la tormenta. He *recibío* ya varios encargos. Al principio me lo tomé a broma, pero en vista del interés, voy a darle una oportunidad al negocio. Además, así podré dar trabajo a varios de mis colegas que están en el paro. Lo hablé con Mario antes de despedirnos y me dijo que estaba *interesao* en ser mi representante en Hispanoamérica. Aunque, evidentemente, lo importante es montar una buena página web para venderlas por internet. Las podremos enviar a todo el mundo —añadió entusiasmado—. Sólo me falta un buen nombre...

—Las Casitas del Golfo —propuso el Tuerkas—. O, si lo quieres más internacional, *Golfo's House.*

—El Paraíso en tu Árbol —dijo Emma—. ¿Cómo sería en inglés? *Tree Paradise*? *Paradise Tree*?

—Viviendo en tu Casita de Papel —probó Carmen—. No, demasiado largo. ¿Casitas de Papel?

—Casas Colgantes —sugirió Rocío.

—No está mal —aprobó Manu.

—Nidos en el Paraíso —propuso Victoria—. En inglés sería *Paradise Nests.*

Manu la miró y asintió. Le gustaba la idea.

—¿*Next?* ¿Eso no era otro concurso? —preguntó el Tuerkas, guiñándole el ojo—. Tú, mucho protestar, pero te has vuelto adicta a los *realities.*

Victoria sonrió, aunque sabía que no era verdad. Se había vuelto adicta a algo durante las últimas semanas, pero no tenía nada que ver con los *realities* ni con la televisión. Se había enganchado a Manu. Era adicta a su olor, al brillo travieso de sus ojos, a sus fuertes brazos. Era una yonqui del placer que le proporcionaba. Y ya empezaba a sufrir los efectos del mono antes de separarse de él.

Los chicos se quedaron a cenar. Carmen había preparado el plato favorito de su hija: un arroz con conejo. Cuando los habían invitado, Manu y el Tuerkas se miraron y sonrieron.

—Por supuesto, Carmen —aceptó Manuel en nombre de

los dos—. Aquí, mi colega y yo nunca decimos que no a un buen conejo.

Victoria, que estaba a su lado, le dio un codazo mal disimulado, pero las dos camareras del Monkey Island estaban curadas de espantos.

—Ya nos hemos dado cuenta, hijo —replicó Rocío—. Y con tanto gay que hay en la tele, que las niñas hayan ido a encontrar a dos guapos mozos que aprecian un buen conejo no es moco de pavo.

—¡Mamá! —exclamó Emma escandalizada.

—Tú no te hagas la Estrecha de La Línea ahora, que todos te vimos por la tele de la manita con el Tuerkas. Y no creo que te haya estado enseñando mecánica estos días que habéis estado en Madrid.

Al ver que Emma no sabía dónde meterse, Benito acudió al rescate.

—Sé que es muy pronto todavía, pero su hija me gusta de verdad, *seña* Rocío. Y aunque toda España piense lo contrario, ni mi amigo ni yo somos unos golfos. Nos gustan las mujeres. Una *jartá*. Pero ya no tenemos quince años. No tenemos ni el cuerpo ni las ganas de ir picoteando de flor en flor. Si Emma quiere, mi coche no vuelve a ir a otro taller más que al suyo.

Emma se puso colorada como un tomate, pero abrazó a Benito emocionada.

—Yo te hago el mantenimiento y lo que tú quieras —susurró contra sus labios, antes de fundirse con él en un beso enamorado.

—Anda, Carmen, vamos a poner la mesa mientras Manu y Victoria firman los autógrafos para los chavales. Y vosotros dos, no tardéis, ¡no se te vaya a atascar el cigüeñal!

Durante la cena, Victoria comprobó sorprendida que su madre y Manu habían formado una alianza de civilizaciones y defendían con ahínco la propuesta de Charles Lampard.

—Pero ¿por qué no puedo hacerlo a mi manera? —protestó—. Ése era el plan, ¿no? Yo iba al concurso y, si ganaba, hacía un máster en Londres.

—Pero si vas a ese seminario, se te abrirán un montón de puertas —replicó Carmen—. Conocerás a personas que están en primera línea de la diplomacia. Una recomendación de esa gente te coloca en cualquier lado. Nos guste o no, las cosas son así en todas partes.

—Pero yo quiero abrirme camino por mis propios méritos —dijo Victoria con el ceño fruncido.

Manu sintió un fogonazo de amor en el pecho. Parecía una niña enfurruñada, pero al mismo tiempo era una mujer decidida, con ganas de abrirse paso en un mundo dominado por los hombres. No le hacía ninguna gracia enviarla a ese foso lleno de tiburones sin estar cerca para protegerla, pero aunque el mohín de sus labios hiciera pensar lo contrario, su Vicky no era ninguna niña.

—Y lo harás —le aseguró—. Pero si nadie te conoce, no tendrás la oportunidad de demostrar lo que vales.

—Además, en esto tengo que darle la razón a tu padre, aunque me joda —añadió Carmen—. Después del concurso, tu imagen no es precisamente la que se espera de una diplomática. No es lo mismo que vayas a vivir a un piso de estudiantes, donde habrá algún español que te reconozca y aproveche tu fama para enviar a las revistas fotos tuyas de fiesta por el campus, que vivir en la mansión de los Lampard.

—No exageres. No soy tan famosa. ¿A quién le va a interesar una foto mía tomando una pinta en un pub? Ni que fuera Letizia.

—¿No le has *enseñao* las revistas? —murmuró el Tuerkas al

oído de Emma desde la puerta de la cocina, adonde habían ido a buscar el postre.

—¿Para qué? —susurró ella—. Se va a ir a Inglaterra dentro de cuatro días. No hace falta que se agobie.

—Tu padre me llamó por teléfono para pedirme que te convenciera. Te conoce y sabe lo orgullosa que eres —estaba diciendo Carmen—. Me aseguró que le había leído la cartilla a Serena y que tu hermanastra no volvería a molestarte.

Emma y Victoria se miraron. Emma puso los ojos en blanco mientras Vicky resoplaba. Esa zorra sólo dejaría de molestarla el día que pasara a mejor vida. Aunque a Vicky no le extrañaría que volviera del más allá para seguir tocándole las narices.

—Bueno, lo pensaré. No os prometo nada más —dijo para zanjar el tema—. Pero ahora, dejemos de hablar de mí. ¿Qué ha pasado en el pueblo mientras estaba fuera? ¿Y en el Monkey Island? ¿Habéis conocido a alguien interesante?

Rocío se echó a reír.

—Lo más interesante fue cuando el repartidor se equivocó y en vez de cacahuetes nos dejó bombones. ¡Nos pusimos moradas!

—Ya ves, nena —dijo Carmen, remachando el clavo—. Por aquí, todo como siempre. No pierdas esta oportunidad de abrirte al mundo. Si no lo haces por ti, hazlo por nosotras.

—¡Será posible! Estoy rodeada de una banda de manipuladores profesionales. ¿Os digo yo lo que tenéis que hacer con vuestras vidas?

—Si vieras que Emma está a punto de echar a perder una buena oportunidad, ¿no harías lo mismo? —preguntó Manu.

Victoria refunfuñó por lo bajo, pero no insistió. Estaba cansada, no quería seguir discutiendo. Sobre todo porque se había quedado sin argumentos. Seguro que por la mañana lo vería todo más claro.

Manu, que la conocía, aprovechó para levantarse y despedirse.

—Nosotros vamos a tener que irnos ya.

—¿Tan temprano? —protestó Emma.

—Mi madre también tiene muchas ganas de verme. Mi hermana acaba de enviarme un whatsapp preguntando si vamos a tardar mucho.

—Claro, pobre mujer, tantos días sin ver a su niño. Somos lo peor.

—No te preocupes, Carmen. Me ha *encantao* conoceros a las dos. Ahora ya entiendo de dónde han salido esos dos bellezones. Son iguales que sus madres.

Victoria observó con las cejas alzadas cómo Manu se dirigía a la puerta con Carmen colgada de un brazo y Rocío del otro.

«Será Golfo el tío. ¡Hasta con mi madre!»

El Tuerkas imitó a su amigo y les ofreció los brazos a Emma y a Victoria para que lo acompañaran a la puerta.

Victoria aceptó, sonriendo, aunque esperaba que la dejaran despedirse de Manu a solas.

Tras decirles adiós a los chicos, Carmen y Rocío entraron en casa. Emma y Victoria los acompañaron a la calle. Los niños debían de estar cenando, porque la calle estaba desierta.

«Gracias a Dios», pensó Victoria.

—Esperad aquí. Emma y yo vamos a por el coche y os venimos a buscar —propuso el Tuerkas, que quería quedarse un momento a solas con su chica.

Manu le dirigió un gesto de aprobación con el pulgar. En cuanto sus amigos desaparecieron tras la esquina, arrinconó a Victoria contra la farola más cercana y empezó a besarla como si se estuviera despidiendo de ella definitivamente.

Victoria se contagió de su ansia y levantó una pierna, abriéndose a él.

El gaditano la agarró con fuerza por las nalgas y se frotó contra su sexo con desesperación.

—Ojalá estuviéramos en la cabaña ahora —le susurró al oído, lo que hizo que Victoria dejara escapar un gemido—. O mejor aún, en la cueva, metidos en el agua. O bajo la roca, durante la tormenta...

Hablando de tormentas, la mente nublada por el deseo de Victoria tardó en procesar la información que le enviaban sus sentidos. Pero tras el cuarto o quinto fogonazo luminoso, no pudo seguir ignorándola por más tiempo.

—Manu —murmuró.

—¿Sí, mi diosa?

—¿No ves los relámpagos? ¿Se acerca otra tormenta?

—Que se acerque lo que quiera —replicó él, perdido en las sensaciones—. Mientras no te alejes tú...

Un fogonazo directo a la cara sacó a Victoria del trance sensual en el que las caricias del Golfo la habían sumido.

—¡Manu! ¡No es una tormenta! ¡Son *paparazzi*!

—¡La madre que los parió! —exclamó él, soltando a Victoria y encarándose a los fotógrafos.

Pero un nuevo fogonazo directo a los ojos lo dejó fuera de circulación unos segundos. Los fotógrafos aprovecharon la ceguera temporal del gaditano para subir a sus motos y salir huyendo.

Cuando el Tuerkas detuvo el coche a su lado, Victoria se volvió hacia sus amigos y exclamó:

—*Fuck!* Tenéis razón. Esto no puede seguir así. ¡Me largo a Londres!

Capítulo 25

La dama y el vagabundo

—¿Cuánto cuesta? —preguntó Victoria en inglés a la dependienta de la tienda de productos escoceses—. Vale, sí. Me lo llevo.

Victoria salió de la tienda y recorrió las calles de Londres. Era su ciudad favorita. Siempre que iba allí se contagiaba de la vitalidad y el dinamismo que se respiraba en las calles. Se sentía dentro de una película. Cuando paseaba por Portobello Road le parecía estar a punto de encontrarse con Angela Lansbury en *La bruja novata*, una de las películas con las que Carmen y Rocío entretenían a Emma y a Victoria cuando eran pequeñas. Las calles de Notting Hill le hacían pensar en Hugh Grant y Julia Roberts. Y no podía levantar la vista hacia los tejados de los edificios señoriales sin imaginarse a Dick Van Dyke seguido por una ristra de deshollinadores en *Mary Poppins*.

No había podido resistirse a visitar la estación de King's Cross buscando el andén 9 ¾, pero la verdad era que su estación favorita era la que llevaba su nombre. Parecía como si la ciudad le devolviera el amor que sentía por ella. Se lo indicaba a cada paso, mostrándole que llevaba tatuado su nombre en la señorial estación de ferrocarril, en la calle del exclusivo barrio de Belgravia, en teatros, parques y hasta en tiendas de lencería llenas de secretos.

Al llegar a casa de su padre en Belgravia —el barrio de las embajadas, muy cerca del Instituto Cervantes—, Victoria subió directamente a su habitación. Sacó de la bolsa el muñeco de peluche que había comprado y lo dejó en la mesa, al lado del portátil. Era Nessie, el monstruo del lago Ness. Y, por razones que no podía contar a nadie, el monstruo del lago Ness le recordaba a Manu.

«El monstruo de Eliot Ness», recordó Victoria, sonriendo y acariciando el peluche con cariño y nostalgia.

Su llegada a la mansión de los Lampard había sido tranquila. Su padre estaba en Londres, pero pasaba casi todo el día en el Foreign Office. Tras una larga andadura como embajador en varios países del mundo, Charles Lampard llevaba unos años trabajando en las oficinas centrales del ministerio en Londres como asesor personal del ministro. Su idea era jubilarse en los próximos dos años.

Louisa Lampard y su hija Serena no habían cambiado sus planes por Victoria y estaban fuera de la ciudad, por separado, cada una con su grupo de amigos. A Victoria le daba igual si estaban en Balmoral, en Bath o en Santorini, siempre y cuando no tuviera que soportar su presencia y sus comentarios despectivos.

El seminario comenzaba al día siguiente. Victoria tenía muchas ganas de que empezara. Los cinco días que había pasado en Londres le habían sido muy útiles para refrescar el inglés. Había hecho caso de su padre y había ampliado su vestuario con varias piezas clásicas, que le sirvieran para su carrera: trajes de chaqueta en varios colores, camisas blancas, vestidos de cóctel y un vestido de noche. También había tenido que comprarse zapatos. Había echado mucho de menos a Emma. Aunque le había enviado fotos de los zapatos por WhatsApp para que su amiga la ayudara a elegir, no era lo mismo. Ir de compras sola era un aburrimiento.

Victoria echó un vistazo a las películas en formato VHS que tantas veces había visto cuando era pequeña e iba de visita a casa de su padre. Tras elegir *La dama y el vagabundo*, se tumbó en la cama de la habitación que su madrastra había montado para ella cuando se había enterado de su existencia. Seguía igual que siempre. Era la habitación de una niña, con las paredes decoradas con papel pintado de flores y una cama con dosel. En las estanterías había libros y películas infantiles que le habían comprado para que mejorara su inglés. Una de las ventajas de que su padre fuera un amante de las tradiciones era que el reproductor de vídeo del salón seguía funcionando, pero a Victoria no le apetecía desplazarse a la planta baja para verla. Tras pasarse el día pateando Londres, estaba cansada.

Además, al día siguiente de llegar a la ciudad le había venido la regla. Aunque una parte de ella había respirado aliviada, otra guardó unas horas de luto por el niño que Manu y ella podrían haber creado. Y esa noche, cuando se lo contó vía WhatsApp, le pareció que él también se quedaba apagado.

Tumbada en la cama, buscó *La dama y el vagabundo* en YouTube y se puso a verla, apoyada en varios almohadones.

Cuando llegó a la escena de la cena romántica y el cocinero italiano empezó a cantar acompañándose del acordeón, Vicky no pudo más y se echó a llorar, abrazándose a un almohadón. Nunca se había sentido tan identificada con los personajes de una película, y eso que... ¡eran perros! Pero se reconoció en *Reina*, cayendo rendida ante el encanto de *Golfo*, que era tan parecido a *su* Golfo. ¡Lo echaba tanto de menos! Si se lo hubieran dicho un par de meses atrás, no se lo habría creído.

«¡A la mierda todo! —se dijo. ¿Para qué seguir con su carrera, con el seminario, con el máster, si todas esas cosas sólo servían para alejarla de Manu?—. Paso del seminario. Mañana me vuelvo a España.»

En ese momento, alguien llamó a la puerta. Segundos después, la atmósfera de la casa cambió. El silencio y la melancolía salieron en estampida, como si alguien hubiera abierto las ventanas a lado y lado de la mansión, creando una fuerte corriente de aire.

«Serena, qué oportuna. Tenía que pillarme con las defensas bajas —se lamentó Victoria—. Pues yo no me muevo. Igual se ha olvidado de que estoy aquí.»

—¡Victoria, *darling*! —exclamó la susodicha minutos después, abriendo la puerta con tanto ímpetu que ésta rebotó contra la pared.

Vicky se secó los ojos rápidamente y se levantó, preparándose para la batalla.

—¿Qué haces ya en la cama? —le preguntó en inglés—. Menuda española, que se acuesta antes que las gallinas inglesas. Anda, baja. Verás todo lo que hemos comprado.

—Eeehhh, hola, Serena. Bienvenida a tu casa. Pero hoy ya no pensaba bajar...

—Tonterías. Vengo de París. Papá me dio carta blanca para que me comprara ropa siempre y cuando te comprara también algo para ti. Ya sabe que la moda y tú no os lleváis bien —añadió antes de echarse a reír a carcajadas.

—¿Ropa? No necesito más ropa. Tengo todo lo que necesito. Tampoco voy a quedarme tanto tiempo. De hecho...

Serena le dirigió una mirada irónica.

—¿Sí, hermanita? No me digas que te has rajado ya... Porque, si es así, acabas de hacerme ganar mil libras. Me aposté con Ginny que te volvías a España antes de empezar el seminario. Y te apoyo. No pintas nada aquí. Tu lugar está en ese pueblo en el que vives, al lado de ese obrero que te has estado tirando.

Vicky abrió la boca, pero se obligó a cerrarla. Llevaba cinco días repitiéndose que no iba a dejarse provocar por Serena. Que contaría hasta veinte antes de responder a cualquier impertinencia que le dijera.

—¿Sí, Victoria? ¿Qué te pasa? ¿No te encuentras bien? No me digas que estás embarazada... Porque, si es así, acabas de hacerme ganar mil libras más —añadió Serena, aplaudiendo—. Aposté con Rupert que el zafio de tu compañero de concurso, que está un rato bueno, eso no te lo voy a negar, te dejaba preñada en la isla y que tu sueño de ser diplomática acababa antes de empezar. ¡Ooohhh, qué penita!

Victoria sintió unas ganas enormes de imitar al almirante Boom de la película *Mary Poppins*: abrir la ventana y pegar un buen cañonazo. ¡Pero con Serena atada a la bala de cañón! De abandonar, nada. ¡Los asistentes a ese seminario se iban a enterar de quién era Victoria Lampard!

—No me pasa nada, Serena, *darling* —replicó, imitando el tono almibarado de su hermana. Es la emoción de volver a verte. Me muero de ganas de ver las maravillas que has traído de París. ¡Vamos!

Las dos hermanas bajaron la elegante escalera que conducía al vestíbulo. De allí pasaron al salón, donde los criados habían llevado ya todas las bolsas y cajas llenas de ropa, zapatos, bolsos y sombreros.

Ginny y Rupert Hilton las recibieron con grititos.

Victoria conocía a Virginia Russell, Ginny. Era amiga de Serena de toda la vida. A Rupert era la primera vez que lo veía. Era la nueva adquisición de Serena, su nuevo BFF, *Best Friend Forever* o, lo que era lo mismo, «Mejor Amigo para Siempre».

Rupert se apellidaba Henderson, pero era fan declarado de Paris Hilton —la millonaria rebelde— y Perez Hilton —el mordaz bloguero azote de las *celebrities* americanas— y se había cambiado el nombre en las redes para sentirse más cercano a sus ídolos.

Aunque Serena ya empezaba a hartarse de él, de momento aguantaba sus arrebatos porque lo usaba como *community manager* gratuito. A cambio de comprarle un regalito de vez en cuando y de abrirle las puertas de los eventos de la alta sociedad londinense a los que, de otro modo, no habría tenido acceso por falta de pedigrí, Rupert fotografiaba a Serena y colgaba sus andanzas en todas las redes sociales.

—Victoria, cielo, qué divina estás con ese *look* tan... Salma Hayek —exclamó Rupert mirándola de arriba abajo con admiración, lo que le supuso una mirada de odio de su todavía BFF.

Ginny, en cambio, que no en vano había apoyado a Serena en todas las encerronas que le habían montado a Victoria a lo largo de los años, sabía lo que su amiga quería oír.

—¡Qué dices, Rupert! Pero si parece un espantapájaros. Menos mal que hemos llegado a tiempo, o mañana te habrían hecho entrar por la puerta de servicio, Vicky.

—Yo también me alegro de volver a verte, Ginny —replicó ella con una sonrisa tan falsa como la de las dos amigas—. ¿A qué estamos esperando, pues? Veamos ese vestuario que va a obrar el milagro.

Al día siguiente, media hora antes de que empezara el seminario, Victoria subía la escalinata de mármol que conducía a la puerta del Foreign and Commonwealth Office, es decir, el gran Ministerio de Asuntos Exteriores donde trabajaba Charles

Lampard. Le habría gustado que su padre le ofreciera el brazo para subir los escalones, ya que no estaba acostumbrada a andar con zapatos de tacón, pero el diplomático había recibido una llamada mientras salían del coche y estaba perdido en su mundo. Aunque la mansión de los Lampard se hallaba cerca del ministerio, su padre había insistido en ir en coche por una cuestión de imagen. A Victoria le gustaba ir andando a los sitios siempre que podía, pero los zapatos nuevos la estaban matando, por lo que no protestó.

Y los zapatos no eran la única prenda de ropa que le estaba amargando el día. Tiró del vestido elástico hacia abajo por si acaso había fotógrafos al pie de la escalera. No quería que los británicos se llevaran una idea equivocada de ella. Pero ¿cómo evitarlo con el modelito que llevaba?

Cuando la tarde anterior Victoria había visto el vestido que su hermanastra le había traído de París, le había dado las gracias, pero había decidido al momento que no pensaba ponerse aquella monstruosidad. ¿Adónde pensaba que iba?, ¿a una entrega de los premios Billboard? Serena y sus amigos no pararon hasta que Victoria se probó el vestido allí mismo, en el salón.

Cuando Charles Lampard entró en la casa en aquel momento, Victoria respiró aliviada. Por fin su padre pondría fin a ese despropósito. El diplomático miró de arriba abajo a Victoria, que iba embutida en un vestido negro, cuajado de brillantes de Swarovski. El vestido era corto y le dejaba al descubierto buena parte de los muslos. Una de las mangas era larga, pero la otra era inexistente, y dejaba a la vista el hombro y un trozo de espalda. Vamos, un vestido para ir a una fiesta de petardeo, por la noche. No a un seminario donde acudirían figuras de la primera división de la diplomacia mundial.

—Serena, ¿ése es el vestido por el que acaban de cargarme

en la cuenta tres mil libras? —preguntó Charles, frunciendo mucho el ceño.

—Sí, papi. ¿A que es ideal? —exclamó Serena, colgándose de su brazo mientras sus dos amigos aplaudían a su espalda—. No, no me des las gracias. Sé que metí la pata yendo al programa, y te prometí que arreglaría las cosas con Victoria. Pues ya está. Con este vestido de la colección exclusiva de Nina Ricci, a mi hermanita se le van a abrir todas las puertas.

Charles se volvió hacia los palmeros y levantó una mano para hacerlos callar.

—Ya basta, por favor. He tenido un día horrible y mañana, con el seminario, voy a tener que desdoblarme. Voy a darme un baño y preferiría no oír gritos en casa.

—Pero, papá —empezó a protestar Vicky.

—Ahora no, Victoria. Mañana estaré por ti todo el día.

—Papá, no seas así —dijo Serena, que estaba disfrutando mucho con la incomodidad de su hermanastra—. Vicky sólo quiere que le digas que está guapa.

Victoria abrió la boca para protestar, pero Charles Lampard se dirigió a la escalera y desde el primer escalón se volvió y alzó los brazos como si fuera Moisés a punto de separar las aguas.

—Chicas, estáis preciosas.

—¡Muchas gracias, ministro! —exclamó Rupert Hilton con descaro.

Charles se llevó las manos a las sienes y cerró los ojos antes de replicar:

—No te lo decía a ti, Rupert.

Rupert y él suspiraron de frustración a la vez.

—Y no soy ministro. ¿Cuántas veces tengo que decírtelo? Victoria, mañana a las nueve en punto nos recogerá el coche oficial. No me hagas esperar.

—¿Pretendes que vaya así?

—Serena ha hecho un curso de estilismo. Si ella dice que vas bien, es que vas bien. Olvídate de tu ropa provinciana. Tienes que ser más cosmopolita.

Vicky no daba crédito a sus oídos. Cuando Charles cerró la puerta del dormitorio principal, en la planta noble, ella subió a su cuarto, una de las buhardillas de la segunda planta. Sin embargo, antes de llegar oyó las voces de Serena y de sus amigos, que subían a la habitación de su hermanastra, situada también en la planta noble. A Victoria nunca le había importado que su habitación estuviera al lado de las de los criados. Aunque no se creía la explicación que le había dado su madrastra —que para los pocos días al año que pasaba en la casa era tontería ocupar una de las habitaciones de invitados—, siempre le habían gustado las buhardillas. Le encantaba leer sentada en el hueco de la ventana, como si fuera la protagonista de una de las novelas románticas que tanto le gustaban. Al oír que su hermanastra y sus amigos cuchicheaban en voz baja, se asomó al hueco de la escalera para oír lo que decían.

—Eres una *crack*, Serena —susurró Ginny—. ¡Qué buena idea comprarle ese trapo en Camden y hacerlo pasar por un vestido de alta costura!

—Y quedarte el resto del dinero para tus compras. ¡Brillante! —exclamó Rupert—. Tienes que dejarme los nuevos polvos de sol del Sahara. Con el calor se me ponen unos brillos espantosos.

—Mi padre no se entera de nada —replicó Serena—. Si no se enteró de que me gasté el dinero del curso de estilismo en irnos de viaje a Ámsterdam, ¿cómo se iba a enterar de esto?

Victoria se había mordido la mano para no gritarle a su hermanastra lo que pensaba de ella.

«Esto no quedará así, niñata —se juró—. Y el trapo este se lo va a poner Rupert, si quiere, ¡porque lo que es yo!»

Pero la venganza iba a tener que servirse fría. Esa mañana, cuando Victoria fue a buscar el traje de chaqueta y pantalón color tabaco, la camisa blanca y los zapatos con seis centímetros de tacón que había dejado preparados la noche anterior, se encontró con que habían desaparecido y que su lugar lo ocupaba el infernal vestido de mercadillo.

Entonces llamó a la asistenta para preguntarle qué había pasado, ésta le dijo que la señorita Serena le había dado instrucciones la noche anterior de entrar a las cinco de la mañana a buscar toda la ropa de la señorita Victoria y llevarla a la tintorería.

«Es una zorra de mucho cuidado, pero como zorra no tiene rival», admitió Victoria, reconociendo su derrota mientras se ponía el vestido y unos zapatos rojos con un tacón de doce centímetros que formaban parte del regalo envenenado de su hermana y que parecían gritar a cada paso que daba: «Sexo, sexo, calentito, acabado de salir del horno, me lo quitan de las manos».

—Vamos, date prisa —dijo Charles Lampard, volviéndose hacia Victoria, que estaba llegando al fin a la puerta del Foreign Office.

Vicky se bajó el vestido —que volvió a quedar inmediatamente en el mismo sitio, justo debajo de las nalgas—, se plantificó una sonrisa en la cara y entró en el ministerio, al lado de su padre.

Un par de horas más tarde, la organización hizo el primer *coffee break*. Tras la presentación, a cargo del secretario del Departamento de Comercio e Inversiones, llegó la charla del expresidente de un país del sureste asiático. A Victoria, que se sentía como si fuera una niña en un parque de atracciones, todo le resultaba fascinante, pero muchos de los asistentes no se molestaban en disimular que en realidad estaban allí para conseguir el teléfono o, al menos, hacerse una foto al lado de una de las estrellas de la política mundial. Era el caso de Stephen Hamilton, el ayudante de Charles Lampard y uno de los nombres que más sonaban en los despachos como relevo de su jefe tras su jubilación.

En cuanto Charles le había presentado a su hija, Stephen había tenido que echar mano de toda su flema inglesa y toda su experiencia como diplomático para no quedarse con la boca abierta. Le había besado la punta de los dedos y había afirmado que era un auténtico placer. Tras ver que Stephen —de pelo rubio, muy fino, que ya empezaba a clarear por la coronilla y gafas de pasta— se cubría la entrepierna estratégicamente con la carpeta del seminario, Victoria dedujo que sus palabras eran sinceras.

Durante la pausa para el café, Charles cumplió su palabra y estuvo por su hija. Al menos durante los primeros diez minutos. Se dedicó a presentarle a los miembros de su equipo y a todas las personas conocidas con las que se encontraban. Pero cuando el ministro reclamó su presencia poco después, Charles le encargó a Stephen que cuidara de Vicky.

Una vez a solas, el joven Hamilton carraspeó.

—Caramba, Victoria, había oído hablar mucho de ti, pero la verdad es que los comentarios se quedaban cortos.

—Vaya, no sé si darte las gracias o retarte a un duelo al amanecer en Rotten Row.

Stephen se echó a reír.

—Muchas novelas victorianas has leído tú.

—¿Qué te habían contado?

—Tu padre me ha hablado mucho de ti. Está muy orgulloso de todo lo que estás consiguiendo.

—Ya. ¿Sabes si sigue enfadado por lo del concurso?

—Hombre, no le hizo ninguna gracia, no te voy a engañar, pero se enfadó más con Serena que contigo. Sabía que tú estabas allí con un objetivo. Pero lo de Serena le dio mucha rabia. Si no hubiera ido a España, la prensa británica no se habría enterado de tu participación.

—Ya. He arrastrado el nombre de los Lampard por el barro —susurró Victoria con la cabeza gacha, recordando las palabras de su padre.

—No te fustigues. Mira.

Ella levantó la cabeza y miró en la dirección que Hamilton le señalaba discretamente.

Un hombre no muy alto, con el pelo blanco, estaba rodeado por un grupo tan numeroso de personas que no se le veía la cara. Cuando el grupo se abrió un momento, Vicky vio sorprendida que se trataba de Dominique Strauss-Kahn.

—Envuelto en escándalos sexuales, acusado de proxenetismo y desvío de fondos... —enumeró Stephen—. Y ¿a ti te parece que esté avergonzado?

Victoria lo vio hablando y riendo animadamente, mientras una chica se le acercaba para hacerse un *selfie* con él.

—Pues no mucho, la verdad.

—La gente tiene muy poca memoria. Recuerdan si han visto a alguien en la televisión o no. Pero son muy pocos los que recuerdan por qué salía esa persona por la tele. Les da igual si era por haber atracado un banco o por haber ganado un *reality*. Así que yo no me preocuparía mucho —añadió él, guiñándole un ojo.

—Bueno, visto así, quizá lo mío no sea tan grave. ¡Muchas gracias, Stephen!

El asistente de Charles se ruborizó vivamente.

Victoria pensó en Manu. No lo había visto ruborizarse nunca. Era él quien lograba que ella se ruborizara cada vez que la desnudaba con la mirada o le susurraba algo al oído.

«¡Golfo!», se dijo sonriendo.

Pensando que la sonrisa cariñosa iba dirigida a él, Stephen se animó y le ofreció un brazo.

—Ven, te acompaño a la mesa de refrigerios. ¿Te apetece un café? ¿Un té?

En ese momento, Victoria vio que Strauss-Kahn se había fijado en ella y se acercaba en línea recta, observándola con una mirada depredadora.

—Voy un momento al baño —se excusó, y salió disparada en dirección contraria.

En el baño, Vicky cruzó la mirada en el espejo con una mujer de unos sesenta y cinco años que se estaba retocando el maquillaje.

Victoria se sentó en un banco del baño. Apoyó los codos en las rodillas y la cabeza en las manos.

—¿Estás bien, querida? —le preguntó la mujer—. ¿Te has mareado?

Vicky alzó la cabeza para agradecerle su preocupación. Al fijarse mejor, se dio cuenta de que se trataba de Hillary Clinton. Tras la sorpresa inicial, reaccionó.

—No, no, gracias. Estoy bien. Sólo estaba huyendo de...

Al ver que la joven belleza se interrumpía, Hillary torció el gesto incómoda.

—No me lo digas. Estabas huyendo de mi marido, como si lo viera.

—¡Noooo, noooo! —exclamó Vicky, viendo que estaba a punto de provocar un conflicto entre uno de los matrimonios más poderosos del mundo—. Estaba huyendo de Strauss-Kahn. Venía hacia mí y...

—Mmm —murmuró Hillary, fijándose en el modelito de Victoria—. Hombre, viendo la ropa que llevas, una pensaría que eres de las que corren detrás de los hombres como Dominique, y no salen huyendo de ellos. ¿Cómo te llamas, querida?

—Victoria Lampard, señora Clinton. Es un auténtico honor conocerla. La admiro mucho. Y no se fije en la ropa, por favor. Mi hermanastra me ha boicoteado el vestuario, pero mi sueño es labrarme un porvenir en la diplomacia. Hablo cuatro idiomas y...

Hillary la interrumpió levantando una mano. La desconocida cada vez le despertaba más curiosidad. Abriendo el bolso, sacó una tarjeta y se la dio a Victoria.

—Sé lo que se siente cuando son los tuyos los que te boicotean la carrera desde dentro. Mándame un email. Cuéntame tu historia. Tal vez podamos colaborar.

—¡Gracias! Sí, claro que lo haré.

—Vamos. Cuando llegan a una edad, los hombres se convierten en carcamales. En todo el mundo. Vas a tener que aprender a lidiar con ellos. Aunque con ese vestido no es buena idea. Ven. Yo te protejo —añadió guiñándole el ojo—. Conmigo no se atreven.

Las dos mujeres se dirigieron juntas a la puerta del baño. Al salir, Victoria vio sorprendida que tres hombres estaban esperando fuera, como un comité de recepción. Al fijarse, se quedó lívida. ¡Junto a Strauss-Kahn estaban Berlusconi y el marido de Hillary, Bill Clinton!

—Bill, qué amable por tu parte venir a recogerme al baño

—comentó Hillary con ironía—. ¡Silvio, *caro*, cuánto tiempo sin verte! Dominique, ¿cómo te va?

Mientras su nueva amiga Hillary cumplía su promesa de ahuyentar a los moscones, Victoria se alejó rápidamente en dirección a Stephen. Los fotógrafos del acto no perdieron detalle de todo el encuentro. Horas más tarde, los principales periódicos y revistas digitales mostraban en portada la imagen de Victoria embutida en el brillante vestido y cimbreándose sobre los zapatos de tacón, mientras Hillary Clinton trataba de mantener a raya a los tres mandatarios que se la comían con los ojos.

Capítulo 26

No todo son bombones en casa del embajador

Cuando el Tuerkas llegó a la carpintería cabizbajo y empezó a arrastrar los pies a un lado y a otro, Manu supo que le ocultaba algo.

—¿Qué pasa, *pisha*? ¿Han salido más fotos de cuando me empotré a la Vicky en la farola? ¡Qué cansinos son, por Dios!

—No, parece que de eso ya se han cansado.

—Pues ¿qué pasa, tío? Me estás preocupando.

El Tuerkas le alargó el teléfono para que viera las imágenes que aparecían en todas las revistas digitales.

—Ja, ja, ja. Vaya con los tres tenores. Menuda pillada. Aunque es normal. No son de piedra. Y la muchacha está un rato buena. Buen culo tiene. De hecho, me recuerda al de...

Manu se interrumpió y miró a su amigo. La cara del Tuerkas se lo dijo todo.

—¡No me jodas, tío!

Benito asintió muy serio.

—Al menos en eso estamos todos de acuerdo. En Twitter ya es *trending topic*.

—¿El qué es *trending topic*? —preguntó Manu—. ¿El culo de la Vicky?

—Ajá.

El Tuerkas, que había entrado en Twitter, le mostró los TT. Uno de los primeros era #EsoEsUnCuloYNoElDeLaKardashian.

Manu se puso de todos los colores.

—¡Hasta aquí podíamos llegar! —exclamó. Estaba de un humor de perros. Sólo llevaba una semana separado de Victoria, pero le daba la sensación de que habían pasado meses. La echaba de menos con todas las partes de su cuerpo—. Enrique, ¿puedes ocuparte tú de terminar este envío? Tiene que salir esta mañana.

—Claro, vete tranquilo.

—¿Adónde vas, Manu? —le preguntó el Tuerkas, corriendo tras su amigo—. No irás a hacer ninguna tontería, ¿verdad?

—Voy a hablar con Carmen.

—¿Tienes su teléfono? ¿Quieres que llame a Emma?

—Tengo su teléfono, pero voy a hablar con ella personalmente.

—¿Ahora, así? —preguntó Benito, al ver que Manu se dirigía a su coche vestido con el mono de trabajo. Como tenía calor, se había quitado la parte de arriba y la llevaba anudada a la cintura. Una camiseta blanca, de tirantes, le marcaba todos los músculos del pecho.

—Así. Ahora. Ya he tardado demasiado. ¿Te vienes?

Manu ya había puesto el coche en marcha. El Tuerkas había dejado un coche a medio arreglar, pero la tentación de volver a ver a Emma era demasiado fuerte.

—¡Voy! —Benito entró en el coche justo a tiempo, mientras Manu arrancaba y ponía el vehículo en marcha a demasiada velocidad—. No puedo dejarte solo en este estado. Frena ahora mismo, capullo. ¿Quieres atropellar a alguien?

Manu frenó en seco, bajó del coche y lo rodeó. Cuando abrió la puerta del acompañante, el Tuerkas lo miró extrañado.

—¿Qué pasa? Sí, te he llamado capullo. ¿Vas a darme una paliza, capullo?

—No, gilipollas. Tienes razón. No puedo conducir así. Conduce tú. ¡Venga, mueve el culo!

Al oír la palabra *culo*, al Tuerkas se le escapó la risa. Salió del coche agachando la cabeza, temiéndose la colleja de su amigo.

Un par de horas más tarde, Manu y el Tuerkas estaban sentados en el salón de casa de Carmen y Rocío.

Emma no estaba. A raíz de su aparición en televisión como representante en plató de Victoria, le habían ofrecido un puesto de reportera a tiempo parcial en Onda Algeciras Televisión. Estaba grabando un reportaje, pero le había pedido a Benito que la esperaran. Llegaría para comer con ellos.

—Es que me da mucha rabia, Carmen —dijo Manu. Estaba sentado en la punta del sofá, echado hacia adelante, con los codos apoyados en las rodillas y la cabeza gacha—. Estar lejos de la Vicky es una tortura, pero me consuelo diciéndome que es lo mejor para ella, que está haciendo realidad su sueño —añadió sacudiendo la cabeza.

Carmen y Rocío se miraron y suspiraron.

—Aunque lo de la foto no lo entiendo. ¿Por qué va vestida así? Tantos aspavientos el Charlie con el *reality* y ahora está haciendo lo mismo. ¿No se suponía que tenía que cuidar de Victoria? ¿Qué pasa con todo ese rollo de que no arrastrara el apellido de la familia por el barro?

Manu se levantó y empezó a caminar a un lado y a otro del salón.

—De verdad. Por más vueltas que le doy, no lo entiendo.

Rocío se levantó a su vez.

—¿Te preparo una tila, hijo? —le preguntó.

—No, gracias, Rocío. No me gustan las hierbas, y menos en

infusión. ¿No tendréis un whisky de esos que servís en el Monkey Island para las emergencias?

—La verdad es que no. Sería como llevarnos el trabajo a casa —respondió Carmen—, pero si quieres una cerveza...

—Que sean dos, por favor —replicó el Tuerkas.

Mientras Rocío preparaba una bandeja con cuatro cervezas y unas aceitunas, Carmen les contó a los chicos lo que sabía.

—Hoy no he podido hablar con Victoria. Me ha dejado un whatsapp antes de entrar en el seminario, diciéndome que estaba bien y que me llamaría esta noche. Pero las otras veces que he hablado con ella esta semana...

Manu le agradeció la cerveza a Rocío y, tras darle un trago, animó a Carmen a seguir.

—¿Cómo la notaste? —le preguntó.

La mujer resopló antes de responder.

—Muy mustia, hijo. —Aunque Victoria había tratado de sonar animada, no podía engañar a su madre. Y por mucho que le dijera lo bonito que estaba Londres en verano y lo bien que la trataba su padre, Carmen sabía que su niña estaba deseando volver a casa para estar con su amor—. Me dijo que Charles le había pedido que se quedara a pasar el mes de julio con él. Que tenía planes para ella.

Tras acabarse la cerveza de un trago, Manu se levantó.

—Me voy a buscarla, Carmen. Aunque tenga que plantarme en mitad del Foreign Office ese. Quiero que el Charlie me explique qué planes son ésos. Y que Victoria me diga a la cara que lo está haciendo por voluntad propia.

Ella lo miró con aprobación. Le gustaban los hombres decididos.

—Pues me parece muy bien. Pero mejor no te presentes así en el Foreign Office, o los *paparazzi* van a dar palmas con las orejas. ¿Dónde hay un papel? Te anotaré la dirección del Charlie, como tú lo llamas. Creo que hasta Charles estará de acuerdo en que es mejor que habléis en privado.

Dos días más tarde, Charles Lampard miró por la ventana del salón y sonrió. El Jaguar de su asistente, Stephen, se había detenido frente a la puerta principal. Todo estaba saliendo según lo previsto. Charles estaba seguro de que, en cuanto se apartara del Tarzán con el que había estado jugueteando por la isla como una salvaje, Victoria recordaría cuál era su auténtica vocación. Y para eso le había pedido ayuda a Stephen. Lo había liberado de sus compromisos laborales para que pudiera dedicarse a acompañar a su hija a todas horas del día y de la noche. El seminario había durado tres días y había sido un éxito rotundo. La segunda parte del plan consistía en convencer a Victoria para que se quedara un poco más en Inglaterra. La presentaría en sociedad. Entre él, Serena y Stephen la presentarían a todo Londres. Y una vez metida en el mundo de las fiestas, las inauguraciones de arte, las regatas y las carreras de caballos, su antigua vida junto al Peñón de Gibraltar le resultaría insoportablemente provinciana.

Stephen y Victoria seguían despidiéndose dentro del coche. Charles le había dado permiso a su asistente para que empleara todos los trucos necesarios para convencer a su hija de que quedarse era una buena idea.

—Dentro de un orden, por supuesto —le había advertido, frunciendo mucho el ceño y mirándolo amenazadoramente por encima de las gafas que usaba para leer.

—Por supuesto —había replicado el joven diplomático, tragando saliva.

A medida que pasaban los minutos, empezó a dudar de que a Stephen le hubieran quedado claros los límites. Pero Charles no debería estar preocupándose, ya que Victoria los tenía clarísimos.

Tras compartir tres días de seminario y un día de turismo urbano con el asistente de su padre, Victoria había entendido algo que hasta ese momento se le escapaba un poco: el concepto *friendzone*. No hacía más que encontrarse la palabreja en los blogs y las revistas.

Tras un intenso día visitando galerías de arte, Stephen la había sorprendido llevándola a cenar a The Ivy, uno de los restaurantes más exclusivos de Londres. La factura había corrido a cargo de su padre, pero eso Victoria no lo sabía. Al llegar frente a la puerta de la casa de los Lampard, Stephen había tratado de besarla. Lo que al principio le había parecido una de las misiones más duras que le había encomendado su jefe, se había convertido en un regalo de cumpleaños anticipado al ver aparecer a Victoria en el seminario vestida como una estrella de pop buscando guerra. Y el resignado Stephen se había convertido en un seductor profesional. O eso era lo que él pensaba.

—Stephen —dijo Victoria, deteniendo el avance de su acompañante apoyándole las dos manos en el pecho al ver que él se acercaba lentamente a su rostro con los ojos cerrados—, creo que no es una buena idea.

—Mmm —murmuró él, que en su mente ya estaba sumergido en lo que iba a ser el inicio de su fulgurante carrera como diplomático. Al notar las manos de Victoria en su pecho, la agarró por las muñecas y se llevó sus dedos a la boca para besárselos con devoción.

—¡Stephen! —exclamó ella horrorizada. Al oírla gritar, él abrió al fin los ojos—. ¡Que no! —le dijo sacudiendo la cabeza para que lo entendiera—. Que me lo he pasado muy bien contigo y que espero que sigamos siendo amigos mucho tiempo, pero esto —dijo señalando con el dedo alternativamente a Stephen y a ella— es imposible. ¿Sabes lo que es la *friendzone*? Pues tú y yo somos *friendzone*. Amigos y sólo amigos. Vamos, que nos podían sacar en las revistas como ejemplo de *friendzone*. Con banda sonora de Los Manolos. —Victoria, nerviosa, empezó a dar palmas—. ¡Ay, amigos para siempre, eeeehh, eeeehh!

Stephen, avergonzado, bajó del coche y se dirigió a la puerta del acompañante para abrírsela a Victoria.

A Manu, que llevaba media hora esperando en la acera de enfrente sin atreverse a llamar a la puerta de la casa, se le iluminaron los ojos al ver salir a Victoria del vehículo, aunque enseguida se le volvieron a ensombrecer.

«¿Qué hacía tanto rato metida en ese cochazo con el niño *repeinao* de las pelotas? Mira qué cara de estreñido tiene. No me extraña. Con el suéter rosa que me lleva *anudao* al cuello, seguro que no le llega el aire al cerebro.»

Ajena a las miradas de su padre y de Manu a lado y lado de la calle, Victoria bajó del coche y acarició la cara del apurado Stephen con la mano. Manu no oyó lo que le decía, pero vio que se despedía de él con un cariñoso beso en la mejilla.

Como si fuera el cuento de *La bella durmiente* a tres bandas, el beso de Victoria sacó a Manu del sueño en el que vivía desde que ella le había dicho que lo amaba.

«¿Qué demonios estoy haciendo aquí? —se dijo mirando a su alrededor. Se fijó en las mansiones, en el Jaguar en el que había llegado Victoria y en el chico que la acompañaba, que emanaba alta cuna y pedigrí por todos los poros—. Victoria está donde tiene que estar. Déjala seguir con su vida.»

Vicky se despidió de su acompañante saludándolo con la mano desde la puerta y desapareció en el interior de la mansión. Stephen subió al coche y se marchó tan deprisa como pudo.

«Fue bonito mientras duró —se dijo Manu—. Guarda el recuerdo de esas semanas en la isla. Eso no te lo quita nadie. Pero aquí ya no pintas nada, campeón.»

Manu empezó a andar calle abajo en dirección a la estación de tren, pero en ese momento las luces de un coche lo cegaron. Esperó a que pasara de largo para seguir su camino, pero el vehículo —que resultó ser un coche de policía— se detuvo justo a su lado y encendió las luces estroboscópicas. Dos agentes salieron del automóvil y, al ver que Manu seguía su camino, le dieron el alto. Manu se volvió hacia ellos, sorprendido.

—¿Yo? ¿Por qué? Si yo no he hecho *ná*.

—*Hands up!* —le ordenó el agente. Manu sabía muy poco inglés, pero gracias a las noches pasadas en las discotecas de la playa sabía que cuando alguien decía eso tenía que levantar las manos.

—Pon tus *hands up in the air*, pon tus *hands up in the aaaair* —canturreó mientras levantaba las manos para quitarle hierro al asunto.

Sin embargo, a los agentes no les hizo ninguna gracia. Uno de ellos lo estampó contra el lateral del coche mientras el otro le ponía las esposas.

Alertados por las luces del coche policial, los vecinos de la zona empezaron a asomarse a las puertas y a las ventanas.

—¿Qué pasa? —preguntó Victoria a su padre, que seguía pegado al cristal de la ventana.

—La policía. Parece que han detenido a un vagabundo. O eso espero. En los tiempos que corren, podría ser un terrorista suicida.

Victoria se estremeció. Tener que enfrentarse a los extremismos y radicalismos tanto políticos como religiosos era lo que más miedo le daba de su carrera. Pero no podía esconder la cabeza debajo del ala. Tenía que enfrentarse a sus miedos. Se acercó a su padre y se asomó al ventanal.

Cuando uno de los agentes agarró al detenido por el pelo y le levantó la cabeza, Victoria comprobó horrorizada que se trataba de Manu.

—¡No! ¿Qué hacen? ¡Manu no es un terrorista! ¡Es un error!

Echó a correr hacia el vestíbulo.

—Victoria, no salgas. ¿Quieres volver a verte envuelta en un escándalo?

—¡Me importa una mierda el escándalo! —exclamó ella, fuera de sí. Tenía que aclarar las cosas antes de que se lo llevaran.

De un empujón, apartó al mayordomo que salía de la cocina con una bandeja llena de bombones Ferrero Rocher. El hombre logró mantener el equilibrio, pero los bombones salieron volando y crearon una lluvia dorada y muy calórica en el vestíbulo del exembajador.

—*Stop!* ¡No se lo lleven! —exclamó Victoria saliendo de la casa—. Se están equivocando. No es un terrorista. ¡Es Manu!

—¿Man U.? —repitió el agente—. ¿A qué se refiere, señorita? —le preguntó en inglés—. ¿Quiere decir que es un jugador del Manchester United?

—No —replicó su compañero—. No lo he visto nunca.

—Igual es un fichaje para la próxima temporada.

Manu miraba a uno y a otro sin comprender nada.

El padre de Victoria salió en ese momento en busca de su hija.

—Agentes. Soy Charles Lampard, asesor del ministro de Asuntos Exteriores. ¿Algún problema?

Los agentes lo saludaron llevándose los dedos a la gorra.

—Buenas noches, señor. Su vecina alertó de que había un hombre sospechoso rondando por la zona. Pero al parecer se trata de un jugador de fútbol que se ha perdido. No me extraña. La Premier ya no es lo que era. Fichan a jugadores de todas partes. No hay quien pronuncie sus nombres.

A pesar de que Manu estaba esposado y agarrado por dos *bobbies*, a Victoria se le escapó la risa, pero se obligó a serenarse para acabar con el malentendido de una vez.

—No es un jugador de fútbol. Es Manuel Soto, mi novio —afirmó—. Y yo soy la hija del señor Lampard, así que yo de ustedes soltaría al futuro yerno del asesor del ministro y aquí no ha pasado nada.

—Vaya, disculpe, señorita —dijo uno de los agentes mientras le quitaba las esposas a Manu—. Mike, vamos a aclarar las cosas con la vecina. Que tengan buena noche.

Al quedar libre, Manu se acercó a Victoria, que se lanzó en sus brazos.

—Estás loco —le susurró—, pero me alegro mucho de que estés aquí. Te he echado tanto de menos...

—Y yo, mi niña. Ni te lo imaginas —murmuró él, abrazándola con más fuerza y besándole la cabeza—. Luego me cuentas qué ha pasado, porque no he entendido nada. Bueno, sí. He entendido la palabra *fútbol.* ¿Querían saber si sois parientes de Frank Lampard?

Vicky se echó a reír. Desde que había vuelto a los brazos de Manu, alguien le había dado al interruptor y su vida volvía a estar iluminada.

—Sí, luego te lo cuento.

—Victoria, haz el favor de comportarte. Estás dando un espectáculo delante de todos los vecinos —la reprendió su padre—. Entra en casa.

—Entraré encantada si Manu entra conmigo —replicó ella—. No pienso dejarlo solo.

A regañadientes, Charles aceptó. Aunque no le apetecía nada meter al carpintero en su casa, le apetecía menos aún seguir siendo el centro de atención de las miradas de todo el vecindario.

Mientras la pareja se dirigía a la puerta siguiendo a Charles, dos nuevos vehículos rompieron la paz del barrio de Belgravia, que normalmente era de los más tranquilos de Londres.

Al mirar por encima del hombro, Victoria vio que se trataba de una limusina blanca. Por el techo solar asomaban tres torsos familiares.

«Oh, no», se dijo.

Serena, Ginny y Rupert llegaban riéndose a carcajadas. Se notaba que habían tomado más de un gin-tonic. Una moto los seguía de cerca. En la motocicleta iban montados dos hombres. El de detrás, cámara de televisión al hombro, no se perdía detalle de la escena.

—¿Qué has hecho ahora, hermanita? —preguntó Serena con ironía—. Es que no puedo dejarte sola. Te pierdo de vista un momento y ya tienen que llamar a la policía. Esta noche le tocaba a Stephen hacerte de canguro, pero ya veo que te las has apañado para escabullirte de él y reunirte con tu... amiguito —añadió mirando a Manu con una mezcla de desprecio y lujuria.

—Un poco de respeto, Serena. Manu es mi novio.

A los tres amigos se les escapó la risa.

—Oh, sí, mis respetos, lord... Manuel —se burló Serena—. Por cierto, acabas de hacerme ganar cien libras. —Alargó la mano hacia Ginny, que torció el gesto y desapareció dentro del vehículo buscando el bolso—. Me aposté que tu amiguito no tardaba ni una semana en venir a instalarse a Londres, buscando los papeles.

—¡No busca los papeles! —lo defendió Victoria.

—¿Qué dice la Serena esa, que es la Serena menos serena que me he *echao* en cara? Estos tres se han bebido hasta el agua de los floreros.

Como si quisiera darle la razón, Ginny bajó de la limusina y tropezó. Se habría caído de boca si Manu no hubiera impedido el golpe agarrándola y levantándola por la cintura.

—¿Estás bien, *miss*?

Ginny le apoyó las manos en el pecho y le dirigió una sonrisa bobalicona.

—Pues si Victoria no se casa contigo para darte los papeles, igual tú y yo podríamos llegar a un acuerdo —le dijo en inglés, acariciándole el torso con un dedo hasta llegar al cinturón.

—¡Epa! —exclamó Manu, empujando a la chica con suavidad y obligándola a sentarse en el asiento de la limusina—. Esto no hace falta que me lo traduzcas. ¡Se le entiende *to* a la amiga!

—No sé cómo te atreves a avergonzar a tu padre de esa manera —le echó en cara Serena a Victoria, levantando el tono de voz.

Los policías salieron entonces de casa de la vecina acompañados por ésta, que no recordaba la última vez que había visto tanto movimiento en la calle.

—¿Será posible? No soy yo la que estoy montando el numerito. Ha habido un malentendido con la policía y lo estábamos arreglando tranquilamente.

—Una cosa es revolcarte por la arena con el salvaje en el Caribe. Al fin y al cabo, es un *reality*. Y hoy en día no eres nadie si no tienes tu propio *reality*. —Buscando la cámara, saludó—: ¡Hola, MTV! Soy Serena Lampard y esto es «Serenity», el *reality* de Serena. —Volviéndose hacia Victoria, siguió con su perorata desde lo alto de la limusina—: Pero otra muy distinta es meter al salvaje en casa. Si pone un pie dentro, no nos lo quitaremos de encima ni con agua caliente. Todo el mundo sabe cómo son estos españoles muertos de hambre. Si mamá vuelve y se lo encuentra en casa, le dará un ataque y será culpa tuya.

Victoria no daba crédito a lo que estaba oyendo. Miró a su padre, esperando que dijera algo y dando las gracias porque Manu no entendiera nada de lo que estaba diciendo la tarada de su hermanastra.

Pero Serena no había dicho la última palabra. Envalentonada por el alcohol y la presencia de las cámaras, continuó con su discurso:

—Además, ¿cuánto tiempo crees que tardarán en seguirlo toda su parentela? Son como las cucarachas. Primero se asoma uno y, cuando está instalado, silba y aparecen otros cuarenta. Son una panda de sanguijuelas que sólo quieren chuparnos la sangre a los honrados británicos.

—¡Papá! —exclamó Victoria indignada, volviéndose hacia su padre. Él no dijo nada, pero su cara ceñuda y su mirada implacable le transmitieron mucho más que unas diplomáticas palabras conciliadoras—. ¿Tú piensas lo mismo que ella?

Charles alzó la barbilla y mantuvo un silencio terco.

—¡Pues no me digas más! ¡Ya me lo has dicho todo! —exclamó Vicky—. Volviéndose hacia la puerta de la mansión, añadió—: ¡Gordon! No disimule, sé que está detrás de la puerta. Prepare mi maleta inmediatamente y bájemela aquí. No pienso volver a poner un pie en esa casa.

Mientras el mayordomo subía a la habitación de Victoria

sin molestarse en disimular, ella se volvió hacia Serena, que estaba muerta de la risa, abrazada a Rupert.

—No sabes la pena que me das —le dijo Vicky alzando la barbilla—. Teniendo que comprar a tus amigos y malgastando tu juventud sin trabajar ni hacer nada, ni por tu país, ni por tu familia ni por nadie.

—¡Trabajar! —se burló Serena—. Qué concepto tan obrero. ¿Para qué voy a trabajar, si no lo necesito?

—Victoria, tu hermana está estudiando. Acaba de hacer un curso de estilismo.

A Rupert y a Ginny se les escapó la risa.

—¿Qué pasa? —preguntó Charles.

—¿Se lo cuentas tú o se lo cuento yo? —Victoria miró a Serena y alzó una ceja.

—¿Qué le vas a contar tú, española muerta de hambre?

—Lo que oí la otra noche en la escalera, justo antes de que mandaras toda mi ropa a la tintorería —le recordó Victoria.

Serena mantuvo la calma. Conocía a su hermanastra y sabía que no era una chivata. Si ella no decía nada, todo iría bien.

—Sí, Serena, *darling*, ¿no te acuerdas? —comentó Rupert, que había perdido el filtro en algún momento entre el cuarto y el quinto gin-tonic—. Ay, ¿qué harías sin mí? Fue cuando hablábamos de que tu padre no se entera de nada y de que, si no se enteró de que habíamos ido de viaje a Ámsterdam con el dinero del curso, tampoco se iba a enterar de que nos habíamos gastado el dinero de la ropa de Victoria en cosas para nosotros.

Serena se volvió hacia el que acababa de dejar de ser su BFF.

—Rata traidora, largo de aquí —dijo dándole un empujón—. No quiero volver a verte nunca más. Sólo te quería para que me llevaras el Instagram, pero tengo mil como tú haciendo cola para sustituirte. ¡Largo! *¡Next!*

El cámara grabó un plano de Rupert alejándose calle abajo dando bandazos antes de volver a enfocar a las hermanas, que se estaban dirigiendo una mirada que no era precisamente de amor fraternal.

—Pero claro —prosiguió Victoria—, la garrapata es Manu, que lleva trabajando desde los dieciséis años y manteniendo a su madre y a su hermana. La cucaracha es él, que se cortaría una mano antes de dejar su preciosa ciudad y de venir a vivir entre clasistas como tú. Menos mal que no todos los ingleses son como vosotros, porque Londres me encanta y quiero volver. ¡Pero en esta casa no me veis el pelo nunca más!

Volviéndose hacia la mansión, vio entonces que el eficiente mayordomo le tenía la maleta preparada.

—Muchas gracias, Gordon. Despídame de Mary y de los demás. Dígales que son lo mejor de esta casa.

Cuando el mayordomo le dirigió una inclinación de cabeza a Victoria, a Manu le pareció que se le humedecían los ojos.

—Victoria —dijo Charles Lampard, viendo que las cosas se estaban saliendo de madre—. Deja esa maleta. Vayamos adentro y hablemos con calma. Ahora estás nerviosa. Pero no dejes que tu sangre española arruine tu futuro. Tienes una prometedora carrera por delante. Piensa en lo que más te conviene. Me he gastado mucho dinero en tu educación. ¿Así me lo pagas? ¿Tirándolo todo por la borda para irte corriendo detrás de... de... él? ¿Qué puede ofrecerte un hombre como él? ¿Una vida mediocre, atada a su cama, cocinando para él, cuidando de sus hijos?

La imagen que su padre estaba pintando le habría parecido un infierno unos meses atrás. Pero en esos momentos le resultaba cada vez más atractiva.

—Me has decepcionado mucho, papá —dijo Victoria—.

Hace tiempo que acepté que las cosas entre mamá y tú no eran un cuento de hadas. Me he esforzado estudiando y preparándome para que estuvieras orgulloso de mí. Y ¿para qué? Para que lo único que veas cuando me miras sea mi sangre española.

Ginny estaba ayudando a Serena a salir de la limusina, aunque estaba igual de perjudicada que su amiga. Sin hacer caso, Victoria siguió hablando.

—Ya veo que las cosas por aquí no han cambiado mucho. Sigues siendo un clasista y un colonialista. Nunca te he importado. El dinero que le enviabas a mi madre para mi educación en realidad era para que no tuvieras que avergonzarte de mí al verme. Pero siempre te importará más el buen nombre de la familia que mis sentimientos. Pues ¿sabes lo que te digo? Que me alegro de haber arrastrado el nombre y todo lo demás por el barro de la isla porque han sido los mejores días de mi vida. Gracias a Manu, he aprendido lo que es ser feliz y amar de verdad.

Victoria se volvió entonces hacia Manuel y lo besó apasionadamente, para regocijo del equipo de televisión, que grabó el beso en primer plano.

Mientras separaba los labios de los de Manu y le dirigía una sonrisa bobalicona, Victoria cayó en la cuenta de que no sabía para qué había viajado el gaditano a Inglaterra. La sonrisa se le borró de la cara y se transformó en una mueca de miedo.

—Dime que no has venido a dejarme —le susurró palideciendo.

—¿A dejarte? ¿Por qué dices eso? ¿Qué te ha dicho el Charlie?

Al ver que Manu se abalanzaba sobre el diplomático, Victoria trató de detenerlo interponiéndose entre ellos.

—No sé qué milonga le ha *contao* a su hija, pero seguro que es mentira. No le he puesto los cuernos ni vengo a dejarla. Eso es lo que usted quisiera, hijo de la Gran Bretaña. Somos distintos, eso está claro. Aunque lo que usted no puede entender es que la diferencia entre nosotros va más allá de la nacionalidad, la educación o la clase social. Usted lleva desde siempre intentando alejarla de su vida y cambiarla para que no le resulte una molestia. Yo estaba dispuesto a cambiar e incluso a permitir que se alejara de mí para que fuera feliz. Pero es evidente que aquí, a su lado, no va a ser feliz nunca. Porque usted ni la quiere como se merece ni hace el menor esfuerzo por comprenderla. Y, además, porque el *fish and chips* de las narices es una mierda en comparación con el adobo y los chipirones. ¡Y eso no hay seminario que lo arregle! —Dándole la mano a Victoria, empezó a alejarse de la casa—. ¡Vámonos de aquí, Vicky! ¡Esta gente no te conviene! He venido a buscarte porque vi la foto de los tres salidos aquellos mirándote el culo y ¡hasta ahí podíamos llegar! ¡El culo de la Vicky es patrimonio nacional!

El primer impulso de Victoria fue decirle que su culo no era de nadie, pero algo en la mirada ardiente y posesiva de Manu la encendió por dentro. Se le quitaron las ganas de protestar y se le despertaron unas ganas enormes de hacer otras cosas. Cosas que tenían mucho que ver con grandes peñones inhiestos y...

Vicky carraspeó.

—Sí, Manu. Vámonos de aquí.

Manuel agarró su maleta con una mano y a la dueña de la misma con la otra. La cámara de la MTV no se perdió detalle de la pareja, que se alejaba corriendo alegremente calle abajo. Cuando aún estaban a pocos metros de distancia, Manu se volvió y, sin dejar de correr, exclamó:

—¡Gibraltar, español!

Al oírlo, uno de los agentes de policía miró a Charles Lampard y le preguntó si quería que lo detuviera. El diplomático negó con la cabeza y vio cómo su hija salía de su vida. Lo peor que podía hacer en ese momento era echar más leña al fuego. No quería iniciar un nuevo conflicto diplomático con España pero, por encima de todo, no quería tener que enfrentarse a Carmen. Y si Victoria acababa en prisión, los gritos de Carmen harían temblar las paredes del Foreign Office.

—¡Manu, estás loco! —exclamó Victoria, que nunca se había sentido tan libre y tan feliz en toda su vida.

—¡Loco por ti, Vicky! Por ti me enfrentaría al Imperio británico y a su graciosa majestad, si hiciera falta.

Victoria se echó a reír y se volvió hacia su padre.

—¡Gibraltar, español! —exclamó, contagiándose de la euforia de Manu.

—Aunque nunca he entendido por qué la llaman *su graciosa majestad*, con lo siesa que es la mujer —comentó el gaditano—. Su madre sí que se veía más graciosa... Sería por los gin-tonics. —Le guiñó un ojo—. Dicen que son muy digestivos.

Al llegar a la estación Victoria, que no estaba lejos de casa de los Lampard, la pareja sacó billete para el aeropuerto de Gatwick y se sentó a esperar en un banco.

Manu abrió los brazos y Victoria se refugió en ellos. No habían tenido ni que hablarlo. Ambos sabían adónde iban. Volvían a casa. Cuando llegaran a Cádiz ya decidirían qué hacían con sus vidas.

—Te quiero —susurró Victoria, rodeándole la cintura con los brazos y hundiendo la cara en su pecho.

—Yo también te quiero, mi niña. No sabes cuánto —le aseguró él antes de besarla con vehemencia.

Pero tras unos minutos de besos y caricias furtivas, la euforia dio paso a las dudas. Manu había viajado con la idea de asegurarse de que Vicky estaba bien. Y aunque se alegraba mucho de volver a tenerla en su vida, no podía evitar pensar que tal vez algún día ella se arrepintiera de su arrebato y le echara en cara no haber tenido una carrera diplomática.

—Vicky, ¿estás segura? Aún podemos volver. Yo sólo quiero lo mejor para ti. Si tú quieres...

Victoria lo hizo callar con un beso.

—Estoy segura. Desde que has llegado, la vida vuelve a tener sentido. Me sentía tan fuera de lugar en esa casa...

—Pero mírate. Hace un momento estabas en el mejor barrio de Londres, en una mansión con mayordomo y una limusina en la puerta. Yo no puedo darte nada de eso. Mis manos están vacías.

Victoria sonrió. Las palabras de Manu le habían recordado al final de la película *Mujercitas*.

—Ninguna de esas cosas era mía, Manu. Y cada día alguien se encargaba de echármelo en cara. —Vicky puso sus manos entre las del gaditano y lo miró sonriendo—. Como decía Jo en *Mujercitas*: «Ya no están vacías».

A continuación, se acercó una de las manos de él a la cara. Le besó la palma, el dorso, y luego se metió el dedo corazón en la boca y lo succionó.

—No te imaginas lo mucho que te he echado de menos, mi amor —le dijo, haciendo descender el dedo húmedo de Manu por su cuello en dirección a los pechos.

—Victoria, ¡estás jugando con fuego! —le advirtió él.

Al ver que Manuel no podía apartar los ojos del dedo, cuando llegó al canalillo entre los pechos Vicky sacudió los hombros, traviesa.

Manu saltó como un resorte y se los agarró con las dos manos.

—¡*Ojú*, ahora sí que no están vacías!

Capítulo 27

Espetos, moragas y tortillas de camarones

Manu y Victoria llegaron a Cádiz al día siguiente. El Tuerkas fue a buscarlos al aeropuerto de Jerez acompañado por Mari Mar, la hermana de su amigo. El sol del verano bañaba de luz la ciudad, una mezcla de historia y de modernidad gracias al nuevo puente. Victoria admiraba la catedral asomada a la ventanilla del asiento trasero mientras se acercaban al centro.

—Qué preciosidad de ciudad. Es única. Distinta de todas las demás. Desde que estamos juntos, la miro con otros ojos. Creo que me estoy enamorando de Cai.

Manu la abrazó por detrás.

—Ahora que te he alejado de la amenaza de los tres tenores, ¿voy a tener que ponerme celoso de mi ciudad? —le susurró al oído.

—Si tu ciudad es capaz de hacerme estremecer con sus palabras, con su aroma o con el roce de sus manos, sí, ya puedes ponerte celoso.

La madre de Manu los estaba esperando con la mesa puesta. Victoria se sintió enseguida como en casa. María y Mari Mar la llenaron de besos y abrazos. María le dijo que llamara a su madre para que fuera a comer, pero Victoria rechazó la invitación, asegurándole que volverían muy pronto con Emma, Carmen y Rocío. Antes quería hablar a solas con su madre.

María le había pedido a un vecino pescador que le guardara unos camarones. Mientras los chicos tomaban café y zumo, ella preparó al momento unas tortillas de camarones que quitaban *to er sentío*.

—Anda, come, Vicky, que estás muy seca —la animó María, sirviéndole las tortillas en el plato—. ¡Mira que irte directamente de la isla a esa tierra de bárbaros donde no saben comer!

—Di que sí, madre, que se me está quedando *escuchimizá*. Ya no tengo de donde agarrar.

—Pues *pa* no tener de donde agarrar, no le has *quitao* las manos de encima en todo el camino —se burló Mari Mar, guiñándole el ojo a su cuñada.

Más tarde, Manu la llevó a conocer el barrio. Las mujeres y los chiquillos los detenían a cada paso para felicitarlos por el concurso y por su amor. A Victoria le parecía estar viviendo dentro de una película. En un bar cercano se encontraron a un par de miembros de la chirigota, que los recibieron cantando el estribillo y dando palmas.

—«Ole que ole y olé, qué buenos son.»

—«¡Y qué buena está!»

—«Él es el Golfo de Cádiz y ella es la Estrecha de Gibraltar.»

Los invitaron a tomar unas cañas, pero Manu quería enseñarle a Victoria la playa de La Caleta antes de llevarla a La Línea, así que lo dejaron para otro día.

Tras compartir besos, ahogadillas y caricias en el mar, se tumbaron en la arena. Manu, que llevaba dos días sin apenas pegar ojo, se quedó traspuesto en la toalla.

Victoria, achicharrada, le empujó el hombro con delicadeza para avisarlo de que iba a bañarse otra vez. Al ver que no se movía, lo dejó dormir un poco más.

Un balonazo de unos niños que jugaban por allí cerca lo despertó de golpe.

—Perdona, míster —se disculpó uno de los chiquillos, que jugaba en los Cañaíllas, el equipo que entrenaba Manu.

—Hombre, Javier. ¡Ya te vale! O mejoramos esa puntería o te hago jugar de defensa. —Al ver que el niño agachaba la cabeza compungido, Manu se levantó y le revolvió el pelo—. No pasa *ná*, *quillo*. Es broma.

Al darse cuenta de que Victoria no estaba a su lado, Manu se volvió hacia el mar y la vio salir del agua. Aunque estaba de acuerdo con su madre en que necesitaba ganar unos kilitos, la verdad es que estaba preciosa con su biquini de color verde. Antes de dormirse, Manu le había contado a Vicky que en esa playa habían rodado la famosa escena de *Muere otro día* en la que James Bond ve salir de las aguas a Halle Berry. Si aquella escena era un homenaje a Ursula Andress, la salida de Vicky de las aguas era un auténtico homenaje a los sentidos. Y, como si se tratara de un homenaje a la bandera, el mástil de Manu se irguió en todo su esplendor.

—Anda, chavales, tirad hacia la sortija y practicad esa puntería o el año que viene nos bajan de categoría.

—Vale, míster, pero no hace falta que disimule —replicó otro de los chicos—. Ya sabemos que quiere quedarse a solas con la Estrecha de Gibraltar.

Manu hizo un amago de darle un capón. Los niños se alejaron corriendo y riendo en dirección a las rocas.

Para poner remedio a su erección, Manu se acercó a Victoria corriendo, la levantó en brazos y se metió en el agua con ella.

—¡No! ¡Para, para! —protestó ella con la boca pequeña.

Sabía que tenía una conversación pendiente con su madre. Le daba miedo haberla defraudado. Pero cuando Manu empezó a besarla mientras flotaba con ella en el océano, Victoria se olvidó de su madre, de su futuro profesional y de todo lo que no fuera la sonrisa de su amante y el calor de sus labios.

Un par de horas más tarde, durante el viaje en coche hasta La Línea, la pareja aprovechó para hablar de sus cosas.

—¿Qué harás ahora? —le preguntó Manu.

—La verdad es que no lo sé. Con el dinero del premio puedo vivir un tiempo mientras me aclaro las ideas. Ahora mismo me parece una tontería hacer un máster en diplomacia, porque nadie va a querer darme trabajo. Me temo que voy a tener que empezar de cero.

—Tienes la carrera de Derecho. Podrías montarte un bufete en La Línea o en Cádiz.

—Podría, pero no me veo. No es lo mío. Estudié Derecho para ser diplomática. Si no, no me interesa.

—Y los idiomas. ¿Cuántos idiomas me dijiste que hablabas?

—Aparte del español y el inglés, me defiendo con el chino.

—Ya, si es bajito y se deja.

Victoria le dio un puñetazo en el hombro y siguió hablando:

—El francés lo chapurreo.

—Eso sí que no te lo consiento, niña. De chapurrear, nada. En francés eres experta cum laude, lo que yo te diga —bromeó él guiñándole el ojo.

Victoria se puso colorada.

—¡Estás enfermo! —exclamó sin poder aguantarse la risa.

—Mucho —admitió él—. Tengo un caso agudo de Victoritis. ¿Qué vas a hacer para evitar que se convierta en enfermedad crónica?

Ella sonrió y le acarició el muslo.

—Mmm, creo que nada. Me parece justo que tengas Victoritis, porque tú me has pegado la Manuelitis.

—¡Dios mío! Esto puede convertirse en una epidemia si no vamos con *cuidao*. Vamos a tener que encerrarnos en una casa y no salir en cuarenta días. ¿Qué te parecería pasar una cuarentena conmigo después de pasar por la vicaría, Vicky?

Victoria, que había empezado a bajar la mano hacia la entrepierna de Manu, detuvo la incursión en seco.

—¿Acabas de pedirme que me case contigo? —le preguntó sorprendida.

—Pues no lo tenía previsto, pero sí, juraría que es lo que acabo de hacer —respondió Manu, tan sorprendido como ella.

La pareja permaneció en silencio un buen rato, mientras escuchaban la música que sonaba en la radio.

Cuando al fin Victoria se decidió a responder, ambos hablaron a la vez:

—Yo creo que...

—La verdad es que...

La pareja se miró y Manu le indicó que hablara ella con una inclinación de la cabeza. No quería demostrarlo, pero estaba muerto de miedo. Temía haber metido la pata hasta el fondo y haber asustado a Victoria con su arrebato. Aun así, antes de retirar su proposición, prefería escuchar su respuesta. Por si sonaba la flauta.

—Creo que es un poco pronto para hablar de boda, Manu.

Él asintió en silencio. No quería decir nada para que Vicky no notara su decepción.

—Ahora mismo lo tengo todo en el aire. No sé qué voy a hacer con mi vida. No sería justo comprometerme contigo. No sabrías a qué te estabas comprometiendo.

—Lo entiendo. Pero precisamente por eso tal vez sería un

buen momento para liarse la manta a la cabeza. Nos casamos, te vienes a Cai y llevamos juntos la empresa. Si te dedicaras a la web y a los pedidos internacionales, me harías un gran favor. Yo no entiendo la mitad de las cosas que me dicen los correos que llegan en inglés. Y si tradujeras la web al chino, podríamos ampliar mercado...

Victoria sonrió.

—Si me lo hubieras propuesto hace dos meses, te habría dicho que estabas loco, pero ¿sabes que no suena nada mal?

—Al salir del trabajo, iríamos a pasear por la playa, a tomar unas tapitas...

—¡Vale, vale, no sigas! Es muy tentador, lo reconozco. No te estoy diciendo que no. Sólo te pido un poco de tiempo. Estas semanas han sido una locura. Imagínate que dentro de tres meses te das cuenta de que no soy la persona que esperabas.

Manu alzó una ceja. Desde que había conocido a Vicky, su opinión sobre ella no había hecho más que mejorar. Mucho se temía que, dentro de tres meses, iba a estar todavía más enganchado a todo lo que tuviera que ver con Victoria Lampard.

Cuando llegaron a La Línea, se encontraron con que el piso estaba vacío. Emma le había mandado un whatsapp mientras iban de camino: había acompañado a su madre y a Carmen al Monkey Island. Carmen había pedido cambio de turno para recibir a su hija, pero a ninguna de sus compañeras les iba bien.

Victoria tenía muchas ganas de abrazar a su madre, pero desde que vio a Manu en manos de la policía londinense, no había tenido la oportunidad de pasar un momento a solas con él. Así que, cuando Manu se volvió hacia ella y empezó a arrinconarla contra la pared, protestó con poco convencimiento.

—Manu... Tenemos que ir a ver a mi madre. Me has dicho que me acompañarías al Monkey Island...

—Soy un hombre de palabra, Vicky. Y te acompañaré al Monkey Island. Pero llevo casi tres días sin dormir, he montado en dos aviones con la *fatiguita* que me da a mí volar, me han *esposao* y no precisamente a la cama, y me he *ganao* la enemistad de la diplomacia inglesa.

Al llegar a la pared, Manu la besó. Victoria lo agarró por la nuca y le devolvió el beso con avidez. A continuación, él se separó lo justo para poder añadir:

—Por no hablar de que te he propuesto matrimonio y me has *rechazao*.

—No te he recha... —Victoria no pudo acabar de replicar porque él volvió a besarla.

La agarró por la cintura y, tras apoyarla contra la pared, la elevó unos centímetros. Ella se dejó llevar por su instinto y le rodeó la cintura con las piernas.

Volviendo a interrumpir el beso, Manu la agarró por las nalgas y le dijo con los labios pegados a los suyos:

—Voy a demostrarte lo que te pierdes por no estar en mi cama cada noche.

Victoria se estremeció. Llevaba el mismo vestido de tirantes con el que había ido a la playa. Y, debajo, el biquini verde que llevaba toda la tarde volviendo loco a Manu. El recuerdo de Vicky saliendo del agua en la playa de La Caleta lo acompañaría en sus fantasías eróticas durante mucho tiempo.

—Quítate la parte de arriba —le ordenó mientras él le deshacía los nudos que le sujetaban la braguita del biquini.

La mirada encendida de Manu y la urgencia de sus dedos le recordaron las veces que la había empotrado contra una palmera en la isla. Y, aunque Victoria no lo encontraba especialmente sexi vestido con el bañador floreado tipo bermuda y una camiseta color arena, cuando los dedos de Manu le acariciaron los pliegues de su sexo, los halló húmedos y receptivos. No era sólo su aspecto lo que la enamoraba y la excitaba. Era el gran amor que brillaba en sus ojos y que le demostraba con cada uno de sus actos.

Jadeando, se desató el nudo que le anudaba el biquini al cuello y él no perdió ni un segundo en hundir la cara entre sus pechos. Vicky gimió al notar que le mordisqueaba la carne pálida que el sol no había acariciado.

Empotrándola con más fuerza contra la pared, Manu la soltó durante unos segundos, el tiempo necesario para desabrocharse las bermudas. Antes de que Vicky se diera cuenta de que le había soltado las nalgas, Manu ya se había liberado del bañador y se había clavado en ella de una embestida decidida y urgente.

Victoria abrió mucho los ojos por la sorpresa.

—¿Te he hecho daño, niña?

Ella negó con la cabeza un momento antes de volver a agarrarlo por la nuca y devorarle la boca.

—¡Dios, cómo te echaba de menos! —susurró él, embistiéndola con más fuerza cuando ella rompió el beso.

Victoria se acopló enseguida al ritmo que marcaban las caderas del gaditano.

Al ver que no iba a poder aguantar mucho, Manu agachó la cabeza y le mordió un pezón, lo que la catapultó hacia el éxtasis.

Entre gemidos y gruñidos, ambos alcanzaron el clímax en segundos. A continuación, Victoria dejó caer la cabeza sobre su hombro.

Cuando Manu volvió a sentirse las piernas, la sujetó una vez más por las nalgas y la llevó a su habitación. Se sentó en la cama individual de Vicky, cubierta por una fina colcha color menta, y se echó de espaldas, con ella tumbada sobre su pecho.

Victoria volvió la cara de lado y disfrutó de la sensación de descansar totalmente relajada sobre un colchón cálido y ligeramente cubierto de vello. El ritmo del corazón de Manu era su nueva canción del verano favorita. Cuando él le besó la coronilla, la sonrisa de Vicky se hizo aún más amplia. Pero cuando, al cabo de unos segundos, abrió los ojos, se encontró con la mirada de Charles Lampard, que la observaba fijamente desde uno de los marcos de foto que adornaban los estantes de la habitación.

—Manu.

—¿Sí, mi amor?

—Quítame la mano del culo.

—¡Vaya por Dios! Ya ha vuelto la Estrecha de Gibraltar. Y yo que pensaba que ya habíamos superado esa etapa.

—No es eso.

—Entonces ¿qué es?

—Mi padre —susurró Vicky—. Nos está mirando.

Manu se incorporó de golpe, apartando a Victoria y tapándose con un cojín.

—Pero ¿qué coño..., Vicky?, ¿por qué me pegas este susto, por Dios? Aquí no hay nadie.

—En la foto. Nos estaba mirando desde la foto.

—¡Será posible! —Manu le dio un suave golpe con el cojín en la espalda antes de tumbarse una vez más, arrastrándola consigo. Volviéndose hacia la puerta, la abrazó por detrás, cuchareándola—. Descansamos cinco minutos y nos vamos a buscar a tu madre.

Victoria trató de relajarse, pero su padre parecía estar echándole en cara que hubiera tirado su carrera por la borda.

«¿Acaso quieres decirme que estás decepcionado, papá? Pues bienvenido al club. Toda la vida estudiando y esforzándome para ser digna de ti. Debería haberme dado cuenta antes de que nunca sería lo bastante buena a tus ojos. Debería haber buscado el amor en alguien que me valorara por lo que soy. Y ¿sabes qué? Lo he encontrado», le dijo a la imagen de su padre, que la miraba solemne desde la foto tomada en la embajada de una antigua república soviética.

Victoria se dio la vuelta lentamente y acarició la mejilla de Manu, que estaba adormilado. Al notar su mano, volvió ligeramente la cara y le besó la punta de los dedos.

—Te quiero, Golfo. Eres el mejor hombre que he conocido nunca.

Sin abrir los ojos, Manu la abrazó.

—Y yo te quiero a ti, Vicky —le susurró al oído—. No sabes cómo me alegro de haberme *equivocao* poniéndote el mote de Estrecha.

Victoria se echó a reír.

—Me lo imagino. Y tú no sabes cómo me alegro de haberte hecho ganar la apuesta con el Tuerkas.

Manu enterró la cara en el pelo de Vicky, recordando el momento en que, mirando a cámara, le había apostado a su amigo que domaría a la fierecilla de Gibraltar.

—Pero no te acostumbres. Ese tipo de apuestas me parecen muy machistas.

—Me he *quitao*, Vicky. Palabrita del Niño Jesús.

Por suerte, Victoria no vio que Manu tenía los dedos cruzados detrás de su espalda. El que sí lo vio fue Charles Lampard, que parecía estar observando a Manuel con desaprobación.

«Tú, chitón, suegro —le dijo para sí antes de volver a adormilarse—. Vamos a llevarnos bien.»

—¡Maaaaanuuu!

El carpintero abrió los ojos de golpe y volvió a sentarse en la cama.

—¿Qué pasa ahora? ¿Ha vuelto tu madre? —preguntó, buscando otra vez el cojín para taparse.

—¡Esto no puede seguir así! —exclamó Vicky, que acababa de darse cuenta de que se habían olvidado del preservativo. Otra vez—. Mañana pido hora con mi ginecóloga.

—Uyyy.

—¡Exacto! ¡Uy! ¿Tú no controlabas, machote?

—Pues lo mismo que tú, al parecer. Te juro que nunca me había pasado antes de conocerte.

—Ya, vamos, ¡que todavía pretenderás que te dé las gracias!

—Yo no pretendo nada, Vicky. Ya hace tiempo que me rendí a la evidencia. Cuando estoy a tu *lao* soy otra persona. ¡Se me va el santo al cielo! No me valen las reglas que me valían antes. Así que, sí, estoy de acuerdo. Mañana pide hora a la ginecóloga. Algo hay que hacer.

Aunque a Manu le apetecía mucho formar una familia con Victoria, no era un buen momento. Si la dejaba embarazada antes de que ella hubiera decidido lo que quería hacer con su vida, podría sentirse atrapada. Un día formarían una familia y, si de él dependía, sería familia numerosa, pero era una decisión demasiado importante para dejarla al azar. No quería que sus amigos acabaran poniéndoles a los niños *Calentón* o *Despiste* de mote.

—De mañana no pasa —murmuró Vicky antes de rendirse al sueño.

Un par de horas más tarde, Victoria y Manu entraban en el bar donde trabajaban Carmen y Rocío.

—¡Así que éste es el famoso Monkey Island! —comentó Manu mirando a su alrededor. Era un típico bar de copas, con cientos de botellas en la pared, luz sobre la barra y rincones en penumbra. Frente a la zona de la caja había una pantalla de televisión donde en ese momento se estaba transmitiendo un partido de fútbol, pero sin voz. Rocío le había encargado a Emma que escogiera la música esa noche, y estaban sonando temas más actuales de lo habitual. Cuando los elegían Carmen o Rocío, lo normal era que sonaran grandes éxitos de los ochenta. La clientela ya estaba acostumbrada.

—¡Victoria, hija, por fin has llegado! —la saludó su madre—. Pasad, pasad.

Manu siguió a Vicky hasta el extremo de la barra y, tras levantar la parte abatible, se dirigieron hacia el cuartito que hacía las veces de cocina y sala de descanso. En el Monkey Island no servían comidas, pero en el cuartito trasero preparaban los platitos de frutos secos para los clientes y un sándwich o algo por el estilo cuando ellas tenían hambre.

Una pared estaba ocupada por la encimera y la nevera. La pared de enfrente la llenaba un sofá color granate que había conocido tiempos mejores. Sin embargo, Victoria se alegraba de que no lo hubieran cambiado. Había pasado muchas tardes de su infancia y adolescencia haciendo deberes en la mesa que ocupaba el centro de la habitación y leyendo libros en aquel sofá.

Rocío invitó a Manu a tomar una copa y se lo llevó a la zona de los whiskies para que eligiera. Mientras Manu hablaba con Emma y su madre sobre el Tuerkas y les contaban anécdotas del taller mecánico, Carmen y Victoria charlaban en el sofá.

Vicky llevaba más de un día temiendo que llegara ese momento. Tenía miedo de que Carmen la riñera por no haber aprovechado la oportunidad de salir de una vida sacrificada y humilde pero, para su sorpresa, su madre le dio un abrazo.

—He hablado con tu padre —le dijo mientras le acariciaba la espalda.

—Mamá, no sé qué te habrá dicho, pero te prometo que Manu no hizo nada...

—Calla. Ya lo sé. Tu padre me ha contado lo que pasó. Me ha dicho que lo siente mucho, que te pide disculpas. Y que a Serena se le ha acabado el chollo; que a partir de ahora la atará en corto. En septiembre irá a estudiar a una escuela para señoritas en Suiza.

Mientras seguía abrazada a su madre, Victoria sonrió al imaginarse las gamberradas que Serena y otras chicas como ella serían capaces de idear encerradas todas juntas y sin poder tratar con chicos.

Apartándose un poco de su madre, la miró a los ojos y dijo con decisión:

—Mamá, me dan igual sus disculpas. ¡No pienso volver! Me quedo en España aunque tenga que ganarme la vida trabajando en la carpintería. No sabes lo que Serena dijo de Manu. Y mi padre... —Victoria se interrumpió al ver que Carmen estaba sonriendo—. ¿Qué pasa? ¿Qué te hace tanta gracia?

—Tú, mi niña. No sabes la ilusión que me hace verte así.

—Así, ¿cómo? —preguntó ella, mirándose la ropa por si se había puesto algo del revés, con las prisas.

—Enamorada, llena de pasión. Me alegro mucho de que por fin te hayas dejado llevar por tu corazón. —Le dio unos golpecitos en la cabeza con los nudillos—. Sé que esta cabecita vale mucho, pero tienes un corazón muy grande, y nunca le habías dado una oportunidad.

»No me malinterpretes. Te quiero tal y como eres. Estoy

muy orgullosa de ti y no te cambiaría ni un pelo de la cabeza, pero siempre me ha dolido verte tan rígida, tan responsable. Me sentía un poco culpable al ver que eras incapaz de relajarte y de disfrutar más de la vida. ¡Que son dos días, leñe! Sé que en buena parte es culpa mía por haberte querido proteger de los hombres, pero no sabía cómo arreglarlo. Por eso doy gracias a Dios por haber puesto a Manu en tu vida. Qué guapa estás, mi niña, tan relajadita y con ese colorcillo de salud en las mejillas.

Lo que Victoria no le aclaró fue que el colorcillo era por la vergüenza que le daba que su madre le hablara de esa manera. Por el hueco de la cocina, Manu asomó la cabeza y le guiñó el ojo. Victoria recordó lo que acababan de hacer contra la pared del salón y se ruborizó todavía más.

Al día siguiente, Manu y el Tuerkas pasaron a buscar a Victoria y a Emma con el coche. Unos amigos de los chicos habían organizado una moraga en una playa, cerca de Conil.

Cuando llegaron, les pusieron un vaso de vino en la mano y, tras saludar a los amigos, se tumbaron no muy cerca de las brasas a ver cómo se asaban los espetos de sardinas y a disfrutar de la luna llena.

Al cabo de una hora, a Victoria le dolía la mandíbula de tanto reír. Nunca había sido tan feliz. Los compañeros de chirigota de Manu y Benito le sacaban punta a todo y creaban canciones con la misma facilidad que Rafa Nadal ganaba torneos.

Apoyada en el pecho de Manu, que la abrazaba por la cintura, miró hacia el mar. Las suaves olas rompían contra la orilla, creando el contrapunto perfecto a la melodía de las guitarras. Desde luego, podría acostumbrarse a vivir así.

En ese momento, sonó su teléfono.

—Olvídate del móvil por una noche —le susurró Manu al oído al oírla gruñir.

Victoria le hizo caso, pero al ver que insistían, lo buscó en el bolso y respondió.

—¿Sí?

—¿Señorita Victoria Lampard?

—Sí, soy yo, pero estoy satisfecha con mi compañía telefónica.

—Señorita, la llamo de la Casa del Rey.

Victoria se levantó de un brinco. Manu, el Tuerkas y Emma se incorporaron, temiéndose que se tratara de una emergencia.

—Usted dirá. ¿Cómo puedo ayudarlo? ¡A sus órdenes! —respondió ella, sin saber con quién estaba hablando ni cómo debía dirigirse a su interlocutor.

—Tranquila, señorita Lampard. Verá. A través de la embajada española en Londres, nos han llegado unas imágenes grabadas por una cadena de televisión.

Victoria palideció.

—Yo... siento haber causado problemas con la diplomacia británica.

—No lo sienta. El embajador había recibido la llamada de un alto cargo del Foreign Office, poniéndolo al corriente de lo sucedido y pidiéndole disculpas por adelantado.

—Oh. Entonces ¿tema zanjado?

—Si el programa llega a emitirse, cosa que dudo, habrá protestas, pero ya apagaremos ese fuego más adelante, si es que llega a encenderse.

Victoria respiró hondo. Estaba mucho más relajada, pero no entendía para qué la llamaban.

—Una integrante de la familia real es muy aficionada al concurso en el que participó usted, señorita Lampard.

Victoria abrió mucho los ojos. Trató de decir unas palabras de agradecimiento, pero se había quedado sin habla.

—Al ver el vídeo que nos pasó la embajada, se ha interesado por su caso. Sabemos que su sueño es ser diplomática y que su defensa de los valores españoles le ha cerrado esa puerta en el Reino Unido. Queremos recompensarla, pero no deseamos que nadie pueda acusarla de recibir un trato de favor. Acaba de quedar vacante una plaza de becaria en el Consulado General de España en Montevideo. Tendría que empezar desde abajo. El sueldo es simbólico, pero el puesto incluye alojamiento y manutención y media jornada libre al día para prepararse las oposiciones y así conseguir su propia plaza. —El funcionario hizo una pausa—. Señorita Lampard..., ¿sigue usted ahí?

Como una autómata, la gibraltareña agradeció el ofrecimiento. Cuando el funcionario se despidió, diciéndole que volvería a llamar al día siguiente para conocer su respuesta, Victoria colgó y miró a su alrededor.

Los ojos de todo el grupo estaban clavados en ella.

—Era la Casa del Rey —aclaró.

—¿Del rey? —preguntó Manu—. ¿De qué rey? ¿Del nuestro?

—Sí.

—Y ¿llama desde su casa? ¿Qué casa? ¿Sólo tiene una?

—No era él. Era alguien del personal de la Casa Real, melón.

—*Joé*. Ya la hemos *liao* otra vez, ¿no? ¿Ha sido por lo del *fish and chips*? Seguro que la Leti se pone de nuestra parte.

—Que no es nada de eso. Me han ofrecido una plaza de becaria en el Consulado General de Montevideo.

El grupo estalló en gritos y vítores. Mientras unos levantaban a Victoria a hombros y la paseaban por la playa, otros cogieron las guitarras y empezaron a cantar:

Ésta es la historia, señores, de una batalla entre dos naciones
que se libró en una isla y en las mejores televisiones.
Una Estrecha y un Golfo salen de Cai y van pa *Inglaterra,*
y con un discurso ponen a la Gran Bretaña en pie de guerra.
Pero esta vez la sangre no llegó al mar,
pues el rey a la Estrecha de Gibraltar
le ha ofrecío *un billete en un buen barco*
pa *que encuentre un currelo ¡cruzando el charco!*

Ole que ole y olé, qué buenos son.
¡Y qué buena está!
Él es el Golfo de Cádiz y ella es la Estrecha de Gibraltar.

—Mira todo lo que has conseguido por querer apuntarte a un *reality*, Emma —dijo el Tuerkas abrazándola—. Estoy muy orgullosa de ti, amor mío.

—Me temo que acabo de quedarme sin secretaria que me lleve la web —apuntó Manu con una sonrisa de oreja a oreja—. Anda, Tuerkas, pídele a Emma que se case contigo y se venga a Cádiz a ayudarnos. Me apuesto algo a que te dice que sí.

Pero la pareja no lo escuchaba porque se había fundido en un beso apasionado.

Manu se volvió entonces hacia Victoria. Sus amigos se estaban acercando peligrosamente al agua. Conociéndolos, seguro que pensaban tirarla al mar. Corrió hacia la orilla y, aunque no llegó a tiempo de impedir el baño, sí pudo zambullirse junto a Victoria.

—¡Felicidades, cariño! —le dijo besándola en los labios.

—Manu, todavía no he aceptado. Tenemos que decidirlo entre los dos. No quiero perderte.

En ese momento, el amor que el gaditano sentía por ella se multiplicó.

—¡No hay nada que decidir! Es una oportunidad única y no la vas a desperdiciar, como me llamo Manuel Soto. Y ya te digo yo que no te libras de mí ni con lejía. Siempre he querido conocer Sudamérica. Me ocuparé de la empresa por internet. Y aprovecharé para reciclarme. Conocer nuevas maderas y nuevas maneras de trabajarla. Además —añadió guiñándole el ojo—, me han dicho que las uruguayas son muy guapas.

Victoria le dio una palmada en la nalga y lo abrazó sonriendo.

—Ya veo que voy a tener que atarte en corto, ¡Golfo!

—¡Eso espero, Estrecha! Que me ates bien fuerte a tu cama y a tu corazón y no me sueltes nunca.

Victoria se quedó un rato en silencio mirando a Manu mientras se mecían con el vaivén de las olas.

—Sí —dijo al fin con una amplia sonrisa.

—¿Sí? ¿Sí a qué? ¿A lo de atarme a la cama o a lo de soltarme? Aclárate, chiquilla, que me tienes loco.

—Sí. A lo que me preguntaste ayer. Si vas a dejar tu tierra y vas a acompañarme a otro continente para que pueda cumplir mi sueño, lo menos que puedo hacer es convertirte en un hombre decente y darte mi apellido.

—¿Manu Lampard? Me parece que vas a tener que currártelo mucho *pa* convencerme de eso. Pero estoy dispuesto a negociar —murmuró él con los ojos brillando a la luz de la luna. Le levantó el vestido y le acarició los muslos mientras se adentraba más profundamente en el mar, lejos de las luces de la orilla.

Victoria le rodeó la cintura con las piernas y se frotó sugerentemente contra su erección mientras se aferraba a su nuca mojada.

—Y yo estoy dispuesta a empezar a currármelo ahora mismo, Golfo —replicó, hundiéndose con él en el mar y respirando a través del aliento de sus besos.

Manu notó que su erección se endurecía al mismo tiempo que las piernas le flaqueaban. Rindiéndose a la magia del momento, se dejó arrastrar por la corriente. Era absurdo resistirse a las fuerzas de la naturaleza. Si Victoria Lampard se lo proponía, Manu cambiaría de ciudad, de estado civil o de continente. «Pero de apellido, no. Nací Manu Soto y Manu Soto moriré —se dijo sin dejar de besarla—. Aunque de momento no se lo diré. Prefiero que sigamos... negociando un rato.»

Y como la constelación de Orión, que en el hemisferio sur se ve boca abajo, una futura diplomática puso la vida del Golfo de Cádiz patas arriba. Y dicen los periodistas del corazón que el Golfo nunca había sido tan feliz. Porque, al fin y al cabo, lo importante no es si ves la estrella polar o la Cruz del Sur cuando levantas la vista hacia el cielo. Lo importante es poder ver las estrellas al lado de la persona que te hace vibrar por dentro.

Epílogo

Dos años más tarde, Manu y Victoria aterrizaron en el aeropuerto de Jerez, donde los esperaban Emma y el Tuerkas.

Las dos amigas se fundieron en un abrazo mientras Benito y Manuel parecían competir por quién le daba las palmadas en la espalda al otro con más fuerza.

—¡Pero qué guapísima estás, *jodía*!

—Pero ¿qué dices, Emma? Tengo unas ojeras que me llegan a los pies.

—Déjate de tonterías. Estás preciosa. Para ojeras, las mías la semana pasada, cuando Mel estuvo con otitis.

—¿Dónde está mi preciosa ahijada, por cierto?

—Con sus abuelas. No la hemos traído por si el avión venía con retraso.

Emma y Benito se habían casado en la parroquia de Nuestra Señora del Carmen. Todo Cádiz había movido hilos para que la pareja se pudiera casar antes de que Vicky y Manuel se trasladaran a Montevideo.

Una vez en Uruguay, la pareja se había instalado en la casa que les había facilitado el consulado. La secretaria del cónsul, una uruguaya morena, sexi y muy cariñosa llamada Mariel, los había ayudado tanto a instalarse como a integrarse en la sociedad.

—Esto es como un pueblo grande —les dijo—. Somos tres millones. Todos estamos emparentados con todos de alguna manera.

Victoria se había ganado la confianza y el respeto de todo el personal de la embajada con su profesionalidad y su entrega. La sonrisa con la que entraba cada día en el consulado —cortesía de las noches de pasión que compartía con Manu— también ayudaba a ganarse la simpatía del personal diplomático. Por eso, cuando salió el anuncio de convocatoria de oposiciones, el cónsul general en persona la animó a volver a España y presentarse. Tenía un buen nivel de cultura general, dominaba varios idiomas y estaba al corriente del derecho internacional gracias a su actividad diaria en el consulado.

Tras dejar la filial del negocio de casitas de árbol en manos de Mario, la pareja hizo el equipaje y se volvió a España.

—Dame el equipaje —le dijo el Tuerkas a Manu cuando llegaron al aparcamiento—. Yo lo guardo. Anda, vamos *pa Cai*, que no veas el recibimiento que os tienen *montao*.

Benito aparcó en el paseo marítimo, donde sus familiares y amigos más íntimos les habían organizado una fiesta de bienvenida. Al llegar a la playa, los recibieron con música y gritos.

La madre de Manu y su hermana Mari Mar, que estaban cortando tortillas de patatas sobre una larga mesa que los amigos chirigoteros de Manu habían montado sobre tablones, soltaron los cuchillos y fueron a abrazarlos.

En un rincón de la mesa, Carmen y Rocío estaban dando de cenar a Mel, la hija que Emma y Benito habían encargado durante el viaje de bodas. La pequeña, que acababa de cumplir catorce meses, ya caminaba y empezaba a hablar. Era la alegría de sus familias. Durante el embarazo, tras semanas de discutir y no ponerse de acuerdo en el nombre, Emma y el Tuerkas habían decidido hacer felices a Rocío y a Carmen poniéndole a la niña el nombre de otra de las integrantes de las

Spice Girls. Benito sólo puso una condición. Le parecía bien que la niña se llamara Mel, pero sin letrita detrás. Nada de Mel B, ni Mel C.

Al ver a Victoria, Carmen dejó a Mel con su abuela Rocío y acudió a fundirse en un abrazo con su hija.

—Ay, mi niña. Si hace cuatro días que te estaba dando de cenar como a Mel y ¡mírate ahora! Estás hecha toda una mujer. ¡Qué guapísima estás!

—¡Ay, mamá, qué ganas tenía de verte! Y de abrazarte. ¡Y de comer tu tortilla de papas!

Mientras Manu estrechaba a su madre con un brazo y a su hermana Mari Mar con el otro, el Tuerkas se acercó a su amigo con su hija en brazos.

—A ver si le dais una amiguita a Mel de una vez, pichafloja —lo picó. Estaba tan feliz en su nuevo papel de padre que quería que todos sus amigos lo imitaran, lo que le granjeaba más de un gruñido por parte de los que no estaban por la labor.

—¿Qué te pasa, Tuerkas? —replicó Manu, que había echado mucho de menos las pullas de su amigo—. ¿Ya no te acuerdas de cómo se hace? ¿Quieres que te dé un cursillo acelerado?

—La verdad es que vamos tan cansados con la niña que no es fácil encontrar el momento —admitió el Tuerkas, suspirando—. Pero no hace falta que me lo recuerdes. Lo único que necesito es pillar a Emma a solas.

—Si os queréis escapar un rato —propuso Victoria—, nosotros cuidamos de la niña.

—Gracias, *resalá*, pero hoy no es buen día. Tenemos invitados sorpresa —le aclaró Benito—. Manu, ¿me acompañas a buscarlos a la estación de autobuses?

—Claro, vamos. —Manuel se volvió hacia Victoria y la

besó—. No tardo. Ya sabes que el Tuerkas no sabe hacer nada sin mí.

El gaditano le pasó el brazo por los hombros a su amigo mientras se alejaban.

—¡Algunas cosas sí que sabe hacer sin ti! —lo defendió Emma.

—¡Y muy bien hechas! —exclamó Victoria, tomando a la pequeña en brazos y tratando de levantarla hacia el cielo—. Madre mía, Mel, cómo has crecido desde la última vez que te vi. La tita Vic ya no puede contigo.

La pequeña miró a su madre y señaló a Victoria.

—Tita Vic —repitió.

Aunque en dos años Emma y Victoria sólo se habían visto una vez, hablaban por Skype casi a diario, y la niña sabía perfectamente quiénes eran el tito Manu y la tita Victoria.

—Sí, mi amor, la tita Vic ha venido para quedarse. Ya no se marcha más.

—Bueno, si paso las oposiciones, habrá que ver dónde me asignan —le recordó Victoria.

—¿Es por eso por lo que todavía no hay ningún Golfillo en camino? Porque Manu te sigue mirando igual que siempre, como si quisiera comerte enterita.

Victoria suspiró.

—Ay, sí. Estos hombres nuestros son insaciables —señaló guiñándole el ojo a su amiga—. Ya he visto cómo te metía mano el Tuerkas antes en el coche.

—¡Y que dure! —exclamó Emma.

—Amén —replicó Victoria.

—Amén —repitió la pequeña Mel.

—Di que sí —exclamó Vicky, riéndose—. Para que te traigan una hermanita. O hermanito. Aunque, si fuera niño, ¿cómo se llamaría?

—Todo estudiado. Si es niño se llamará como alguno de los miembros de los Take That. Yo voto por Robbie, ¿y tú?

Victoria se aguantó la risa.

—¿Cuáles son las otras opciones?

—Gary, Mark, Howard y Jason.

—Mark me gusta, pero Robbie también. ¿Qué dices tú, Mel? ¿Quieres un hermano Robertito?

La niña señaló la hoguera que acababan de encender.

—¡Ooohhh, quema!

—¡Pero qué lista que es mi niña! —dijo Emma—. Sí, mi amor. El fuego quema. Vamos, vamos a esperar a papá al paseo.

Victoria y Emma se acercaron al paseo marítimo, dándole una mano cada una a la pequeña.

Cuando Mel trató de dar una voltereta, Victoria sonrió.

—Elegimos bien el nombre —comentó.

Emma la miró ladeando la cabeza.

—¿No te acuerdas? Rocío prefería a Mel B. Carmen y yo le dijimos que ni hablar, que la niña se llamaba así por Mel C, la Spice deportista.

—¡Es verdad! Lo había olvidado. Pues no sé qué decirte. Si llego a saber lo movida que iba a salir, igual le pongo otro nombre. Entre su padre y ella, me tienen agotada.

Victoria miró a su amiga preocupada, pero al ver la cara de felicidad con que observaba a su hija, supo que no tenía de qué preocuparse.

—Si necesitas reducir el horario en la carpintería, avisa. No te lo he dicho últimamente, pero estás haciendo un trabajo fantástico.

—*Nah*, el mérito es de Manu y de Mario, que no paran de conseguir clientes nuevos. Yo sólo me ocupo de que todo salga a tiempo.

—Si las cosas no salieran a tiempo, perderíamos los clientes en cuatro días. Así que no te quites méritos, que tú vales mucho, Emma.

—¿Cómo está Mario?

—Estupendamente. Su familia está encantada con Maritza y con el pequeño. Pero vamos, yo creo que se nota, ¿no? ¿No te llegan los alfajores que envía la madre de Mario a la madre de Manu cada mes?

Emma se echó a reír.

—No te creas, si me descuido, se los acaban antes de que pueda comerme uno. Están de vicio.

Mel se había soltado e iba corriendo y saltando alegremente por el paseo marítimo. Victoria y Emma la seguían de cerca.

—¿No te apetecería volver a la tele? —preguntó Vicky de pronto.

—Ufff, no, gracias. Fue una experiencia increíble, y gracias al concurso tengo a Mel y al mejor esposo y padre que se puede desear, pero ya. ¡Una y no más, santo Tomás! Los *realities* se disfrutan más desde el sofá de casa.

—Mami, mami —la niña señaló un coche que se acercaba—. ¡Papi!

Al mirar hacia donde la niña señalaba, Victoria vio que el Tuerkas se acercaba al volante de su coche. Ya no tenía el deportivo tuneado con el que había llevado a Emma a Madrid durante el concurso. Lo había cambiado por un monovolumen de siete plazas. Las portezuelas se abrieron casi a la vez y, con gritos de alegría, Sandra y Karibú salieron del vehículo y se dirigieron hacia Victoria, que los abrazó sin habla.

—Pero ¿qué hacéis aquí? ¡Qué alegría tan grande! —inclinándose hacia Sandra, le preguntó al oído—: ¿Vuelves a estar con Karibú? Pensaba que estabas con Phil...

Sandra abrazó al tanzano por la cintura y le dio un beso en la mejilla.

—Nunca he dejado de estar con Karibú. Es el mejor amigo que se puede tener. Pero si lo que preguntas es si seguimos compartiendo sapos, cocos locos y... frutos del amor, entonces no.

Manu se acercó a ellos con Phil y una joven desconocida.

—Ven, Aailyah —dijo Karibú, rodeando los hombros de la joven—. Os presento a mi esposa. Le he enseñado algunas palabras en español, pero lo habla poquito.

—Poquito, poquito —repitió la guapa tanzana con una sonrisa tímida.

—Cuando Emma nos llamó para decirnos que os estaban organizando una fiesta de bienvenida, hablé con Karibú —explicó Sandra—. Llevábamos tiempo queriendo volver a vernos. Los invité a Menorca. Han pasado una semana con nosotros en La Calma de la Isla, la casa rural que Phil y yo llevamos juntos. ¡Tenéis que venir! La niña se volverá loca con los animales de la granja.

Phil se acercó a abrazar a Victoria y a Emma. Había engordado un poco desde la última vez que lo vieron en plató, pero los kilos le sentaban bien. Le daban un aire más asentado, más calmado y, definitivamente, mucho más feliz.

—Nos hemos vuelto sedentarios —comentó Phil mientras se dirigían todos hacia las mesas—. Ser nómada está muy bien durante un tiempo, pero no hay nada como ver cómo crecen los árboles que uno ha plantado.

Karibú asintió.

—Y los niños —añadió, apoyando la mano sobre el vientre de su esposa—. Los niños necesitan un lugar tranquilo donde crecer. Dice un refrán africano que hace falta una tribu entera para educar a un niño. Veo que aquí también lo tenéis claro

—dijo sonriendo al ver que Mel corría entre Carmen, Rocío y María y se abrazaba a cada una de las tres mujeres.

Durante la cena, mientras disfrutaban de unas papas con chocos y una caballa con fideos, los amigos se pusieron al día de sus vidas y de las novedades de sus conocidos comunes. Cuando uno de los amigos de Manu y el Tuerkas le ofreció erizos de mar a Sandra, ésta se puso a reír al recordar los problemas de la vegana Sofía con la comida durante el concurso.

—¿Qué sabéis de Sofía, por cierto? —preguntó.

—Está lanzadísima —respondió Emma—. Ella y Leonor tienen su propio espacio de tendencias en un magacín televisivo y no se pierden ni un estreno ni un desfile de moda. El otro día vi unas fotos de David Gandy con una gemela colgando de cada brazo.

—¡Qué bastinazo! —exclamó Victoria, haciendo reír a los demás.

—¿Y Dani y Nerea? —preguntó Karibú—. ¿Habéis vuelto a verlos?

—En persona, no, pero por la tele es difícil no verlos —respondió Emma, que seguía siendo muy aficionada a los *realities* y a los programas de magacín.

—¿Son pareja? —quiso saber Phil.

—No, pero son muy amigos. Han salido con un montón de gente, siempre del mundo de la tele y del famoseo, pero cuando alguien ataca a uno de ellos, el otro salta a defenderlo a muerte. Casi parecen hermanos.

—Me pareció ver a Nerea en la portada de una revista en Londres —comentó Victoria.

—¡Sí! Es muy fuerte. Por fin ha hecho realidad su sueño. Está saliendo con un jugador de fútbol inglés, el nuevo fichaje del Real Madrid.

—Anda, pues sí, ya es una..., ¿cómo se llamaba? —dudó Manu—. ¿Una *wok*?

Emma se echó a reír.

—¡Nooo! Yo no sé si se ha comido al jugador crudo o cocinado al wok, pero ahora es una WAG. ¿Qué quería decir, Vicky? ¡Nunca me acuerdo! —le preguntó Emma a su amiga. Desde que Manu la llamaba Vicky, muchos se atrevían al fin a llamarla por el diminutivo.

—¿WAG? Quiere decir *Wifes and Girlfriends*. O, lo que es lo mismo, «esposas y novias».

—¡Cuac! —exclamó Mel, sacudiendo los bracitos y haciéndolos reír a todos—. Cuac, cuac.

Un par de horas más tarde, cuatro parejas —y Mel, que dormía junto a sus padres— estaban tumbadas en la arena, mirando las estrellas.

—¿Sigues dándole a los sapos, Sandra? —preguntó el Tuerkas.

—No —respondió ella con una sonrisa—. Phil y yo participamos activamente en varias organizaciones ecologistas de Menorca. No estaría bien visto que me pusiera a chupar *ferrerets* o salamandras.

—¿Ferre... qué? —preguntó Manu.

—Sapos baleares —le aclaró la menorquina.

Tras unos instantes de silencio cómodo, Karibú preguntó:

—¿Os acordáis de la cueva?

—Cómo olvidarla —respondió Sandra con una sonrisa pícara.

—Sabes que no soy celoso, Sandra, pero me alegro de que Aailyah no os entienda —comentó Phil, pellizcándole el trasero a su pareja—. ¿Tu esposa ha visto las imágenes del concurso, Karibú?

—No —respondió él, tapándole las orejas a Aailyah, que se resistió entre risas. Cuando ella se liberó, la abrazó por detrás y le apoyó las manos en el vientre—. Al menos, yo no se las he enseñado, pero hoy en día, con internet, es difícil guardar secretos.

—Me encanta Aailyah, Karibú —comentó Sandra.

—Pues sí, qué suerte has tenido, *pisha* —corroboró Manu—. Además, has hecho honor a tu apodo, Cabo de Buena Esperanza. Enhorabuena por ese bebé que viene en camino.

—Gracias, *pisha* —replicó Karibú, imitando su acento—. Y ¿qué?, ¿vosotros no queréis tener Golfitos?

Manu, que estaba tumbado de lado en la arena, se inclinó hacia Victoria y la besó en los labios.

—La verdad es que no hemos tenido tiempo de pensar en nada que no fuera trabajo, Karibú —respondió Victoria—. Pero me encantaría tener un Golfillo.

—O una Estrechilla —replicó Manu—, morena y guapa como su madre.

—Anda que no ibas a sufrir cuando cumpliera los quince años y los tipos como nosotros empezaran a mirarla cuando saliera a la calle con minifalda —lo provocó el Tuerkas.

Manu sintió un instinto protector mucho más fuerte del que había sentido nunca con su hermana o incluso con Victoria.

—Con esas cosas, bromas las justas, Tuerkas. A mi hija, ni tocarla. Igual que a Mel.

El Tuerkas acarició el hombro de la niña en un gesto protector.

—Ya te digo. No pienso dejarla salir con chicos hasta que cumpla los dieciocho.

—¿Dieciocho? ¿Vas a dejar a Mel con tíos a los dieciocho? ¿Tú estás loco? ¿Ya no te acuerdas de lo salidos que estábamos nosotros a esa edad?

Al parecer, el Tuerkas se acordaba perfectamente, porque se atragantó.

—Emma, mañana buscamos dónde hay un convento de clausura para encerrar a la nena cuando cumpla los once años.

Victoria y Emma se echaron a reír.

—Pero qué exagerado eres, Tuerkas. Suerte que Mel tiene a su madre y a su tita Vicky, que la ayudarán a escaparse —dijo Victoria.

—Y si algún día nosotras no podemos, Carmen y Rocío irán a rescatarla y en el coche le pondrán el *Girls Just Wanna Have Fun*,* de Cyndi Lauper para que no se olvide de vivir —añadió Emma—. ¡Menudas son las abuelas!

Victoria levantó la vista hacia la constelación de Orión y dio gracias a la vida por todo lo que le había dado. Tenía una prometedora carrera por delante. Tenía una madre que le había dado el amor y la estabilidad que le habían permitido convertirse en la mujer que era. Tenía unos amigos encantadores que la adoraban. Y, sobre todo, era la dueña del corazón del mejor hombre que pisaba la Tierra. Un hombre que le demostraba a todas horas lo mucho que la amaba. Con palabras y con hechos. Si sus palabras le acariciaban los oídos y le mantenían una sonrisa instalada en la cara, sus actos le llegaban a lo más hondo del corazón.

Victoria gimió débilmente.

Manu, que siempre estaba pendiente de sus estados de ánimo, se inclinó sobre ella y sonrió.

—¿En qué piensas, Vicky?

* Véase la nota de la pág. 14 (*N. de la E.*)

—Me estaba acordando de la isla —respondió ella, acariciándole los labios con un dedo.

Él se endureció instantáneamente. Se puso de rodillas y tomó a Vicky en brazos. Se levantó y se alejó del grupo.

—Eh, ¿adónde vais? —preguntó el Tuerkas.

—Una espina de erizo. A la Vicky se le ha clavado una espina de erizo. Voy a buscar un foco de luz para quitársela.

Mientras la pareja se alejaba en busca de un rincón discreto entre las risas de sus amigos, Victoria le acarició la nuca.

—¿Una espina de erizo? ¿No se te ha ocurrido nada más creíble?

—No me hagas pensar ahora, chiquilla. Tengo toda la sangre acumulada en el otro cerebro. Sé que alguien va a clavarle algo a alguien en un futuro próximo. No me pidas más.

Victoria se echó a reír. Cuando conoció a Manu pensó que era un conquistador, un ligón de playa, un playboy de discoteca. Había cruzado un océano y había sobrevivido cuatro semanas en una isla casi desierta para llegar a conocerlo bien. Había estado a punto de echar por la borda su carrera profesional y de provocar un conflicto diplomático entre dos naciones, pero había valido mucho la pena.

Manu soltó a Victoria en la arena, entre dos barcas de pescadores. Tomó un montón de redes, las extendió sobre la arena y tumbó a Vicky sobre ellas.

—No te imaginas lo mucho que me alegro de haberme equivocado contigo, Golfo.

—No más que yo, Vicky. Imagínate que hubieras resultado ser una estrecha de verdad. ¡Qué vida más triste sería la mía!

Manu se inclinó hacia ella y le besó la sonrisa.

Victoria era tan feliz que sintió que el corazón se le hinchaba hasta casi no caberle en el pecho. Mientras se besaban, acarició la espalda de Manu. Cuando el gaditano estaba a punto de tumbarse sobre ella, Vicky le dio un empujón, lo tendió sobre las redes y se sentó sobre él. Tras bajarle los vaqueros y el bóxer al mismo tiempo, Victoria se quedó mirando el espectáculo. Al parecer, a la erección de Manu le pasaba lo mismo que a ella. Estaba tan feliz de que la sacaran a tomar el aire de la noche que se había hinchado de felicidad.

Victoria lo miró con los ojos brillantes de excitación y se relamió.

—Vicky, que puede venir alguien —le recordó él.

—Vaya, vaya. No me digas que te has convertido en el Estrecho de Cádiz...

Manu sonrió. Le encantaba verla tan relajada, alegre y segura de sí misma.

—Haz conmigo lo que quieras, nena.

Montándose sobre él y cubriéndose con el vestido para protegerse de miradas indiscretas, Victoria se dispuso a hacer exactamente eso.

—Te voy a hacer de todo menos una colcha de ganchillo, Manu —susurró clavándose en él.

—¡Gracias, virgencita del Rosario! —exclamó él, agarrándola por la cintura y acompañándola en lo que prometía ser un viaje de ida y vuelta a las estrellas.

Tumbado en la arena, cerró los ojos. Cuando volvió a abrirlos, se encontró con la constelación de Orión. Tras dos años de ver al guerrero boca abajo, le hizo gracia volver a verlo con la cabeza hacia arriba.

«¿Tú también tienes una mujer que te pone del revés cada vez que te hace el amor, machote? —Sujetando a Victoria por la cintura, disfrutó del vaivén de sus caderas—. Pues ya somos dos golfos afortunados.»

Agradecimientos

A D. L., por darle alma al Golfo y vidilla a Victoria.
A Esther Escoriza, por enamorarse del Golfo a primera vista.
A Tiaré Pearl, por su apoyo, por disfrutar tanto con la historia y por creer que era un bastinazo.

Lara Smirnov es una mujer contradictoria. A pesar de que odia el alcohol por las bromas que le gastaban sus compañeros de instituto a causa de su apellido, se agarra unas buenas cogorzas cada vez que una editorial rechaza sus obras. Y aunque no suele beber alcohol, hará una excepción para tomarse un vinito de Jerez con el Golfo de Cádiz y unas pintas en un pub londinense con la Estrecha de Gibraltar. ¡A ver si se espabila un poco!

Su flor favorita es la margarita, su lugar preferido para vivir, Manhattan y su revista favorita, por supuesto, *Cosmopolitan*.

esencia

Impreso en
Romanyà Valls, S. A.
08789 La torre de Claramunt
(Barcelona)